SAUERLÄNDER

J. D. Rinehart lebt in Nottinghamshire, England. Wenn er nicht gerade schreibt, besichtigt er Burgen, schaut Filme oder streift mit seiner Dänischen Dogge Sir Galahad durch die Natur.

Weitere Informationen zum Kinder- und Jugendbuchprogramm der S. Fischer Verlage finden sich auf *www.blubberfisch.de* und *www.fischerverlage.de*

J. D. Rinehart

Die Chroniken von Toronia

Das verlorene Reich

Aus dem Amerikanischen
von Friedrich Pflüger

SAUERLÄNDER

Erschienen bei FISCHER Sauerländer

Die Originalausgabe erschien 2016 unter dem Titel
›Crown of Three. The Lost Realm‹ bei
Simon & Schuster, New York, USA

Für die deutschsprachige Ausgabe:

Hedderichstr. 114, D-60596 Frankfurt am Main
Umschlaggestaltung: Hauptmann & Kompanie Werbeagentur, Zürich
Umschlagillustration: Iacopo Bruno
Lektorat: Carla Felgentreff
Satz: Fotosatz Amann, Memmingen
Druck und Bindung: CPI books GmbH, Leck
Printed in Germany
ISBN 978-3-7373-5324-3

Mit besonderem Dank an Graham Edwards

Für M. K.

Prolog

Kalia schleppte sich übers Pflaster, so gut es die massiven Eisenstiefel an ihren Füßen zuließen. Ihre Hände steckten in schweren Panzerhandschuhen. Von diesen liefen Ketten zu den Händen der beiden Söldner, die sie den Korridor entlangführten.

Sie haben das getan, weil sie sich vor mir fürchten, sagte sie sich.

Eine Kette zog sich straff und riss schmerzhaft an ihrem Arm.

Aber ich fürchte mich nicht vor euch, dachte sie.

Und fast glaubte sie das auch.

Mitten in der Nacht waren die Söldner gekommen, um sie abzuholen – ganz in Schwarz gekleidet, auf leisen Sohlen. Lautlos. Noch bevor sie richtig wach war, hatten sie ihr die Metallhandschuhe und -stiefel übergestülpt.

»Was hat das zu bedeuten?«, hatte sie gefragt, als man sie aus dem Bett zerrte.

Wortlos hatten die Soldaten sie durch die Tür hinaus auf den Flur gestoßen.

»Wenn der König das erfährt …«, hatte sie gedroht, war aber verstummt, als man sie nur höhnisch angrinste.

Brutan wird in Kürze davon hören. Bis dahin werde ich sie nicht herausfordern.

Die Männer zerrten sie durch Schloss Berg, aber nicht auf

den üblichen, öffentlichen Wegen, sondern durch verschlungene Geheimgänge und schmale, tief hinter massivem Mauerwerk verborgene Tunnel. Sie hielten ihre Arme fest gepackt und rissen bei jeder Biegung an ihren Schultern. Mit jedem weiteren Schritt ins Dunkel entfaltete sich Kalias Furcht wie die Blüte einer grausigen schwarzen Rose.

Bald waren die groben Pflastersteine Bodenplatten aus Feuerstein gewichen. Kalias eiserne Stiefel schlugen beim Aufsetzen Funken, deren Widerschein an den Wänden aufblitzte. Zwei schmerzvolle Biegungen weiter endete der Gang in einem breiten, von einem festen Eichentor versperrten Steinbogen. In die Balken war eine Krone mit drei Punkten eingebrannt.

Die Krone von Toronia.

Die Königskrone.

Er hat sie geschickt! Brutan hat seine Soldaten nach mir ausgesandt! Und jetzt wartet er hinter diesem Tor auf mich. Er erwartet seine Beute!

»Ich wäre auch so gekommen«, sagte sie. »Wenn ich gewusst hätte, dass der König mich sehen möchte, wäre ich freiwillig gekommen. Warum auch nicht?«

Sie warf das zerzauste rotgoldene Haar in den Nacken und hoffte, dass sie kühn geklungen hatte. Und doch verkrampfte sich ihr Magen in dunkler Vorahnung. Warum hatte Brutan sie aus dem Bett reißen und herbringen lassen? Und warum in Ketten?

Die Erkenntnis traf sie wie ein Fausthieb, und ihr Herzschlag geriet ins Stocken.

Er hat meine Kinder gefunden. Meine Drillinge. Und wenn er sie mir gezeigt hat, dann wird er sie töten!

Sie biss sich auf die Lippen, um nicht zu schreien.

»Es ist besser, wenn Ihr nicht sprecht«, knurrte der erste Söldner unter seiner schwarzen Kapuze. »Tut einfach, was man Euch sagt. Dann wird es leichter gehen.«

»Wenn der König befiehlt, gehorcht sogar die Geliebte des Königs«, entgegnete sie und verzog verächtlich den Mund.

Sie zuckte unwillkürlich zusammen. Überall im Reich wusste man von ihr; es war allgemein bekannt, dass in Schloss Berg der König wohnte, die Königin … und Kalia. Alle drei.

Drei war eine machtvolle Zahl. Und in Kalias Herzen hatte sie einen ganz besonderen Platz.

Meine drei! Oh, meine Kinder!

»Bitte, sagt mir –«, begann sie, aber es war zu spät. Ein Söldner stieß das Tor auf, und der zweite schob sie in die dahinterliegende Kammer.

Sie stolperte hinein. Außer dem dumpfen Scheppern ihrer Eisenstiefel auf den Steinplatten war nichts zu hören. Sie hielt den Kopf gesenkt, wollte nicht sehen, was sie erwartete.

Nach zwanzig Schritten hielten ihre Bewacher sie ruppig an. Eine kalte Hand packte sie am Kinn und riss ihren Kopf hoch. Sie nahm all ihre Kraft zusammen und starrte König Brutan direkt in die Augen.

Der König saß auf einem einfachen hölzernen Thron, der leicht erhöht auf einem Eichenpodest stand. Neben ihm, auf einem ähnlichen Stuhl, saß Königin Magritt. Trotz der späten Stunde waren beide in vollem königlichen Ornat von Toronia: roten Roben und Goldketten.

»Kalia«, sagte der König. »Schön, dass du gekommen bist.«

Seine Worte waren gütig, aber seine Stimme hallte wie Donnerschall. Seine normalerweise geröteten Wangen waren blass. Sein ganzes Gesicht wirkte verhärtet und grobschlächtig, und Kalia hatte mit einem Mal das Gefühl, dass oben aus den prächtigen Gewändern nicht der Kopf eines Mannes, sondern der eines Tieres herausragte.

»Ich wäre auch freiwillig gekommen«, sagte sie, »wenn du nur darum gebeten hättest.«

»Habe ich aber nicht«, grunzte Brutan. Wortklauberei war nie seine Sache gewesen, er war ein Mann der Tat. Im Umgang war er wie ein widerspenstiger Bär, was Kalia immer Unbehagen bereitet hatte. Neben diesem Rohling saß jedoch jemand, der Kalia noch mehr Schrecken einjagte.

»Willkommen, meine Liebe«, sagte Magritt, wobei die Bosheit in ihrer Stimme das freundliche Lächeln Lügen strafte – und genau hierin lag ihre Macht.

Bären waren im Grunde einfältige Kreaturen.

Magritt dagegen war eine Schlange.

Nun hörte Kalia Schritte hinter sich. Viele Schritte und dazu das Knarzen von Leder und das Klingen von Waffen. Die Soldaten schlossen offenbar die Reihen hinter ihr.

Sie wusste nur zu gut, dass es kein Entkommen gab, blickte aber dennoch nach beiden Seiten. Dies hier war der Untere

Saal. Sie befanden sich direkt unter dem großen Thronsaal von Schloss Berg, und genau wie dieser war er lang und breit und wurde von dem Podest mit den beiden Thronsesseln beherrscht. Aber hier war es düster, nur ein paar Fackeln in schwarzen Wandleuchtern warfen flackerndes Licht an die Wände, und die niedrige Decke verstärkte die bedrückende Stimmung.

Kalia fragte sich, wie viele Verbrecher in diesem Gerichtssaal schon ihrem Schicksal gegenübergetreten waren. Wie viele hatten ihre Unschuld beteuert, hatten um ihr Leben gefleht?

Wie viele waren hingerichtet worden?

Ich werde stark sein.

Wieder herrschte Stille. Kalia sah sich um: Wie erwartet war eine ganze Kompanie von Brutans Legion angetreten – hundert Mann, kampfbereit in Bronzerüstung –, um dafür zu sorgen, dass sie hierblieb, bis der König mit ihr fertig war.

Und hier im Unteren Saal konnte das nur eines bedeuten.

»Verräterin!«, rief Brutan unvermittelt und sprang vom Thron auf. »Du hast mich angelogen! Die ganze Zeit hast du mich angelogen!«

»Wie das, mein Herr?«, entgegnete Kalia. Sie hoffte, mit der förmlichen Anrede seine Wut etwas zu besänftigen.

Vergebens.

»Zuerst hast du gesagt, du trägst nur ein Kind in dir. Aber dann waren es drei!« Ihm spritzte schaumiger Speichel auf den buschigen Bart. »Drei, wie von der Prophezeiung vorausgesagt. Der Prophezeiung!«

»Aber die Drillinge waren Eure Kinder, mein Herr. Euer eigen Blut.«

»Und mein Blut hätten sie vergossen!«

»Sie wurden tot geboren. Wie soll ein totes Kind einen König bedrohen?«

»Willst du die Worte der Prophezeiung leugnen? *Unter diesen neuen Himmelslichtern werden drei Thronerben kommen. Sie werden ungeahnte Macht erlangen. Sie werden den verfluchten König töten.* Und genau in jener Nacht sind drei Sterne am Himmel erschienen, Kalia. Wer weiß, welch andere dunkle Magie dabei noch am Werk war? Hältst du mich für töricht?«

Wohl nicht. Aber wenn je ein König verflucht war, dann du, Brutan!

Sie antwortete so ruhig wie möglich: »Drei Jahre sind vergangen, seit die drei Sterne am Himmel aufgetaucht sind, mein Herr. Seither ist nichts Schlimmes geschehen. Die Prophezeiung hat sich nicht bewahrheitet. Es besteht keine Gefahr.«

»Doch, natürlich besteht Gefahr, meine Liebe«, erwiderte Magritt von ihrem Thron mit einer Stimme, so seidenweich, wie die ihres Ehegatten grob klang. Das aufreizende Lächeln spielte noch immer um ihre Lippen. »Die Gefahr bist du.«

Kalia schnaubte: »Gefahr? Ihr habt mich hier in Fesseln vorführen lassen! Welche Gefahr soll von mir ausgehen?«

»Du weißt sehr wohl, warum du in Eisen geschlagen wurdest«, entgegnete Magritt.

»Um dich an der Zauberei zu hindern, du verdammte Hexe!«, brüllte Brutan, trat vom Podest herunter und stützte die fleischigen Hände in die Hüften. Sein Gesicht war rot angelaufen, und seine Augen glänzten, ebenso wie der Schweiß auf seiner Stirn.

Das stimmte. Solange Kalias Hände und Füße im kalten, unnachgiebigen Metall eingeschlossen waren, konnte sie ihre besonderen Kräfte nicht entfalten. Aber selbst wenn sie frei gewesen wäre, hätte sie an diesem abscheulichen Ort und in Gegenwart so vieler Männer in Waffen kaum etwas ausrichten können. Ihre Magie war sanft und fein wie die Erde, auf der sie beruhte, und sie taugte nicht im Streit, nur für die Liebe.

Dass die beiden ihre Gaben fürchteten, gab Kalia jedoch neue Kraft.

»Ich habe der Magie vor Jahren abgeschworen – das wisst Ihr nur zu gut«, antwortete sie. Sie suchte Magritts Blick und hielt ihm stand. »Ich habe sie um meines Königs willen abgelegt.«

»Lügnerin!«, schrie Brutan. »Du hast die Wahrheit mit Zaubersprüchen verschleiert. Du behauptest, die Kinder wären tot? Ich behaupte etwas anderes: Als ich in jener Nacht in deine Schlafkammer kam, hast du meine Augen verhext, damit ich glaubte, sie wären es. Sogar Melchior, den treuen Zauberer, hast du getäuscht.«

Wenn du wüsstest, dachte Kalia. Melchior war es gewesen, der den König getäuscht hatte. Was würde Brutan wohl tun, wenn er entdeckte, dass der Zauberer in Wahrheit nicht ihm die Treue hielt, sondern der Prophezeiung, die seinen Untergang bedeutete?

Sie blickte sich noch einmal um, diesmal sah sie zurück zur Tür, durch die man sie gezerrt hatte. Sie wünschte sehnlichst, dass Melchior durch sie hereinkäme.

Aber Melchior kam nicht.

»Die Drillinge sind heute genauso tot, wie sie es schon an jenem Tag waren«, sagte sie und spürte die Bitterkeit dieser Worte. »Warum solltet Ihr etwas anderes behaupten?«

Brutan wischte sich mit dem Handrücken die Spucke aus dem Bart. Er machte – für einen Mann seiner Statur überraschend gewandt – auf dem Absatz kehrt und schnippte mit den Fingern einem der beiden Soldaten zu, die Kalia zum Unteren Saal geführt hatten.

»Bringt ihn her!«, donnerte er.

Kalia blieb das Herz stehen. *Ihn herbringen? Wen?*

Wie betäubt sah sie den Söldner im Schatten hinter den beiden Thronsesseln verschwinden. Voller Entsetzen erwartete sie, dass er mit einem dreijährigen Kind im Arm zurückkehrte.

Wird es Tarlan sein? Oder Agulphus?

Der Soldat der Legion zerrte aber kein Kind herein, sondern einen heruntergekommenen Landstreicher. Kalia ließ erleichtert die Schultern sinken. Die Kleider des Mannes waren Lumpen, und sein fettiges Haar starrte vor Schmutz. Er rollte mit den Augen und murmelte unablässig. Als der Soldat ihn losließ, schwankte er und konnte sich kaum aufrecht halten.

Kalias Erleichterung wandelte sich rasch in Verwunderung darüber, wer dieser Mann sein mochte.

König Brutan betrachtete den Landstreicher mit unverhohlenem Abscheu, Magritt indessen erhob sich geschmeidig vom Thron. »Kalia«, sagte sie, »darf ich dir Sir Brax vorstellen? Er hat eine interessante Geschichte zu erzählen. Wirklich interessant.«

Kalia wollte die Fäuste ballen, aber die schweren Handschuhe ließen das nicht zu. *Sir Brax! Du warst Melchiors Verbündeter. Welches meiner Kinder hat er dir anvertraut?*

Je länger sie den Landstreicher anstarrte, desto größer wurde ihr Entsetzen. Konnte man sich jemanden vorstellen, der weniger geeignet wäre, um für ein Kind zu sorgen? Sie biss die Zähne zusammen, um ihn nicht anzuschreien.

Was hast du meinem Baby angetan?

Der Söldner stieß Sir Brax mit dem Schwertheft an. Nach einer kurzen Pause – Kalia war davon überzeugt, dass er sich sofort übergeben würde – begann Sir Brax zu reden.

»Jeder von uns hat einen Balg bekommen«, lallte er, offensichtlich betrunken. »Meiner war ein Junge. Am Schloss, ja, von da sind wir dann fortgeritten, vom Schloss. Ich und der Balg.«

Kalia beugte sich vor, um sein Gebrabbel zu verstehen.

»Immer auf Schleichwegen«, stammelte Sir Brax. »Eine Schenke … in Isurien …« Ihm fiel das Kinn auf die Brust, und der Soldat versetzte ihm wieder einen Stoß. Mit glasigen Augen blickte er auf. »In Sicherheit, weit fort vom König … geheim … unter allen Umständen.« Und dann: »Sein Name … er hieß … er …«

Kalia gefror das Blut in den Adern.

»Weiter«, knurrte der Soldat und schüttelte den Mann.

Sir Brax kniff die Augen zusammen. »Er hieß … Allus, oder so? Aphullus?«

Agulphus!, dachte Kalia, Freude und Entsetzen durchströmten sie gleichzeitig. *Das ist sein Name! Mein Gulph. Mein armer kleiner Gulph!*

Als sich das Gestammel des Mannes verlor, keimte in Kalia ein Funken Hoffnung auf.

Wenn sie seinen Namen nicht wissen, dann können sie ihn auch nicht finden!

Brutan hatte sich abgewandt. Er stand mit geballten Fäusten da und zitterte am ganzen bärenartigen Körper. Magritt dagegen lächelte unentwegt.

»Der arme Sir Brax«, sagte sie. »Sein Verstand ist vom Alkohol zerfressen. Nun, Kalia, wem hast du deine anderen Kinder übergeben? Wirst du uns das vor dem Ende verraten?«

Vor dem Ende!

In Kalias Ohren hallten Magritts Worte wie ein angeknackstes Glockenspiel. Die beiden wollten sie also doch töten. Sie hatten sie nicht hier in den Unteren Saal bringen lassen, um sie zu befragen, und auch nicht, damit sie Sir Brax' Geschichte zu hören bekam.

Sie haben bereits über mein Schicksal entschieden, dachte sie. *Daran ist nichts mehr zu ändern, ganz egal, was ich sage.*

Dies war schwer zu ertragen. Sie würde ihre Kinder niemals wiedersehen – sie wäre nicht dabei, wenn sie ihren Vater stürzten und die Krone übernahmen; würde nicht erleben, wie sich ihre Bestimmung erfüllte. Ihr stiegen heiße Tränen in die Augen, aber sie unterdrückte sie mit aller Macht.

Mich können sie töten, dachte Kalia, *aber deshalb haben sie noch lange nicht gewonnen.*

Sie streckte ihr Kreuz durch. Die Eisenhandschuhe waren beinahe unmenschlich schwer, aber sie hob sie in die Höhe und breitete die Arme aus.

»Sieh mich an, Brutan«, sagte sie leise.

Für einen Moment rührte er sich nicht. Dann, ganz langsam, wandte er sich um, das Gesicht zu einer bedrohlichen Grimasse verzerrt.

»Letzte Worte, Kalia?«, geiferte er. »Dann mach's kurz – ich habe deinen Anblick so satt.«

»Ihr sagt mir, dass meine Kinder am Leben sind«, erklärte Kalia mit lauter Stimme und hoffte, dass sich ihre Worte aus diesem dunklen, entsetzlichen Ort hinaus in die Nacht erheben würden, so dass sie alle hören konnten, die unter dem Sternenzelt wandelten. »Und ich sage euch, dass es die Wahrheit ist. Meine Kinder haben damals gelebt, und sie leben noch immer, und ihr Leben hat nur einen einzigen Zweck: dir den Tod zu bringen!«

Brutan verzog den Mund. »Ich wusste, dass es so ist! Ich werde sie aufspüren. Und was dich betrifft – du wirst verstummen!«

»Das werde ich nicht! Was bist du doch für ein Ungeheuer, dass du dein eigen Fleisch und Blut als Kreaturen ansiehst, die man jagt und tötet? Nur ein Ungeheuer wie du lässt sein einziges anderes Kind ins Gefängnis sperren, aus Angst, es könnte dich verraten! Ein Junge von sechs Jahren!«

»Schweig, sage ich!«

»Und so wie Prinz Nynus vergessen in der Himmelsgruft sitzt, so ist auch dein eigenes Herz vergessen! Hatte dein geschätztes Toronia jemals einen König, der ihm mehr Leid und Grausamkeit bescherte?«

Sie schleppte sich mit den Eisenstiefeln zwei Schritte nach vorn. Obwohl ihre Arme zitterten, schien das ungeheure Gewicht mit einem Mal ihre Kräfte zu mehren. Ihre Magie mochte eingeschränkt sein, aber ihr blieb immer noch ihre Stimme.

»Sind meine Kinder am Leben? Ja, das sind sie! Werden sie erleben, dass sich die Prophezeiung erfüllt? Unbedingt! Sie werden dein Ende sein, Brutan. Ich weiß das! Und du weißt es auch! Ganz Toronia weiß es! Die Krone der Drei wird wieder ihren angestammten Platz finden. Und du? Du wirst aus dieser Welt verschwinden, als wärst du niemals hier gewesen. Keiner wird dich betrauern, Brutan. Und keiner wird sich an dich erinnern!«

»SCHWEIG!«

Brutan zog sein Schwert und ging auf Kalia zu, während sein Gebrüll wie eine Welle über ihr zusammenschlug. Sie hielt reglos stand und erwartete den Todesstoß. Als er sie erreichte, drückte er ihr die Klinge an die Kehle und fletschte die gelben Zähne.

»Du sollst sterben, Kalia!«

Sie wartete, für einen unerträglich langen Augenblick.

Schließlich senkte Brutan mit zitternden Händen das Schwert und ließ es wieder in die Scheide sinken.

»Du bist eine Hexe, und als Hexe wirst du sterben«, knurrte er. »Kein rascher Abgang durch die Klinge. Kalia, dein Ende wird langsam sein.« Wieder verzog er das aufgedunsene, schwitzende Gesicht. »Du wirst brennen.«

Königin Magritt, die noch immer hinter ihm auf ihrem Thron saß, nickte einmal, mit einem winzigen, zufriedenen Lächeln.

Die beiden Soldaten, die Kalia aus ihrer Schlafkammer gezerrt hatten, führten sie nun in einen kleinen Hof hinter dem Unteren Saal. Turmhoch ragten ringsum die Mauern von Schloss Berg in die Höhe. Kalia fühlte sich wie am Grunde eines rechteckigen, gemauerten Brunnenschachts.

In der Mitte ragte aus einem aus Holz und Stroh aufgeschichteten Haufen ein Pfahl in die Höhe.

Ich werde sterben. Der Gedanke weckte keine Angst in ihr, nur eine verzweifelte Sehnsucht.

Die Söldner hoben sie auf den Scheiterhaufen. Einer riss ihr die Arme nach hinten und legte sie um den Pfahl, der andere band ihr die Handgelenke zusammen. Das Gewicht der ganzen Welt schien die eisernen Handschuhe nach unten zu ziehen. Unter Kalias Eisenstiefeln splitterte das Holz. Der Rest der Kompanie marschierte im Hof auf und verteilte sich entlang der Mauern. Sie war in einen Ring aus Bronze eingeschlossen.

Wortlos entzündete Brutan das Feuer, indem er eine Fackel tief zwischen die Scheite stieß. Dabei funkelte er Kalia böse an. Sie antwortete, wie sie hoffte, mit einem trotzigen Blick.

Der König trat zurück, und alsbald schlugen die Flammen hoch in die Nacht. Kalia wartete auf den Schmerz, aber sie spürte nichts.

Warum tut es nicht weh?, dachte sie. Doch das spielte keine Rolle. Im Innern litt sie Höllenqualen.

Sie legte den Kopf in den Nacken und starrte über die Mauern zum Nachthimmel hinauf. Drei Sterne leuchteten dort: einer grün, einer rot, einer golden. Die Sterne der Prophezeiung.

Die Sterne meiner Kinder, dachte Kalia, während sich der Rauch über ihr schloss und sie ihren Blick verbarg. *Was wird aus meinen dreien werden?*

Sie würde es nie erfahren.

Plötzlich sah sie etwas, das sich bewegte: Dort war jemand auf einem Mauersims, hoch über ihr. Ein gelber Umhang, weißes Haar.

Melchior!

Der Zauberer blickte auf sie herab, das faltige Gesicht unendlich traurig. Er schwankte, die nackten Füße breit auf den Sims gestemmt, und für einen Augenblick fürchtete Kalia, er würde herabstürzen. Er stützte sich auf seinen Stab und packte ihn mit den knochigen Händen. Seine Finger strichen über die darin eingeschnitzten Runen, und auch seine Lippen bewegten sich. Kalia versuchte, von seinen Lippen zu lesen, konnte die Worte aber nicht erkennen.

Dann begriff sie, dass es keine Worte waren.

Es waren Zahlen.

Ja, Melchior! Wirke deine Magie! Nimm es fort. Nimm all dies fort!

Das Feuer brauste auf, der Rauch hüllte sie ein, hob sie in die Höhe und trug sie fort. Das Letzte, was sie hörte, war Brutans Stimme, der triumphierend brüllte.

Und dann, Dunkelheit.

Erstes Buch

Zehn Jahre später

Kapitel 1

»Zum Ausfalltor!«, rief Hauptmann Ossilius. »Das ist unsere einzige Chance!«

Er schwang sein Schwert und streckte zwei untote Krieger mit einem Streich nieder. Gulph huschte an seinem Freund vorbei und stieß – eins, zwei – die Krieger mit Tritten an, so dass sie die steile Treppe hinunterstürzten und die heraufdrängenden feindlichen Soldaten wie Kegel umstießen.

»Das sollte uns etwas Zeit verschaffen«, keuchte er, »aber was ist ein Ausfalltor?«

»Unsere letzte Chance.«

Gemeinsam eilten Gulph und Ossilius die restlichen Stufen hinauf, liefen über die Zinne und dann über eine steile Rampe hinunter in einen kleinen, umschlossenen Burghof.

Hier blieben sie aneinandergelehnt stehen und rangen um Atem. Neben dem stattlichen grauhaarigen Hauptmann kam Gulph sich winzig vor, und er überlegte, ob er wohl immer so klein und dürr wie jetzt bleiben würde.

Was sorge ich mich um meine Größe, dachte er und massierte sich den schmerzenden, gekrümmten Rücken. *Ich wäre schon froh, wenn ich nur gerade wachsen würde.*

»Was ist nun mit deiner letzten Chance?«, fragte er und rückte etwas von seinem Gefährten ab, der noch immer schwer atmete. Ossilius fuhr sich mit der Hand durchs Haar und schob Gulph zu einer Lücke in der Mauer.

»Sieh dort«, keuchte er und deutete durch das geborstene Mauerwerk auf einen gedrungenen Turm in der Stadtmauer.

»Das sieht wie eine Tür aus«, antwortete Gulph. »Aber was ist das auf den Seiten? Statuen?«

Ossilius nickte. »Das ist das Ausfalltor.«

Gulph musterte misstrauisch die weite Fläche zwischen ihnen und ihrem Ziel. Ganze Schwärme von Untoten hieben sich den Weg frei durch Reihen fassungsloser Bürger, aber Genaues war im dichten Rauch, der alles einhüllte, kaum auszumachen. Die gellenden Schreie hörte Gulph allerdings nur allzu deutlich.

Alle Bewohner von Idilliam versuchten zu fliehen, die meisten wurden aber bei dem Versuch gestellt und in Untote verwandelt. Dies war der eigentliche Schrecken: Man wurde vom Feind nicht getötet.

Er machte einen stattdessen zu seinesgleichen.

»Mit jedem Soldaten, den wir verlieren«, flüsterte Gulph, »gewinnen sie einen dazu. Wie sollen wir da siegen?«

Für einen Moment lichtete sich um einen Turm in der Nähe der Rauch, und König Brutan persönlich war zu sehen. Von seinen Knochen hing das Fleisch herunter, von seiner Kleidung waren nur noch flatternde, bluttriefende Fetzen übrig, und in seinen Augen brannte rotes Feuer.

Gulph schloss die Augen und versuchte sich vorzustellen, wie Brutan im Leben ausgesehen hatte. Alles, was ihm in den Sinn kam, war der sich auf seinem Gesicht spiegelnde Verrat, als Gulph ihm die vergiftete Krone auf den Kopf gesetzt hatte.

Ich wusste nicht, dass sie dich umbringt, dachte Gulph. *Und ich hätte niemals gedacht, dass dich das zum Ungeheuer macht.* Er schüttelte den Kopf und korrigierte sich. *Falsch – denn ein Ungeheuer warst du ja schon vorher.*

Brutans linke Faust schloss sich um die Kehle eines Mannes; mit der rechten packte er eine Bäuerin. Er hob sie in die Höhe und drückte mit seinen Skelettfingern zu. Beide zappelten kurz, dann schlossen sie die Augen, und ihre Körper erschlafften. Ihre Haut färbte sich weiß, und ihr Fleisch sank in sich zusammen.

Als sie die Augen wieder aufschlugen, waren sie voller Feuer.

Gulph sah entgeistert zu. Bei ihrer überstürzten Flucht übers Schlachtfeld hatten sie dies viele Male geschehen sehen, und noch immer stieß es ihn ab. Noch schlimmer aber war, dass er nun wusste, wer Brutan war.

Du bist mehr als ein Ungeheuer. Du bist mein Vater.

Wieder ergoss sich eine Welle von Stadtbewohnern durch eine Bresche in der Mauer: ganz gewöhnliche Leute, beladen mit Taschen und Kisten und hastig verschnürten Stoffbündeln.

Gulph räumte etwas Schutt der geborstenen Mauer beiseite und winkte die Menge schweigend weiter. Er fragte sich, welche dürftigen Habseligkeiten sie hatten zusammenklauben können, und auch, wohin sie fliehen wollten.

»Sie wissen noch nichts von der Brücke«, sagte Ossilius.

Gulph hielt den Atem an, als die ersten Flüchtigen den Rand des Abgrunds erreichten. Dieser zog sich wie ein Burggraben um die ganze Stadt – nur dass dieser Abgrund bodenlos war. Ein Mann führte seine Kinder an den Rand, blieb stehen und starrte verblüfft auf die Überreste der Felsbrücke, die Idilliam mit dem Rest von Toronia verbunden hatte.

»Sie können nicht weg«, ächzte Gulph. »Es gibt keinen Ausweg. Sie sind hier gefangen. Wir alle sind hier gefangen.«

Er hob die goldene Krone hoch, die er übers Schlachtfeld getragen hatte. So fest hatte er sie gehalten, dass seine Hände verkrampft waren. Jetzt, wo er sie besaß, konnte er sich nicht vorstellen, sie jemals wieder loszulassen – und doch hätte ein Teil von ihm sie am liebsten in den Abgrund geschleudert.

»Noch heute Morgen hat Nynus sie getragen«, sagte er. Ihn schauderte bei dem Gedanken, was Nynus getan hatte, um sie für sich zu gewinnen – und sie zu behalten: Er hatte Gulph getäuscht, so dass dieser ungewollt Brutan tötete, und war dann auf die unselige Idee verfallen, die Brücke zu zerstören, um Idilliam vom übrigen Reich abzutrennen.

»Nynus war auch nicht besser als sein Vater«, sagte Gulph. »*Unser* Vater.«

»Gulph – Nynus ist tot.«

»Aber die Krone ist immer noch hier! War die Krone daran schuld, dass er all diese schrecklichen Dinge getan hat, Ossilius?« Was wird mit mir geschehen, wenn ich sie aufsetze? Wenn ich zu herrschen versuche? Nach der Prophezeiung bin ich einer der Drei; es ist mir bestimmt, Toronia zu regieren. Aber wenn ich nun auch zu einem solchen Ungeheuer werde wie Brutan oder Nynus?«

Er starrte Ossilius mit großen Augen an, die Krone fest in beiden Händen.

Ossilius sagte feierlich: »Es ist nur eine Krone, sonst nichts, Gulph. Ein Stück Metall. Was du mit ihr anstellst, das bestimmst einzig und allein du.«

Gulph starrte auf das goldene Geschmeide. Was spielte das überhaupt für eine Rolle? Als Nynus gerade gestorben war und Ossilius die Krone aufgehoben und ihm gegeben hatte, da hatte er einen kurzen Augenblick lang geglaubt, alles könnte gut werden. Aber nun herrschte der Tod über Idilliam, es gab nichts mehr zu regieren.

»Wir müssen los«, sagte Ossilius. Vorsichtig löste er eine von Gulphs Händen von der Krone und legte stattdessen ein Schwert hinein. »Bist du bereit?«

»Bereit war ich für nichts von alldem hier«, entgegnete Gulph. Aber er folgte Ossilius, sie zwängten sich mit eingezogenen Köpfen durch das Loch in der Mauer und traten hinaus auf das Schlachtfeld. Im Schatten des nahe gelegenen Turms schloss Brutan die knochigen Finger um den Hals eines etwa dreizehnjährigen Jungen – Gulphs Alter. Der untote König hievte sein Opfer in die Höhe und betrachtete mit blutroten Augen sein Gesicht.

»Bist du mein Sohn?«, donnerte er. »Bist du der, der mich getötet hat?«

»Lass ihn in Frieden!«, zischte Gulph, aber als er auf die beiden zustürmen wollte, hielt ihn Ossilius zurück.

»Es ist zu spät«, knurrte Ossilius.

Das Gewimmer des Jungen verstummte, als Brutan zudrückte. Einen Moment später war sein Leben zu Ende, und es begann seine neue Existenz als Untoter.

»Rache!«, brüllte Brutan und marschierte weiter. »Das ist meine Rache an meinem Sohn und meinem verräterischen Volk!«

»Ich muss doch etwas tun!«, rief Gulph und schüttelte Ossilius' Hand von seiner Schulter. »Es ist mir egal, wenn es hoffnungslos ist. Das ist mein Volk. Ich muss kämpfen!«

Er lief in die Rauchschwaden hinaus, aber wieder hielt der Hauptmann ihn fest. »Ich verstehe das, Gulph. Wirklich. Aber jetzt ist nicht der richtige Zeitpunkt zum Kämpfen für dich. Du musst dich jetzt erst einmal verstecken.«

Gulph hörte auf zu zappeln und starrte ihn an. »*Verstecken?* Was soll das für ein König sein, der sich versteckt, wenn sein Volk ihn braucht?«

»Ein König, der am Leben bleiben will.«

»Eher ein Feigling, finde ich.«

Ossilius schüttelte entnervt den Kopf. »Du weißt doch selbst, dass du diesen Kampf nicht gewinnen kannst, Gulph. Aber du kannst Pläne schmieden. Du kannst Verbündete finden und Waffen beschaffen. Wenn du dich jetzt unauffällig verhältst, kannst du eines Tages wieder aufsteigen.«

Gulph blickte dem Mann ins Gesicht, der dem Alter nach sein Vater, ja sogar sein Großvater hätte sein können. Einen treueren Gefährten konnte man sich gar nicht wünschen. Und trotzdem …

»Die Legion war mein Leben«, fuhr Ossilius fort. »Ich weiß, wann man kämpfen muss, Gulph. Und ich weiß, wann es taktisch klüger ist, sich zurückzuziehen. Und du musst mir glauben, dass das genau jetzt der Fall ist.«

»Aber meine Freunde sind irgendwo hier. Pip und Sidebottom John und die anderen. Ich kann sie doch nicht im Stich lassen. Ich kann niemanden im Stich lassen!«

»Du meinst die Gauklertruppe, mit der du hier angekommen bist? Gulph, das dürfen wir nicht riskieren.«

Gulph blickte auf die Armee der Untoten. Er wusste, dass sein Freund recht hatte. Was konnten sie beide schon ausrichten? Wenn sie versuchten, seine Freunde zu finden, würden sie umkommen.

»Also gut«, sagte er widerwillig. »Gehen wir. Aber wir werden alle mitnehmen, die wir retten können.«

Sie rannten weiter und hielten sich dabei dicht an der Stadtmauer, um dem ärgsten Kampfgetümmel auszuweichen. Der beißende Rauch stach ihnen in die Augen, und Gulph konnte durch den Strom seiner Tränen kaum etwas sehen.

»Pass auf!«, rief Ossilius, als ein verfaulender Krieger hinter einem Haufen von Leichen hervorsprang. Gulph knickte in den Beinen ein, duckte sich und rollte sich so flink von seinem Angreifer weg, dass ihm jedes Publikum begeistert Beifall geklatscht hätte.

Tja, die Tangletree-Truppe war eine gute Schule, dachte er fast übermütig. *Ich hab's noch nicht verlernt.*

Als er wieder aufsprang, bemerkte er, dass er sein Schwert

verloren hatte, entdeckte aber neben einem Felsblock ein Kurzschwert, das von der Festungsmauer herabgefallen sein musste. Er packte es am Heft, riss es los, wirbelte herum und hieb es dem Krieger quer durch die Brust. Statt Blut spritzten nur Knochensplitter und Staub. Der Untote grinste aus seinem Totenschädel, von dem nur noch Fleischfetzen herunterhingen.

Gulph ging in die Knie und schnellte in einem etwas ungelenken Salto nach hinten. Noch während er auf dem Felsblock landete, stieß er dem Krieger das Schwert in den Schädel. Im selben Augenblick hackte ihm Ossilius auf Kniehöhe die Beine durch.

Die zerstückelten Teile sanken zusammen und zuckten und zischten in einer grotesken Karikatur eines lebendigen Wesens.

»Weiter!«, schrie Ossilius. »Je länger wir hier draußen rumstehen, desto gefährlicher.«

Nach und nach tasteten sie sich vor zu ihrem Ziel.

Ich habe euch nicht verlassen, meine Freunde, dachte Gulph, während er sich durch ein kreischendes Getümmel von Untoten hindurchwand. *Ich werde euch holen. Wenn nicht heute, dann morgen. Wenn nicht morgen, dann übermorgen. Ich werde euch holen. Das verspreche ich!*

»Hilfe!«

Der Ruf kam von hinter dem Felsblock. Er klang nach einem Mädchen, das nicht älter als Gulph sein könnte.

»Pip?« Er spähte ins Halbdunkel zurück, und sein Herz schlug sehr schnell. »Pip, bist du das?«

Aber es war nicht seine gute alte Freundin, die zu ihm aufblickte. Das Mädchen war sehr viel jünger. Seine Wangen waren blutverschmiert und das blonde Haar völlig verfilzt. Es zitterte am ganzen Körper.

»Komm mit uns«, sagte Gulph, ohne zu zögern. Er streckte die Hand aus, aber das Mädchen starrte ihn nur entsetzt an und rührte sich nicht.

»Gulph, schnell!«, rief Ossilius von vorn. »Wir dürfen nicht stehen bleiben.«

»Warte, Ossilius!«

Der Hauptmann tauchte aus den Rauchschwaden auf. Seine Stirn war gerunzelt, aber seine Züge entspannten sich, als er das kleine Mädchen sah. Behutsam hob er es aus seinem Versteck; dann eilten sie weiter.

»Alles in Ordnung«, sagte Gulph zu dem Mädchen, während sie weiterrannten. »Jetzt bist du in Sicherheit.«

Hoffentlich stimmte das.

Vor ihnen ragte die Ruine des Mausoleums aus dem Rauch. Brutan hatte es einst als trutziges Denkmal des Todes bauen lassen, nun war nur noch eine gewaltige Schutthalde davon übrig. Während sie über die Trümmer kletterten, musste Gulph mit Schaudern an die überirdische Kraft denken, die das gewaltige Gebäude zum Einsturz gebracht hatte.

Limmonis Kraft.

Unter seinen Füßen knirschten zerbrochene Dachziegel – vielleicht dieselben, auf denen die erschöpfte Limmoni gestanden hatte. Ihr das Leben zu nehmen war der letzte Befehl von Nynus während seiner kurzen Herrschaft als König von

Toronia gewesen. Eine kurze, wahrlich blutige Regierungszeit.

Wird die meine anders sein?

Ossilius war davon überzeugt, ganz im Gegensatz zu Gulph.

»Dort!«, rief Ossilius. »Das Ausfalltor!«

Gulph musste erst ein paarmal die verrußten Augen zukneifen, bis er den Turm sah, den sie aus der Ferne angepeilt hatten. An seinem Fuß lag das große Steintor mit den beiden Statuen, die Gulph zuvor aufgefallen waren – links ein Mann mit dem Kopf eines Stieres, rechts eine Frau mit Schlangenkopf.

»Dieses Tor meinst du?«, fragte Gulph. »Wo führt es hin?«

Die Kämpfer hatten sie inzwischen hinter sich gelassen. Vielleicht schreckte der dichte Rauch die Menschen – und Unmenschen – ab.

»Das Ausfalltor ist der Hintereingang zur Stadt.«

»Du meinst, es führt direkt zurück in den Kampf? Was wird es uns dann nützen?«

»Wir werden nicht durch dieses Tor gehen.«

»Aber ich dachte …«

Ossilius war schon wieder unterwegs und tauchte mit dem kleinen Mädchen, das er fest an seine Brust gedrückt hielt, in den Rauch ein. Gulph folgte ihm und erreichte den Turm nur wenige Schritte hinter dem Hauptmann.

Sie waren kaum stehen geblieben, als ein Mann hinter dem Standbild mit dem Stierkopf hervortrat. Er trug die Uniform eines Soldaten aus Idilliam und reckte ihnen ein Langschwert entgegen. Gulph fragte sich, was wohl mehr zitterte – sein Arm oder seine Knie.

»Zurück!«, rief der Mann.

»Ganz ruhig, Soldat« entgegnete Ossilius. Er setzte das Mädchen auf dem Boden ab und streckte die Hände aus. »Erkennst du mich?«

Der Mann musterte die völlig verdreckte Uniform des Hauptmanns und riss plötzlich die Augen auf. »Hauptmann Ossilius? Von der Legion?« Er senkte das Schwert und salutierte ungeschickt. »Was sind Eure Befehle, Herr?«

Gulph sah, dass sich hinter der Statue noch etwas bewegte. »Kommt heraus«, rief er. »Alle. Keine Sorge … Wir werden euch nichts tun.«

Es erschienen noch zwei Personen: eine Frau mit einer Bäckerschürze und ein Mann, den Gulph erkannte.

»Du warst mit uns in der Himmelsgruft«, sagte Gulph mit einem Blick auf die Fußeisen, die der Mann noch immer um die Fesseln trug.

»Hab dich noch nie gesehen«, erwiderte der Mann. »An eine Missgeburt wie dich würde ich mich erinnern.«

»Halt's Maul, Slater«, sagte der Soldat. Er klang aber immer noch ängstlich.

»Soll ich ihn schlagen, mein König?«, fragte Ossilius ganz ruhig.

Slater zog die Augen zu Schlitzen zusammen – die anderen dagegen rissen die Augen auf.

»Nein«, antwortete Gulph prompt. »Er hat nur Angst.«

»König?«, meinte Slater argwöhnisch. »Was meinst du mit ›König‹?«

Ossilius ließ sich langsam auf ein Knie nieder. »Dies ist Agulphus, Sohn von Brutan, einer der Drei. Er ist ein Kind der Sterne der Prophezeiung, hat seinen Vater getötet und die Krone an sich genommen. Du siehst, er hält sie nun fest, bis die Drei wieder vereint sind und gemeinsam den Thron besteigen. Wenn du dich seiner Sache anschließen willst, knie jetzt mit mir nieder und zeige deine Gefolgschaft.«

Dem Soldaten klappte die Kinnlade herunter. Der Frau stockte der Atem. Das kleine Mädchen, das neben dem knienden Hauptmann kauerte, starrte verständnislos zu Gulph hinauf. Slater schnaubte und sah weg.

Gulph hob die Krone hoch; er hatte sie schon die ganze Zeit getragen, aber die kleine Gruppe entdeckte sie erst jetzt. Plötzlich schien sie unglaublich viel zu wiegen.

Fühlt sich so Macht an? Ich hätte nicht gedacht, dass sie so schwer ist.

Langsam und mit unendlicher Sorgfalt setzte er sich die Krone auf.

»Die Prophezeiung!«, schrie die Frau, sank auf die Knie und rang die Hände vor ihrer Schürze.

»Mein Herr«, sagte der Soldat und presste die Faust an seinen bronzenen Brustschild. »Mein König. Ich, Markus von der königlichen Legion, stehe zu Euren Diensten.«

Slater sah wieder hin und schien Gulph zum ersten Mal zu sehen. Ganz allmählich wich sein unverschämter Gesichtsausdruck großem Erstaunen.

»Das kann doch nicht sein«, sagte er. »Unmöglich.«

»Doch«, antwortete Ossilius. »Das ist es.«

»Ich könnte tatsächlich einem König folgen«, sagte Slater nachdenklich. »Wenn er einen Ort wüsste, an den er mich führen kann.«

»Zufällig«, erwiderte Gulph, »weiß ich einen solchen.«

KAPITEL 2

Schon beim Aufwachen wusste Elodie, dass etwas nicht stimmte. Sie kroch über die Decken nach vorn zum Zelteingang, klappte die Stoffbahn beiseite und trat auf die Waldlichtung hinaus.

Ihr Zelt war von einer Armee umringt. Hunderte von Männern und Pferden standen unter dem purpurfarben dämmernden Morgenhimmel und blickten sie an. Im Zwielicht verströmten ihre Gesichter einen schwachen Lichtschein. Sie waren durchsichtig, wie Soldaten aus mattem Glas.

Eine Geisterarmee.

»Was ist los?«, fragte sie, mit einem Mal hellwach.

Ein Ritter gab seinem Pferd die Sporen und kam heran. Er war alt und hager, hielt sich aber kerzengerade, und seine Phantomaugen funkelten hell.

»Wir möchten aufbrechen«, antwortete Sir Jaken.

Elodie war wie vor den Kopf geschlagen.

Sie blickte über die Reihen der Geistersoldaten hinüber zum Lager, wo der Dreizack eben erwachte. Durch die gläsern wirkenden Pferde sah sie gewöhnliche Männer und Frauen, die ihren morgendlichen Pflichten nachgingen: Wasser vom nahe gelegenen Bach herbeiholen, Feuer machen, Tiere füttern. Müde und mit gesenkten Köpfen schleppten sie sich voran.

Ihr habt die Schlacht um die Brücke verloren, ging es Elodie durch den Kopf, *und dabei Freunde und Kameraden verloren. Kein Wunder, dass ihr niedergeschlagen ausseht.*

Aber sie waren noch immer am Leben, die verbliebenen Rebellen des Dreizacks. Und das verdankten sie der Geisterarmee.

Eine Armee, die nur ich allein sehen kann.

Entschlossen strich sich Elodie das rotgoldene Haar aus dem Gesicht.

»Ihr dürft nicht gehen«, antwortete sie bestimmt. »Das geht einfach nicht. So weit sind wir nun schon gemeinsam gekommen. Diese Menschen brauchen euch. Ich brauche euch. Ihr dürft jetzt nicht umkehren.«

»Es geht nicht darum, umzukehren«, erwiderte Sir Jaken, »sondern darum, weiterzumachen.«

Elodie schüttelte ärgerlich den Kopf. »Da ist so viel zu tun. Gulph ist noch immer in Idilliam eingeschlossen. Ich muss … Tarlan finden. Wir drei müssen doch zusammenfinden. Ich dachte, Ihr wolltet das auch.«

»Nur das Schicksal kann entscheiden, ob du und deine Brüder wieder vereint sein werden. Wir haben unsere Aufgabe erfüllt. Nun suchen wir unseren Frieden.«

Elodie blickte in die Gesichter der Geister. Vom Horizont ergoss sich rotes Licht über den Himmel: ein feuriger Sonnenaufgang.

»Brutan ist ebenfalls in Idilliam«, sagte sie. »Er ist für euren Tod verantwortlich. Habt ihr den Blutkrieg schon vergessen? Sucht ihr keine Vergeltung?«

»Die Vergeltung haben wir hinter uns gelassen.«

Elodies Entsetzen wandelte sich in Verzweiflung. Sie hatte ihre Hoffnung – ihr Herz – auf diese verlorenen Seelen gesetzt.

»Bitte«, flehte sie und rieb sich die Augen. Sie wollte nicht weinen, nicht in ihrer Gegenwart. »Überlegt es euch noch einmal. Ihr wart unsere Brücke über den Abgrund nach Idilliam. Vielleicht brauchen wir diese Brücke noch einmal.«

»Unsere Brücke ist zerbrochen.«

»Und dabei habt ihr eine ganze Kompanie von Brutans untoten Monstern in den Abgrund geschickt! Seht ihr nicht, wie wichtig das für uns war? Ohne euch wäre alles verloren gewesen!«

Elodie brach erschrocken ab, denn sie hatte laut gerufen. Jedem Unbeteiligten musste es vorkommen, als ob sie ins Nichts hinausschrie.

In diesem Augenblick trat ein Junge in der Uniform eines Schildknappen hinter Sir Jakens Pferd hervor. Ihr ganzes Leben lang hatte Elodie Stimmen von Geistern gehört, auch wenn sie sich dessen erst vor wenigen Wochen bewusstgeworden war. Samial war aber der erste Geist, den sie tatsächlich gesehen und mit dem sie sich unterhalten hatte.

Und ihr Freund.

»Samial«, rief sie beschwörend und streckte ihm die Hände entgegen. »Du kannst es ihnen doch bestimmt erklären? Gemeinsam sind wir stark. Wenn wir uns jetzt trennen ...«

»Wir verstehen dich«, antwortete Samial. Er warf einen besorgten Blick auf Sir Jaken, der ihm aufmunternd zunickte.

»Du hast uns hierhergebracht, Elodie. Du hast uns aus den Weinenden Wäldern geführt, damit wir uns an Brutan rächen können. Du hast uns befreit.«

»Aber wir haben die Schlacht verloren«, widersprach Elodie. »Brutan hält Idilliam noch immer. Er –«

»Ihr habt uns befreit«, wandte Sir Jaken milde ein, »und dadurch aus dem Schatten des Todes geholt. Ihr habt uns unsere letzte Schlacht kämpfen lassen. Diese Schlacht ist nun vorüber. Es wurde Vergeltung geübt, und wir haben unseren Frieden gefunden.«

Die nebelhaften Gesichter der Geister nickten. Elodie stiegen Tränen in die Augen. »Aber ihr könnt doch nicht einfach verschwinden.«

Samial ergriff ihre Hand. So eisig seine geisterhaften Finger sein mochten, tat ihr die Berührung doch wohl. »Elodie, dieser Abschnitt geht zu Ende.«

Sie blickte ihrem Freund in die Augen. »Dann war's das also? Ihr seid nur gekommen, um euch zu verabschieden?«

»Nein«, antwortete Sir Jaken. »Da ist noch etwas, das du für uns tun musst.«

»Ich? Was könnte ich für euch tun?«

»Du musst uns noch lossprechen.«

Elodie entzog Samial ihre Hand und wandte sich ab. *Aber so war es mir doch bestimmt*, dachte sie voller Verzweiflung. *Ich wurde geboren, um eine Geisterarmee anzuführen. Das weiß ich. Ich bin die Einzige, die das kann. Ohne sie bin ich nur …*

»Es sind noch andere Geister in dieser Welt«, hörte sie eine alte, brüchige Stimme sagen.

Elodie sprang auf. Sie hatte Melchior nicht kommen hören – der Zauberer war wie immer barfuß und die Lichtung von einem weichen Moosteppich bedeckt.

Vielleicht ist er auch gar nicht gelaufen, sondern einfach … erschienen.

»Du hast mich erschreckt«, murmelte sie. Dann kam ihr ein Gedanke. »Siehst du sie auch, Melchior?«

Der Zauberer starrte in Richtung der Reihen der angetretenen Ritter. Sein gelber Umhang leuchtete schwach im fahlen Morgenlicht. Seine Hände schlossen sich so fest um seinen hölzernen Stab, dass seine Knöchel weiß anliefen.

»Nein«, meinte er schließlich. »Das ist mir nicht möglich. Ich spüre aber ihren Überdruss mit ihrem Dasein – und du fühlst das auch, glaube ich.«

Elodie wollte widersprechen, aber Melchior hatte recht. Sie spürte es – als langsames, durchdringendes Pulsieren und Schlagen, wie von den Flügeln eines eingesperrten Vogels, der losfliegen möchte.

Sie seufzte. »Also, was soll ich tun?« Wie häufig, wenn sie nervös war, stahl sich ihre Hand zu dem grünen Edelstein, den sie um den Hals trug. Er war inzwischen genauso ein Teil von ihr wie das Blut in ihren Adern; wie das Blut, das sie mit ihren Brüdern verband.

»Es ist eine einfache, aber sehr machtvolle Handlung«, sagte Melchior. »Du musst einen Talisman annehmen – etwas, das diesen verlorenen Seelen etwas bedeutet – und ihn vergraben.«

»Ist das alles?«

»Das ist alles.«

»Wie bei einem Begräbnis?«

»Wie bei einem Begräbnis.«

»Deshalb haben wir dich nach der Schlacht hierhergeführt«, erklärte Samial.

Nun wichen die Phantompferde hinter ihm zurück – teils nach links, teils nach rechts –, so dass sich in der Geisterarmee eine Gasse bildete. An ihrem Ende sah Elodie eine riesige Eiche.

»Ich werde es dir zeigen«, sagte Samial.

Elodie blickte zu Melchior, der breitbeinig dastand und beide Hände auf seinen Stab stützte.

»Ich werde hier warten«, sagte der Zauberer.

Als Samial Elodie zum Baum führte, spürte sie auf urtümliche Weise die Gegenwart der Ritter und ihrer Rösser, die sich um sie drängten. Sie schritt benommen voran, wie im Traum.

Der Baum war riesig und uralt. Die unteren Äste waren dicker als die Stämme vieler Bäume und hingen fast bis zum Boden. Elodie folgte Samial bis an den gewaltigen Fuß der Eiche. Dort entdeckte sie zwischen grünen Flechten einen dunklen Hohlraum.

»Hier«, deutete Samial.

Als Elodie die Hand nach der Öffnung ausstreckte, ächzte der Baum. Erstaunt blickte sie nach oben.

»Hab keine Angst«, meinte Samial.

Sie biss sich auf die Lippe und griff in die Höhlung. Im Innern war es feucht, aber ihre Finger schlossen sich sogleich um etwas Weiches. Sie zog es heraus und hielt es in die Höhe.

»Es ist eine Fahne«, sagte sie verwundert.

»Die Standarte von Morlon«, sagte Samial. »Es sind die Farben, unter denen wir vor all diesen Jahren gekämpft haben.«

»Morlon. Das war Brutans Bruder, nicht wahr?«

Samial nickte. Er strich mit den durchsichtigen Fingern über den ramponierten Stoff der Fahne, zeichnete verblichene, purpurrote Streifen nach und ein Wappen, das vielleicht einmal golden gewesen sein mochte.

»Brutan raubte Morlon den Thron, und wir kämpften dafür, ihn zurückzugewinnen. Wir sind gescheitert. Der letzte unserer Fahnenträger hat sie hier versteckt, am letzten Tag unserer letzten Schlacht.«

Sie ließen den Baum hinter sich, und es öffnete sich eine zweite Gasse in den Reihen der Geisterarmee. Ehrfürchtig schritt Elodie durch die Reihen der toten Ritter voran, die ihr bei dieser letzten Aufgabe Geleit gaben.

Melchior wartete schon am anderen Ende der Gasse und stocherte mit seinem Stab in der weichen Erde.

»Hier ist er«, rief sie und hob die Flagge hoch.« Ihr Talisman.«

Der Zauberer nickte und warf ihr einen kurzen Stock zu. »Hilf mir beim Graben, Elodie.«

Sie machte sich mit dem Stock an die Arbeit, erkannte aber bald, dass sie mit bloßen Händen schneller vorankam. *Auf Burg Vicerin hätte ich das einen Diener machen lassen.* Einen

Erdklumpen nach dem anderen löste sie heraus und legte sie neben dem Loch beiseite. Die Vicerins hatten Elodie wie eine Tochter großgezogen, wollten sie aber benutzen, um den Thron für sich selbst zu gewinnen. *Jetzt würden sie mich wohl kaum wiedererkennen*, dachte sie mit einem Blick auf ihre schmutzigen Hände.

Als die Grube ausgehoben war, blieb Elodie am Boden knien. Die Grube sah aus wie ein Grab.

»Was tun wir jetzt?«, fragte sie.

»Ich glaube, das weißt du«, antwortete Melchior sanft.

Elodie hob die Flagge auf, faltete sie und legte sie in die Grube.

»Und jetzt bedecke sie«, sagte Melchior.

»Sollten wir vielleicht etwas sagen?«

»Möchtest du das?«

Elodie schüttelte den Kopf. Sie war zu mitgenommen, um zu denken, geschweige denn zu sprechen.

Melchior berührte sie an der Schulter. »Gräme dich nicht, wenn dir die Worte fehlen, Elodie. Es ist schon alles gesagt. Hier geht es um Taten, nicht um Worte.«

Das Gefühl der Trauer wurde stärker, als sie eine Handvoll Erde aufnahm und über der Fahne verteilte. Im selben Augenblick lief es wie Wellen durch die Geisterarmee.

»Noch eine«, sagte Melchior.

Elodie gehorchte. Mit jeder Handvoll Erde wurden die Wellen stärker. Elodie schloss die Augen, und während sie mit den Händen weiterschaufelte, spürte sie eine seltsame Bewegung in der Luft, die sie umgab.

»Ah, hier seid Ihr, Prinzessin Elodie. Melchior – Euch einen guten Morgen.«

Die Stimme riss sie aus ihren Gedanken. Sie wandte sich um und sah Fessan, dessen hohe Gestalt sich vor dem roten Himmel abzeichnete, der sich rasch zu Orange aufhellte.

»Ein neuer Tag«, bemerkte Melchior und erhob sich mühsam.

»Und unser letzter hier, denke ich«, seufzte Fessan. Das flache Morgenlicht zeichnete scharfe Linien in sein Gesicht, so dass er müde und sehr viel älter wirkte als der jugendliche Kommandant, der Elodie noch von ihrem ersten Zusammentreffen in Erinnerung war.

»Ich denke, wir sollten das Lager morgen abbrechen«, fuhr Fessan fort. »Bei der Schlacht um die Brücke haben wir viele Kämpfer verloren und müssen unbedingt neue Soldaten anwerben. Außerdem brauchen die Leute ein Ziel. Der Dreizack muss auch weiterhin –« Er brach ab und schien das Loch im Boden erst jetzt zu bemerken. »Was tut Ihr da?«

Elodie ärgerte sich etwas über die Unterbrechung, stand auf und wischte sich die Erde von den Händen. »Ich ehre diejenigen, die uns geholfen haben, Fessan.«

»Ehren? Wen ehrt Ihr?« Die Narbe, die sich an seiner Wange seitlich herunterzog, zuckte, und er sah sich auf der Lichtung um, wobei sein Blick durch die Geister hindurchging.

»Meine Armee. Unsere Verbündeten. Die Ritter, die den Dreizack gerettet haben.«

»Die Geister?« Fessan machte große Augen. »Sind sie denn jetzt hier?«

»Das sind sie, aber sie verlassen uns. Ihre Aufgabe ist erfüllt, und es ist an der Zeit, dass ich sie losspreche.«

»Sie verlassen uns? Aber Prinzessin, die Hälfte unserer Soldaten ist auf der Brücke gefallen. Und viele der Überlebenden sind verwundet. Ohne Eure … Eure Freunde wären wir vernichtet worden. Ihr dürft sie nicht gehen lassen! Wir brauchen sie!«

Fessan bebte am ganzen Körper. Elodie war bestürzt. Hatte Fessan jemals in ihrer Gegenwart die Beherrschung verloren? Wohl kaum. Angesichts seiner Vorwürfe wurde sie nun selbst wütend.

»Wie könnt Ihr es wagen?«, blaffte sie. »Diese … diese *Krieger* haben das Recht, ihren Frieden zu finden. Es steht Euch nicht zu, das in Frage zu stellen. Sie haben ihre Pflicht getan. Und ich *werde* ihnen ihre Ruhe gewähren.«

»Das lasse ich nicht zu!« Fessan stemmte die Fäuste in die Seiten.

»Doch, das wirst du«, sagte Melchior und trat zwischen die beiden. Er tippte mit seinem Stab auf die zur Hälfte bedeckte Fahne. »Dies ist eine Blutschuld, Fessan. Als Mann des Schwertes solltest du das verstehen.«

Fessan ließ die Schultern sinken. Mit einem Mal wirkte er sehr erschöpft. »Der Dreizack setzt auf mich. Ich bin ihm verpflichtet.«

»Und die Geister setzen auf Elodie«, erwiderte Melchior. »Sie ist ihnen ebenfalls verpflichtet.«

Auf Fessans Gesicht waren die widerstrebenden Gefühle abzulesen. Schließlich sagte er knapp: »Also gut. Tut, was Ihr tun müsst. Ich hoffe nur, dass der Dreizack nicht mit weiteren Opfern dafür bezahlen wird.«

Er machte auf dem Absatz kehrt und stürmte zum Lager zurück. Elodie blickte ihm nach, bis er zwischen den Bäumen verschwunden war.

»Er hat so viel für mich getan«, sagte sie. »Er hat so hart dafür gekämpft, mich auf den Thron zu bringen. Und eine Armee für mich aufgestellt, Melchior. Auf der Brücke hat er so viele Männer verloren. Aber … warum muss er mir das alles noch schwerer machen?«

»Fessan ist ein großer Anführer«, antwortete Melchior, »und er trägt große Verantwortung. Ebenso wie du, Elodie. Jeder auf seine Weise. Er ist ein guter Mann. Deshalb habe ich ihn zum Anführer des Dreizacks gemacht.« Er wandte sich wieder dem Loch im Boden zu. »Und jetzt müssen wir zu Ende bringen, was wir begonnen haben.«

Schweigend machten sie sich wieder an die Arbeit. Während Elodie die Flagge begrub, ließ ihr Ärger über Fessan langsam nach. Auch alles andere schien von ihr abzufallen, und irgendwann gab es nur noch sie, ihre Hände und die feuchte Erde, die sie berührten.

»Es ist fast vollbracht«, sagte Melchior leise.

Blinzelnd tauchte Elodie aus ihren Gedanken auf. Nun war nur noch ein winziger Zipfel der Flagge zu sehen. Sie hielt mit der letzten Handvoll Erde inne. Alle Blicke der Geisterarmee waren auf sie gerichtet, lautlos wie angehaltener Atem.

Plötzlich riss sie den Kopf herum. Ja, sie musste die Armee freigeben, aber sie ertrug es nicht, alle zu verlieren – noch nicht. »Samial?«

»Ich bin hier.« Wie aus dem Nichts trat er vor, ein müdes Lächeln im schmalen, schmutzigen Gesicht.

Sie schloss die Augen und schlug sie wieder auf. »Samial, gib mir eine ehrliche Antwort. Möchtest du, dass ich dich losspreche?«

»Nicht wenn du möchtest, dass ich bleibe«, antwortete er sofort.

Ihre Augen füllten sich mit Tränen. »Das möchte ich aber, Samial. Wirklich.«

»Dann nimm dies hier.« Der jugendliche Geist zog eine Pfeilspitze aus seinem Waffenrock. Er hielt sie in die Höhe, und ein Lichtstrahl, der durch die Bäume herabfiel, zeichnete eine gelbe Spur auf die scharfe Kante. »Sie war immer mein Glücksbringer. Wenn du sie behältst, behältst du auch mich.«

Mit zitternden Fingern ergriff Elodie die Pfeilspitze und schob sie in die Tasche ihres Kleides. Sie musste schlucken. Dann hob sie den Kopf und sah sich mit einem unsicheren Lächeln zu Sir Jaken und den Reihen der Ritter um.

»Lebt wohl«, sagte sie. »Und habt Dank.« Dann streute sie den Rest der Erde über die Fahne.

Die Geister der Ritter und ihrer Pferde leuchteten hell auf, und Elodie wich geblendet einen Schritt zurück und schirmte die Augen mit der Hand ab. Die Kämpfer hoben die Arme zum letzten Gruß. Dann lösten sie sich im Morgenlicht auf und verblassten wie ein vergessener Traum.

Einen Augenblick lang starrte Elodie auf die leere Fläche vor den Bäumen. Samial neben ihr neigte den Kopf.

»Nun gut«, meinte Elodie mit einem langen, schwermütigen Seufzer. »Es ist geschehen. Ich hoffe nur, dass ich das Richtige getan habe.«

»Was sagt dir dein Herz?«, fragte Melchior. Er stand etwas abseits an einen Baum gelehnt.

»Dass ich mein Bestes getan habe. Aber reicht das?«

»Genau wie deine Mutter«, murmelte er.

Seine Worte rissen Elodie aus ihrer Trauer. Ihr Kopf schnellte zu ihm herum. »Meine Mutter? Du hast meine Mutter gekannt?«

»Ja.«

Er sagte das so beiläufig, dass Elodie zuerst dachte, sie hätte sich verhört. Sein feines Lächeln verriet ihr aber, dass es nicht so war. Sie ging auf ihn zu. »Erzähl mir von ihr!«

Der Zauberer blickte zur Seite und schien nachzudenken. Elodie kam er vor wie ein Reiher, der am Bachufer geduldig darauf wartete, dass ein Fisch vorüberkam.

»Sie hieß Kalia«, sagte er schließlich. »Sie war eine Erdhexe, und ich habe niemals eine Mutter gesehen, die ihre Kinder mehr geliebt hat. Sie war bereit, alles für euch aufzugeben. Selbst ihr eigenes Leben.«

Alles in Elodie kam abrupt zum Stehen: ihr Herzschlag, das Pulsieren des Blutes in ihren Adern, selbst ihr Atem.

»Die Vicerins haben mir erzählt, meine Mutter sei eine Bäuerin gewesen«, sagte sie stockend. »Aber das war wohl auch gelogen, nicht wahr? Sie war eine Hexe! Kein Wunder, dass sie mir das nicht erzählt haben.«

»Und wenn sie es getan hätten?«

Ihr zuckte ein Schmunzeln um die Lippen. »Dann hätte ich wohl nicht zugelassen, dass mich Lord Vicerin wie ein Püppchen behandelt. Ich hätte nur zu gern gesehen, wie er versucht, ohne mich an die Krone zu kommen.« Sie blickte sich nach Samial um, der noch immer neben der begrabenen Standarte am Boden kniete. Da kam ihr ein Gedanke. »Dann hatte meine Mutter also magische Fähigkeiten! Ist das der Grund, weshalb ich so bin, Melchior? Konnte sie auch Geister sehen?«

»Das ist möglich.«

»Und wo ist sie jetzt?«

»Es tut mir leid, Elodie. Ich weiß nicht, wie ich dir das erklären soll. Als Brutan entdeckte, dass ihr drei noch am Leben seid, ließ er deine Mutter auf dem Scheiterhaufen verbrennen.«

Elodie war mit einem Mal eiskalt. »Dann ist sie …«

Der alte Zauberer nickte. »Ja. Ich fürchte, dass deine Mutter wahrscheinlich tot ist.«

Sie blickte ihn scharf an. »Wahrscheinlich?«

»So ist es. Als ich von der Hinrichtung erfuhr, versuchte ich einzugreifen. Aber Brutan hatte alle Zugänge zum Unteren Saal versperren lassen.«

»Welcher Untere Saal?«

»Egal. Ich musste einen anderen Weg finden. Ich schaffte es hinauf auf den Wehrgang, aber es war schon zu spät, um das Feuer zu ersticken, wie ich geplant hatte. Ich musste improvisieren.«

»Was ist geschehen?«

Melchior starrte mit seinen blauen Augen in die Ferne, vielleicht auch zurück in die Vergangenheit. Seine Finger strichen dabei rastlos über die Runen auf seinem Stab. Seine Zehen bohrten sich in die Erde.

»Ich versuchte einen Zauber, an den sich kein vernünftiger Zauberer jemals wagen würde. Einen Augenblick vor ihrem Tod versuchte ich, sie dieser Welt zu entrücken.

»Du … hast sie gerettet?«, fragte sie verwirrt. Bestand etwa Hoffnung, dass ihre Mutter noch am Leben war?

Melchiors Blick fand Elodies Augen. »Ich weiß es nicht. Diese Magie, die ich benutzte, ist uralt und … roh. Wer der Welt entrückt ist, befindet sich jenseits von Leben und Tod in einem Reich, das wenig mit beidem zu tun hat. Der Vorgang birgt viele Gefahren. Und um jemanden zurückzuholen …«

Elodies Begeisterung wuchs mit jedem seiner Worte. »Aber du glaubst, es könnte dir gelungen sein! Es ist doch so, nicht wahr?«

Der Zauberer schüttelte den Kopf. »Ich kann es nicht sagen. Auf dem Scheiterhaufen fand ich später nichts als Asche.« Er seufzte. »Je älter ich werde, desto mehr begreife ich, dass die Zauberei mehr Fragen aufwirft, als sie beantwortet.«

»Aber dein Zauberspruch könnte gewirkt haben.« Elodie rang noch immer mit der Vorstellung und versuchte, in ihrem Kopf dafür Platz zu schaffen. »Die Fragen kümmern mich nicht, Melchior – ich bin nur froh, dass wir einen Zauberer auf unserer Seite haben!«

»Ach, aber im Augenblick habt ihr das nicht.«

Elodie starrte ihn fassungslos an. »Was? Wie meinst du das, du bist nicht auf unserer Seite?«

Um den Mund des Zauberers spielte ein Lächeln. »So habe ich das nicht gemeint, Elodie. An meiner Treue darfst du nicht zweifeln, ich werde bis zum Ende zu euch halten. Ich wollte nur sagen, dass ich kein Zauberer mehr bin.«

Elodie starrte ihn an.

»Der Entrückungszauber ist verboten. Als ich ihn angewandt habe, um deine Mutter zu retten – es zu *versuchen* –, habe ich alle Gesetze der Zauberei gebrochen. In dem Augenblick, als ich den Spruch anwandte, entzogen mir die Sterne meine Fähigkeiten. Seit diesem Tag vor zehn Jahren wandere ich machtlos durch die Welt. Ja, hier und da konnte ich mich nützlich machen; so habe ich Fessan geholfen, den Dreizack zu erschaffen. Aber jetzt, fürchte ich, brauchst du mehr als einen gebrechlichen alten Mann. Es ist Zeit, dass ich das Verlorene wiedererlange.«

»Du meinst, dass du deine magischen Kräfte zurückbekommst? Ist so etwas überhaupt möglich?«

»Ich weiß es nicht. Aber ich muss es versuchen. Dazu muss ich mich auf eine Reise machen und an ihrem Ende in den Ozean der Zeit eintauchen, um mich vor den Sternen zu rechtfertigen.«

Elodie bekam am ganzen Körper Gänsehaut. Ihr kam es vor, als wäre der gebeugte alte Mann mit dem zerschlissenen gelben Umhang, der vor ihr stand, überhaupt kein Mensch.

»Ich erzähle dir das alles im Vertrauen«, sagte Melchior und legte ihr die knorrige Hand auf die Schulter. »Der Dreizack braucht das nicht zu wissen. Fessan braucht das nicht zu wissen – seine Last ist auch so schon schwer genug. Bis ich meine Kräfte wiedererlange, soll das unser Geheimnis bleiben. Wirst du es bewahren?«

Elodie nickte stumm. Seit sie am Morgen aufgewacht war, schien die ganze Welt gekippt zu sein, so dass sie gefährlich zwischen Vergangenheit und Zukunft balancieren musste. Sie presste die Hand auf ihre Tasche und fand Trost in der Härte der Pfeilspitze, die Samial ihr gegeben hatte. Einen Glücksbringer hatte er sie genannt.

Nun, ein bisschen Glück könnte uns jetzt nicht schaden.

Und endlich hob sich weit hinter den Bäumen die Morgensonne über den Horizont.

Kapitel 3

Festhalten!«, rief Tarlan. »Wir sind da!« Er vergrub die Finger in Theetas goldener Halskrause und beugte sich vor, als der gewaltige Thorrod zu den Bäumen hinabtauchte. Den vier Frauen, die hinter ihm saßen, stockte der Atem und sie klammerten sich aneinander.

Tarlan blickte nach rechts und links, wo Nasheen und Kitheen in vollendeter Formation neben ihm flogen, jeder mit weiteren fünf Geretteten auf dem Rücken. Es war sehr gefährlich, diese armen Menschen vom rauchgeschwängerten Schlachtfeld in Idilliam aufzulesen, und auf dem Weg über den Abgrund, der die Stadt umgab, hatte er befürchtet, die Passagiere könnten abstürzen. Aber nun waren sie hier und schwebten über den Wäldern Isuriens zurück zum Lager des Dreizacks. Dies war nun schon der dritte Rettungsflug.

Wie viele werden es wohl noch sein, bis ich meinen Bruder finde?

Mit einem wilden Schrei breitete Theeta die Schwingen aus, bremste ihren Sinkflug und schwebte majestätisch auf die Waldlichtung. Unter ihnen zog eine Reihe Zelte vorbei, Tarlan sah viele verwundete Soldaten davorliegen und in die Morgensonne hinaufblicken. Sein Flügelross zog über eine Feldschmiede hinweg, wo man eifrig zerbrochene Waffen instand setzte. Er steuerte Theeta auf eine Freifläche zwischen einer riesigen Feuerstelle und einem Pferch mit Pferden, wo sie schließlich aufsetzten.

Die geflügelten Gefährten landeten neben ihnen – völlig lautlos trotz der enormen Größe der Tiere. Kaum am Boden, glitt Tarlan herunter und half den Überlebenden beim Absteigen. Sofort kamen Pfleger mit Tragen aus den Krankenzelten gelaufen, und Tarlan übergab die Geretteten erleichtert in deren Obhut.

»Gut gemacht, Theeta«, sagte er, tätschelte den riesigen Schnabel des Vogels, und lächelnd rief er den anderen beiden Thorrods zu: »Und ihr genauso.«

»Wieder fliegen?«, erwiderte Theeta mit ihrem typischen scharfen Zischen.

Bevor er antworten konnte, schlug ihm etwas Schweres die Beine weg, und er fiel zu Boden. Lachend stand er wieder auf und schlang die Arme um die beiden Tiere, die ihn eben wie einen Baum gefällt hatten.

»Graudorn! Filos! Wollt ihr mich umbringen?«

Der Wolf und der Tigronwelpe drückten sich an seine Beine und kläfften und schnurrten vor Vergnügen.

»Ich bin so glücklich, wenn das Rudel beisammen ist«, sagte Graudorn.

»Ich auch«, antwortete Tarlan.

»Und dein Bruder?«, fragte Filos. »Hast du deinen Bruder gefunden?«

Tarlan strich über das blau-weiß gestreifte Fell des Tigronweibchens. »Nein, Filos. Dort drüben herrscht das reinste Chaos. Aber ich werde es weiter versuchen.«

»Bruder geschmolzen«, sagte Theeta.

»Geschmolzen?« Tarlan brauchte einen Augenblick, bis er begriff, was sie sagen wollte. »Ach, du meinst, er ist verschwunden?«

»Bruder geschmolzen«, bekräftigte Theeta.

Tarlan nickte, denn er erinnerte sich an den merkwürdigen Moment mitten in der Schlacht, als Gulph von dem untoten Monster bedroht wurde, zu dem ihr Vater geworden war … und plötzlich unsichtbar wurde.

Ich rede mit Tieren. Elodie sieht Geister. Und Gulph … Ist das Verschwinden dein einziger Trick, mein Bruder, oder kannst du noch mehr?

»Er wird schwer zu finden sein«, grunzte Graudorn.

»Ja«, sagte Tarlan, »aber ich werde nicht aufgeben.«

Der letzte der Geretteten – ein junger Mann mit einem gebrochenen Arm und einer tiefen Schnittwunde seitlich im Gesicht – blickte Tarlan neugierig an, als er vorbeihumpelte.

Sie hören nichts als Knurren und Krähen, wenn meine Freunde reden, dachte Tarlan und verspürte dabei einen seltsamen Stolz. *Wir haben eine ganz eigene Sprache.*

Er führte seine Gefährten zur Feuerstelle, wo sie sich niederließen und Streifen von Fleisch verspeisten – gebraten für ihn, für die anderen roh. Währenddessen musterte er Theetas verletzten Fuß.

»Wie fühlt es sich an?«, fragte er und berührte den verbundenen Stumpf, wo Brutan während der Schlacht um die Brücke eine Kralle abgehackt hatte.

»Kralle ab«, murmelte Theeta, die den Schnabel voll Fleisch hatte.

»Das stimmt.« Er tätschelte ihr das schuppige Bein. »Du musst es mir sagen, wenn du Ruhe brauchst, Theeta. Seit der Schlacht sind wir schon dreimal geflogen.«

»Bruder dort«, erwiderte Theeta in einem Tonfall, der Tarlan sagte, dass sie schon bald wieder in der Luft sein würden.

Als sie gegessen hatten, blieb Tarlan unruhig sitzen. Er wusste, dass sie sich noch etwas ausruhen sollten, bevor sie wieder in Richtung Idilliam aufbrachen. Aber hier im Lager des Dreizacks mit seinem geschäftigen menschlichen Treiben war es einfach furchtbar *laut*.

Aber du bist doch auch ein Mensch, flüsterte eine Stimme in seinem Kopf. *Das ist dein Volk*.

»Nein«, brummte er. »Ich habe mein Rudel. Und ich gehe meiner eigenen Wege.«

»Und welche Wege könnten das sein?«

Tarlan drehte sich um, Fessan stand wenige Schritte hinter ihm. Der Kommandant des Dreizacks hatte die Arme verschränkt, und sein vernarbtes Gesicht war ernst.

»Zurück nach Idilliam, falls dich das etwas angeht«, antwortete Tarlan und stand auf. »Jemand muss diesen Menschen schließlich helfen.«

»Ihr habt schon genug getan, mein Prinz«, antwortete Fessan. »Einen weiteren Flug kann ich nicht zulassen.«

»Zulassen?«, schnauzte Tarlan. Er hasste es, wenn Fessan ihn »Prinz« nannte. »Glaubst du, ich brauche dazu deine Erlaubnis?«

»Es ist zu gefährlich.«

»Glaubst du, ich weiß das nicht? Ich bin auch während der Schlacht dorthin geflogen, schon vergessen? Ihr seid ja nicht einmal über die Brücke gekommen!«

»Viele meiner Leute sind auf der Brücke gestorben.«

Wahrscheinlich hatte Fessan recht. Aber war das ein Grund, nichts zu unternehmen?

»Hier liegen doch alle nur herum und lecken ihre Wunden!«, sagte er. »Ich tue wenigstens etwas! Was bleibt meinem Bruder sonst für eine Hoffnung?«

»Ach, darum geht es. Die Bürger von Idilliam kümmern Euch nicht. Ihr wollt nur Euren Bruder finden.«

»Natürlich will ich Gulph finden. Genau wie Elodie. Und wenn ich währenddessen anderen helfen kann, umso besser.«

Tarlan bemerkte, dass er auf Fessan zuging, flankiert von Graudorn und Filos. Beide hatten ihr Fell gesträubt und knurrten, und auch er selbst verspürte den Drang, seine Zähne zu fletschen.

Doch dann erkannte er, dass Fessan überhaupt nicht streng dreinblickte – er sah erschöpft aus.

»Zurück«, murmelte er und ließ die Hände auf die Köpfe seiner Gefährten sinken. Der Wolf und der Tigron blickten verwundert zu ihm auf, aber sie knurrten nicht mehr. »Geht zurück. Alles in Ordnung. Lasst uns einen Augenblick allein.«

Widerwillig zogen sich Graudorn und Filos zurück, ließen sich zwischen den Thorrods nieder und äugten argwöhnisch herüber.

»Ich vermute, du hast einen besseren Plan?«, meinte Tarlan zu Fessan in ruhigerem Ton.

Fessan sah ihn eindringlich an. »Das stimmt.«

»Und wirst du ihn mir verraten?«

»Werdet Ihr mir zuhören?«

Tarlan konnte ein Schmunzeln nicht unterdrücken. »Schon möglich.«

Fessan senkte den Kopf und musste ebenfalls lächeln. »Sehr gut, mein Prinz. Wir werden wieder nach Idilliam gehen. Ihr habt recht. Wir müssen Gulph finden – schon wegen der Prophezeiung. Bis zu diesem Punkt wenigstens sind wir uns einig. Aber Brutan verfügt über starke Kräfte, und sie werden mit jedem neuen Untoten noch zahlreicher werden. Wenn wir sie besiegen wollen, brauchen wir eine Armee, wie sie Toronia noch nie gesehen hat. Und das ist noch nicht alles.«

»Ist es nicht?«

Ohne es zu wollen, war Tarlan fasziniert. Sobald Fessan über Strategien sprach, brannte etwas wie Feuer in seinen Augen, und Tarlan bekam eine Ahnung davon, was es hieß, ein Soldat zu sein.

»Nein. Um den Abgrund zu überwinden, müssen wir die Brücke reparieren … oder eine neue bauen.« Fessan starrte nach Süden durch die Bäume, als würde er nicht den Wald sehen, sondern das, was dahinterlag. »Und auch *das* ist noch nicht alles. Idilliam ist ja nur ein Teil der Geschichte. Wir brauchen auch noch eine zweite Armee, um gegen Ritherlee zu marschieren. Die Vicerins sind zu mächtig geworden.«

Bei diesem Namen prickelte es Tarlan auf der Haut. Die Erinnerung daran, wie ihn Lord Vicerin eingesperrt hatte, war noch frisch und nicht leicht zu vergessen. Er hatte noch immer das Rauschen von Theetas Flügeln im Ohr, als sie ihn von seinem Gefängnis forttrug, und verspürte neue Wut darüber, dass er den rätselhaften grünen Edelstein, wie ihn auch Elodie und Gulph trugen, hatte zurücklassen müssen.

Tarlan dachte darüber nach und schüttelte dann den Kopf. »Dazu bleibt Gulph keine Zeit. Er braucht uns *jetzt*. Mein Bruder braucht mich.«

»Und du wirst ihm helfen«, meldete sich eine knarrende alte Stimme.

Tarlan schnellte herum und blickte direkt ins Gesicht von Melchior. Eigentlich waren seine Ohren genau so scharf wie die seiner tierischen Gefährten; wie schaffte es der Zauberer immer wieder, sich an ihn anzuschleichen?

»Ich bin froh, dass wir einer Meinung sind«, sagte er.

»Aber du wirst ihm nicht sofort helfen«, fügte Melchior an.

Tarlan runzelte die Stirn. Die Worte des Zauberers hatten vielerlei Bedeutungen. Menschen waren schon schwer zu verstehen, aber Zauberer …

»Gulph braucht mich«, sagte er stur. »Ich muss zu ihm. Er könnte inzwischen sogar schon tot sein.«

»Das ist er nicht.«

»Woher willst du das wissen?«

Melchior hob seinen knochigen Zeigefinger zum Himmel. Die anderen Sterne waren verblasst, aber die drei Sterne der

Prophezeiung hoben sich noch immer funkelnd vom rosigen Himmel ab.

»Sie sind in der Nacht eurer Geburt erschienen«, sagte Melchior. »Für jeden von euch dreien einer.«

»Das weiß ich«, blaffte Tarlan. »Ich verstehe nur nicht –«

»Solange wir sie sehen, ist alles gut.« Elodie tauchte aus dem Zwielicht auf und blieb neben dem Zauberer stehen. Von allen Menschen, die Tarlan kennengelernt hatte, war ihm Elodie am wenigsten fremd. »Das ist es, was du meinst, Melchior, oder?«, sagte sie.

Melchior nickte. »Deine Schwester sagt die Wahrheit. Wenn Gulph tot wäre, würde sein Stern erlöschen, und damit auch die Prophezeiung. Die Prophezeiung – das Schicksal von Toronia – lastet nicht auf einem, sondern auf drei Paar Schultern. Entweder ihr alle – oder keiner.«

Tarlan starrte zum Himmel hinauf. Was war er, dass sein Schicksal an diese himmlischen Feuer gebunden war? *Und mit welchem Recht sagten sie ihm, was er zu tun hatte?* Nicht zum ersten Mal wünschte er sich, er könnte dort hinaufreichen und das Zeichen vom Himmel wischen; dann wäre er frei.

»So, da das nun geklärt ist«, fuhr der Zauberer fort, »musst du mit mir kommen, Tarlan. Während Fessan und Elodie alle Hände voll zu tun haben, den Dreizack wiederaufzubauen, werden wir beide eine wichtige Reise machen.«

Fessan, der sich bereits abgewandt hatte, wirbelte verblüfft herum.

»Melchior, habt Ihr den Verstand verloren? Die Drillinge sind verwundbar, solange sie getrennt sind. Elodie und Tarlan müssen zusammenbleiben. Und außerdem brauche ich dich hier. Der Dreizack braucht dich.«

Tarlan war ebenso überrascht, wie Fessan dreinblickte – und froh war er zugleich. *Eine Reise!* Vielleicht konnte er seinem Schicksal nicht entkommen, aber so käme er wenigstens fort von diesen engen Zelten und könnte wieder in klarer Luft frei herumfliegen. Das wäre einfach wunderbar.

Selbst wenn ich mich dabei mit einem Zauberer abgeben muss.

Er sah Elodie an. Wie würde sie es aufnehmen, wenn sie sich schon so schnell wieder trennen mussten? Sie hatten sich ja kaum erst kennengelernt. Überraschenderweise lächelte sie ihn an.

»Du solltest das tun«, sagte sie. »Ich sehe doch, dass du es dir wünschst.«

Fessan schüttelte den Kopf. »Ich kann dich nicht gehenlassen. Keinen von euch beiden.«

»Du kannst uns nicht aufhalten«, meinte Melchior milde. »Tarlan, kommst du?«

Mirith – von der Tarlan wie ein eigenes Kind großgezogen worden war – hatte immer gesagt, die besten Entschlüsse seien die, die man schnell fasst.

Wenn dein Kopf und dein Herz im Widerstreit sind, dann sag deinem Kopf, er soll sein Schwert beiseitelegen. So hatte sie es immer gesagt.

»Und wann brechen wir auf?«

Es wurde schon dunkel, als Tarlan einen Rucksack mit Beuteln voller Trockennahrung und Wasserschläuchen füllte. Melchior hatte darauf bestanden, dass sie sich vor dem Aufbruch ausruhten, und er musste zugeben, dass es ihm gutgetan hatte, sich unter Theetas Flügel zusammenzurollen und zu schlafen. Sein Körper war gekräftigt, und sein Kopf war wieder frei. Eben schnürte er den Sack zu, als Elodie mit einem kleinen Bündel Kleidung zum Wechseln herankam.

»Hoffentlich denkst du daran, dich auch mal zu waschen«, sagte sie und stopfte die Kleider in den Sack.

»Du wusstest doch schon vorher über Melchiors Plan Bescheid, oder?«, fragte Tarlan. »Wo will er denn hin?«

Elodie blickte sich ängstlich um und senkte die Stimme. »Ich weiß es auch nicht genau. Aber ich glaube, du sollst Melchior dabei helfen, seine Kräfte zurückzugewinnen.«

»Seine Kräfte?« Tarlan begriff nicht gleich. Dann dämmerte es ihm. »Seine *Zauberkräfte?* Du meinst, er kann gar nicht …?«

Und dann erzählte ihm Elodie eine Geschichte, mit der man Kinder hätte erschrecken können, aber er wusste, dass sie leider die Wahrheit war. Eine Geschichte über Verrat, eine auf dem Scheiterhaufen verbrannte Hexe und einen Zauberer, dem ihre Rettung so wichtig war, dass er seine magischen Kräfte bei dem Versuch aufs Spiel setzte.

»Unsere Mutter«, hauchte Tarlan, als sie geendet hatte. »Ich hätte nicht geglaubt, dass ich Brutan überhaupt noch mehr hassen könnte als zuvor. Aber ich werde ihn finden. Und dann werde ich ihn töten!«

»Er ist schon tot«, meinte Elodie trocken. »Aber viel scheint sich dadurch nicht geändert zu haben.«

Tarlan hörte nicht zu. »Ich werde mit Melchior gehen. Wir werden seine Zauberkräfte zurückgewinnen. Ich werde tun, was immer er von mir verlangt. Für unsere Mutter, Elodie!«

Er schwieg. Elodies Augen waren aus einem Grund geweitet, den er nicht ermessen konnte. Warum waren die menschlichen Gefühle nur so kompliziert?

»Pass auf dich auf«, sagte sie.

»Du könntest doch mitkommen«, meinte er unvermittelt. »Fessan hat doch selbst gesagt, dass es sicherer ist, wenn wir zusammenbleiben. Wie ein Rudel.«

Elodie zog eine Augenbraue in die Höhe. »Ein Rudel Tiere?«

»Genau!«

Elodie schüttelte den Kopf, aber sie musste grinsen. »Du wirst bald zurück sein«, sagte sie. »Die Prophezeiung wird dafür sorgen. Außerdem muss ich Fessan dabei helfen, den Dreizack wiederaufzubauen. Du bist nicht der Einzige, der etwas zu tun hat.«

Sie umarmte ihn und trat dann ein Stück zurück. Das Glühen der Feuerstelle hinter ihr tauchte sie in einen orangefarbenen Schein.

»Dann heißt es jetzt Abschied nehmen.«

»Lebewohl, mein Bruder. Bis bald.«

Tarlan spürte etwas Hartes, Gebogenes am Hinterteil. Er drehte sich um und legte die Hand auf Theetas Schnabelspitze.

»Graudorn! Filos!«, rief er und sprang auf den Rücken des Thorrods. »Auf zu Kitheen! Wir brechen auf.«

Der schwarze Thorrod kauerte sich leise nieder, damit der Wolf und der Tigron aufspringen konnten. Während sie sich ins grobe Gefieder drängten, blickte Tarlan nach links.

»Nasheen?«, fragte er und grinste. »Wie geht's deinem Passagier?«

»Zauberer schwer«, gab der weiße Thorrod trocken zurück. Thorrods waren nicht für ihren besonderen Sinn für Humor bekannt, aber Tarlan ahnte, dass sich der große Vogel eben einen Scherz erlaubt hatte.

»Ich bin seit vielen Jahren nicht mehr geflogen«, sagte Melchior unbestimmt. »Und damals brauchte ich keine Flügel dazu.«

Neben Elodie war am Boden jetzt auch Fessan dazugekommen. Der Kommandant des Dreizacks brachte Tarlan zwar ein ums andere Mal in Rage, aber er war froh, dass seine Schwester unter seinem Schutz stand. Einen treueren Verbündeten konnte er sich nicht vorstellen.

»Wollt Ihr es Euch nicht noch einmal überlegen?«, fragte Fessan.

»Nein, es ist beschlossen«, erwiderte Tarlan. »Wir brechen auf.«

»Dann reist rasch und sicher. Und kehrt bald wieder.«

»Das werden wir!«

»Wir sind am rechten Ort«, fügte Melchior an. »Genau wie du, Fessan. Dein Vater Ossilius wäre stolz auf dich. Du wirst die richtigen Entscheidungen treffen. Und eines Tages wirst du den Dreizack zum Sieg führen.«

Als Fessan das hörte, wurde er sichtlich ruhiger, und für einen Augenblick glaubte Tarlan nicht den selbstbewussten Soldaten in ihm zu sehen, sondern einen unsicheren Jungen, der sich nach Anerkennung sehnte. Dann streckte Fessan den Rücken durch und hob den Arm zum Gruß.

»Lebt wohl!«, rief er.

»Viel Glück!«, stimmte Elodie mit ein. »Und kommt heil zurück!«

In einem Wirbel von rauschendem Gefieder hoben sich die Thorrods in den Nachthimmel empor. Tarlans Hand fand Halt in Theetas Halskrause. Er genoss die kalte Luft im Gesicht, während der gewaltige Vogel über den Baumwipfeln in die Dunkelheit tauchte.

Hinaus in die Welt!, dachte er selig. *Wieder hinaus in die Welt.*

»Welche Richtung?«, rief er Melchior zu, als Nasheen und Kitheen auf beiden Seiten zu ihnen aufschlossen.

»Nach Westen«, antwortete der Zauberer.

»Sonne nach«, krähte Theeta und schlug mit den Flügeln.

»Und während wir fliegen«, fuhr Melchior fort, »werde ich dir mehr darüber erzählen, *warum* wir fliegen.«

»Noch hast du mir überhaupt nichts erzählt.«

»Nein. Aber deine Schwester.« Melchior lächelte.

»Woher weißt du, dass sie …?«

»Lass einem alten Zauberer ruhig ein paar kleine Geheimnisse, Tarlan. Hat sie dir auch erzählt, dass ich meine Kräfte ohne deine Hilfe nicht zurückerlangen kann?«

Tarlans Brust blähte sich vor Stolz. Er hatte gedacht, Melchior bräuchte nur etwas Gesellschaft auf der Reise – und vielleicht etwas Hilfe, falls es zum Kampf kam.

»Und was soll ich tun?«

»Alles zu seiner Zeit. Aber ... wo haben wir ihn denn? Aha, dort, sieh dort oben, Tarlan, zu deiner Linken. Siehst du diesen Lichtstreif?«

Tarlan suchte den Sternenhimmel ab. Sogleich fiel sein Blick auf eine schwache weiße Spur, die sich über den Himmel zog. Sie war etwas verwaschen und endete an einer Seite in einem runden Lichtfleck.

»Das ist ein Komet«, erklärte Melchior. »Er ist vor drei Monden erschienen. Damals war er für die meisten Sterblichen aber noch nicht zu sehen, so schwach war er.«

»Aber du hast ihn doch entdeckt, was?«

»Meine Augen sind alt, aber sie sehen in weite Fernen.«

Etwas am Tonfall des Zauberers ließ Tarlan die Haut kribbeln.

»Als ich den Kometen sah«, fuhr Melchior fort, »wusste ich, dass meine Zeit der Wanderung endlich vorüber war. Unter seinem zunehmenden Licht bin ich zurück in die Welt gekommen. Nun ist er so hell, dass alle ihn sehen können. In den kommenden Nächten wird er immer heller scheinen, bis er schließlich sogar die Sterne der Prophezeiung überstrahlt. Dann wird er rasch verblassen.«

»Und was geschieht dann?«

»Ich habe nur eine einzige Chance, meine magischen Kräfte zurückzuerlangen, Tarlan. Eine Gelegenheit in der einen Nacht, wenn der Komet mit dem vergessenen Feuer der fernen Tiefen erstrahlt. Wenn ich versage, dann ist meine Magie für immer verloren.«

»Und die Prophezeiung?«

Der Zauberer gab keine Antwort.

Die Thorrods flogen weiter durch die Nacht, dunkle Gestalten in einer noch dunkleren Welt. Ihr Flug war lautlos wie immer; doch hin und wieder hörte Tarlan ein Grunzen oder Knurren von Filos oder Graudorn, von denen auf Kitheens schwarzem Rücken so gut wie nichts zu sehen war.

Tarlans Begeisterung schwand langsam, und er fühlte sich seltsam entmutigt. Sein Bruder war verschwunden, und nun ließ er auch noch seine Schwester zurück. Vor ihm lag nichts als Leere und dazu die Gefahr, im entscheidenden Moment zu versagen.

»Wohin fliegen wir eigentlich?«, fragte er schließlich.

Die Worte des Zauberers hallten unerwartet fröhlich in die Schwärze hinaus. »Aber, Tarlan, wir fliegen doch nach Westen. Damit ist eigentlich klar, dass wir zum Meer unterwegs sind!«

Tarlan stockte der Atem. »Zum Meer? Da bin ich noch nie gewesen!«

»Das dachte ich mir.«

»Ist es wirklich so groß, wie man sagt?«

»Größer.«

»Und ist es schön?«

»Tarlan, du machst dir keinen Begriff!«

Das Meer!

Tarlan musste grinsen. Er war frei, die Welt voller Möglichkeiten, und was ihn antrieb, war reinste Abenteuerlust. Die Probleme, die er zurückgelassen hatte, musste er eben eine Weile sich selbst überlassen.

Er war Tarlan, und er flog mit seinen Gefährten.

Kapitel 4

Endlich hatten sie das Ausfalltor erreicht. »Und wo wollt Ihr uns hinbringen?«, rief Slater laut über den Schlachtenlärm Gulph zu. Er wies mit dem Daumen auf das gewaltige Tor. »Hoffentlich wollen wir nicht hier durch. Wir sind doch gerade erst heil aus der Stadt gekommen.«

Gulph wandte sich – ebenso neugierig wie die anderen – zu Ossilius um. Jetzt waren sie zwar hier, aber er hatte keine Ahnung, wie es weitergehen sollte.

»Wir müssen den Tauritus zur Seite schieben«, erklärte Ossilius. »Dann wird sich alles klären.«

Bevor Gulph fragen konnte, was ein Tauritus war, eilte Ossilius zum Standbild des Mannes mit dem Stierkopf neben dem Tor. Er war genau doppelt so groß wie der Hauptmann. Gulph und die anderen folgten ihm.

»Gulph, für dich habe ich eine besondere Aufgabe«, sagte Ossilius. »Du kletterst bis zum Kopf hinauf. Wenn du ins Maul greifst, findest du einen Hebel.«

»Und dann öffnet sich das Tor?«

»So ähnlich.«

Verwundert knotete Gulph die Krone an seinem Gürtel fest und hangelte sich geschickt die Statue hinauf, bis er auf ihrer Schulter saß. Nun blickten ihm die steinernen Augen unter den Granitbrauen finster ins Gesicht. Gulph kümmerte sich nicht darum, sondern hielt sich an einem geschwungenen Horn fest und steckte den Arm in das offen stehende Maul.

Seine Hand fand sogleich einen kurzen Metallhebel. Er zog ihn nach oben. Nichts passierte. Das raue Gestein scheuerte an seinen Handknöcheln. Durch den Rauch drangen die kehligen Schreie der Untoten an seine Ohren.

Sie kommen näher …

Ungeduldig drückte Gulph den Hebel nun nach unten. Wieder nichts.

»Ossilius!«, rief er hinunter. »Es geht nicht.«

»Du musst ihn drehen!«, rief der Hauptmann. »Du schaffst das!«

Gulph gehorchte. Der Hebel drehte sich mit einem satten Klicken.

»Ausgezeichnet!«, donnerte Ossilius. »Und jetzt müssen wir schieben, alle zusammen! Schiebt – um euer Leben!«

Gulph sah von oben, wie Ossilius mit den Händen gegen die steinerne Hüfte der Statue drückte. Die Anstrengung ließ die Sehnen an seinem Hals wie Stricke hervortreten. Der Soldat Markus stemmte sich neben ihm gegen den Stein, und auch die Frau mit der Bäckerschürze und das kleine Mädchen halfen mit. Slater verzog kurz das Gesicht, reihte sich zuletzt aber widerwillig mit ein.

Das Standbild kam langsam in Bewegung und schwang ruckelnd zur Seite, so dass Gulphs Zähne aneinanderschlugen; dann kam es mit einem Ruck zum Stehen. Gulph fasste den Hebel mit beiden Händen und sah, dass sich in der Säule ein schmaler Spalt geöffnet hatte – dunkel und geheimnisvoll. Ein Geheimgang.

»Schnell!«, rief Ossilius und trieb die kleine Gruppe der Überlebenden hinein. Der Durchschlupf war so eng, dass sie sich nacheinander hineinzwängen mussten. Als alle verschwunden waren, sah Ossilius zu Gulph hinauf.

»Wenn ich es sage, lässt du den Hebel los. Dann wird die Statue von selbst wieder zurückrutschen. Keine Angst – du bewegst dich viel schneller als der Steinblock. Bist du bereit?«

Gulphs Mund war wie ausgetrocknet. Er stellte sich vor, wie er den Hebel losließ, dann den Halt verlor, auf den Boden herabstürzte und panisch auf den Durchschlupf zukroch, während das Standbild wieder zurückschwang, ihn einklemmte und in der Mitte durchteilte …

»Ich bin bereit«, antwortete er.

»Jetzt!«

Gulph ließ den Hebel los. Sofort lief ein Zittern durch die Statue, und er verlor das Gleichgewicht. Er nahm den Fall auf und kippte nach vorn, bis seine Hände auf der Brust des Stiermenschen lagen; dann stieß er sich ab und flog mit einem Salto durch die Luft. Er prallte mit den Füßen auf den Boden, rollte sich ab, um den Stoß zu mildern, und kam wieder auf die Füße.

Fast konnte er den Applaus hören.

»Gulph! Hinter dir!«

Zwei untote Krieger wankten aus den sich lichtenden Rauchschwaden. Beide waren aufs Übelste verbrannt, und Gulph dachte zuerst, die beiden würden sich umarmen.

Dann erkannte er, dass sie mit ihrem verbrannten Fleisch aneinandergebacken waren.

Ossilius schoss unter dem Torbogen hervor und hackte dem ersten Krieger den Kopf ab. Mit einem weiteren Streich haute er den Körper durch. Der zweite Krieger geriet wegen der wild rudernden Überreste ins Stolpern, taumelte aber trotzdem voran.

Gulph griff nach seinem eigenen Schwert, aber er hatte es bei seinem Sprung von der Statue verloren. In seiner Not packte er einen Stein und schleuderte ihn auf das herandrängende Ungeheuer. Der Stein traf die Kreatur mitten in die Brust, ließ mehrere Rippen zersplittern und flog auf der anderen Seite wieder heraus. Der Aufprall riss den Krieger seitlich herum, und für einen Augenblick war der Weg zum Geheimgang frei.

Der Spalt hatte sich schon wieder fast geschlossen.

Gulph sprintete darauf zu, aber das Standbild ruckelte und schaukelte, von einem unsichtbaren Mechanismus angetrieben, weiter über den Boden. Ossilius hatte sich schon wieder in den Spalt gezwängt und streckte Gulph die Arme entgegen.

»Schnell!«, rief er.

Zwei weitere Krieger tauchten aus dem Dunst auf.

Knirschend schob die Statue den Durchgang weiter zu. Er war jetzt kaum mehr so breit wie ein Mensch. Gulph stürzte darauf zu. Ossilius sprang innen zur Seite, packte Gulph an den Händen und riss ihn in dem Moment ins Innere, als der Tauritus mit einem ohrenbetäubenden Knall vor die Öffnung rückte. Gulph spürte noch den kalten Stein an seinen Fersen entlangschrammen, als er auf der feuchten Erde hinschlug. Nur einen Hauch später, und seine Beine wären zermalmt worden.

Keuchend rang er um Atem und spähte in der Finsternis um sich. Es war kein Laut zu hören. Nichts.

»Seid ihr alle hier?«, fragte die Frau unsicher. »Ich sehe überhaupt nichts.«

Ganz in Gulphs Nähe war ein Wimmern zu vernehmen. Er sprang auf und tastete sich blind voran. Da, kleine Hände: das Mädchen.

»Alles in Ordnung«, sagte er. »Wir sind jetzt in Sicherheit. Wie heißt du denn?«

»J-J-Jessamyn«, schluchzte sie. »Wo ist meine Mama?«

»Ich weiß es nicht, Jessamyn. Aber du bist in Sicherheit. Du brauchst nur an meiner Hand zu bleiben. Solange wir uns an der Hand halten, kann gar nichts passieren.«

Gulph erhielt einen Stoß an die Schulter.

»Hey!« Es war Slater, seine tiefe Stimme war unverwechselbar. »Gib es mir zurück!«

»Was willst du zurück?«, fragte Gulph.

»Er meint sein Schwert«, sagte Ossilius, der etwas rechts von Gulph stand. »Du hattest recht – du hast diesen Mann in der Himmelsgruft gesehen, Gulph. Ich erinnere mich auch an ihn. Ein Schwert würde ich ihm lieber nicht anvertrauen.«

»Gib es zurück!«

»Nimm es dir nur, wenn du willst. Aber lass dir vorher gesagt sein, dass ich in siebzehn verschiedenen Kampfstilen geschult bin – darunter der Kampf in völliger Dunkelheit. Kannst du das auch?«

Slater schwieg kurz und brummte dann etwas Unverständliches.

»Was hast du gesagt?«

»Was soll ein Mann mit zwei Schwertern anstellen?«

»Das könnte ich dir schon zeigen. Ich habe allerdings nicht vor, dies als Waffe zu verwenden.«

Gulph hörte, wie Ossilius ein paar Schritte zurücktrat. Dann ertönte ein unangenehmes Knirschen, gefolgt von einem metallischen Scheppern.

»Ich habe mit deinem Schwert den Mechanismus blockiert, mit dem sich die Statue bewegen lässt«, erklärte Ossilius.

»Dann sitzen wir jetzt also in der Falle«, höhnte Slater.

»Nein, wir sind in Sicherheit.«

»Wenn ihr zwei mit dem Streiten fertig seid«, meinte die Frau, »dann könnte vielleicht jemand mal ein bisschen Licht machen, oder?«

»Da habt Ihr recht, meine Dame«, sagte Ossilius.

»Hetty. Ich heiße Hetty.«

»Dann hilf mir mal suchen, Hetty. Wir sind hier in einer Rüstkammer. Sie ist zwar klein, aber gut ausgestattet. Es sollten Fackeln und vielleicht sogar Trockennahrung zu finden sein.«

Gulph ließ Jessamyn behutsam los und stolperte in die Finsternis, bis seine ausgestreckten Hände an eine Wand stießen. Er tastete sich daran entlang und entdeckte eine Reihe kleiner Türchen, die er eine nach der anderen öffnete.

Auch neben ihm hörte er seine Gefährten bei ihrer Suche scharren und klappern.

Hinter jeder Tür war ein kleines Fach. Das erste war leer, ebenso wie das zweite. Im dritten war etwas, das sich wie Stroh anfühlte, im vierten etwas entsetzlich Weiches, Knautschiges. Schaudernd riss er die Hand zurück und öffnete das nächste Türchen. Hier lag ein Stapel öliger Holzstäbe und daneben eine kleine Metalldose.

Er klappte sie auf, darin lagen mehrere harte, kalte Klumpen. Er wusste sofort, was das war.

»Ich habe etwas gefunden«, rief er.

Aus dem dritten Fach klaubte er eine Handvoll Stroh und legte es auf den Boden. Dann nahm er zwei Klumpen und schlug sie über dem Stroh aneinander. Es stoben Funken, und das trockene Stroh entzündete sich. Das Licht war so hell, dass es in den Augen schmerzte.

»Ein Feuerwerk!«, rief Jessamyn von der anderen Seite des Raumes.

Gulph nahm einen der Holzstäbe und hielt ihn in die Flamme. Wenige Augenblicke später war er zu einer brennenden Fackel geworden.

»Gut gemacht, Gulph«, sagte Ossilius, kam heran und klopfte ihm auf den Rücken. Gulph grinste.

Ossilius verteilte die restlichen Stöcke, und bald hielt jeder eine brennende Fackel vor sich. Das orangefarbene Licht flackerte über ihre Gesichter und warf zuckende Schatten auf die Wände der kleinen Kammer. Gulph drehte sich einmal langsam im Kreis und betrachtete die Regale,

Kisten und Bündel, die wie modrige Uniformen aussahen. Der eklige, weiche Gegenstand war eine tote Ratte, wie sich herausstellte.

»Da sind keine weiteren Türen«, sagte er enttäuscht.

»Und das war also dein großartiger Plan?«, fragte Slater. »Uns in eine Sackgasse zu führen?«

Wortlos übergab Ossilius seine Fackel an Gulph und ging zur hinteren Wand der Kammer. In die Steinquader war ein großes, kreisrundes Relief eingehauen: das Zeichen der Legion des Königs. Ossilius legte die Handfläche auf den etwas erhabenen Stern in der Mitte und drückte ihn ein.

Der Stern gab nach. Mit einem schleifenden Geräusch sank auch der Rest des Wappens in die Wand und rollte seitlich weg in einen verborgenen Hohlraum.

Gulph starrte in das runde Loch, das sich vor ihm auftat. Von dort führte ein langer Tunnel abwärts ins Dunkel.

»Die Tunnel der Legion«, sagte Ossilius ehrfürchtig. »Nur dem engsten Führungskreis sind sie bekannt.«

Er blickte zu seinen Gefährten zurück. Alle, sogar Slater, waren voller Erstaunen. Gulph verspürte eine neue Regung in seinem Herzen.

Hoffnung.

Sie machten sich auf den Weg, den Gang steil abwärts. Gulph hielt sich dicht hinter Ossilius. Seine Stiefel gerieten auf dem schlüpfrigen Steinboden ständig ins Rutschen, und die feuchten Wände schienen darauf aus, immer wieder gegen seine Ellenbogen zu stoßen. Bald schon hörte er auf zu zählen, wie oft er sich den Kopf an herabragenden Steinen gestoßen hatte. Es war, als würde man durch die Kehle eines gewaltigen, schlummernden Unterweltwesens hasten.

Bald kamen sie an eine Treppe mit grob gehauenen Stufen, die noch tiefer hinabführte. Ossilius blieb kurz stehen und reckte seine Fackel vor. Hetty und Markus kamen mit ihren Fackeln dazu, aber auch mit dem zusätzlichen Licht war so gut wie nichts zu erkennen.

»Was ist dort unten?«, flüsterte Gulph. Der Tunnel war leer und offensichtlich seit langem verlassen; trotzdem schien es falsch, hier laut zu sprechen.

»Eine sichere Zuflucht«, erwiderte Ossilius und führte sie weiter nach unten. »Ein Ort, an dem wir uns verstecken können, bis der Dreizack die Stadt befreit. Sie werden kommen, das weiß ich. Mein Sohn führt sie an, und er wird niemals aufgeben. Wenn jemand einen Weg über den Abgrund finden kann, dann Fessan.«

Die Zuversicht des Hauptmanns war erhebend. Trotzdem konnte Gulph seine Entschlossenheit nicht ganz teilen.

Limmoni sprang über den Abgrund, dachte er, *aber sie ist gestorben. Und die Untoten sind jetzt so viele …*

»Wer hat diese Tunnel gebaut?«, fragte er, um die Schwermut abzuschütteln, die sich seiner bemächtigte.

»Das waren wir«, antwortete Ossilius. »Also die Männer der Legion des Königs. Es hat uns Jahre harter Arbeit gekostet.«

»Aber warum das alles?«

»Die Tunnel waren als Schlupfwinkel gedacht. Weißt du, was das ist?«

»Ein Ort, an den man fliehen kann?«

»Ja, aber mehr als das. Vor langer Zeit wurde entschieden, den König an einen sicheren Ort zu bringen, falls Idilliam je überrannt werden sollte. Der Feind sollte diesen Ort nicht erreichen können, der König aber weiter in der Lage sein zu herrschen.«

»Ein geheimer Ort«, murmelte Gulph.

»So geheim, dass kein König je von ihm erfahren hat.« Er lächelte Gulph an. »Bis jetzt.«

Gulph schauderte. Trotz der Krone, die an seinem Gürtel hing, kam er sich überhaupt nicht wie ein König vor.

»Ein königlicher Ort ist es nicht gerade«, fuhr Ossilius fort. »Aber es ist alles da, was wir zum Überleben brauchen. Es gibt Lager für Proviant – die ersten sollten wir gleich erreichen – und Waffenkammern, Besprechungskammern, Latrinen …«

»Eine Stadt … unter der Stadt!«

Ossilius lachte kurz auf. »Wohl kaum! Die Reiche der Unterwelt gibt es nur in Mythen und Legenden, Gulph. Das hier ist nur ein Kaninchenbau, mehr nicht.«

Sie stiegen weiter abwärts und verbrauchten auf dem Weg durch die düsteren Gänge immer mehr von den Reservefackeln. Hin und wieder kamen sie an Seitengängen vorbei. Ossilius blieb jedes Mal stehen, schnupperte und wies sie dann an weiterzugehen.

»Bist du dir sicher, dass wir auf dem richtigen Weg sind?«, fragte Slater an einer größeren Verzweigung.

»Halt's Maul und überlass das ihm«, schnauzte Markus.

»Damit du ihm wie ein Maulesel hinterhertrotten kannst?«

»Nennst du mich etwa einen Maulesel?«

»Nur weil du wie einer stinkst.«

»Ich weiß, wo ich hingehe«, sagte Ossilius versöhnlich. Er strich mit der Hand über die Wand, wo sich feine Risse vom Boden bis zur Decke hinaufzogen. »Aber wir müssen jetzt vorsichtig sein.«

Sie trotteten weiter.

Bei Gulph machte sich allmählich Müdigkeit bemerkbar. Hinter ihm war Jessamyn auf Hettys Rücken eingeschlafen. Markus und Slater stänkerten weiter gegeneinander; er blendete ihre Stimmen aus und konzentrierte sich darauf, einen Fuß vor den anderen zu setzen.

Von oben war ein Stöhnen zu vernehmen. Ossilius riss die Hand hoch, und die Kolonne kam zum Stehen.

»Was ist das?«, fragte Gulph.

»Ich hatte das befürchtet«, antwortete Ossilius und deutete auf die Wand.

Gulph bemerkte weitere Risse, die so breit waren, dass man die Faust hineinstecken konnte. »Woran liegt das?«

»Das Mausoleum«, sagte Markus. »Habe ich recht, Herr?«

Ossilius nickte. »Ich fürchte, ja.«

»Ich verstehe nicht«, sagte Hetty.

»Das ist passiert, als sie die Hexe hingerichtet haben, die Zauberin oder was auch immer sie war«, sagte Markus.

»Limmoni«, warf Gulph ein. »Sie hieß Limmoni.«

»Du sagst es.« Ossilius blickte nach vorn in die Dunkelheit. »Bei ihrem Tod wurde viel Magie freigesetzt. Sie hat das Mausoleum zum Einsturz gebracht. Die Erde erzitterte, und ein Teil der Stadtmauer fiel in sich zusammen. Die Magie muss tief in den Untergrund eingedrungen sein. Bis hier unten.«

Jessamyn war aufgewacht und begann zu wimmern. Hetty nahm das kleine Mädchen wie eine Mutter in den Arm, konnte aber ihre eigene Furcht nicht verbergen. »Wir werden hier eingeschlossen«, flüsterte sie. »Wenn nicht noch schlimmer.«

»Zerquetscht«, meinte Slater fast genüsslich.

»Es wird schon gutgehen«, sagte Gulph rasch. Ossilius' resignierter Gesichtsausdruck gefiel ihm nicht. Jemand musste sie weiter vorantreiben. »Dort finden wir etwas zu essen. Kommt weiter!«

Der Gang machte eine Reihe von Biegungen. Der Boden unter ihren Füßen wurde jetzt sehr uneben. War er immer so gewesen, oder lag das am Erdbeben? Gulph konnte es nicht sagen.

Sie bogen um eine Ecke und standen unvermittelt vor einem gewaltigen Haufen Schutt und Erde: Der Tunnel war eingestürzt und beinahe völlig versperrt.

»Na, das war's wohl«, sagte Slater. »Wir hätten nicht hier herunterkommen dürfen.«

Aber Gulph schüttelte den Kopf. »Ein paar Steine werden uns doch nicht aufhalten«, widersprach er voller Zuversicht. »Hetty, darf ich mal bitte deine Schürze haben?«

Unter den neugierigen Blicken der anderen band die Bäckerin die Schürze los und reichte sie Gulph, der die Krone darin einwickelte und sie sich in diesem behelfsmäßigen Beutel über die Schulter hängte. Dort war das gute Stück besser geschützt, als wenn es an seinem Gürtel baumelte.

»Besser, ich habe die Hände frei«, erklärte er, wedelte mit den Fingern und setzte ein zuversichtliches Grinsen auf.

Dann kroch er auf allen vieren die Schutthalde hinauf, immer darauf bedacht, nicht den Halt zu verlieren. Nahe der Tunneldecke klaffte ein winziger Durchschlupf. Rasch schob er Steine beiseite, bis sie alle durch die Lücke hindurchpassen würden.

»Einer nach dem anderen«, rief er nach unten. »Kein Problem – vertraut mir.«

Markus folgte als Erster, nahm den Rucksack von der Schulter und schob ihn beim Klettern vor sich her. Er folgte haargenau Gulphs Route. Gulph half ihm über die höchste Stelle und auf der anderen Seite herunter.

Dann kam Hetty. Die Bäckerin war kräftig gebaut, und der Anstieg fiel ihr schwer, aber Gulph dachte, dass er selten jemanden erlebt hatte, der so entschlossen aussah. Dann machte sich Jessamyn an den Anstieg. Ihre Tränen schienen vergessen, und es war fast, als würde ihr das Ganze Spaß machen.

Dann gab es eine kurze Pause, als sich Ossilius und Slater gegenseitig ansahen. Die konnten sich nicht einigen, dachte Gulph, weil keiner dem anderen den Rücken zukehren wollte. Schließlich kraxelte Slater los.

»Danke, *Euer Hoheit*«, sagte Slater, als er sich durch die Lücke zwängte, und ließ die königliche Anrede wie eine Beleidigung klingen.

»Gut gemacht, mein König«, sagte Ossilius, der gleich darauf folgte. Er fasste Gulphs Hand und drückte sie. »Heute steigst du ab, Gulph. Aber morgen wirst du aufsteigen.«

Gulph hatte einen Kloß im Hals.

»Ich …«, begann er, aber dann rief er aus: »Seht dort!«

Am Ende des Tunnels war ein gemauerter Steinbogen zu sehen. An der darüberliegenden Mauer flackerte im Schein von Gulphs Fackel das runde Wappenrelief der Legion des Königs.

»Das Zentrallager!«, rief Ossilius.

Sie rannten alle los.

Hinter dem Bogen lag eine runde Kammer. Von der niedrigen Decke hingen Messinglampen herab, und sie wies zahlreiche kleine runde Löcher auf. Genau wie im vorigen Lagerraum waren an den Wänden Fächer und Regale eingelassen. Am anderen Ende standen Kisten und Fässer, sorgsam aufgestapelt.

»Verpflegung!« Slater drängte sich an Gulph vorbei. »Endlich!« Er stürzte sich gleich auf die erste Kiste und riss den Deckel herunter, der Inhalt sah nach einem Haufen getrocknetem Pökelfleisch aus. Slater stopfte sich eine Handvoll in den Mund und kaute eifrig. »Schmeckt wie Dreck«, meinte er, »aber besser als nichts.«

Gulph half Hetty, weitere Behälter zu öffnen, aus denen

Töpfe mit eingelegten Früchten zum Vorschein kamen und kleine Fässchen, deren Inhalt wie Apfelsaft duftete. Jessamyn fand Metallteller, die sie nicht ohne Stolz auf dem Boden auslegte, und Gulph und Hetty verteilten das Essen.

Ossilius und Markus hatten in einer Nische inzwischen Stroh und Öl gefunden und befüllten die Hängelampen, die Markus mit seiner Fackel entzündete. Schon bald war der Raum von Licht und Wärme erfüllt. Voller Erstaunen beobachtete Gulph, wie der Rauch der Lampen direkt in die Löcher in der Decke zog und von einem ausgeklügelten Lüftungssystem, das hier tief in den Eingeweiden der Erde installiert war, fortgetragen wurde.

»Was glaubt ihr, wie weit unter der Stadt wir hier sind?«, fragte er, als sich die beiden Soldaten zu ihrer kleinen Runde gesellten. Er reichte Ossilius einen Teller und machte sich dann über seine eigene Ration her. Die Früchte waren zäh, der Saft dünn und bitter zugleich. Dennoch nahm sein Magen beides dankbar an.

»Wir sind so tief, wie Idilliam in die Höhe ragt«, erwiderte Ossilius.

»Dann ist es ganz schön weit«, sagte Markus. »He, Slater, reich mal ein bisschen Fleisch rüber.«

»Hol's dir doch«, antwortete Slater und drückte die Holzkiste an seine Brust. »Wenn du dich traust.«

»Was soll denn das heißen?« Markus stand auf, die Hand über dem Heft seines Schwerts. Ossilius legte ihm die Hand auf den Arm, aber der junge Soldat schüttelte sie ab.

Gulph und Ossilius wechselten einen Blick.

»Das bedeutet, dass das Fleisch mir gehört«, entgegnete Slater und erhob sich ebenfalls.

Markus ging einen Schritt auf ihn zu. »Wir haben alle Hunger, Slater. Keiner weiß, wie lange wir hier unten bleiben müssen. Wir müssen alle zusammenhalten.«

»Verschwinde, Milchbart, sonst werde ich dich vermöbeln!«

»Ich hab's satt, mit dir zu streiten. Her mit dem Fleisch!«

»Jetzt hört auf zu zanken«, befahl Ossilius, der ebenfalls aufgesprungen war. »Slater, du teilst jetzt mit uns! Sofort!«

Slater blickte ihn nur wütend an und machte einen Schritt nach hinten. Markus griff nach der Kiste, Slater stieß ihn zurück und stolperte über ein Fass.

Da zog Markus sein Schwert, die Klinge blitzte im Schein der Lampen auf.

»Warte!«, rief Gulph. Er sprang Markus in den Weg und hob die Hände. Streitereien konnten sie jetzt überhaupt nicht gebrauchen.

»Aus dem Weg!«, rief Markus. Dann schien er sich zu besinnen. »Äh, Hoheit.«

»Weg mit dem Schwert!« Gulph gab sich größte Mühe, Entschlossenheit in seine Stimme zu legen, aber sie klang eher wie ein Quieken. Trotzdem gehorchte Markus.

»Wir müssen zusammenhalten«, fuhr Gulph fort. »Was auch geschieht, wir müssen –«

Der Boden begann zu zittern. Die Teller schepperten, drehten sich wie riesige Münzen im Kreis, und das Essen tanzte über den Boden. Aus den Mauern und der Decke lösten sich winzige Splitter und fielen wie Hagel auf sie herab.

»Was ist das nur?«, heulte Jessamyn.

»Ein Einsturz!«, brüllte Ossilius. »Drückt euch alle an die Wand!«

Er schob die Gruppe auf die einzige Mauer zu, die nicht in Bewegung war. Der Fußboden schlug solche Wellen, dass Gulph taumelte und kaum das Gleichgewicht halten konnte.

Aus dem Tunnel, durch den sie gekommen waren, drang ein Gebrüll wie von einem eingesperrten Drachen. In der Ferne konnte man eine Staubwolke sehen, die ein eisiger Wind in rasender Geschwindigkeit in Richtung der Kammer drückte.

»Hinaus! Hinaus!«, schrie Ossilius und drängte sie in einen schmalen Gang, der von der großen Vorratskammer wegführte. Markus lief voran, Gulph und Hetty hatten Jessamyn untergefasst. »Slater! Komm!«

Zu Gulphs Erstaunen kroch Slater über den wankenden Boden der herandrängenden Staubwolke entgegen, um die Fleischkiste zu holen, die er fallen gelassen hatte.

»Lass sie!«, gellte Gulph. »Dazu ist keine Zeit!«

Nun regneten auch große Steine von der Decke. Das war kein Hagel mehr, das war eine Lawine. Gulph presste sich die Ohren zu, während das Drachengebrüll hundertfach lauter durch die einstürzende Kammer hallte. Ihm schlug der Staub ins Gesicht, blendete ihn und drang in seinen Mund, so dass er fast erstickte.

Er ruderte wild mit den Armen, prallte gegen die Wand

und taumelte gegen einen Gefährten. Er rieb sich den Staub aus den Augen und erkannte Hetty, die ihn anstarrte und etwas sagte, das er nicht verstand. Jessamyn klammerte sich mit entsetzter Grimasse an ihre Beine.

Mitten in der Staubwolke erhob sich eine Gestalt. Es war Slater, der tatsächlich immer noch die Kiste mit dem Fleisch in den Händen hielt. Triumphierend hob er sie in die Höhe und stolperte auf Gulph und die Übrigen zu, die sich schockiert an die Wand kauerten.

Er hatte die Mitte der Kammer erreicht, als die Decke herunterbrach.

Wieder Staub überall. Und Steinblöcke. Gulph krümmte sich zusammen. Das Getöse war in seiner Gewalt nicht zu begreifen, geschweige denn zu hören. Die ganze Welt schien einzustürzen. Gulphs Zähne schlugen aufeinander, und sein Kopf fühlte sich an, als würde er jeden Moment platzen.

Dann ließ das Erdbeben langsam nach. Es wurde still, und die Ruhe war beinahe schlimmer als der Tumult zuvor. Aus dem riesigen Loch, das sich aufgetan hatte, wo einst die Decke gewesen war, regneten Steinbrocken herunter. Langsam setzte sich der Staub.

Die Kammer war verwüstet. Der Boden war nun steil zu einer Seite geneigt und mit Felsblöcken übersät. Unter einem gewaltigen Stein ragte Slaters Arm hervor.

Zerquetscht!, dachte Gulph voller Entsetzen. *Nicht einmal er hat verdient, so zu sterben.*

Nur mit Mühe riss er sich von dem schauerlichen Anblick los. Er versuchte zu reden, aber ein Erstickungsanfall schnürte ihm den Hals zu. Er hustete eine Wolke von weißem Staub aus und versuchte es noch einmal. »Seid ihr alle heil geblieben?«

Durch den Dunst waren Stimmen zu hören. Hetty und Jessamyn, Ossilius und Markus. Sie waren also alle am Leben.

Alle außer Slater.

Einer nach dem anderen traten sie hervor. Weit unten im Gang hörte man es noch einmal rumoren, dann war es wieder still.

»Ich glaube …«, begann Ossilius.

Wieder bäumte sich der Boden auf. In der Wand, an der sie Schutz gesucht hatten, öffnete sich ein Riss. Er lief herunter und weiter über den Boden, direkt unter Gulphs Füßen.

Er weitete sich, wurde zu einer weiten Kluft, dann zu einem Abgrund. Für einen Augenblick schien Gulph in der Luft zu schweben. Seine Gefährten hingen auf beiden Seiten und suchten verzweifelt nach etwas, woran sie sich festhalten konnten.

Aber da war nichts.

Der Wind fuhr Gulph ins Gesicht, als er taumelnd in die schwarze Tiefe stürzte.

Kapitel 5

»Was machst du da?«, fragte Samial unsicher.

»Etwas, das ich schon längst hätte tun sollen«, antwortete Elodie und hob das Messer an.

Sie rückte den Schild, den sie in der Ecke des Zeltes aufgestellt hatte, so zurecht, dass sich ihr Gesicht auf der polierten Innenfläche spiegelte.

Dann griff sie mit der anderen Hand in ihr Haar und begann, es abzuschneiden.

Samial beobachtete schweigend, wie Elodies lange, rotgoldene Locken zu Boden fielen.

»Hättest du mir vor ein paar Wochen gesagt, dass ich das tun würde«, sagte sie, »dann wäre ich entsetzt gewesen. Jetzt ist das anders. Ein Teil davon ist mir in der Schlacht abgeschnitten worden. Jetzt gleiche ich das nur aus.«

»Du machst aber sehr viel mehr als das.«

Als Elodie fertig war, legte sie das Messer beiseite und begutachtete das Ergebnis. Von ihrem Haar war kaum mehr als eine schmuddelige Kappe übrig geblieben. *Wie bei einem Gassenkind*, dachte sie. »Es ist, als wäre dieses andere Ich schon immer da gewesen, unter dem anderen verborgen. Ein geheimes Ich, das ich jetzt befreit habe.«

»Du bist immer noch du«, erwiderte Samial.

Elodie war sich da nicht so sicher.

»Los jetzt!«, sagte sie. »Es ist schon nach Mittag. Wir sind spät dran.«

»Warum willst du, dass ich beim Rat dabei bin? Ich bin doch ein Geist. Niemand sonst wird mich bemerken.«

»Und genau deshalb ist es so wichtig, Samial. Du kannst die Dinge hören, die mir entgehen.«

Samial grinste. »Es tut gut, wieder gebraucht zu werden. Sir Jaken hat immer gesagt, ein guter Diener sei mehr wert als ein Goldschatz.«

»Du bist aber nicht mein Diener, Samial. Du bist mein Freund.«

Sie verließen das Zelt und gingen über die Lichtung zu der ebenen Fläche, wo Fessans großes Zelt aufgeschlagen war. Fessan hieß sie im Kreis willkommen und fuhr mit der Begrüßung der Übrigen fort, schüttelte manchen die Hände und klopfte anderen auf die Schulter. Elodie entging nicht, dass die Leute ihren Anführer ehrfürchtig anblickten.

Für sie ist er mehr als ein Anführer, dachte sie. *Nur ihm zuliebe machen sie weiter.*

Sie nahm Platz, Samial blieb neben ihr stehen. Sie war froh, dass er da war, aber plötzlich fehlte ihr Tarlan. Ihr Bruder war zwar erst einen Tag fort, aber seine Abwesenheit bedrückte sie schon jetzt. Sie strich über das grüne Juwel, das sie um den Hals trug, und obwohl Tarlan seines an Lord Vicerin verloren hatte, schien ihr der Bruder durch die Berührung mit dem kalten Stein ein wenig näher.

»Wir sind der Dreizack«, erklärte Fessan und trat in die Mitte der Runde, »und wir haben überlebt!«

Seine Zuhörer, die sich bis eben noch angeregt unterhalten hatten, verstummten.

»Hier sind wir – zumindest fürs Erste – in Sicherheit, denn unsere Feinde wissen nicht, wo wir sind. Trotzdem sind wir verwundbar – aus zweierlei Gründen. Erstens haben wir Verwundete. Viele Verwundete. Und wir hatten zahlenmäßig große Verluste. Das Problem mit den Verwundeten wird sich mit der Zeit alleine lösen, wenn die Verletzungen heilen und die Zuversicht zurückkehrt. Ausnahmsweise ist Zeit einmal ein Luxus, den wir uns leisten können.

Was aber unsere Anzahl betrifft, müssen wir sofort tätig werden. Neue Rekruten werden uns nicht einfach zuströmen; wir müssen auf sie zugehen. Es liegt eine Stadt in der Nähe: Tiefenthal.«

»Dort sind wir letztes Jahr durchgekommen«, warf Ghast ein, einer von Fessans Leutnants. »Die Leute halten nicht viel von unserer Sache.«

»Aber sie sind auch nicht gegen uns. Sie wollen sich nur nicht auf eine Seite festlegen. Wenn wir ihnen aber einen Grund geben, sich uns anzuschließen – eine Führungsfigur –, dann glaube ich, dass wir sie gewinnen können.«

Alle Augen richteten sich auf Elodie. Der Ansturm der Blicke traf sie wie ein Windstoß, der ihr für einen Moment den Atem raubte.

»Wenn du Unterstützung suchst«, wurde er vom Rand der Lichtung her unterbrochen, »dann betrachte mich als deinen ersten Rekruten.«

Ein Mann in einem braunen Umhang trat unter den Bäumen

hervor. Er schüttelte das dichte, graue Haar aus den Augen und stolzierte heran.

»Stown!«, schrie Elodie. Sie sprang auf und zog ihr Schwert.

Fessan hatte seines ebenfalls gepackt, ebenso wie Ghast und die anderen Leutnants. Stown hatte die Lichtung zur Hälfte überquert, als Fessan rief: »Keinen Schritt weiter, Stown! Du hast hier nichts zu suchen.«

»Da bin ich entschieden anderer Meinung.«

»Du hast keinen Zweifel daran gelassen, dass du erst zufrieden bist, wenn du den Dreizack selbst anführst. Deshalb habe ich dich ausgeschlossen. Deine Verbannung gilt weiterhin. Für dich gibt es keinen Weg zurück.«

»Verbannung.« Stown schien das Wort auf der Zunge zu schmecken. »Was für ein *königliches* Wort. Etwas, das Könige und Königinnen verhängen. Was hältst du davon, Elodie?«

Elodie spürte, wie sie errötete. Beim Anblick des Mannes musste sie unwillkürlich an ihre schwierigen ersten Tage beim Dreizack denken: wie sie auf der Straße nach Idilliam verspottet worden war, der ständige Zank und der schreckliche Tod ihrer Freundin Palenie, deren Mörder sie mit Elodie verwechselt hatte …

Und die ganze Zeit hatte er voller Hohn im Hintergrund gelauert: Stown.

»Du wärst besser im Exil geblieben«, sagte sie kalt.

»Packt ihn!«, bellte Fessan. Ghast und zwei weitere Männer stürzten auf Stown zu, der sofort beschwichtigend beide Hände hob.

»Nicht nötig«, sagte Stown. »Ich bin jetzt ein anderer Mensch. Mit ganz anderen Freunden. Soldatenkameraden. Allen Soldaten, die ihr euch nur wünschen könnt, genau genommen. Wollt ihr sie treffen?«

Er senkte abrupt den Arm. Hinter ihm kamen Soldaten aus dem Wald gestürmt. Elodie schrak entsetzt zurück. Es waren Hunderte, mit glänzenden Stahlhelmen und Schwertern, die in der Mittagssonne glänzten. Auch ihre Rüstungen schimmerten hell unter den wehenden Waffenröcken – leuchtend blauen Waffenröcken.

»Vicerins!«, zischte Elodie.

Stown warf den eigenen Umhang ab. Auch er trug darunter Blau.

Samial packte sie am Arm. »Elodie, du musst dich verstecken!«

Aber Elodie schüttelte ihn ab. Sie fasste ihr Schwert fester. »Ich gehe nirgendwohin.«

Der Kreis löste sich auf. Alle Leute des Dreizacks waren in Bewegung, überall griffen grüngekleidete Soldaten Schwerter und Bögen aus den Gestellen, wo sie bereitstanden. Fessans Truppen mochten müde sein, aber furchterregende Krieger waren sie nichtsdestotrotz. Elodie wusste aber, dass Vicerins Truppe das Überraschungsmoment auf ihrer Seite hatte.

Im allgemeinen Durcheinander hatte sich Stown von den Männern des Dreizacks freigemacht und selbst seine Waffe gezogen. Er focht mit einem Soldaten des Dreizacks, streckte ihn zu Boden und brüllte dann: »Ihr habt Lord

Vicerin etwas gestohlen! Und das möchte er jetzt zurückhaben!«

Mit einem Mal wusste Elodie, warum sie gekommen waren.

Mich! Er meint mich!

»Nach hinten!«, donnerte Fessan und baute sich vor Elodie auf, während zwei Leute in blauen Vicerin-Waffenhemden auf sie zusprinteten. Er stach mit dem Schwert nach dem Ersten und hieb dann auf den Zweiten ein.

»Ich kann selbst kämpfen!«, fauchte Elodie und zog ihre Waffe. »Lasst mich auch kämpfen!«

»Bringt sie in Sicherheit!«, schrie Fessan.

Bevor Elodie protestieren konnte, bugsierte Ghast sie in einen schützenden Ring von Dreizack-Kriegern.

Auf der ganzen Lichtung erhob sich Kampflärm: Schwert auf Schild, Klinge auf Fleisch, Rufen und Ächzen und dazu die erstickten Schreie der Sterbenden. Die Armee des Dreizacks kämpfte ebenso tapfer wie auf der Brücke, aber Elodie begriff rasch, dass sie zahlenmäßig hoffnungslos unterlegen waren. Für jeden Angreifer, den sie niederstreckten, strömten frische Feinde zwischen den Bäumen hervor.

»Ich kann auch kämpfen!«, schrie Elodie noch einmal, aber Ghast packte sie am Arm und zog sie aus dem Schlachtgetümmel. Zwei Männer der Eskorte blieben zurück, um einen nachdrängenden Trupp von Feinden in Schach zu halten. Während die Schwerter der Männer aufeinanderschlugen, entdeckte Elodie mehrere Steinbrocken, die sich wie durch Zauberei vom Boden erhoben. Kurz schwebten sie in der Luft, um dann krachend gegen die Schädel der Vicerin-Soldaten zu krachen, die bewusstlos zusammensackten.

Samial!

Bevor sie noch mehr sehen konnte, zog Ghast sie weiter durchs Lager, am Lazarettzelt vorbei, wo eine Reihe verwundeter Dreizack-Leute verzweifelt versuchte, von ihren Krankenbahren aufzustehen. Eben stürmte eine Gruppe von Vicerins herbei. Zwei Krankenschwestern stellten sich ihnen mit erhobenen Händen in den Weg. Die Angreifer mähten sie nieder und machten sich dann an die Reihe der Bahren. Einen nach dem anderen erstachen sie die Verletzten, wo sie lagen, und die Krankenlager färbten sich rot.

»Ihr Schlächter!«, kreischte Elodie. Sie warf sich gegen Ghasts Arm und merkte, wie er nachgab.

»Königin Elodie! Nein!«, schrie Ghast, als sie sich losriss.

»Noch bin ich keine Königin!«, rief sie über ihre Schulter. »Wenn ich das wäre, dann würde ich meine Leute beschützen!«

Der metallische Gestank von Blut drang ihr in die Nase. Ringsum lagen tote oder sterbende Soldaten des Dreizacks.

Man wird sie alle töten, dachte sie. *Wenn ich den Vicerins nicht gebe, was sie wollen.*

Sie rannte zu einem Wagen und stieg auf den Kutschbock hinauf. Dort richtete sie sich auf, holte tief Luft und rief: »HIER BIN ICH!«

Ringsum ging der chaotische Kampf unvermindert weiter. Allerdings sah sie, dass auf der Lichtung zwei Kämpfer die Köpfe hoben: Fessan und Stown.

»Elodie!«, donnerte Fessan. »Nein!«

Er kam auf sie zugerannt. Sofort wurde er von einem Meer blauer Waffenröcke umringt. Elodie drängte bestürzt nach vorn. Einen Augenblick später konnte sich Fessan befreien, von seiner Schwertspitze troff Blut. Hinter ihm sanken drei Feinde zu Boden.

»Haltet ihn auf, ihr Idioten!«, schrie Stown. Noch mehr Blauhemden stürmten heran und bauten sich wie eine Wand vor Fessan auf. Diesmal wurde er gänzlich verschluckt.

Stown kam auf den Wagen zu und sammelte noch mehr Vicerin-Truppen hinter sich. Elodie musste mit ansehen, wie sie eingeschlossen wurde.

»Hört auf zu kämpfen!«, schrie sie. »Ich bin hier!«

Diesmal wurde ihr Ruf gehört. Allmählich erstarb auf dem Schlachtfeld das laute Aufeinanderprallen von Stahl. Die Männer des Dreizacks wie auch der Vicerins senkten die Waffen und sahen sie an.

Elodie hatte schon den Mund geöffnet, als sich die Mauer aus blauen Umhängen teilte und Fessan zum Wagen gestoßen wurde. Sein Gesicht war blutig, und seine Hände waren auf den Rücken gefesselt. Auf dem Weg durch die Reihen der Vicerins wurde er mit Spott überhäuft. Am Ende packten ihn zwei, während ihm ein dritter ein Messer an die Kehle hielt.

Stown war inzwischen am Wagen angelangt. Er grinste zu Elodie hinauf und zeigte dabei zwei zerklüftete Reihen fauliger brauner Zähne.

»Du hast dich also doch durchgerungen, dich zu ergeben?«, fragte er.

»Elodie!«, rief Fessan. »Tu das nicht!«

Schon liefen Blutstropfen am Messer herab auf seinen Hals.

Hör auf, dich zu wehren, beschwor sie ihn in Gedanken. *Sonst werden sie dich töten!*

Aber sie wusste, dass Fessan nicht aufgeben würde. Es gab nur eine Möglichkeit, ihn dazu zu bringen, nicht weiter für sie zu kämpfen, und ihm das Leben zu retten.

Es tut mir so leid, dachte sie. *Bitte vergib mir.*

Sie drückte das Kreuz durch und nahm all ihren alten Hochmut zusammen.

»Ich entscheide selbst, was ich tue«, sagte sie zu Fessan. »Endlich ist jemand gekommen, der mich vor dir und deinen Halsabschneidern bewahrt!«

Fessan hörte auf, sich zu wehren, und kniff verblüfft die Augen zusammen.

»Elodie!«, rief er. »Was soll das?«

»Ich hatte das schon lange geplant.« Es versetzte ihr einen Stich, wie kaltherzig ihre Stimme klang – und erst recht, wie Fessan unter ihren Worten zusammenzuckte.

»Das kann doch nicht sein! Ich glaube dir nicht!« Es zog ihr den Magen zusammen. Wenn ihr Plan aber gelingen sollte, musste sie Fessan davon überzeugen. Sie hatte einen Einfall.

»Warum, glaubst du, habe ich wohl die Standarte beerdigt? Damit der Dreizack schutzlos dasteht.«

Als Fessan das hörte, verzog er schmerzlich das Gesicht. Das Kinn sank ihm auf die Brust.

»Du hast sie ›Halsabschneider‹ genannt«, meinte Stown nachdenklich.

»Ja, natürlich.« Elodie wandte sich zu ihm um. »Meinst du, es gefällt mir hier? Seit sie mich entführt haben, träume ich davon, dass man mich befreit.«

»Wirklich? Ich dachte immer –«

»Ich musste natürlich gute Miene zum bösen Spiel machen – was blieb mir anderes übrig? Sonst hätten sie mich doch getötet. Aber ich wusste, dass mein Vater irgendwann jemanden ausschicken würde. Schade nur, dass es ausgerechnet du sein musstest!«

Elodie hielt den Atem an. Sie durfte ihn nur so weit verärgern, dass er ihr die Geschichte abkaufte.

»Das ist schon eine überraschende Wende«, sagte Stown argwöhnisch, »aber das ist jetzt egal. Jetzt haben wir dich jedenfalls.«

»Ja, endlich! Hier beim Dreizack halte ich es keinen Augenblick länger aus. Du hast doch sicher Befehl, mich zu meinem Vater nach Ritherlee zu bringen?«

»Sobald wir deine Freunde vom Dreizack erledigt haben.«

»Das sind nicht meine Freunde.« Elodie überlegte panisch, versuchte aber, sich nichts anmerken zu lassen. »Außerdem sind sie ja schon erledigt. Da braucht ihr eure Zeit nicht zu verschwenden.«

»Wir kämpfen bis zum letzten Mann!«, rief Fessan und versuchte vergeblich, sich loszureißen. »Elodie – das darfst du nicht tun!«

»Bleib, wo du bist, junge Dame«, sagte Stown. »Wir wollen

ja nicht, dass dir etwas geschieht, während wir diese Sache hier zum Abschluss bringen.« Seinen Männern rief er zu: »Treibt diesen Abschaum zusammen!«

Entsetzt musste Elodie mit ansehen, wie die Soldaten von Vicerin rasch in die Reihen des Dreizacks vorstießen, die Kämpfer mit den grünen Hemden entwaffneten und auf die Knie zwangen.

»Was werdet ihr mit ihnen tun?«, platzte es aus ihr heraus.

Bevor Stown antworten konnte, kam ein Mann auf einem gewaltigen schwarzen Pferd nach vorn geritten. Er war dünn wie ein Skelett, seine Haut so dunkel wie Mahagoni. Seine Vicerin-Uniform schimmerte von goldenen Tressen und Orden. Sein Pferd tänzelte unruhig, während er Stown zornig anstarrte.

»Hauptmann Gandrell«, murmelte Stown. »Habe mich schon gefragt, wann du wohl auftauchst.«

»Ich war die ganze Zeit hier«, antwortete Gandrell. Seine leuchtend grünen Augen schossen zu Elodie hinüber. »Prinzessin, seid Ihr wohlauf?«

Elodie starrte ihn an, ohne etwas dagegen tun zu können. Hauptmann Gandrell war ihr während der dreizehn Jahre, die sie auf Burg Vicerin verbracht hatte, gut vertraut gewesen. Wenn er nicht gerade im Burghof mit Soldaten exerzierte, hatte er auf einem der Türme Wache gehalten oder sich mit Lord Vicerin persönlich im Ratssaal besprochen.

Eine Person aus meinem früheren Leben, dachte sie matt. *Der Erste, der mir seit meiner Entführung aus Ritherlee begegnet.*

Sie atmete tief ein, um sich zu fassen. »Es geht mir gut,

Hauptmann Gandrell«, antwortete sie. »Was hat Euch aufgehalten?«

Der Blick des Mannes blieb unergründlich. So war es immer gewesen. Seinen Leuten gegenüber hatte er sich stets streng gezeigt – aber gerecht. »*Es gibt keinen geraderen Pfeil als Gandrell*«, hatte Lord Vicerin einmal gesagt.

Wird er sich auch jetzt gerecht verhalten?

»Ihr werdet mit mir reiten, wenn es Euch beliebt«, sagte Gandrell.

»Sie reitet mit mir«, warf Stown wie ein störrisches Kind dazwischen. »Lord Vicerin hat diesen Auftrag *mir* erteilt, oder hast du das schon vergessen?«

Hauptmann Gandrell sah ihn wie versteinert an und wandte sich wieder Elodie zu. »Ich habe Befehl – will sagen: *Feldwebel* Stown und ich haben Befehle –, Euch umgehend zu Lord Vicerin zu bringen. Und das werden wir tun, sobald wir den Rest des Dreizack-Ungeziefers vernichtet haben.«

»Nein!«, schrie Elodie.

Gandrell runzelte die Stirn. »Welcher Teil dieses Befehls erregt Euer Missfallen, Prinzessin?«

»Ich werde mit Euch kommen. Aber es darf niemand mehr getötet werden.«

Stown schnaubte.

»Ich habe meine Befehle«, erwiderte Gandrell. »Niemand soll verschont werden. So hat es Lord Vicerin angeordnet.«

Elodie blickte auf die Lichtung. Die Männer und Frauen, die mit ihr – und *für* sie – gekämpft hatten, waren auf den Knien, besiegt, entkräftet und mit leeren Gesichtern.

Fessan ließ noch immer den Kopf hängen, so dass sie sein Gesicht nicht sehen konnte.

»Aber sie sind doch keine Bedrohung mehr«, wandte sie ein und wusste, dass ihr die Panik anzumerken war. »Sie sind …«, Elodie suchte nach einem Begriff, den der erfahrene Soldat verstehen würde, »sie sind doch ohnehin am Ende.«

»Wunden heilen wieder«, widersprach Gandrell, »und erschöpfte Männer wachen am nächsten Morgen erfrischt wieder auf.« Er gab seinem Pferd die Sporen und zog sein Schwert. »Genug geredet! Es wird Zeit!«

»Halt!« Elodie holte die Pfeilspitze, die Samial ihr gegeben hatte, aus der Tasche und hielt sie sich an die Kehle.

Gandrell riss erschrocken die Augen auf. »Prinzessin, was tut Ihr da?«

»Wenn Ihr sie tötet«, erklärte Elodie, »dann werde ich auch sterben.«

Fessan hob den Kopf. Sein Blick war voller Schmerz. Das Gesicht von Samial, der neben dem Wagen stand, war blasser denn je. Ringsum warteten die Soldaten von Dreizack und Vicerin gleichermaßen darauf, was als Nächstes geschehen würde.

»Warum setzt Ihr Euch für dieses Lumpenpack ein?«, fragte Gandrell. »Sagt es mir, Prinzessin. Ich bin gespannt.«

»Ich habe das Blutvergießen satt«, antwortete Elodie wahrheitsgemäß, ohne die Pfeilspitze zu bewegen. »Ich habe genug davon mit ansehen müssen, für hundert Leben. Also, welche Botschaft werdet Ihr meinem Vater überbringen?

Dass Ihr den Dreizack zerschlagen oder dass Ihr seine Tochter getötet habt?«

Hauptmann Gandrell blickte sie lange nachdenklich an. Schließlich nickte er kurz.

»Ganz wie Ihr wünscht, Prinzessin. Ihnen wird nichts geschehen.«

Stown fluchte und spuckte auf den Boden. Hauptmann Gandrell beachtete ihn nicht.

»Legt eure Waffen nieder!«, befahl Gandrell den Leuten des Dreizacks. Einige gehorchten, andere blickten sich verwirrt um oder griffen nach ihren Schwertern, als wollten sie ihre Niederlage noch immer nicht eingestehen.

»Sieht aus, als müssten wir sie trotzdem töten«, knurrte Stown.

»Das werdet ihr nicht tun«, blaffte Elodie. »Fessan – sag etwas!«

Ihre Augen trafen sich für einen kurzen Blick. Seine Brust hob sich, und er rief aus: »Tut, was er sagt! Der Kampf ist vorbei.«

Die Soldaten des Dreizacks begannen zu murmeln. Dann legten schließlich auch die letzten ihre Schwerter ab. Elodie kämpfte mit den Tränen, als Gandrell seine Blauröcke anwies, die Waffen einzusammeln. Die Besiegten wurden in der Mitte der Lichtung zusammengetrieben und mussten sich, die Hände auf den Köpfen, auf den Boden setzen.

Inzwischen rissen die Leute von Vicerin die Zelte nieder. Bald war vom Lager des Dreizacks nur noch ein zerstampftes Ödland übrig, übersät mit Bettzeug und den wenigen Habseligkeiten, die das Rebellenheer auf seinem Zug mitgeführt hatte. Alles Brennbare wurde aufgestapelt und angesteckt, drei Wagen mit den eingezogenen Waffen beladen – zur weiteren Verwendung durch Lord Vicerin. Und die Sonne hatte kaum den Zenit überschritten, als alle Spuren des Lagers – seine unglückseligen Bewohner ausgenommen – ausgelöscht waren.

Elodie warf einen letzten Blick auf ihre besiegten Freunde. Aus den Augen der wenigen, die ihn erwiderten, sprach entweder Benommenheit oder Hass.

Sollen sie mich nur hassen, dachte sie traurig. *Wenigstens sind sie am Leben.*

»Wir müssen aufbrechen, Prinzessin«, sagte Gandrell.

Sie versuchte, nicht zusammenzuzucken, als er ihr auf den Kutschbock des Wagens half.

»Nein«, widersprach sie, als er neben ihr Platz nehmen wollte. »Eine Dame fährt nicht zusammen mit einem Soldaten.«

Auf der Reise, die ihr bevorstand, konnte sie nur einen Begleiter ertragen – Samial. Ihr Freund setzte sich neben sie, und sie fasste seine kalten Hände.

»Habe ich auch das Richtige getan, Samial?«, flüsterte sie. Nun war es ohnehin zu spät. Der Wagen ruckte an, und die Kolonne setzte sich in Bewegung. Während sie durch die Bäume dahinrollten, schloss ein schlankes graues Pferd zu ihnen auf. Elodie blickte zur Seite, der Reiter war Stown. Er grinste so höhnisch und bösartig auf sie herunter, dass sie sich unwillkürlich nach hinten umsah.

Hinter ihnen marschierten drei Soldaten von Vicerin, und zwischen ihnen, geknebelt und angekettet, lief Fessan.

Elodie überlief es eiskalt. »Was tut ihr mit ihm?«

»Die anderen mögen vergammeln, wo wir sie zurückgelassen haben«, spottete Stown, »aber mit ihm haben wir etwas anderes vor.«

»Was meinst du damit?«

»Oh, das ist ganz einfach, *Prinzessin.* Dein Freund kommt mit uns. Ich kann es kaum erwarten, zu sehen, was Lord Vicerin mit ihm anstellen wird. Und du?«

Kapitel 6

Die Flügel der drei gewaltigen Thorrods schlugen einen stetigen, stummen Rhythmus in die Luft und trugen Tarlan und Melchior in Richtung Küste. Unter ihnen zogen wie ein dichtgesponnener grüner Teppich die isurischen Wälder vorüber. Über ihnen hing ein fahler Lichtfleck: der Komet.

»Jetzt kann man ihn sogar bei Tage sehen«, rief Tarlan über den Luftraum zwischen den fliegenden Vögeln.

»Er wird umso heller, je näher er kommt«, rief der Zauberer zurück, »und sein Leuchten wird noch sehr viel stärker werden.«

Mirith hatte Tarlan von den sengend heißen Steinen erzählt, die bisweilen vom Himmel fielen. Manchmal hatte er nachts ihre weißen Spuren am Himmel verfolgt, aber zu Boden fallen hatte er noch keinen gesehen.

Und das soll also ein Komet sein?, fragte er sich. *Nichts als ein großer Stein?*

Aber der Komet war mehr als das, das wusste er. Irgendwie hatte er mit Melchiors Zauberkräften zu tun. Es war seltsam. Vielleicht war es gar kein Licht, das den Kometen zum Leuchten brachte; vielleicht leuchtete er vor Magie.

Als der Abend sein blaues Tuch über den Bäumen ausbreitete, dirigierte Tarlan die Thorrods zu einer Gruppe uralter Eichen hinunter.

»Landet dort am Bach«, wies er sie an. »Das Wasser dürfte frisch sein, und die Bäume bieten uns gute Deckung.« Er grinste hinüber zu Filos und Graudorn, die sich gemeinsam an Kitheens schwarzen Rücken drückten. »Und ihr beide – ich wette, ihr könnt es kaum erwarten, euch mal die Beine zu vertreten!«

Tarlan hatte recht. Kaum hatten die Thorrods aufgesetzt, da sprangen der Wolf und der Tigronwelpe vom Rücken des Vogels und stürmten mit gespitzten Ohren und bebenden Nüstern zwischen die Bäume.

»Viel Glück bei der Jagd!« Tarlan lachte.

Die drei Thorrods scharrten am Waldsaum eine flache Grube und ließen sich – offensichtlich erschöpft – dort nieder. Tarlan ging zu jedem der großen Vögel, strich ihm über den Schnabel glättete ihm die Federn.

»Graudorn und Filos werden euch frisches Fleisch bringen. Bleibt besser wach, bis sie zurück sind. Melchior, möchtest du Feuerholz sammeln, oder soll ich das tun?«

Aber als er sich umdrehte, eilte der Zauberer schon von der Lichtung und setzte über den Bach hinweg. Den schmutzigen gelben Umhang hatte er bis unter die Achselhöhlen gerafft, so dass seine dürren weißen Beine zu sehen waren. Für einen Moment dachte Tarlan, er würde auf dem Wasser wandeln, aber dann erkannte er die Trittsteine dicht unter der Oberfläche.

»Was hast du vor?«, rief er ihm nach.

»Ich habe ein Dorf gesehen. Dort wird auch eine Schenke sein.«

Nach einem ganzen Tag an der frischen, freien Luft über Toronia fühlte sich Tarlan gereinigt. Um nichts in der Welt hätte er sich jetzt in eine Menge lauter, übelriechender Menschen begeben. Er blickte sich auf der kleinen Lichtung um.

»Aber es ist schön hier«, meinte er wehmütig.

»Ja, aber wir machen diese Reise ja nicht zum Vergnügen, Tarlan. Wir müssen uns kundig machen.«

»Müssen wir?«, entgegnete Tarlan enttäuscht.

»Aber natürlich! Wie wollen wir die vielen Probleme lösen, die sich uns unweigerlich in den Weg stellen werden, wenn wir uns nicht mit ihnen vertraut machen? Und außerdem – eines Tages wirst du König sein, Tarlan. Und für einen König gibt es keinen besseren Ort als unter seinem Volk!«

Missmutig brummend stakste Tarlan über den Bach und folgte Melchior auf der anderen Seite in den Wald.

Du hast ja keine Ahnung, wie sehr du mir auf die Nerven gehst, alter Mann.

Zehn Schritte voraus kicherte der Zauberer in seinen Bart. Tarlans Haut kribbelte bei der Vorstellung, dass Melchior möglicherweise seine Gedanken lesen konnte.

Das Dorf war winzig, und wie die meisten menschlichen Ansiedlungen kam es Tarlan sehr merkwürdig vor. Er war in einer Höhle hoch oben in den eisigen Bergen von Yalasti aufgewachsen und konnte noch immer nicht verstehen, was Menschen dazu brachte, die Materialien der Natur in Stücke zu schneiden, um Mauern und Dächer daraus zu bauen.

Die Gebäude waren einfache Holzhütten. Dazwischen wanden sich rohe Wege aus festgetretener Erde, ab und zu von einer Fackel erhellt. Am Ende einer etwas schlampigen Reihe identischer Gebäude ragte ein größeres Haus mit einer breiten Veranda heraus. Hinter den kleinen Fenstern flackerte Licht, und es drang raues Gegröle nach draußen.

»Zum doppelten Hirsch!«, rief Melchior aus und klatschte in die Hände.

»Wie?«

Der Zauberer deutete auf ein schaukelndes Wirtshausschild, auf dem ein riesiger Hirsch mit zwei Köpfen zu sehen war, stolz aufgerichtet auf einer Waldlichtung. »So heißt dieses Wirtshaus!«

»Oh«, antwortete Tarlan, der nicht unbedingt preisgeben wollte, dass ihm das Lesen trotz Miriths beharrlicher Bemühungen noch immer schwerfiel.

Melchior schritt auf die Schenke zu. Tarlan hätte am liebsten kehrtgemacht und wäre zur Lichtung zurückgerannt. Die Vorstellung, die Nacht gemeinsam mit seinem Rudel unter den Bäumen zu verbringen, war beinahe unwiderstehlich.

Dann kamen ihm Miriths letzte Worte in den Sinn.

Du sagtest mir, ich solle mein Juwel zu Melchior bringen. Nun, das Juwel habe ich verloren, aber immerhin habe ich den Zauberer gefunden. Und ich werde ihn nicht mehr aus den Augen lassen!

Melchior öffnete die Tür, und Tarlan folgte ihm in die Schenke.

Er hatte etwas in der Art des Speisesaals auf Burg Vicerin erwartet: eine weitere Halle, in der die Speisenden höflich an einer langen Tafel aufgereiht saßen. Stattdessen streifte sein Scheitel die niederen Deckenbalken. Ein großer offener

Kamin spendete flackerndes Licht und reichlich beißenden Rauch, so verbrauchte Luft hatte Tarlan noch niemals geatmet. Es roch stark nach Ruß, aber da waren noch andere Gerüche: nach Bier und gebratenem Fleisch, nach Gewürzen und Schweiß.

Und die Kneipe war vollgepackt mit Menschen.

Isurier. Das sind also die Leute, die im Wald leben.

Ihre Kleidung war geflickt und ihr Haar lang und zottelig. Viele Männer trugen Äxte an der Hüfte; die Frauen hatten einfache Kleider an, viel weniger prächtig, als er es auf Burg Vicerin gesehen hatte, und sehr viel dünner als die unförmigen Umhänge der Frauen in den eisigen Weiten von Yalasti. Und es waren *so* viele. Ihre Unterhaltungen waren ein einziges, durchdringendes Dröhnen.

Ein paar Köpfe drehten sich zu ihnen um, als sie hereinkamen. Die meisten Gäste aßen und tranken unbeeindruckt weiter. Weit hinten in einer dunklen Ecke kreischte eine Frau vor Lachen, in einer anderen brüllten ein paar Männer ein derbes Lied.

Melchior drängte sich nach vorn bis zu einem auf Böcken stehenden Tisch voller Platten mit Essen und kleiner Fläschchen. Tarlan blieb wie angewurzelt stehen. Er fühlte sich gefangen, eingesperrt im Lärm.

Ich kann hier nicht bleiben! Ich muss fort!

Melchior kam mit einem großen Teller voller Brot und Fleisch zurück. In der anderen Hand hielt er zwei Steinkrüge. Tarlan bezwang seine Panik und folgte dem Zauberer an einen freien Tisch. Sie setzten sich und fingen an zu essen.

Das Brot schmeckte herrlich: teigig und frisch. Das Fleisch hatte einen scharfen Geschmack, wie er ihn noch nie erlebt hatte. Für einen langen Augenblick vergaß Tarlan all sein Unbehagen und widmete sich ausschließlich der herrlichen Nahrung. Einen Mundvoll nach dem anderen schlang er herunter, bis er bemerkte, dass Melchior ihn beobachtete.

»Ich habe solchen Hunger«, sagte er kleinlaut.

»Hörst du, was sie erzählen?«, fragte der Zauberer und pickte wie ein Vögelchen am Brot.

Tarlan wischte sich mit dem Handrücken über den Mund und lauschte. Es war nicht einfach, im allgemeinen Durcheinander einzelne Stimmen auszumachen, aber manche Sätze drangen immer wieder durch:

»... sind auf Idilliam marschiert ...«

»... habe gehört, dass die Brücke eingestürzt ist ...«

»... Kinder der Prophezeiung ...«

Tarlan hob den Krug an. Er war randvoll mit warmem, schäumendem Bier. In einem Zug trank er ihn halb leer und setzte ihn mit einem Rums wieder auf dem Tisch ab. Er war satt, sein Bauch spannte. Hoffentlich hatten die Thorrods und der Rest des Rudels ebenso gut zu fressen bekommen.

»Neuigkeiten verbreiten sich rasch«, sagte er. Er blickte um sich und wunderte sich einmal mehr über das Getöse in der Kneipe. *Warum* reden *diese Menschen nur so viel?* Dann fiel ihm die Frage wieder ein, die zu fragen er sich zuvor nicht getraut hatte. »Und wie hast du deine magischen Kräfte verloren?«

Der Zauberer grinste. »Der taktvolle Umgang ist nicht gerade deine Stärke, mein Junge, was?«

»Wieso?«

»Egal. Die Frage ist berechtigt. Und sie verdient eine ehrliche Antwort.«

»Sagst du es mir nun oder nicht?«

Melchior tupfte sich mit dem Zipfel seines Umhangs den Mund ab, lehnte sich zurück und tätschelte sich den Bauch, obwohl er so gut wie nichts gegessen hatte.

»Du weißt, wie eure Mutter starb«, sagte er.

Tarlan rutschte unbehaglich auf seinem Hocker hin und her. »Elodie hat es mir erzählt. Aber was hat das mit deiner Zauberkraft zu tun?«

»Dann weißt du auch, dass ich versuchte, deiner Mutter das Leben zu retten. Aber es war unmöglich, herauszufinden, ob meine Magie gewirkt hatte. Damals vermutete ich – und bin inzwischen davon überzeugt –, dass ich keinen Erfolg hatte. Nach der Hinrichtung wurde ich von Wut und Schuldgefühlen gepeinigt, und ich tat etwas sehr Dummes.«

»Was hast du getan?« Wut war etwas, das Tarlan sehr gut nachfühlen konnte.

»Ich stellte König Brutan zur Rede. Vor dem ganzen Hofstaat nannte ich ihn einen Feigling, Tyrannen und Mörder.«

Der alte Mann wuchs in seinen Augen. »Wirklich? Und was hat er getan?«

»Mich in den Kerker geworfen, natürlich. Zu meinem Glück teilte er einen gewissen Hauptmann Ossilius zu meiner Bewachung ein. Ossilius ist ein guter Mann, er ermöglichte mir die Flucht. Brutan setzte eine Belohnung auf meinen Kopf aus, und deshalb ging ich ins Exil.«

Tarlan pfiff durch die Zähne. »Mirith wollte, dass ich dich finde. Aber alle haben mir gesagt, du seist tot.«

»Diese Gerüchte setzte ich zum Teil selbst in die Welt. Ich bin froh, dass sie sich verbreitet haben.«

»Dann hast du einfach abgewartet?«

»Was hätte ich tun sollen? Meine Macht war dahin. Ich wurde gesucht. Zweierlei konnte ich allerdings bewirken. Zum einen konnte ich Ossilius' Sohn Fessan ausfindig machen. Wie ich war er aus Idilliam verbannt worden.«

»Hat er auch den König als Feigling beschimpft?«

»Nein. Bei ihm waren es Taten, nicht Worte. Er setzte sich für einen Fuhrmann ein, der von den Soldaten der Legion des Königs gesteinigt werden sollte, weil sein Wagen im Schlosstor umgestürzt war.«

»Gesteinigt? Wegen eines Unfalls?«

Melchior zuckte mit den Achseln. »Der Wagen blockierte die königliche Parade. Weil er sich dem Willen des Königs widersetzt hatte, wurde Fessan fast zu Tode geprügelt und verbannt.«

Tarlan nestelte am Saum seines Umhangs. Ihm ging durch den Kopf, dass er nicht das Geringste über den jungen Anführer des Dreizacks wusste, und nur zu gern hätte er seine harschen Worte im Lager zurückgenommen.

»Vom ersten Moment an wusste ich«, fuhr Melchior fort, »dass dieser junge Mann in seiner ausgefransten Uniform mit der ebenso ausgefransten Narbe seitlich am Kopf denselben Kampfgeist besaß wie sein Vater. Gemeinsam haben wir den Dreizack aufgebaut.«

»Und was war das Zweite?«

Melchior verzog für einen kurzen Moment das Gesicht. »Ah, das ist etwas, das mir besondere Sorgen macht. Es geht dabei um meinen Lehrling.«

»Du hast einen Lehrling?«

»Ich hatte einen. Sie hieß Limmoni. Sie war etwas ganz Besonderes. Aus ihr hätte die größte Zauberin werden können, die je auf toronischem Boden gewandelt ist.«

»Sie ist gestorben? Wie?«

»Ich weiß es nicht mit Sicherheit. Ich sandte sie nach Idilliam, zu Schloss Berg, als Dienstmagd getarnt. Dort sollte sie für mich Augen und Ohren offen halten. Diese Aufgabe hat sie vorbildlich erfüllt. Aber jetzt spüre ich leider, dass sie nicht mehr unter uns ist.«

»Du … spürst das?«

»Wie groß die Entfernung zwischen Zauberern auch sein mag, sie sind doch nie völlig voneinander getrennt.« Melchior schenkte Tarlan ein angedeutetes Lächeln. »Ich weiß, du verstehst mich, Tarlan. Geht es dir mit deinem Rudel nicht genauso?«

Tarlan dachte darüber nach. Würde er es wissen, wenn Theeta starb? Oder Graudorn? Oder Filos?

»Ja«, antwortete er leise. »Das stimmt.«

Melchior schüttelte die Wehmut ab, stand auf, packte die leeren Krüge und sagte: »Diese ernsten Dinge trocknen einem den Mund aus. Lass mich noch etwas zu trinken holen.«

Tarlan beobachtete, wie sich der Zauberer durchs Gedränge davonschob. Er zupfte gedankenverloren an den Brotresten herum und schnippte die Krümel über die Tischkante. Im Kamin knisterte unterdessen das Feuer, ein helles Knacken, das über dem Summen der vielen Stimmen gerade eben zu hören war. Dann stach eine durchdringende Stimme aus dem Dröhnen heraus – ein strammer Mann am Nebentisch sagte: »… da lege ich ihm die Kette um den Hals, aber dann wird er erst recht wild, weißt du?«

»So ist das eben mit Bären«, antwortete sein dürrer Kumpan.

»Wem sagst du das. Seit Jahren halte ich Bären. Wenn man sie erst einmal gezähmt hat, werden sie wie die Lämmer. Der Trick ist, dass sie sich immer fürchten müssen. Das gilt für alle Tiere, Buster. Mach ihnen Angst.«

In diesem Moment zersprang etwas in Tarlan. Er erhob sich, und seine Beine zitterten ein wenig. Ihm war, als hätte er sich nicht ganz unter Kontrolle.

»Warum willst du überhaupt einen Bären halten?«, fragte er mit einer Stimme, die fremd klang.

Der Mann starrte von seinem Hocker herauf, das Gesicht rot angelaufen vor Ärger. »Was geht dich das an?«

»Kann ein Bär einen Wagen ziehen?«, fragte Tarlan. »Oder ein Feld pflügen? Ein Bär ist ein wildes Tier. Ein freies Tier. Warum sollte man –«

»Ich will dir sagen, wozu ein Bär gut ist«, sagte der Mann verächtlich. »Ein Bär kann tanzen.« Er stieß seinen Kumpel an. »Nicht wahr, Buster?«

»Tanzen?« An den Rändern von Tarlans Gesichtsfeld

blitzte es rot auf. »Du hältst einen Bären, um ihn *tanzen* zu lassen?«

Bevor er recht wusste, was geschah, flog seine Faust schon auf das Gesicht des Mannes zu. Der war trotz seiner Masse sehr flink und hob die Hand gerade rechtzeitig, um Tarlans Faust abzufangen. Tarlan riss sie los und fasste den Mann stattdessen an der Kehle. Vor Überraschung und Schmerz traten dessen Augen hervor.

»Tarlan!«

Melchiors Stimme drang durch das Dröhnen in Tarlans Ohren. Mit großer Willensanstrengung löste er seinen Griff. Der Mann stieß sich vom Tisch ab und rappelte sich hoch. Tarlan stand leicht schwankend da, während sich der rote Dunst allmählich aus seinem Gesichtskreis verzog. Im Schankraum war es totenstill geworden. Viele blickten ihn an, ohne ihren Argwohn zu verbergen.

Der Mann, den Tarlan angegriffen hatte, zog ein langes, blitzendes Messer aus dem Gürtel.

Alle in der Nähe rückten erschrocken ein Stück von ihnen ab.

Melchior legte etwas vor dem Mann auf den Tisch, so dass es hörbar klickte. Tarlan sah eine große Silbermünze.

»Für Eure Unannehmlichkeiten«, sagte der Zauberer.

»Die werde ich *ihm* machen – Unannehmlichkeiten«, knurrte der Mann, massierte seinen geschundenen Hals und reckte Tarlan das Messer entgegen. »Solche Bengel gehören eingesperrt. Den passenden Käfig hätte ich schon.«

»Er wird seine Schläge bekommen«, sagte Melchior sanft.

»Komm, Junge, und beim nächsten Mal musst du dich besser benehmen.«

»Du *bezahlst* ihn?«, fragte Tarlan ungläubig.

Melchior hob die Hand, schlug aber nicht zu. »Was habe ich eben übers Benehmen gesagt?«

Alle Augen folgten ihnen auf dem Weg zur Tür. Tarlan hatte das Gefühl, dass Streit hier an der Tagesordnung war. Fremde schienen allerdings nicht so oft vorbeizukommen.

»Hast du wirklich vor, mich zu schlagen?«, meinte Tarlan, als sie draußen in der kalten Nachtluft standen.

»Natürlich nicht. Aber ich musste doch etwas sagen.«

»Ich hätte ihm doch das Messer abnehmen können.«

»Und was ist mit den Messern seiner sieben Freunde?«

Tarlan war überrascht. »Was meinst du damit?«

»Ich meine den Mann mit dem grünen Hut, den Humpelnden, die Frau mit dem abgebrochenen Zahn, den Dicken mit den kleinen Schweinsaugen, die beiden Zwillingsbrüder und die schöne Frau, die im Ärmel ihres Kleids den längsten Dolch von allen bei sich trug. Die standen alle hinter ihm. Hast du sie denn nicht gesehen?«

Tarlan öffnete den Mund und klappte ihn wieder zu. Er hatte sich immer gerühmt, besonders aufmerksam zu sein.

Da hast du aber scharfe Augen, alter Mann.

»Ich bereue aber nicht, was ich getan habe«, schnauzte er.

»Das verstehe ich. Aber wir sind dort hingegangen, um Informationen einzuholen, und nicht, damit du bei einer Rauferei getötet wirst.«

Tarlan schäumte noch immer vor Wut. Er hatte sich

aber so weit in der Gewalt, dass er sie nicht am Zauberer ausließ.

»Ich gehe erst, wenn ich diesen Bären befreit habe!« Er erwartete, dass Melchior ihm widersprach, aber zu seiner Verblüffung grinste der Zauberer. »Ganz deiner Meinung.«

Auf dem Weg, den sie gekommen waren, gingen sie zum Rand des Dorfes zurück. Tarlan prüfte, dass ihnen niemand gefolgt war, spitzte die Lippen und pfiff dreimal. Wenige Augenblicke später tauchten aus der Dunkelheit Schatten auf, die sich rasch als pelzige Gestalten entpuppten.

»Graudorn! Filos!«, flüsterte Tarlan. »Bleibt ganz ruhig. Ich habe eine Aufgabe für euch.«

Der Wolf und der Tigron setzten sich gehorsam hin und warteten. Tarlan streckte die Hände aus und ließ die beiden daran schnüffeln.

»Riecht ihr diesen Mann?«, fragt er.

»Ja«, sagte Graudorn. »Ein dicker Mann.«

»Und verschwitzt«, meinte Filos.

Melchior sah interessiert zu. Tarlan gestattete sich ein Lächeln.

Du magst Dinge sehen, die ich nicht sehen kann, alter Mann. Aber dafür kann ich hören, was du nicht hörst!

»Dick und verschwitzt, richtig«, sagte er. »Das stimmt haargenau. Könnt ihr seinen Geruch aufspüren? Er muss irgendwo in der Nähe wohnen. Könnt ihr mich dort hinführen?«

Graudorn und Filos senkten sofort schnuppernd die Schnauzen auf den Boden und bewegten sich auf der Suche nach der Spur in immer größeren Kreisen. Graudorn fand sie als Erster, kläffte leise und schoss in Richtung eines wenig begangenen Waldwegs davon. Filos setzte ihm nach. Immer wieder kreuzten sich die Wege der beiden Tiere, während sie gemeinsam den Geruch zu seiner Quelle verfolgten.

»Und alles ganz ohne Magie«, meinte Tarlan zu Melchior. »Gehen wir.«

Lange bevor sie an der baufälligen, zwischen den Bäumen verborgenen Hütte ankamen, konnte Tarlan den Bären riechen: einen feuchten, schmutzigen Gestank, der wie Rauch in der Nachtluft hing. Der Geruch führte sie zu einem großen Holzkäfig hinter der Hütte. Einen so großen Bären hatte Tarlan noch nie gesehen.

Das Tier fauchte sofort, als es sie sah, und warf sich gegen das Gitter. Eine gewaltige Pfote schoss zwischen den Latten hervor und streifte mit den scharfen Krallen Tarlans Arm. Der zuckte zischend zurück und umrundete in gebührendem Abstand den Käfig.

»Vorsicht«, sagte Melchior. »Er ist wütend.«

»Natürlich ist er wütend«, blaffte Tarlan. »Sieh ihn dir doch an!«

Das Fell des schwarzen Bären war aufgerieben und blutig. Durch das verfilzte Haar waren alte Narben zu erkennen. Tarlan fragte sich, wie viele Jahre der Mann ihn wohl schon hier festhielt und wie oft die arme Kreatur Schläge hatte erdulden müssen.

»Ist ja gut«, sagte er ruhig und streckte die Hand aus. »Jetzt bist du in Sicherheit.«

Der Bär brüllte und schlug wieder nach ihm. Tarlan konnte gerade noch ausweichen.

Ganz so einfach wird das wohl doch nicht sein.

»Ich möchte dich befreien.« In seiner Vorstellung beschwor Tarlan Bilder weiter, offener Naturlandschaften herauf, um sie auf den Bären zu übertragen. Aus irgendeinem Grund kamen ihm aber nur sandige Wüsten in den Sinn, obwohl er solche noch nie gesehen hatte. »Bitte, du lässt mich dir doch helfen, oder?«

»Hel-fen?«, brummte der Bär und beäugte Tarlan misstrauisch. Sein Knurren klang wie mahlende Gesteinsblöcke. »Du sprechen? Du hel-fen?«

»Ja. Ich spreche. Ich helfe. Wie heißt du?«

»Brock!«, stieß der Bär in einem Hustenanfall heraus. »Brock! Brock!«

»Brock? Das ist dein Name?«

»Brock!«, bestätigte das Tier und funkelte Tarlan aus feurigen, kleinen Augen an.

»Also schön, Brock. Willst du dir von mir helfen lassen?«

»Hel-fen?«

Tarlan bemerkte Melchiors Hand auf seinem Arm und erschrak sich beinahe zu Tode. »Ich verstehe nicht, was er sagt«, meinte der Zauberer, »aber ich weiß, dass er sehr gefährlich ist, Tarlan. Vielleicht war das nicht so eine gute Idee.«

»Zu spät. Der Bär kommt frei, ob du es willst oder nicht.« Tarlan hob einen Stein auf und ließ ihn auf den Riegel krachen. Der einfache Mechanismus ging in Stücke, und die Käfigtür schwang auf.

Bevor Tarlan auch nur blinzeln konnte, war der Bär schon draußen. Die enorme Bestie walzte wie eine Lawine voran, riesig und unaufhaltsam. Er prallte gegen Tarlan, presste ihm dabei die Luft aus den Lungen und warf ihn zu Boden. Er rang um Atem, und sein Herz pochte wild vor Angst und Aufregung, während er in die lodernden Augen des Bären blickte.

»Dich töten!«, donnerte der Bär. Er riss den Rachen auf und entblößte ein ungeheures, gelbes Gebiss. Tarlan tropfte Speichel ins Gesicht. Der faule Atem des Tiers war kaum zu ertragen.

»Töte mich, wenn du willst«, sagte Tarlan, der sein Entsetzen kaum verbergen konnte. »Ich kann dich nicht aufhalten. Du bist jetzt frei und kannst tun und lassen, was du willst, Brock. Du bist frei.«

Der Bär holte mit der Pranke aus. Im schwachen Licht der Sterne schimmerte jede Klaue wie ein Schwert. Sein ranziger Atem umgab sein aufgesperrtes Maul wie ein dampfender Lichtkreis.

Dann klappte der Bär unvermittelt die Kiefer zu, senkte die erhobene Tatze und trat ein Stück zurück.

»Frei«, sagte Brock, als würde ihm die Bedeutung des Wortes erst jetzt klar. Er sah die Bäume an, den Himmel und schließlich Tarlan. »Du befreist Brock. Brock dankt dir.«

»Bitte sehr.« Tarlan stand auf und strich mit zitternder Hand über die zottelige Schnauze.

»Erstaunlich!«, sagte Melchior. »Ich habe in all den Jahren ja viel gesehen, Tarlan, aber so etwas ganz bestimmt noch nicht.«

»He! Was habt ihr da zu suchen?!«

Tarlan wandte sich um, der Dicke aus der Schenke kam auf die Hütte zugetrabt. In einer Hand hielt er eine Peitsche. Sein Gesicht war vor Wut dunkelrot angelaufen.

Graudorn und Filos hielten sofort treu zu ihrem neuen Gefährten; sie stellten sich schützend vor ihn, senkten die Köpfe und sträubten ihr Nackenfell.

»Nein«, sagte Tarlan und winkte sie zurück. »Überlasst das Brock.«

Der wilde Bär kniff so verblüfft die Augen zusammen, dass es Tarlan fast das Herz brach.

»Du hast richtig gehört, Brock«, erklärte er. »Auch das hier steht dir frei.«

Man sah dem übel zugerichteten Gesicht des Bären an, wie es in ihm arbeitete. Er bleckte die Lefzen und zeigte seine enormen Reißzähne. Dann erhob er sich auf die Hinterbeine. Tarlan stockte der Atem. Er selbst war groß für sein Alter, aber der Bär ragte doppelt so weit in die Höhe.

Der Mann hatte nicht die leiseste Chance. Als Brock wieder krachend auf die Vordertatzen stürzte und losschnellte, holte der Dicke mit der Peitsche aus, aber der Bär war schneller. Er schloss die Kiefer um seinen Arm und biss zu. Tarlan hörte es laut knacken, dann fiel die Hand des Mannes auf den Boden.

»Aaaahh!«, brüllte er. »Nicht … nicht …«

Brock packte mit den riesigen Tatzen seinen Peiniger, hob ihn hoch und schleuderte den Kreischenden in den Käfig, wo er kopfüber landete. Aus dem Stumpf an seinem Handgelenk quoll Blut, und er verdrehte die Augen, so dass nur das Weiße darin zu sehen war; seine Schreie verebbten zu einem schwachen Blöken.

Abermals stürmte der Bär auf ihn los.

»Nein«, sagte Tarlan und trat dazwischen. Brock antwortete mit einem so wilden Fauchen, dass Tarlan für einen Augenblick dachte, er wäre zu weit gegangen.

»Töte ihn nicht.«

Der Bär stand schwankend auf den Hinterbeinen und starrte mit rasendem Blick auf Tarlan herunter.

»Will ihn beißen! Ganz durchbeißen!«

»Nein. Lass ihn am Leben. So kann er seinen Freunden erzählen, was hier geschehen ist. Dann werden sie es sich in Zukunft zweimal überlegen, ein Tier so einzusperren.«

Der Bär zog nachdenklich die dunklen Brauen zusammen.

»Brock will ihn töten«, sagte er, aber das Knurren klang längst nicht mehr so wütend.

»Ich weiß. Ich verstehe.«

Mit einem letzten tiefen Grunzen ließ sich der Bär wieder auf alle viere sinken und kehrte dem Mann, der ihn gefangen gehalten hatte, den Rücken zu.

»Wo wird Brock hingehen?«, fragte der Bär.

»Das kann ich dir nicht sagen«, antwortete Tarlan. »Das bestimmst du selbst.«

Nach einer langen Pause fragte der Bär: »Und wie heißt *du?*«

»Tarlan.«

Wieder eine Pause. Und dann: »Brock wird Tarlan begleiten.«

Kapitel 7

Kälte war alles, was Gulph spürte. Sie hüllte ihn ein, zog ihn hinunter und wirbelte ihn herum. Er breitete Arme und Beine aus, und die Kälte widersetzte sich ihm. Er öffnete den Mund, um zu schreien, und die Kälte schoss in ihn hinein. Die Kälte war in seinen Augen, seiner Nase, seinen Ohren. Die Kälte war überall, und er war darin verloren …

Wasser! Das ist Wasser!

Gulph presste die Lippen aufeinander und paddelte mit den Füßen.

Aber wo ist oben?

Er wusste es nicht. Vielleicht tauchte er ja noch tiefer in dieses seltsame Becken, in das er gefallen war, und schwamm in seinen Tod.

Seine Lungen brannten. Bald würde er atmen müssen.

Aber dann werde ich ertrinken.

Endlich erreichte er die Oberfläche. Er warf den Kopf in den Nacken und holte tief Luft. Ihm lief das kalte Wasser vom Gesicht, keuchend sog er warme, feuchte Luft ein. Er arbeitete mit den Beinen, um an der Oberfläche zu bleiben.

»Den Kopf nach hinten«, hörte er eine Stimme ganz in der Nähe. »Und mit den Armen rudern.«

Es war Jessamyn, die sich neben ihm mit kindlicher

Leichtigkeit an der Oberfläche hielt. Sie blickte ängstlich und zugleich entschlossen drein.

»Meine Mutter sagt, dass die Beine schwimmen wollen«, fügte sie an. »Man muss sie nur lassen.«

Gulph tat, was sie sagte, legte den Kopf in den Nacken und zog die Arme unter der Oberfläche langsam vor und zurück. Zu seiner Überraschung kamen seine Beine an die Oberfläche. Fast mühelos trieb er auf dem Rücken und blickte direkt nach oben.

Was er dort sah, raubte ihm erneut den Atem.

Hoch über ihm wölbte sich ein gewaltiger, tiefvioletter Bogen. Der Anblick war überwältigend. Das Gebilde schien von innen zu glühen und funkelte wie ein Nachthimmel mit tausend Sternen.

Der Himmel? Wie ist das möglich, so weit unter der Erde?

Dann erkannte er, dass es nicht der Himmel war, sondern die Decke einer Höhle – einer gewaltigen, aus spitzen violetten Gebilden bestehenden Felsenkammer, die aus ihrem Innern zu leuchten schien.

Nicht Fels. Kristalle!

»Gulph! Mein Herr! Alles in Ordnung?«

Ossilius kam herangeschwommen. Aus einer Wunde an seiner Stirn troff Blut. Nun bemerkte Gulph, dass auch sein Gesicht schmerzte, und seine Hände waren voller Schrammen vom Einsturz des Tunnels.

Dicht hinter Ossilius mühte sich Hetty, den bewusstlosen Markus über Wasser zu halten. Immer wieder tauchte sein Kopf unter, und er murmelte Unverständliches.

»Mir geht's gut«, antwortete Gulph. »Hilf lieber ihm.«

Sie drängten sich um Markus und stützten ihn abwechselnd. Um sie schwappte das Wasser, und die sich kräuselnden Wellen warfen das Funkeln der Kristalldecke tausendfach zurück. Selbst das Wasser schien zu glühen.

Es ist Silber!

»Wir müssen ihn ans Ufer bringen«, sagte Hetty, als Markus' Kopf wieder einmal kurz untertauchte.

»Da ist kein Ufer«, entgegnete Ossilius.

Gulph sah, dass er recht hatte. Wo er auch hinblickte, sah er nichts als eine silbrige Wasserfläche, die sich in der Ferne in Finsternis verlor.

Was jetzt?, dachte er mit wachsender Unruhe.

Jessamyn rief aufgeregt: »Seht! Ein Boot! Dort!«

Durchs gespenstische Zwielicht kam ein schlankes Boot heran. Zwei Gestalten trieben es mit langen Paddeln vorwärts: ein Mann und eine Frau, beide in fließende Seidengewänder gekleidet. Ihre Gesichter waren blass wie Milch.

»Steigt ein«, sagte der Mann, als das Boot neben ihnen hielt. »Beeilt euch.«

Gemeinsam hoben sie Markus über die Bordwand und zogen sich dann einer nach dem anderen ins Boot. Der Mann half ihnen, hielt aber immer wieder inne und blickte besorgt übers Wasser. Die Frau bewegte schweigend ihr Paddel und hielt das schmale Gefährt trotz der zunehmenden Ladung im Gleichgewicht.

Gulph kam als Letzter an Bord und ließ sich erschöpft auf die Planken fallen.

»Danke«, keuchte er.

»Ihr habt Glück, dass wir hier draußen waren«, bemerkte der Mann mit leiser und sanfter Stimme. Er nickte der Frau zu. Die beiden begannen zu paddeln, und das Boot setzte sich auf der silbrigen Wasserfläche in Bewegung – ohne Plätschern, völlig lautlos.

»Wo sind wir?«, fragte Hetty.

»Celestis«, antwortete die Frau, die zum ersten Mal etwas sagte. Ihre Stimme war so glatt wie das Wasser.

»Celestis?«, fragte Gulph. »Was ist Celestis?«

»Das ist Celestis.« Die Frau wies mit dem Arm weit über den silbrigen See. »Das verlorene Reich.«

Gulph starrte sie an.

Das verlorene Reich. Heißt das, dass auch wir verloren sind?

Er blickte Ossilius an und sah, dass auch dem Hauptmann der Mund offen stand. Die Übrigen sahen einfach verwirrt aus. An der schwach erleuchteten Decke funkelten Kristalle.

»Einst gab es drei Länder«, sagte der Mann. »Dann kam die Zeit der Veränderung. Jetzt gibt es ein viertes. Und doch ahnt oben niemand, dass Celestis fortbesteht.«

Gulph hatte den Kopf sofort voller Fragen. Sein ganzes Leben lang hatte er geglaubt, es gebe nur drei Länder in Toronia: Idilliam, Isur und Ritherlee.

Drei Länder. Drei Geschwister. Die Krone der Drei.

Und doch war er hier in einem vierten Land, von dem er nichts gewusst hatte.

Ihm kam ein entsetzlicher Gedanke. *In der Prophezeiung ist nur von drei Ländern die Rede. Wenn sie nun falsch ist? Wenn wir nun für etwas kämpfen, das gar nicht stimmt?*

»Bitte«, sagte er. »Erzählt uns mehr! Was war das für eine Zeit der Veränderung, von der ihr gesprochen habt? Geht von hier manchmal jemand nach Idilliam hinauf? Wie –«

»Du wirst mehr erfahren«, sagte die Frau, »wenn ihr eingelassen werdet.«

»*Falls* ihr eingelassen werdet«, sagte der Mann.

»Falls«, bestätigte die Frau.

»Eingelassen?«, fragte Gulph. »Von wem?«

»Von Lady Redina«, antwortete die Frau. »Niemand betritt Celestis ohne ihre Erlaubnis.«

»Wir brauchen keine Erlaubnis«, zischte Ossilius durch die Zähne. »Wir haben sehr viel erduldet, um hierherzugelangen, und das nicht aus freien Stücken.«

In perfektem Einklang und ohne jede Eile legten ihre Retter die Paddel beiseite und griffen in ihre Seidenumhänge. Jeder zog ein langes Schwert hervor und hielt es in die Höhe. Die Klingen schimmerten, und Gulph sah, dass auch sie aus leuchtendem Kristall bestanden.

»Die Erlaubnis muss erteilt werden«, wiederholte der Mann. »So ist es Brauch in Celestis.«

Er streckte die freie Hand nach Ossilius aus, der zusammenzuckte. Gulph hielt den Atem an. Wenn Ossilius jetzt sein Schwert zog, mussten sie alle zurück ins Wasser.

Dann sah er, dass der Mann Ossilius ein kleines weißes Tuch hinhielt.

»Für dein Gesicht«, sagte er. »Da ist Blut.«

Ohne ihn aus den Augen zu lassen, ergriff Ossilius das Tuch und wischte sich das Gesicht ab. Das Tuch war nun blutig, aber zu Gulphs Überraschung war die Wunde auf der Stirn seines Freundes verschwunden.

»Ist das ein magisches Tuch?«, platzte es aus ihm heraus.

Der Mann schüttelte den Kopf. »Nicht das Tuch. Das Wasser.«

»Es heilt«, sagte die Frau.

Gulph fiel auf, dass auch sein eigenes Gesicht nicht mehr schmerzte. Er starrte auf seine Hände. Die Schrammen waren verschwunden, nicht die Spur einer Narbe war zu sehen.

Im Heck des Boots setzte sich Markus auf und rieb sich den Kopf.

»Wo sind wir?«, fragte er.

Während die beiden Celestier lautlos übers silbrige Wasser ruderten, saß Gulph zusammen mit Ossilius am Bug des Bootes.

»Dort ist eine Insel, siehst du?« Ossilius zeigte darauf. »Der See umgibt sie wie ein Wassergraben.«

Gulph betrachtete voller Verwunderung das sich langsam nähernde Land. *Aber eigentlich ist es kein Land*, verbesserte er sich. *Es ist Kristall. Alles hier besteht aus Kristall.*

Genauso war es. Der Strand, auf den sie zuglitten, war ein Gewirr rhombenförmiger Scherben mit tausend schimmernden Facetten, die wie eine zersplitterte Krone aus dem Wasser ragten. Dahinter wölbten sich Hügel aus leuchtend grünem Smaragd, mit sanften Wegen aus Saphir, die sich zwischen hohen, glasigen Gebäuden wanden: eine ganze Stadt aus Kristall. Die Turmspitzen und hohen Bögen fingen das Sonnenlicht auf und warfen es in einem atemberaubenden Farbenspiel zurück.

Nein, mahnte sich Gulph. *Nicht Sonnenlicht.*

»Hier unten gibt es weder Tag noch Nacht«, sagte er zu Ossilius. »Und kein Wetter.« Er betrachtete die Leute, die sich nun am Ufer versammelten. »Kein Wunder, dass alle so blass aussehen.«

Er versuchte, sich ein Leben ohne Sonne vorzustellen, ohne Regen. Ohne Stürme und Jahreszeiten, immer im ewigen Zwielicht. *Welch ein seltsames Leben.*

»Dort!«, rief Ossilius. Er setzte sich mit einem Ruck auf. »Siehst du das Licht?«

Gulph konnte am anderen Ende des Sees, weit von der Inselstadt entfernt, einen schmalen, hellen Lichtstreif erkennen, der von hohen Kristallsäulen in Strahlen aufgefächert wurde.

»Weißt du, wo ich glaube, dass wir sind? Am Boden des Abgrunds«, vermutete Ossilius.

»Wie?« Gulph starrte ihn an. »Das ist doch unmöglich! Der Abgrund ist bodenlos. Jeder weiß das.«

Genauso wie jeder weiß, dass es nur drei Länder gibt.

War das denn möglich? Er äugte zum Lichtstreif hinüber und versuchte, sich irgendwie zu orientieren.

Wir waren in den Gängen unter der Stadt. Dann stürzten wir bis in diese Kaverne hinunter – ein gigantisches Loch in der Erde, direkt unter Idilliam. Also tragen diese Säulen die Stadt über unseren Köpfen. Und was umgibt die Stadt? Der Abgrund.

»Du hast recht«, antwortete Gulph mit einem Schauder.

»Dann sehen wir also doch das Tageslicht«, sagte Ossilius. »Nur fern und sehr schwach, aber wir sehen es.«

»Dann sind wir vielleicht doch noch nicht verloren«, murmelte Gulph.

Jessamyn drängte sich zwischen sie und schob ihre kleine Hand in seine.

»Hübsch ist es hier«, sagte sie.

»Ja«, antwortete Gulph. »Das ist es.«

»Hinter Schönheit kann sich manches verbergen«, sagte Ossilius.

»Auch das ist richtig.«

»Wir müssen auf der Hut sein.«

Das silbrige Wasser zog sich in schmalen Armen zwischen hohen Uferböschungen landeinwärts, bis es sich zu einem weiten Becken öffnete. Die Frau machte das Boot neben einer Treppe fest, die sich vom Wasser zu einem großen Haus hinaufschwang – einer erstaunlichen Kombination aus diamantenen Wänden und Türmen aus Rubin.

Der Mann führte sie ans Ufer. Vorsichtig betrat Gulph die Treppe, denn er befürchtete, sie könnte rutschig sein. Der Boden war aber fest, und seine Füße fanden sicheren Halt. Oben angekommen, musste er sich erst einmal dehnen und die geschundenen Muskeln durchbewegen. Das dauerte nicht lange: Durch seine jahrelange Übung als Akrobat war sein Rücken daran gewöhnt, wieder in seine Form zurückzufinden – auch wenn diese etwas stärker gebogen war als bei anderen Menschen.

Am Ende der Treppe stand eine hochgewachsene Frau. Sie trug ein seidenes Gewand, genau wie ihre Retter. Ihr Gesicht war rund, mit offenen Zügen, ihre schönen blauen Augen eindringlich. Auch ihre Haut war blass wie Milch.

»Das habt ihr gut gemacht«, sagte sie zu dem Mann, der sie hergebracht hatte. Sie sprach langsam und mit kräftiger Stimme.

»Danke, Herrin.« Er verbeugte sich kurz und eilte wieder die Treppe hinunter zu seiner Gefährtin im Boot.

»Ich bin Lady Redina«, sagte die Frau. »Celestis ist mein Land. Habt ihr Hunger?«

Wie auf Kommando knurrte Gulph der Magen, und das sehr laut. Jessamyn kicherte.

Lady Redina streckte mit einer fließenden Bewegung die Hand aus und strich dem kleinen Mädchen durchs Haar. »Wie schön!«

»Entschuldigt, Herrin«, sagte Markus und schielte über ihre Schulter, »aber ist das alles für uns?«

Lächelnd trat Lady Redina zur Seite, und Gulph konnte nun auf dem Gelände vor dem Haus einen Pavillon mit einer langen Tafel sehen. Hinter Stühlen aus Kristall standen Diener bereit. Auf dem Tisch türmten sich köstliche Speisen.

Gulph musste schlucken. Außer dem improvisierten Mahl

in der Vorratskammer konnte er sich nicht entsinnen, wann er zuletzt etwas gegessen hatte.

»Oder wusstet Ihr, dass wir kommen?«, fragte er, als ihre Gastgeberin sie an ihre Plätze führte.

»Ich habe Kundschafter«, antwortete Lady Redina sanft. Sie zeigte jedem von ihnen, wo er sitzen sollte, und dabei bewegte sie ihre Arme so anmutig, als wäre sie eine Tänzerin. »Hin und wieder fallen Menschen. Und wenn sie fallen, werden sie gesehen. Wenn sie aber gesehen werden, erfahre ich das. Und ich bereite den Empfang der Neuankömmlinge vor. So wie ich euch jetzt empfange. Setzt euch, bitte.«

Gulph zögerte, denn er musste an das denken, was man ihnen auf dem Boot gesagt hatte.

»Bedeutet das, wir haben Eure Erlaubnis zu bleiben?«, fragte er.

Lady Redina neigte den Kopf. »Wir werden uns zunächst unterhalten. Die Entscheidungen folgen später.«

Das Essen schmeckte tausendmal besser als die mageren Bissen, die sie im Tunnel vorgefunden hatten. Besonders mochte Gulph einen gegrillten Fisch, der auf der Zunge zerging, und Platten mit gedünstetem Gemüse, das köstlich zwischen den Zähnen knackte und ihm die Kehle mit würzigen Aromen füllte.

Gulph machte sich mit großem Appetit darüber her und wunderte sich kein bisschen, dass seine Gefährten es genauso machten, sich löffelweise von diesem und jenem auf die Teller häuften und in großen Ladungen in den Mund schaufelten. Lady Redina begnügte sich mit kleinen Häppchen vom weißen Fleisch aus einer Krabbenschere.

»Gibt es auch Brot?«, fragte Hetty und äugte auf dem Tisch herum.

»Ich fürchte, wir haben nur das, was ihr hier seht«, antwortete Lady Redina. Dann tupfte sie sich mit der Serviette den Mundwinkel.

»Oh«, murmelte die Bäckerin. »Jedenfalls schmeckt es sehr gut.«

Gulph fiel auf, dass man auch kein Fleisch aufgetragen hatte. *Kein Gras,* dachte er unvermittelt. *Ohne richtiges Sonnenlicht gibt es auch keine Felder und ohne Felder kein Vieh und kein Getreide.*

Eigentlich war sein Magen voll, aber trotzdem verschlang er auch noch die letzten purpurroten Karotten in seiner Schüssel, lehnte sich im Stuhl zurück und musste lautstark rülpsen.

»Vergebt mir!«, sagte er und schlug die Hand vor den Mund. »Aber ich glaube, das war das beste Essen, das ich je genossen habe.«

Alle am Tisch kicherten, auch Lady Redina. Ihr Lachen klang wie eine leise, helle Glocke.

»Da ist nichts zu vergeben«, sagte sie. »Dass Ihr satt geworden seid, ist offensichtlich. Das freut mich.«

»Gulph hat völlig recht, Euch zu danken«, sagte Ossilius. »Ihr seid wirklich sehr gütig.«

»Ja, das seid Ihr«, fügte Gulph an. »Esst Ihr immer so gut? Ich meine, wo kommt das alles her? Nicht der Fisch, natürlich – den könnt Ihr ja fangen.« Er verstummte, als ihm auffiel, was er da plapperte.

Lady Redina legte ihre Serviette weg. »Es ist doch ganz natürlich, dass ihr neugierig seid. Ich glaube allerdings nicht, dass es diese Fragen sind, die ihr stellen wollt.«

Gulph blickte Ossilius an, der mit einem fast unmerklichen Nicken antwortete.

»Nun«, schluckte Gulph. »Ich glaube, wir würden gern mehr über Celestis erfahren.«

»Was wollt ihr wissen?«

»Wie ist dies alles hier entstanden? War es schon immer da? Ich dachte – wir alle dachten –, dass es in Toronia nur drei Länder gibt.«

»Da habt ihr euch geirrt. Celestis existiert – wie ihr mit eigenen Augen seht. Es ist lediglich in Vergessenheit geraten. Aber was vergessen ist, ist auch in Sicherheit. Und ich habe geschworen, dass es so bleibt.«

»Ihr regiert hier«, sagte Ossilius. Gulph kam es vor, als versuche er, Klarheit in seinem Kopf zu schaffen.

»Ich regiere, das stimmt. Mehr noch, ich beschütze. Ich bin die Beschützerin des verlorenen Reichs.«

»Aber wie kann ein ganzes Land verlorengehen?«, fragte Gulph.

»Vor vielen Jahren – dreihundert sagen manche, andere sagen mehr – war Celestis ein Land unter der Sonne. Aber dann kam der Krieg nach Toronia, die Erde bebte, öffnete ihren großen Rachen, und Celestis fiel. Nun liegt es begraben unter den Felsen der Welt, und unser Land überdauert seitdem in der Dunkelheit. Aber auch in Sicherheit. Mein Gelübde bindet mich, Sorge zu tragen, dass niemals mehr Krieg über uns hereinbricht. Denn im Krieg fallen Länder. Hier in Celestis wissen wir das nur zu gut.«

Gulph rückte das Bündel auf seinem Rücken zurecht, denn plötzlich war ihm das Gewicht der Krone, die er dort vor den Blicken verborgen trug, in den Sinn gekommen.

»Denkt Ihr, dass wir den Krieg bringen?«, fragte er etwas betreten.

»Ich denke nicht. Ich höre nur zu. Und dann urteile ich. Also, erzählt mir eure Geschichte.«

Eigentlich vertraute Gulph dieser Frau, die sie so gastlich aufgenommen hatte. Aber wie viel sollte er ihr erzählen? Er öffnete den Mund, obwohl er sich immer noch nicht sicher war, was er sagen sollte, aber noch bevor er beginnen konnte, spürte er einen heftigen, warnenden Tritt von Ossilius.

Zu seiner Erleichterung meldete sich Markus vom anderen Ende der Tafel zu Wort. »Ich bitte um Verzeihung, Herrin, aber wir sind gerade erst dem Krieg entkommen.«

Lady Redina hob ihre makellosen Augenbrauen. »Fahrt fort. Ich möchte jeden von euch anhören. Erzähle, was du erlebt hast, Soldat.«

»Nun«, sagte Markus und rutschte auf seinem Stuhl hin und her. »Angefangen hat es mit der Schlacht um die Brücke … die Brücke von Idilliam. Ein Rebellenheer versuchte, nach Idilliam hinüberzugelangen, aber Brutans Armee schlug sie zurück. Brutan ist jetzt König von Toronia – zumindest war er das. Er starb, aber ein böser Zauber hat ihn zurückgebracht. Er ist jetzt ein wandelnder Toter, aber er ist nicht tot, wenn Ihr wisst, was ich meine …«

Lady Redina hörte schweigend zu, während Markus die Auseinandersetzung zwischen Brutans Armee der Untoten und den angreifenden Kräften des Dreizacks beschrieb. Als er fertig war, erzählte Hetty, was ihr auf der Flucht aus der belagerten Stadt Idilliam widerfahren war. Die ganze Zeit über rang Gulph unter dem Tisch die Hände und befürchtete, einer seiner Gefährten könnte Lady Redina seine wahre Identität verraten.

Ossilius hat recht, dachte er. *Sie ist eine äußerst zuvorkommende Gastgeberin. Aber als Beschützerin von Celestis … Wie wird sie sich wohl verhalten, wenn ein Drilling der Prophezeiung plötzlich bei ihr auftaucht?*

Doch zu seinem Glück war es Markus besonders wichtig, Lady Redina über den Schwertkampf und taktische Fragen zu berichten, und Hetty konzentrierte sich auf die Auswirkungen der Schlacht auf ihre Bäckerei.

»Dann ist der Kamin eingestürzt und hat mein ganzes Tagwerk unter sich begraben, das noch nicht mal zur Hälfte gebräunt war«, klagte sie. »Aber jetzt wird in Idilliam wahrscheinlich kaum noch jemand übrig sein, der einen guten Laib Brot zu schätzen weiß …«

Sie plapperte unbekümmert weiter, während ein Diener Rotwein in die Kelche schenkte. Gulph brauchte nur kurz daran zu schnuppern, schon drehte sich ihm der Magen um. Der Mann, der bis zu seinem vierten Lebensjahr sein Vormund gewesen war – Sir Brax –, war ein Säufer gewesen, und es hatte nicht lange gedauert, bis der junge Gulph den Alkohol von ganzem Herzen verabscheute.

Er überlegte immer noch, was er mit dem Wein tun sollte, als sich Lady Redina Hauptmann Ossilius zuwandte. »Dieser Nynus war also Brutans Sohn?«

Gulph nutzte die Gelegenheit, bog den Arm nach hinten und leerte seinen Kelch mit einer raschen Handbewegung in eine Vase.

»Genau. Nach dem Tod seines Vaters regierte Nynus für kurze Zeit.« Der Hauptmann antwortete höflich und mit aufrichtiger Miene, ließ sich aber keine Regung anmerken.

»Aber nun ist sein Vater wieder am Leben?«

»Ich weiß nicht, ob ›Leben‹ das passende Wort ist. Er steht. Er kämpft. Aber er ist kein Mensch. Er ist verwandelt.«

»Verwandelt, ja«, wiederholte Lady Redina, als würde sie der Bedeutung des Wortes nachschmecken. »Dann ist Toronia also von einer Plage befallen worden. Der Plage der Untoten.«

»Ja.«

»Könnte diese Plage auch Celestis befallen, was meint ihr? Ich bin davon überzeugt, dass ihr völlig arglos hierhergekommen seid, aber könnten euch diese untoten Wesen nicht gefolgt sein? Könnte es nicht sein, dass ihr euren Krieg doch nach Celestis mitgebracht habt?«

»Vergebt mir, aber dies ist nicht ›unser‹ Krieg, Herrin. Er ist über uns hereingebrochen. Wir versuchen nur, ihn zu überleben.«

»Ihr habt meine Frage nicht beantwortet. Ist Celestis in Gefahr?«

»Nein«, entgegnete der Hauptmann. »Der Weg ist versperrt. Da habe ich keinerlei Zweifel.«

Lady Redina wandte sich an Gulph. Ihr Gesicht war von einer Schönheit, die keinerlei Alter preisgab. Dennoch hatte Gulph das Gefühl, dass unter dem Blau ihrer durchdringenden Augen noch etwas Tieferes lauerte.

Etwas Tieferes, dachte er mit einem leichten Schauder.

»Und jetzt Ihr«, sagte Lady Redina. »Sag mir, wer Ihr seid.«

Gulph schluckte.

Sie darf es nicht erfahren.

»Ich bin, äh, eine Art Akrobat«, antwortete er. »Ein fahrender Gaukler. Wir haben in Isur gespielt – die Tangletree-Truppe, meine ich –, aber dann wurden wir in die Kämpfe hineingezogen und nach Idilliam verschleppt.«

»Und wo sind die anderen Gaukler jetzt?«, fragte Lady Redina.

Gulph starrte in seinen Schoß. »Tot. Ich fürchte, sie sind alle tot.«

Das hoffe ich zumindest, dachte er voller Verzweiflung. *Die andere Möglichkeit ist zu schrecklich, um sie auszusprechen.*

Er blickte wieder auf und bemerkte, dass seine Gefährten ihn überrascht anblickten.

»Ein Akrobat?«, sagte Hetty. »Aber ich dachte –«

»Ihr seht also«, warf Ossilius laut ein, »dass wir uns mitten im Schlachtgetümmel getroffen haben, entkommen konnten und durch ein Wunder hier in Celestis eine perfekte

Zuflucht gefunden haben. Und ich kann mir keinen besseren Ort vorstellen, um sich vor dem Krieg dort oben zu verstecken. Dürfte ich noch etwas Wein haben?«

Markus und Hetty starrten Gulph verblüfft an, sagten aber nichts. Jessamyn ließ sich gerade irgendwelche zitronengelben Süßigkeiten schmecken und schien der Unterhaltung überhaupt nicht zu folgen.

Gulph entspannte sich wieder ein bisschen. Vorerst war sein Geheimnis wohl nicht in Gefahr.

Ein Diener schenkte wieder nach, und Lady Redinas ernster Blick schweifte auf den See hinaus.

»Perfekt«, sinnierte sie. »Haltet ihr Celestis für perfekt?«

Es herrschte betretene Stille.

»Nun, ich denke –«, begann Gulph.

»Manchmal trügt der Schein«, unterbrach ihn Lady Redina. »Celestis ist zwar nicht im Krieg, aber dieses Land ist trotzdem verdammt.«

»Was ist ›verdammt‹?«, fragte Jessamyn.

Lady Redinas Gesicht entspannte sich. Gulph fand, dass sie fast ein wenig traurig aussah. »Das ist wie ein Schatten, mein Liebes. Oder vielleicht wie eine Krankheit.«

»Krankheit?«, meinte Markus und betrachtete den Fisch in seiner Schale mit plötzlichem Abscheu.

»Nicht so, wie ihr denkt«, antwortete Lady Redina. »Dennoch könnte man sagen, dass Celestis ebenso geplagt wird wie Idilliam.«

»Geplagt wovon?«, fragte Gulph.

»Einem Ungeheuer.«

Jessamyn stockte der Atem, und sie drängte sich an Hetty. Die Bäckerin strich ihr übers Haar und warf Lady Redina einen tadelnden Blick zu. »Ihr müsst der Kleinen keine Angst machen, Herrin.«

»Ganz im Gegenteil. Das ist absolut notwendig. Unter dem silbrigen Wasser des Sees von Celestis lauert ein Wesen von unerhörter Bösartigkeit. Nur wenige haben es zu Gesicht bekommen ... außer jenen, die es getötet hat. Nachts kommt es hervor, taucht lautlos aus dem Wasser auf und vergreift sich an denen, die nicht wachsam sind. Alle Versuche, es zu erledigen, sind gescheitert.« Wieder lächelte sie Jessamyn an. »Es heißt, der Bakaliss verschlingt seine Opfer im Ganzen, und es soll drei Tage dauern, bis sie sterben. So lange liegen sie im gezähnten Magen des Ungeheuers, bis sie ersticken.«

Das kleine Mädchen kreischte auf und vergrub seinen Kopf in Hettys Kleid. Gulph wollte sie trösten, aber in seinem Kopf klang das Wort nach, das Lady Redina eben ausgesprochen hatte.

»Sagtet Ihr ›Bakaliss‹?«

»So heißt das Ungeheuer. Seid Ihr mit solchen Kreaturen vertraut?«

»Ja. Das heißt, nein. Ein wenig.«

»Und was nun?«

»Es ist nur ... Ich habe schon einmal eine Geschichte über einen Bakaliss gehört.«

»Tatsächlich?« Sie hob die Augenbrauen. »Erzählt sie mir.«

»Da ist nicht viel zu erzählen.«

»Erzählt!«

Gulph zuckte zusammen und ratterte los: »Der Bakaliss war eine böse Schlange, die unter einem Berg wohnte. Eines Tages zog ein König aus, um sie zu töten, aber am Ende tötete die Schlange den König.«

Seine Worte hallten in der Stille wider, die plötzlich eingekehrt war. Am anderen Ende der Tafel ließ Markus mit lautem Scheppern sein Messer fallen.

»Das ist keine besonders … ausführliche Geschichte«, sagte Lady Redina eisig.

»Nein«, antwortete Gulph. »Das ist sie wohl nicht.«

Er biss sich auf die Lippe, um nicht mehr zu sagen. Sie *wollte*, dass er mehr erzählte, das spürte er. Ihr stechender Blick brannte sich förmlich in ihn ein, zerrte an ihm. Er setzte seinen leeren Kelch an die Lippen und tat, als würde er trinken, während er gegen die in seinem Kopf andrängenden Gedanken ankämpfte.

Du willst die richtige Geschichte hören? Das kannst du haben. Eines Tages brachten eine böse Königin namens Magritt und ihr verrückter Sohn Nynus einen Jungen namens Gulph dazu, sich als Bakaliss zu verkleiden, damit er König Brutan eine vergiftete Krone auf den Kopf setzen konnte. Und dieser Junge war ich, und der König war mein Vater, und kaum hatte ich ihm die Krone aufgesetzt, da lief er schwarz an und starb mit Schaum vor dem Mund, und jetzt bin ich König, und ich trage dieses dumme Kostüm mit dem roten Pelz und den orangefarbenen Rüschen auch nicht mehr, aber du behauptest, dass es einen echten *Bakaliss gibt, und zwar* hier, *und dass er Menschen* umbringt, *und weißt du was?* Ich bin *ein König, und ich* bin *unter den Berg gezogen, und wenn ich hierbleibe, dann wird* mich *der Bakaliss bei lebendigem Leib verschlingen, denn genau das sagt* die Geschichte *voraus!*

Die Streitmacht von Vicerin brauchte zwei Tage bis zur Brücke, die den großen isurischen Fluss überspannte. Während der Wagen über die breiten Holzplanken rumpelte, musste Elodie an das letzte Mal denken, als sie hier vorbeigekommen war. Damals war sie in einem Wagen gefangen gewesen. Fessan, der sie entführt hatte, steuerte ihn; und sie dachte, man würde Lösegeld für sie fordern oder sie töten. Stattdessen war es der erste Schritt auf dem Weg zur Erfüllung ihres Schicksals gewesen.

Nun war Fessan der Gefangene, seine Hände waren am Wagen hinter ihnen ans Geländer gefesselt, und er stolperte mühsam voran. Sie hatte im Leben noch keinen so gebrochenen Mann gesehen.

Das Hufgeklapper wich wieder leisem Getrappel, als sie den Weg aus festgefahrener Erde auf der anderen Seite der Brücke erreichten. Die Straße führte genau nach Süden, aber Elodie wusste, dass sie bald nach Westen biegen würde, zurück zu dem Ort, an dem ihre Reise begonnen hatte: Burg Vicerin.

Was bedeutete das nun, wenn sie denselben Weg zurückging? War das das Ende der Prophezeiung? Zog sie sich wie eine Schnecke in ihre Schale zurück, um sich niemals wieder zu zeigen?

Nein! Ich weiche nicht zurück. Ich greife an.

»Ich werde Tarlans verlorenes Juwel finden«, flüsterte sie Samial zu, der neben ihr vorne auf dem Kutschbock saß, aber nur von ihr gesehen werden konnte. »Dann werde ich Fessan retten und fliehen. Fessan wird den Dreizack wiederaufbauen. Und ich ...«

Vor ihnen lag das Mosaik des Ackerlands von Ritherlee ausgebreitet – wogende, von dunklen Heckenzeilen umsäumte Felder. Der Himmel war blau, mit Wolken wie feine Kreidestriche. In der Ferne tanzte ein Schwarm von Staren in den Lüften, zehntausend Vögel oder mehr, die aberwitzige Formen in die sonnendurchflutete Luft zeichneten.

Meine Heimat.

Je weiter sie nach Ritherlee hineinkamen, desto mehr fiel Elodie auf, wie viel sich verändert hatte, während sie fort gewesen war. Auf den Feldern arbeiteten nur noch wenige Menschen, und viele Höfe sahen verlassen aus. Manche waren bis auf die Grundmauern niedergebrannt.

»Was ist hier geschehen?«, fragte Samial.

»Lord Vicerin«, antwortete sie. »Der Mann, den ich einst meinen Vater genannt habe.«

Sie kamen an einem brennenden Dorf vorbei. Der Wind trug laute Rufe und das ferne Aufeinanderschlagen von Stahl zu ihnen herüber. Aus dem Rauch tauchte ein Reiter auf. Als er die beiden Männer am Kopf des Zuges erreichte, salutierte er.

»Hauptmann Gandrell. Gut, Euch wiederzusehen, Sir. Ist alles gutgegangen in Isur?«

Bevor Gandrell antworten konnte, sagte Stown: »Der Dreizack war genau dort, wo ich sagte. Sag Lord Vicerin, dass ich seine Leute direkt zu ihm geführt habe.«

»Feldwebel Stown hat sich als nützlich erwiesen«, sagte Hauptmann Gandrell mürrisch. »Jetzt freut er sich darauf, in Lord Vicerins Wache gewöhnliche Dienste abzuleisten. *Sehr* gewöhnliche Dienste. Und, was gibt es Neues aus Ritherlee?«

»Die Schlacht ist so gut wie gewonnen, Sir«, antwortete der Reiter. »Ein weiteres Baronat ist für Lord Vicerin gewonnen!«

Stown rief über die Schulter zu Elodie zurück: »Das macht vier in zwei Tagen! Wenn das so weitergeht, wirst du noch vor dem Wechsel der Jahreszeiten den Thron besteigen!«

»Hüte deine Zunge, Feldwebel Stown!«, schnauzte Gandrell. »Sonst werde ich dir das mit der Breitseite meines Schwertes erklären!«

Elodie gefiel es, dass Stown gerügt wurde. Was er gesagt hatte, bereitete ihr trotzdem Sorge. *Das wäre ja nicht ich auf dem Thron. Es wäre Lord Vicerin selbst. Ich wäre seine Marionette, wie er es immer geplant hat.*

Stown warf Gandrell einen aufrührerischen Blick zu, und Elodie fragte sich, wie er in Vicerins Armee nur so schnell hatte aufsteigen können. Es war ihr, als wäre er erst gestern verbannt und gedemütigt aus dem Lager des Dreizacks geschlichen.

»Abschaum steigt immer an die Oberfläche«, flüsterte ihr Samiel ins Ohr.

Elodie hätte beinahe laut losgekichert. »Woher wusstest du, was ich gedacht habe?«

»Weil ich genau denselben Gedanken hatte. Dieser Mann wird jeden verraten, der ihm vertraut – früher oder später.«

Elodie nickte. Stown war ebenso hinterhältig wie ihr ehemaliger Stiefvater.

Kein Wunder, dass Vicerin ihn schätzt.

Da hörte sie von hinten einen Schmerzensschrei. Sie wusste sofort, von wem.

»Steh auf!«, brüllte ein Mann. Elodie hörte eine Peitsche knallen.

Es war Fessan, der geschrien hatte. Seine Beine versagten den Dienst, aber der Wagen blieb nicht stehen. Da seine Hände mit einem kurzen Strick angebunden waren, wurde er nun längs über die staubige Straße geschleift, während die Soldaten von Vicerin johlten.

»Sie sind wirklich Ungeheuer!«, klagte Samial. »Warum halten sie nicht an?«

Fessan verzog vor Anstrengung das Gesicht, kam stolpernd auf die Beine und trottete, stöhnend vor Schmerz, weiter. Elodie biss sich auf die Zunge und kämpfte mit den Tränen. Der ehemalige Anführer des Dreizacks konnte kaum noch aufrecht stehen, seine Kleider hingen in Fetzen, seine Wangen waren mit Blut und Schmutz verschmiert.

Aufhören! Warum seid ihr nur so grausam?

Sie packte die Stange vor dem Kutschbock und wollte aufstehen, vom Wagen springen und Fessan zu Hilfe eilen. Samial legte ihr die geisterhafte Hand auf den Arm.

»Nicht«, sagte er.

Elodie lehnte sich gegen ihn auf … und setzte sich wieder. »Ich weiß.«

Die Vicerins mussten glauben, dass sie auf ihrer Seite stand. Wie wollte sie Fessan helfen, wenn sie selbst eingesperrt wurde?

»Was ist da los?«, fragte Stown, der nach hinten geritten kam, um nach dem Rechten zu sehen. Gandrell folgte dicht hinter ihm.

»Haltet den Wagen an«, meinte Gandrell erschöpft. »Ladet ihn auf.«

»Ich denke, nicht –«, begann Stown.

»Das ist richtig!«, fiel ihm Gandrell ins Wort. »Du denkst nicht.«

Wortlos beobachtete Elodie, wie der Wagen mit einem Ruck zum Stehen kam und Fessan hinaufgeworfen wurde. Dort landete er hilflos wie eine Schlenkerpuppe.

»Was wirst du tun?«, flüsterte Samial.

Elodie ballte im Schoß die Fäuste. »Ich werde ihn retten«, zischte sie. »Und dann werde ich sie alle zur Strecke bringen.«

Der Tag neigte sich dem Ende zu, als sie bei der Burg ankamen. Ihre Türme zeichneten sich am roten Himmel ab und wurden im Licht der untergehenden Sonne zu lodernden Leuchtfeuern. Der Tross donnerte über die Zugbrücke bis zum großen östlichen Torhaus; dort glitt das Fallgatter in die Höhe, um sie einzulassen.

Zu Hause, dachte Elodie, als sie mit Samial unter dem Bogen hindurchfuhr. *Früher hing mein Herz hier an jedem Stein.*

Als das Fallgatter hinter ihnen wieder herunterrasselte, kam es ihr allerdings vor, als beträten sie ein Gefängnis. Ihr war, als würde ein eisiger Wind durch sie hindurchfegen. Hatte sie mit der Rettung des Dreizacks ihr eigenes Schicksal besiegelt?

Die Mehrzahl der Soldaten strömte sofort zu den Unterkünften an der Südseite der Burg, nur Stown und Gandrell begleiteten Elodie zum inneren Burghof. Zu ihrer Überraschung – und Erleichterung – folgte auch der Wagen mit Fessan. Das war gut, so konnte sie wenigstens noch für eine Weile ein Auge auf ihn haben.

Auf dem Rasen vor dem Bergfried wartete man schon auf sie: Lord Vicerin, Lady Vicerin und ihre Tochter Sylva. Während der Wagen sie heranbrachte, kam Elodie die ganze Szene unwirklich und verschwommen vor. Dabei war ihr alles so vertraut. Das rote Mauerwerk der Burg, das in der Abendsonne glühte; die prächtigen Blumenrabatten, die wie zur Parade angetretene Soldaten aussahen; die Pfauen, die übers Gras stolzierten, als gehörte die Burg ihnen. Alles war, wie sie es kannte, und doch …

Alles ist anders.

»Unsere verlorene Tochter ist zurückgekehrt!«, rief Lord Vicerin und streckte Elodie die Arme entgegen. Seine Bewegungen waren geschmeidig und passten zum schimmernden blauen Samt seiner Jacke, dem Glanz seiner Stiefel und der gepuderten Glätte seiner Haut. Elodie unterdrückte ein Schaudern, ergriff seine weichen Hände und ließ sich vom Wagen helfen.

Sie setzte ein Lächeln auf und blickte ihn an. »Es ist wunderbar, dich wiederzusehen, Vater.«

Er strahlte und entblößte dabei große Zähne, die denen eines Tiers glichen. Eines Pferds vielleicht. Um ihn waberte der altbekannte, süßliche Geruch, der ihr nun zuwider war.

Lady Vicerin streckte die Arme nach ihr aus. Ihr Gesicht war unnatürlich weiß geschminkt, die Lippen leuchtend rot. Die Röcke unter ihrem Kleid bauschten sich so sehr, dass ihr, obwohl sie sich weit vorbeugte, nur ein kurzes Drücken der Oberarme gelang und die Küsse gänzlich ihr Ziel verfehlten.

»Willkommen, liebe Tochter«, sagte Lady Vicerin.

»Ich bin so froh, wieder zu Hause zu sein«, antwortete Elodie und hoffte, dass die Worte laut ausgesprochen überzeugender klangen als in ihren Gedanken.

Dann fiel ihr Sylva um den Hals – eine innige Umarmung, die Elodies Herz schwer werden ließ. Sylva hatte im Gegensatz zu ihrer Mutter rosige Wangen, und Elodie sah in ihren grauen Augen Tränen glitzern. Sylva blinzelte rasch, als sollte es niemand bemerken. »Ich bin so froh, dass es dir gutgeht«, sagte sie leise.

Lady Vicerin strich mit der Hand über den Saum von Elodies schmutzigem Dreizack-Kittel. »Und jetzt musst du erst einmal raus aus diesen entsetzlichen Kleidern. Deine schönsten Kleider warten schon auf dich.« Sie zog einen Fächer aus dem Ärmel, wedelte damit vor ihrem Gesicht und zog die Nase kraus. »Bestimmt kannst du es kaum erwarten, zu baden und dir etwas Sauberes anzuziehen. Du kannst dir den ganzen Abend Zeit lassen mit der Wahl, was du morgen tragen möchtest, wie du es immer getan hast.«

»Ich kann's kaum erwarten.« *Habe ich das früher wirklich getan?*

»Es soll ein rauschendes Fest werden«, fügte Lord Vicerin an. »Mit Wachtelsülze, deiner Lieblingsspeise.«

»Mmmmh!«

Lord Vicerin schlenderte am Rest der Kolonne entlang. Stown und Gandrell waren inzwischen abgestiegen und salutierten.

»Ausgezeichnet, ausgezeichnet«, sagte Vicerin.

»Danke, Herr«, antworteten beide Soldaten gleichzeitig und warfen sich dann wütende Blicke zu.

Vicerin blickte auf den Wagen. »Gütiger Himmel, was ist das?«

»Der Anführer des Dreizacks, mein Herr«, sagte Gandrell und stellte sich vor Stown.

»Wir werden ihn verhören«, sagte Stown, drängte sich an Gandrell vorbei und stellte sich neben Vicerin.

Vicerin rümpfte vor Ekel die Nase. »Nun, mein geschätzter gefangener Anführer. Was hast du zu deiner Verteidigung zu sagen?«

Zu Elodies Überraschung gelang es Fessan irgendwie, sich aufzusetzen. Sein Gesicht war schwarz vor Blutergüssen und schlammverkrustet. Als er den Mund öffnete, sah sie, dass ihm zwei Schneidezähne fehlten.

»Von mir wirst du nichts erfahren«, krächzte Fessan.

»Oh, ich denke, das werde ich schon. Und wenn du mir alles erzählt hast, was ich wissen möchte, dann werde ich mir eine passende Bestrafung für dich überlegen.« Vicerin ging langsam um den Wagen herum und rieb sich theatralisch das Kinn. »Ja, darüber werde ich noch viel nachzudenken haben. Sehr viel sogar.«

Er schnippte ein Staubkorn von seiner makellosen Samtjacke und wandte sich an Gandrell und Stown: »Seid ihr nicht auch der Ansicht, dass diese Frage eine außerordentlich gründliche Betrachtung verdient, meine Herren?«

»Ja, Herr!« Wieder sprachen beide gleichzeitig. Und wieder blickten sie sich hasserfüllt an.

Vicerin beugte sich zu Fessan hinüber, der seinen Blick mit großer Gelassenheit erwiderte, was Elodie mit Stolz erfüllte. Sie wollte hinüberrennen, Vicerin wegstoßen und sich schützend vor den Mann stellen, der so viel für sie getan hatte. Stattdessen zwang sie sich, nur zuzusehen und weiter ihre Rolle zu spielen.

»Du hast mir etwas sehr Wertvolles genommen«, zischte Vicerin zwischen seinen zu großen Zähnen hervor. »Solch ein Diebstahl hat einen hohen Preis. Einen äußerst hohen. Würdest du nicht zustimmen, Elodie?«

Sie zuckte innerlich zusammen – nicht wegen Vicerins Frage, sondern weil Fessans Blick nun auf sie gerichtet war.

»Kein Preis wäre zu hoch dafür«, presste sie zwischen tauben Lippen hervor. »Dieses Ungeziefer hat verdient, was es bekommt.«

Ohne den Blick von ihr zu wenden, sagte Fessan: »Tut, was Ihr wollt. Den Verrat musste ich schon schmerzlich erdulden. Schlimmer kann Eure Folter auch nicht mehr sein.«

Elodie blickte weg.

»Wenn ich mit dir fertig bin«, erwiderte Lord Vicerin, »dann denkst du vielleicht anders darüber. Nun, welcher von euch beiden Getreuen bringt mir diesen jämmerlichen Abschaum in den Kerker?«

Stown und Gandrell starrten sich an, und keiner sagte ein Wort.

»Sehr gut, da ihr euch als ausgezeichnetes Gespann erwiesen habt, dürft ihr euch die Aufgabe teilen.«

»Ja, Herr«, sagte Hauptmann Gandrell und salutierte.

»Wie Ihr wünscht«, sagte Feldwebel Stown und verbeugte sich tief.

Beide eskortierten den anrollenden Wagen. Dabei trafen sich Fessans und Elodies Blicke noch einmal.

»Ich wünschte, ich hätte Euch nie zu Gesicht bekommen«, sagte er. Dann machte er eine seltsame Mundbewegung, spitzte vergeblich die Lippen, denn seine Zunge blieb an den abgebrochenen Zähnen hängen. Der Wagen hatte den Burghof schon fast verlassen, als Elodie begriff, was er beabsichtigt hatte.

Er wollte mich anspucken.

Sie sagte sich, das sei gut. Lord Vicerin war schlau – entsetzlich schlau. Mit ihrem Schauspiel konnte sie ihn nur überzeugen, wenn sie auch alle anderen überzeugte.

Fessan eingeschlossen.

Aber … das tut so weh!

»Nun denn, ich habe mich um Staatsgeschäfte zu kümmern, mein Liebes«, sagte Lord Vicerin und ging über den Rasen davon. »Ich sehe dich dann später an der Abendtafel.«

»Ich freue mich schon darauf, Vater.«

Abendessen? Hoffentlich erstickst du daran!

Lady Vicerin eilte mit Elodie und Sylva die endlosen Wendeltreppen des Bergfrieds hinauf, ohne ihren Redeschwall über die neuesten Vorgänge auf Burg Vicerin auch nur ein einziges Mal zu unterbrechen.

»Drei Köche mussten wir fortjagen, weißt du?«, plapperte sie. »Man hat sie in der Küche doch tatsächlich beim Würfelspiel erwischt, da blieb uns keine Wahl. Eine Weile lang war das Essen fürchterlich, aber schließlich konnten wir Ersatz finden.«

Sie kamen an einem Fenster vorbei, und Elodie konnte einen kurzen Blick auf die Schlossmauer und die grünen Felder dahinter werfen. Sie schienen unendlich weit entfernt.

»Die Dienerschaft macht nichts als Probleme«, fuhr Lady Vicerin fort, ohne die Geschwindigkeit ihrer Tirade – oder die ihrer Schritte – auch nur im Geringsten zu vermindern. »Daphne, dieses undankbare Dienstmädchen, hat sich mit einem Stalljungen in Schande gebracht, und dann erst die Näherinnen, nun, ihr solltet einmal sehen, wie sie Sylvas neues Ballkleid verdorben haben. Was soll ich sagen, haben diese fürchterlichen Leute denn überhaupt keine Ahnung, wie schwer es heutzutage ist, gute Seide zu finden?«

Elodie ließ den Erguss über sich ergehen. Seit ihrer Entführung hatte sie viel über das gelernt, was sie nun für die wirkliche Welt hielt. Dort draußen war das Leben hart. Manche schafften es nicht einmal, genügend Nahrung zum Leben zu finden.

Ihr lebt hier doch wie in einer Seifenblase, dachte sie und starrte auf die rauschenden Röcke von Lady Vicerin, die eben den nächsten Treppenabsatz mit weiteren längst verblichenen Edelleuten erreichte, die aus goldenen Bilderrahmen streng auf sie herabblickten. *Früher oder später wird die Blase platzen.*

Samial war immer noch bei ihr, zwei Schritte hinter ihr stieg er die Stufen hinauf. Angesichts der prächtigen Umgebung machte er große Augen.

»Jedenfalls wirst du dich schnell wieder hier eingewöhnen, da habe ich keinen Zweifel«, sagte Lady Vicerin gerade, direkt an Elodie gewandt. »Deine Schwester wird dir dabei helfen. Und vielleicht kehrt dein Bruder ja auch zurück.«

Elodie blieb stehen, ihr ganzer Körper erstarrte. »W… wie?«, stammelte sie.

Warum spricht sie über Tarlan? Er war hier vorübergehend gefangen gehalten worden, das wusste sie, aber sie hätte nie gedacht, dass Lady Vicerin ihn erwähnen würde, geschweige denn dass sie seine baldige Rückkehr in ihr makelloses Schloss wünschte.

Lady Vicerin betrachtete sie von oben herab und wedelte mit ihrem Fächer. »Cedric. Dein Bruder. Du hast ihn doch nicht vergessen, oder?«

Natürlich!

Cedric war Sylvas älterer Bruder, sie waren zu dritt aufgewachsen: Cedric, Sylva und Elodie. Sie hatten miteinander gespielt, gestritten und all die anderen Dinge getan, die Geschwister tun. Sie hoffte ebenfalls, dass er bald zurückkehrte.

»Ich bin so stolz auf meinen Cedric«, setzte Lady Vicerin wieder ein. Sie blieb unter einem alten Gemälde mit einem Ritter auf einem Schlachtross stehen. So alt das Bild auch sein mochte – die Ähnlichkeit der hohen Wangenknochen und des distanzierten Blicks des Ritters mit Cedric war unverkennbar. »So stolz, dass er für unser Haus kämpft.«

Elodie erinnerte sich an den Tag, als Cedric ins Feld gezogen war, an den Blick, den er ihr von seinem Platz an der Spitze des Regiments zugeworfen hatte – voller freudiger Erwartung des Ruhmes, den er in einer künftigen Schlacht erringen würde.

Aber der Krieg ist ganz anders. Jetzt weiß ich das.

»Ja«, pflichtete sie bei. »Cedric ist mutig.«

»Wie schade um dein Haar!« Lady Vicerin blickte betrübt auf Elodies kurzgeschorene Locken. »Das Rotgold war immer so eindrucksvoll. Aber sie werden ja wieder wachsen. *Du* bist gewachsen, wenn ich's recht besehe, mein Liebes, und das in der kurzen Zeit, die du fort warst. Wir werden deine ganze Garderobe hinauswerfen und von vorn beginnen. Sylva, sag doch der Ersten Näherin, sie möge mich morgen früh in Elodies Zimmer aufsuchen. Wir werden viel zu messen haben.«

»Das werde ich, Mutter.« Sylva machte einen Knicks vor Lady Vicerin, aber sie ließ Elodie dabei nicht aus den Augen.

Du weißt etwas, dachte Elodie, als sie die letzten Stufen zu ihrer Turmkammer hinaufstiegen. *Nein … du möchtest mir etwas sagen. Aber was?*

Sie erreichten die Tür zu ihrem alten Zimmer. Sie wirkte fest und undurchdringlich.

Ihre Hand wanderte unwillkürlich zu dem grünen Edelstein vor ihrer Brust und dann hinauf zum Kragen ihres Kittels, der ihr plötzlich die Luft abzuschnüren schien.

Das Zimmer sah genauso aus, wie sie es verlassen hatte. In der Mitte stand das gewaltige Himmelbett, neben dem Fenster der große Frisiertisch voller Schmuck und Parfümfläschchen. Alles war ihr sehr vertraut und fremd zugleich.

»Ruh dich aus, mein Liebes«, sagte Lady Vicerin und küsste sie auf die Stirn. »Du musst müde sein. Bald werden wir zu Abend essen. Sylva, komm.«

Sylva umarmte Elodie noch einmal. Als sie sich aber losmachte, blickte sie Elodie so eindringlich an, dass diese fast erschrak.

Hat sie mich durchschaut? Sie kannte Elodie immerhin sehr viel besser als die anderen Vicerins. Sie war Elodies Beschützerin gewesen, in der Rolle der großen Schwester immer zwei Schritte hinter ihr. In Wirklichkeit aber war Sylva in ihrer Nähe geblieben, um aufzupassen, dass sie keinen Versuch unternahm, von den Vicerins wegzulaufen, das wusste Elodie. Sie erinnerte sich noch gut an Sylvas panischen Gesichtsausdruck an dem Tag, als der Dreizack sie bei den Marktständen entführte; wie verzweifelt sie der Kutsche nachgejagt war, in die man Elodie bugsiert hatte. Hatte sie sich nur Sorgen um den Ärger gemacht, den sie bekommen würde, oder auch um Elodie? Sie war sich nicht sicher.

Und wenn sie mich nun durchschaut, was wird sie tun?

Zwei Männer der Schlosswache erschienen oben an der Treppe und bezogen neben der Tür Stellung.

»Zu deinem Schutz, mein Liebes«, erklärte Lady Vicerin sanft, vielleicht hatte sie Elodies erschrockenen Gesichtsausdruck bemerkt. »Die Unterstützer des Dreizacks sind überall. Du bist zu wertvoll, um dich ein zweites Mal zu verlieren.«

Die Tür schlug mit einem dumpfen Knall hinter Lady Vicerin und Sylva ins Schloss. Elodie wandte sich an Samial.

»In Wirklichkeit traut sie mir nicht und will verhindern, dass ich weglaufe«, murmelte sie leise, damit es die Wachleute draußen nicht hören konnten.

Samial nickte. Er saß auf der Fensterbank und blickte sich im Raum um.

»Wirklich prächtig«, meinte er.

»Ja, das stimmt«, antwortete Elodie. »Aber im Grunde ist es doch nur eine Gefängniszelle.«

Sie setzte sich neben ihn, doch etwas, das sich am Fensterrahmen verfangen hatte, streifte ihre Hand. Eine Feder.

Elodie zog sie heraus. Sie war samtig weich und sehr lang – viel zu lang für einen gewöhnlichen Vogel.

»Sie sieht aus wie Gold«, meinte Samial verwundert.

»Sie ist von Theeta«, sagte Elodie.

Vorsichtig steckte sie die Feder in dieselbe Tasche wie die Pfeilspitze, die Samial ihr gegeben hatte. Die beiden Gegenstände schmiegten sich wie alte Freunde aneinander.

Du warst hier, Tarlan. Du bist entkommen. Und auch ich werde entkommen.

Kapitel 9

Das Meer tauchte mit einer überwältigenden Lichtexplosion auf, die sie völlig unerwartet traf, denn sie waren den ganzen Nachmittag durch immer engere Schluchten geflogen. Die Felswände hatten sich bald hierhin, bald dorthin gewandt, so dass die Thorrods ihnen folgen mussten. Mehr als einmal streiften ihre Flügel das Gestein. Tarlan hatte gerade vorschlagen wollen, höher zu fliegen, als die Kliffe zurückwichen und sie jäh in eine atemberaubende Weite entließen. Der würzige Salzgeruch, den Tarlan schon den ganzen Tag in der Nase gespürt hatte, traf ihn wie ein Schlag ins Gesicht.

»Das Warme Meer!«, erklärte Melchior. »Auch Westozean genannt oder, in der Sprache der Alten, Dup-an-Aegis.«

»Großes Wasser«, krähte Theeta. Ihre schartige Thorrod-Stimme klang ausnahmsweise sehr aufgeregt.

Tarlan lachte. Ihm war fast etwas schwindlig. »Du hast recht, Theeta! So viel Wasser habe ich auch noch nie auf einmal gesehen!«

Die Vögel trugen sie über einen schwarzen Sandstrand hinweg, und er weidete sich an dem großartigen Anblick. Das Meer reichte bis in ungeahnte Fernen, markierte den Horizont und reichte doch darüber hinaus. Alles zu seiner

Linken und alles zu seiner Rechten war Ozean. Ein ungeheurer, gewellter Teppich aus Farbe und Licht und unendlicher Tiefe.

Ich kann hineinsehen, dachte Tarlan verwundert und starrte durch flache, grüne Fluten auf die groben Umrisse eines gewundenen Korallenriffs. Weiter vorn wechselte die Farbe von Grün zu Grau, aber dazwischen durchlief das Wasser alle Schattierungen von Blau, die er sich vorstellen konnte, und noch Tausende mehr. Er sah weiße Gischtkronen, die sich gegen scharfe Felsen warfen. Weit draußen in der Nähe des Horizonts erblickte er den gezackten Rücken eines riesigen Ungeheuers, das für eine einzige atemlose Sekunde die Oberfläche durchbrach und dann wieder in ungeahnten Tiefen verschwand.

»Es ist schön, nicht wahr?«, sagte Melchior.

»So etwas habe ich noch nie gesehen.«

»Seethan hat«, warf Theeta ein.

»Wie?«, fragte Tarlan. »Was hat Seethan gesehen?«

Er hatte einen Kloß im Hals. Es fiel ihm noch immer schwer, über den alten Thorrod zu sprechen, der sein Leben gegeben hatte, um sie vor den Hirschjägern zu retten. Viel Zeit schien seit jenem schrecklichen Tag in Yalasti vergangen, aber seine Trauer war noch immer frisch.

»Endloser See«, antwortete Theeta. »Lange her.«

Tarlan wusste, dass sie zu diesem Thema nichts weiter sagen würde. Wie alle Thorrods machte Theeta nur wenige Worte. Das hieß aber nicht, dass sie von einfachem Verstand war – ganz im Gegenteil, das wusste Tarlan. Es bereitete den

Thorrods allerdings große Mühe, ihre Gedanken in etwas so Grobschlächtiges wie Sprache zu pressen.

»Ein Dorf«, sagte Melchior und deutete an der Küste südwärts auf eine Gruppe niedriger Gebäude. Offenbar waren sie auf Stelzen gebaut. Die Gewässer um das Dorf wimmelten von Booten mit langen Rümpfen. Eine Flotte für den Fischfang, vermutete Tarlan.

»Gehen wir dorthin?«

»Nein. Habe ich es dir noch nicht gesagt? Wir gehen nach Westen.« Melchior schwang den Arm aufs Meer hinaus.

Tarlan kniff die Augen zusammen. Es wurde schon langsam Abend, und die Sonne stand tief am Himmel, direkt vor ihnen. Ihr goldenes Licht verwandelte die Oberfläche allmählich in ein weites Feld winziger Feuer.

»Ich sehe nicht ... Oh!«

Weit draußen schälte sich eine Insel aus dem Dunst – ein schwarzer Felssporn, der wie der Hut eines Riesen aus dem Wasser ragte.

»Die Insel der Sterne«, sagte Melchior.

Tarlan schauderte. »Sie sieht ... trostlos aus. Gehen wir jetzt dorthin?«

»Nein«, sagte Melchior. »Bald wird es dunkel sein, und der Insel der Sterne nähert man sich am besten bei Tag. Wir werden ein Lager aufschlagen und warten, bis der Rest deines Rudels eintrifft.«

Sie landeten in einer kleinen, von Felswänden umgebenen Bucht. Tarlan und Melchior stiegen von ihren geflügelten Rössern herunter, und Theeta und Nasheen bauten sich zwischen den Felsen sofort ein einfaches Nest. Während sich die Vögel niederließen, flog Kitheen auf der Route, die sie gekommen waren, zurück.

»Dein Rudel ist seinem Anführer treu ergeben«, sagte Melchior, als der schwarzgefiederte Thorrod in der Schlucht verschwand. »Und untereinander ebenso.«

Das stimmte. Ungefragt waren die Thorrods abwechselnd nahe am Boden geflogen und hatten mit ihren Schwingen das Unterholz gestreift, um Graudorn, Filos und Brock eine Duftspur zu hinterlassen, der sie folgen konnten.

»Es wird nicht lange dauern, bis die anderen aufschließen«, sagte Tarlan. »Ich mache schon mal Feuer.«

Am Fuß der Felsen sammelte er zuerst trockenes Treibholz und dann Steine, denn vom Meer wehte eine steife Brise, und er wollte die Flammen mit einem niedrigen Wall schützen.

Die besten Steine waren allerdings nahe am Spülsaum zu finden. Die Sonne senkte sich gerade langsam unter den Horizont, als sich Tarlan mit einiger Beklemmung dem Wasser näherte, denn die Wellen schlugen laut donnernd auf dem schwarzen Sand auf. Schon schoss die Brandung auf ihn zu, schneller als erwartet, und stieg ihm bis an die Knie. Lachend kämpfte er um sein Gleichgewicht und war erstaunt über die Macht, mit der ihn die ablaufende Flut nach draußen zog und den Sand unter seinen Füßen wegspülte.

Zurück beim Lager, legte er die Steine im Kreis aus. Manche waren schwarz und glänzten, andere leuchteten wie große Edelsteine.

»Sind diese wertvoll?«, fragte er, als er ein schimmerndes grünes Juwel auf ein leuchtend rotes stapelte. Er fasste sich an den Hals, denn plötzlich fehlte ihm der hübsche grüne Stein, den ihm Mirith gegeben hatte … wie lange das schon her war!

»Es sind Himmelssteine«, antwortete Melchior. »Und all diese Steine sind wertvoll.«

»Wertvoll? Warum?«

Der durchdringende Blick des Zauberers fiel auf Tarlans Finger, die immer noch an seinem Hals lagen. »Ich weiß es noch nicht. Ich weiß nur, dass dein Juwel wertvoll ist, genau wie die Juwelen deines Bruders und deiner Schwester.«

»Ich wünschte, ich hätte es nicht verloren. Werde ich es jemals wiederbekommen, was glaubst du?«

»Auch das weiß ich nicht, Tarlan. Nicht immer wird gefunden, was verloren ist.«

Tarlan legte die letzten Steine zum Kreis hinzu. »Hatte Mirith mein Juwel hierher? Ich glaube nicht, dass sie Yalasti jemals verlassen hat.«

»Mirith erhielt dein Juwel von mir.«

Tarlan blickte den Zauberer mit neuerlichem Interesse an. »Ach so. Und woher hattest du es?«

»Von Gryndor.« Melchiors alte Augen glänzten wehmütig.

»Wer ist Gryndor?«

»Der erste aller Zauberer. Er wandelte in Toronia bevor … nun, bevor es Toronia war. Er wandelte in dieser Welt, als die Meere noch trocken und die Länder nur Träume waren.«

»Das verstehe ich nicht.«

Melchior kicherte. »Sagen wir einfach, dass Gryndor sehr, sehr alt war!«

»Woher hat *er* dann die Juwelen?«

»Das kann ich nicht sagen. Aber ich kann dir sagen, dass vor langer, langer Zeit die Himmelssteine herabfielen, und aus ihnen entstand alles, was wir heute um uns herum sehen. Sie bildeten die Länder, Tarlan, verstehst du?«

»Eigentlich nicht.«

»Dein Heimatland Yalasti steht auf Himmelssteinen, genau wie Idilliam, Isur und Ritherlee. Und Celestis stand natürlich auch auf ihnen.«

Tarlan hielt inne. In den Armen hielt er ein großes Bündel Treibholz, das er eben in die Feuerstelle werfen wollte.

»Celestis? Was ist das?«

»Das vierte Land«, erwiderte der Zauberer. »Die Stadt der Sterne.«

»Ich habe noch nie von ihr gehört.«

»Sie ist vergessen. Ein verlorenes Reich. Wo sich jetzt die Stadt Idilliam erhebt, stand einst Celestis. Aber nun ist Celestis fort.«

Tarlan fing an, das Holz aufzustapeln. Dabei wanderte sein Blick zuerst auf den schimmernden Steinwall, dann die Felswände hinauf und dann hinaus aufs Meer. Zuletzt starrte er geradewegs hinauf in den Abendhimmel, wo die drei Sterne der Prophezeiung nun den Kometen einrahmten, der inzwischen sehr groß und hell geworden war. Die Welt war groß und seltsam und voller unendlicher Wunder.

Es gibt so vieles, das ich nicht weiß.

»Was ist mit diesem … Celeris geschehen?«

»Celestis.« Melchior warf eine Handvoll Treibholz auf den Stapel, den Tarlan aufgeschichtet hatte. »Einst wurde Celestis von einem König regiert. Einem bösen König.«

»An denen scheint ja kein Mangel zu herrschen.«

Der Zauberer beachtete ihn nicht und fuhr fort. »Dieser König war so grausam zu seinem Volk, dass Gryndor sich mit zwei anderen Zauberern zusammentat. Gemeinsam planten sie, den Tyrannen zu stürzen.«

»Drei Zauberer gegen einen König? Ist es ihnen gelungen? Sie müssen es geschafft haben.«

»Sie kamen um«, antwortete Melchior knapp. »Der König tötete sie, bevor sie ihre Magie anwenden konnten. Als sie starben, strahlte ihre Zauberkraft über ganz Celestis aus. Die Magie unterhöhlte die Stadt, riss die Felsen heraus, auf der sie stand, und ließ sie versinken.«

Tarlan dachte an die Wellen, die ihn fast unter Wasser gezogen hatten, und schauderte.

»Wie lange ist das her?«

»Tausend Jahre.«

Tarlan runzelte die Stirn. »Und wenn die Leute vom Tausendjährigen Krieg erzählen …«

Melchior nickte. »Mit Gryndors Tod und dem Untergang von Celestis begann der Krieg, der seither in Toronia wütet. Schreckliche Zeiten waren das.«

»Du sagst das, als wärst du selbst dabei gewesen.«

»Ach, damals war ich noch ein ganz junger Zauberer. Ich

suchte in den Trümmern nach Überlebenden, aber den Celestiern war nicht mehr zu helfen. Die ganze Stadt war verschwunden und völlig zerstört. Sie war aus Kristall gebaut, weißt du, wirklich schön anzusehen. Welch ein schrecklicher Verlust. Im Lauf der Zeit entstand eine neue Stadt: Idilliam – gebaut auf den Ruinen der verschwundenen Stadt.«

Tarlan hatte eben mit dem Feuerstein aus der Tasche in seinem Umhang das Feuer entzünden wollen. Jetzt hielt er inne. »Dann bist du tausend Jahre alt?« Es fiel ihm schwer, das zu glauben.

»Ich bin so alt wie meine Augen und ein bisschen älter als meine Zähne«, erwiderte Melchior und lächelte spitzbübisch. Er dehnte sich, und seine Gelenke knackten dabei wie tauendes Eis. »Und morgen werde ich wiedergeboren werden.«

Bevor Tarlan weitere Fragen stellen konnte, kam Graudorn über den schwarzen Sand herangestürmt. Dann kam Filos, gefolgt von Brock. Lautlos wie eine Eule schwang sich Kitheen im Zwielicht zu ihren gefiederten Gefährten in ihrem Nest aus Felsen herunter.

»Ihr habt uns gefunden!«, rief Tarlan, als sich sein Rudel um ihn drängte. Filos blickte über den Strand, und ihre blau-weißen Streifen schimmerten im Licht der Sterne der Prophezeiung.

»Und, was denkst du?«, fragte Tarlan.

Der Tigron schnupperte. »Ich rieche Salz. Und Fisch. Ich liebe Fisch.«

»Mir ist da eine frische Hirschkeule lieber«, knurrte Graudorn.

Tarlan fiel auf, dass Brock etwas abseits stand, und er winkte den Bären heran. »Komm her, Brock«, sagte er. »Du gehörst jetzt auch zum Rudel.«

»Brock mag das Rudel«, brummte der Bär und drängte sich zwischen Filos und Graudorn. »Schnell laufen strengt sehr an.«

»Du hast aber tüchtig mitgehalten«, sagte Graudorn.

»Und bist weitergelaufen, als wir schon erschöpft waren«, merkte Filos an. »Ich glaube, du könntest den lieben langen Tag laufen, Brock.«

»Laufen zeigt Brock, dass er frei ist.«

Tarlan fuhr ihm mit der Hand durch den zotteligen Pelz. »Und solange du bei mir bist, wirst du auch frei bleiben.«

Der Morgen begrüßte sie mit fahlem Licht und bedrohlich tiefhängenden Wolken. Die Flut hatte inzwischen den halben Strand bis an den Rest des erloschenen Feuers überspült, und die Wellen schäumten wütend. Der Wind toste und schmeckte salzig.

Nach einem kargen Frühstück aus Trockenfleisch bestiegen Tarlan und Melchior schweigend ihre gefiederten Reittiere. Als sich Tarlan auf Theetas Rücken zurechtsetzte, spürte er Filos' Schnauze an seinem Fuß.

»Es tut mir leid«, sagte er. »Du musst hierbleiben.«

»Geh nicht«, sagte Filos.

»Es kommt Sturm auf«, sagte Graudorn und schnupperte in Richtung der Insel der Sterne, deren Spitze sich im Nebel verbarg. »Heute ist ein schlechter Tag zum Fliegen.«

»Es wird nicht lange dauern«, sagte Tarlan. Er hatte keine Ahnung, ob das stimmte, aber er wollte die Sache nicht noch länger hinauszögern. »Wir kommen wieder.«

Ob das stimmt, weiß ich auch nicht.

Sie waren kaum aufgestiegen, als es zu regnen begann. Weit draußen auf See zogen Blitze feine Spuren zwischen Himmel und Wasser. In der Ferne rollte Donner und ließ die Luft erzittern. Vor ihnen erhob sich die Insel der Sterne – ein kegelförmiger Berg mit einer flachen Spitze.

»Dies war einst ein Vulkan«, rief Melchior, als die Thorrods sie von der aufgewühlten See über die schwarzen Hänge am Fuß der Insel trugen.

»Was ist ein Vulkan?«

»Ein feuerspeiender Berg.«

Tarlan beschloss, keine weiteren Fragen zu stellen.

Die Hänge schwangen sich rasch zu schroffen Bergflanken auf. Die Thorrods mussten mit energischen Flügelschlägen gegen den böigen Wind arbeiten, stiegen aber stetig höher. Das Gewitter war nun näher, und in den Wolken direkt über Tarlans Kopf zuckten weiße Blitze. Das Donnerrollen dröhnte ihm nun beständig in den Ohren und in der Brust.

Hier muss das Feuer herausgekommen sein, dachte er, als sie schließlich den Gipfel erreichten, wo ein gewaltiger Krater wie das Maul eines monströsen Trolls gähnte. Die Thorrods mochten groß sein, aber im Krater verschwanden sie zur Gänze. Seine Wände waren glatt und glänzten wie schwarzes Eis, das die zuckenden Blitze in tausend gezackten Reflexionen zurückwarf. Die Luft wurde in einem gefährlichen Wirbel abwärts gesogen.

Am Boden des Kraters lag ein See. Trotz des heulenden Winds war seine Oberfläche völlig ruhig und, zu Tarlans Verblüffung, silberfarben.

In der Mitte ragte eine Plattform aus glattem, schwarzem Stein heraus.

»Hier!«, rief Melchior. »Wir sind da!«

Wild gebeutelt vom Wind, sanken die Thorrods nieder, dass es Tarlan fast den Magen umdrehte. Er glaubte schon, sich erbrechen zu müssen, als sie mit den letzten Flügelschlägen auf der Felstafel aufsetzten, die ihnen gerade eben nebeneinander Platz bot.

Tarlan und Melchior stiegen ab; und die riesigen Vögel breiteten ihre Schwingen aus, um die beiden etwas vor dem Regen zu schützen. Tarlan strich jedem Vogel zum Dank und Zeichen des Vertrauens schweigend über den rasiermesserscharfen Schnabel.

»Die Silberella!«, schrie Melchior. Der Wind zerzauste ihm Haar und Bart wie weißen Schaum. Er deutete auf den See. »Einst floss sie durch ganz Toronia. Das ist lange her. Das silberne Wasser hat sich unter die Erde zurückgezogen, außer an diesem besonderen Ort.«

»Warum ist es silbern?« Tarlan musste die Hände an den Mund legen, damit man ihn hören konnte.

»Es trägt das Licht der Sterne in sich! Und in ihrem Licht und durch ihre Magie werde ich wieder zu dem werden, was ich einst war!«

Tarlan, der sich im Sturm nur mit Mühe auf den Beinen halten konnte, betrachtete die steilen Wände um den gespenstisch stillen See. Im Fels waren zahllose weiße Steine zu sehen. Manche hatten die Größe seiner Hand, andere waren groß wie die Thorrods, die sie hierhergetragen hatten. Im Gegensatz zum schwarzen Fels waren diese Steine matt und warfen kein Licht zurück.

Sie sehen tot aus, dachte Tarlan mit einem Schauder.

»Das sind die Sternbilder!«, rief Melchior. »Jedes trägt eine Zahl, und jede Zahl besitzt eine Kraft. Die Summe dieser Kräfte ergibt das Herz eines Zauberers. Und das ist meine Aufgabe hier und heute: Ich muss die Sternbilder wieder in mich selbst zurückzählen.«

Tarlan schüttelte den Kopf. Er begriff nicht das Geringste von dem, was der Zauberer da redete. Ständig donnerte es, der Lärm war ohrenbetäubend, und bei jedem Schlag zuckte Tarlan zusammen.

»Wie wirst du das tun?«, schrie er, um das Getöse zu übertönen. Obwohl die Thorrods sich alle Mühe gaben, sie mit ihren Flügeln zu schützen, waren seine Kleider durchnässt, und auch die Vögel waren klatschnass und sahen unglücklich aus.

»Für jede Zahl wird ein weiterer Stein aufleuchten!«, rief Melchior, als schon wieder ein gewaltiger Donnerschlag krachte. »Wenn alle Sternbilder leuchten, dann sind meine

Kräfte wiederhergestellt. Behalte die Steine im Auge, solange ich fort bin, Tarlan, und sei aufmerksam. Merke dir ihr Muster und auch ihre Zahl, denn eines Tages wirst du sie vielleicht brauchen können!«

»Fort?«, rief Tarlan zurück. »Wie meinst du das, ›fort‹?«

»Sobald ich ins Wasser tauche, bin ich verwundbar. Du musst gut achtgeben. Aber du musst auf jeden Fall zurückbleiben! Nichts darf mich stören, bis alle Sternbilder erleuchtet und alle Zahlen genannt sind, sonst ist alles verloren. Alles! Verstehst du das, mein Junge? Nichts darf mich stören! Nichts!«

Tarlan stockte der Atem.

»Versprich mir, dass du nicht eingreifen wirst! Versprich mir das!«

»Ich verspreche es!«, stieß Tarlan aus.

Melchior ließ seinen Stab fallen. Im Donnergrollen hörte man nicht, wie er auf dem Boden aufkam. Das Gesicht des Zauberers – es war Tarlan so nah, dass sich ihre Nasen fast berührten – fiel plötzlich nach hinten.

»Melchior!«

Der Zauberer hatte die Arme weit ausgebreitet. Sein gelber Umhang bauschte sich, als hätte er Flügel. Ohne den geringsten Spritzer tauchte er ein, und über seinem Kopf schlugen silberne Wellen zusammen.

Im selben Augenblick, als er das Wasser berührte, beruhigte sich die Luft, und das Brausen erstarb. Das Gewitter legte sich, und alles war in graues Licht getaucht. Die plötzliche Stille dröhnte in Tarlans Ohren.

Melchior zuckte einmal kurz unter der Oberfläche der Silberella, dann lag er vollkommen still, als hätte ihn der Winterwind von Yalasti blitzartig eingefroren.

Tarlan fiel am Rand der Plattform auf die Knie und streckte die Hände aus, um den Zauberer wieder herauszuziehen. Hinter ihm krächzte Theeta eine Warnung.

Tarlan riss die Hände zurück, als hätte er sie sich verbrannt.

Nichts darf mich stören, bis alle Sternbilder erleuchtet und alle Zahlen genannt sind, sonst ist alles verloren. Alles! Verstehst du das, mein Junge?

Tarlan verstand es nicht. Er verstand überhaupt nichts. Aber er hatte sein Versprechen gegeben.

Dort vor ihm, im ruhigen Wasser der Silberella, trieb der Zauberer, so reglos, als wäre er tot.

»Beeil dich, Melchior«, flüsterte er. »Was auch immer du da tust, beeil dich!«

Kapitel 10

Vom Haus blickte man auf den See hinaus. Am Boden lagen Teppiche aus weichem Moos, und die Zimmer waren voller dicker, reich mit Spitzenmotiven bestickter Kissen, aber nichts konnte darüber hinwegtäuschen, dass alles aus Kristall bestand.

»Wirklich ein sonderbarer Ort«, sagte Gulph und strich mit der Hand über eine Wand aus milchigem Opal. »Alles ist so hart und kalt.«

»Lady Redina eingeschlossen«, bemerkte Ossilius.

»Findest du?«, fragte Gulph. »Ich weiß nicht. Immerhin hat sie uns gestattet zu bleiben. Und sie hat uns dieses Haus überlassen.«

Ossilius schnaubte: »Wirklich eine großartige Geste.«

Gulph ließ sich auf eines der Kissen fallen. Oben hörte er, wie die anderen herumstöberten und es sich bequem machten. Hetty hatte sich Jessamyn angenommen und ihr eine Gutenachtgeschichte versprochen; Markus schien einfach nur erleichtert darüber, dass er sich irgendwo hinlegen und erholen konnte.

Aber Gulph fand keine Ruhe, und Ossilius, der unruhig im Zimmer auf und ab lief, schien es genauso zu gehen.

»Ich weiß ja selbst nicht, was ich davon halten soll«, sagte Gulph und blickte auf die silberne Fläche des Sees von Celestis hinaus. »Eigentlich sollten wir dankbar sein, aber …«

»Aber was, Gulph?«

»Vielleicht hast du recht. Irgendetwas ist hier nicht in Ordnung. Ich weiß zwar nicht, ob es etwas mit Lady Redina zu tun hat, aber ... ich weiß es einfach nicht.«

Ossilius ging ans Fenster, dehnte die Arme und reckte sie in die Höhe. »Ich spüre ein Reißen in meinen Knochen, das geht bis ins Gemüt. Ich bin müde, Gulph. Wir sind alle müde. Morgen früh, wenn wir ausgeschlafen sind, werden wir wieder freier denken können.«

»Gibt es hier einen Morgen, Ossilius? Wird es hier Nacht?« Gulph konnte den Blick nicht vom See wenden. Dort glitzerten winzige Wellen im purpurroten Zwielicht der Höhle. »Wir hätten diese Tunnel niemals betreten dürfen. Wir hätten in Idilliam bleiben und für unsere Stadt kämpfen sollen.«

»Wenn wir geblieben wären, dann wären wir jetzt tot«, sagte Ossilius ausdruckslos.

»Meinst du nicht ›untot‹?«

»Ich denke, schon. Aber wäre das besser?«

»Natürlich nicht. Es wäre schlimmer.«

»Und wir *werden* kämpfen, Gulph, wenn die Zeit dafür gekommen ist. Wir *werden* Brutan besiegen. Darauf gebe ich dir mein Wort. Und bis dahin werde ich dich beschützen. Deshalb sind wir in die Tunnel gegangen: um dich in Sicherheit zu bringen.«

»Nun, besonders sicher fühle ich mich nicht. Und dass ich meine Freunde im Stich gelassen habe, gefällt mir auch nicht. Vielleicht sind sie jetzt tot ... wenn nicht noch schlimmer. Geht es dir nicht auch so?«

»Wenn du mich fragst, ob ich gerne hier bin, dann lautet die Antwort nein. Aber hier in Celestis haben wir immerhin Schutz gefunden, wir konnten den Feind abschütteln und haben Zeit nachzudenken.«

Gulph kam zu Ossilius ans Fenster. Er atmete tief ein. »Was weißt du über Bakalisse?«

Ossilius senkte die Stimme. »Ist es das, was dir Sorgen bereitet, mein König? Das ist doch nur eine Geschichte.«

»Pip hat einmal gesagt, Geschichten seien wie die Wurzeln eines riesigen alten Baumes. Wenn man sie nicht berühren kann, dann bedeutet das noch lange nicht, dass sie nicht Wirklichkeit sind. Oder bedeutsam.«

Ossilius legte ihm die Hand auf die Schulter. »Das Hier und Jetzt ist, was zählt. Zeige mir einen Bakaliss, dann werde ich ihm entgegentreten. Aber bis dahin sollten wir keinen Gedanken an sagenhafte Ungeheuer verschwenden.«

Gulph sah, dass sich auf dem Weg draußen vor dem Haus etwas bewegte. Ein junger Mann mit einem Korb, in dem Früchte sein mochten, trottete in Richtung des nahen Marktplatzes. Er kehrte Gulph den Rücken zu, aber sein schiefer Gang kam ihm irgendwie bekannt vor.

Als der Mann über die Schulter zurückblickte, blieb Gulph vor Schreck der Mund offen stehen.

»John!«, rief Gulph. »Sidebottom John!«

»Wer?«, fragte Ossilius.

»Er ist mein Freund von der Tangletree-Truppe. Er ist ... Ich muss zu ihm!«

Gulph rannte vom Haus auf den Weg hinaus. Er holte

Sidebottom John ein, packte ihn an der Schulter und drehte ihn herum.

»Ganz ruhig, Kumpel«, sagte John sanft und mit einem nichtssagenden Lächeln. »Pass auf, sonst fällt mir das Obst runter.«

»John! Ich hätte nicht gedacht, dass ich dich noch einmal sehe! Wie bist du hierhergekommen? Wo sind die anderen? Ist Pip auch hier? Geht es ihr gut?«

Die Fragen, die aus ihm herauspurzelten, nahmen überhaupt kein Ende. Dann fiel ihm auf, dass sein Freund keinerlei Reaktion zeigte.

»Bist ein gesprächiger Geselle«, sagte Sidebottom John. »Aber ich muss weiter. Wiedersehen.«

Er wandte sich ab. Gulph hielt ihn fest, energischer als gewollt. »John – ich bin's. Gulph.« Sidebottom John starrte ihn verständnislos an. »Kennst du mich denn nicht mehr?«

»Sachte – du darfst ihm das nicht übelnehmen«, sagte Ossilius, der dazugekommen war. »Ich habe diese Art von Schock schon öfter gesehen, bei Soldaten, die aus dem Krieg zurückkehren. Der Verstand deines Freundes ist auf der Suche. Gut möglich, dass er für immer verloren bleibt.«

Verloren?

»Ich wollte ihm doch nicht weh tun«, sagte Gulph.

»Das weiß ich«, beteuerte Ossilius. »Dich hat sein Anblick ja ebenso schockiert.«

Aber Gulph wollte noch nicht aufgeben. »Weißt du denn gar nichts mehr, John? Von unserer Truppe? Unserem Auftritt im Schloss? Weißt du noch, dass ich immer einen

Salto über deinem Kopf geschlagen habe? Oder damals, als wir …«

Er schwieg. Der abwesende Gesichtsausdruck bei seinem Freund war nicht zu ertragen. Er war anwesend und abwesend zugleich.

»Ich geh dann mal los«, sagte John munter. »Die Obstgeschäfte warten.«

»Aber –«

»Lass ihn«, sagte Ossilius und fasste Gulph behutsam am Arm.

Gulph blickte Sidebottom John verstört hinterher, wie er weiterhumpelte, um eine Ecke bog und verschwand.

»Irgendetwas ist hier nicht in Ordnung«, sagte Gulph. »Ganz egal, was du sagst. Mit diesem Ort ist irgendetwas –«

Ein Schrei unterbrach ihn. Wie Glockenklang hallte er durch die Höhle, und die Kristallwände warfen das Echo vielfach zurück.

»Was war das?«, fragte Gulph mit wachsender Sorge.

»Jemand in Schwierigkeiten.«

Sie rannten zum See. Am Ufer stießen sie auf einen langen, schmalen Steg aus Kristall, der wie ein Zeigefinger aufs Wasser hinausragte.

Wieder ertönte der Schrei.

»Los, komm«, sagte Gulph.

Sie liefen hinaus auf den Steg. Geländer gab es keine, und während er lief, versuchte Gulph, den Gedanken abzuschütteln, dass er bei einem einzigen Fehltritt im See landen würde.

Der Steg endete auf der anderen Seite der Höhle. Dort gähnte eine weite Öffnung. Im fahlen, grauen Licht waberte Nebel. Gulph spürte kühle Luft im Gesicht, und er wusste sofort, wo sie waren.

Am Boden des Abgrunds!

Vorsichtig traten sie ins Freie. Ringsum, vom dichten Nebel fast völlig verborgen, lagen Felder mit kümmerlichen Pflanzen. Gulph spürte die Feuchtigkeit auf den Lippen. Sie schmeckte nach nichts. Hier regte sich kein Lüftchen, kein Wetter im eigentlichen Sinne, und was an Licht da war, erschien ihm fahl und leblos.

Gulph blickte nach oben und versuchte, den dichten Dunst zu durchdringen. Irgendwo dort oben lagen Idilliam und Isurien und der Rest von Toronia. Eine andere Welt, hoch über ihnen und für immer unerreichbar für die Menschen, die hier unten in diesem verborgenen Land lebten.

Er drehte sich um und hielt nach Ossilius Ausschau, als der Schrei wieder zu hören war.

»Hier drüben! Bei den drei Ländern, hier drüben!«

Der Hauptmann stand neben einem Haufen von Leichen. Er schien von Trauer überwältigt.

»Der Dreizack!«, sagte Ossilius und deutete auf die grünen Uniformen und das auf den Kitteln eingestickte Abzeichen des dreizackigen Speers. »Das sind alles Leute meines Sohns. Sie waren hier. Der Dreizack war hier.« Er fiel auf die Knie. »Mein Sohn war hier.« Er riss die grauen Augen weit auf. »Ich muss ihn finden. Ich muss Fessan finden!«

Die erste Leiche lag mit dem Gesicht nach unten. Ossilius

rollte sie auf den Rücken. Gulph stockte der Atem: Die Hälfte des Gesichts war eine einzige, blutige Wunde.

»Nicht er!«, murmelte Ossilius und ging zur nächsten Leiche.

Der Wind brauste auf, und der Nebel lichtete sich ein wenig. Gulph sah, dass dieser Leichenhaufen nur Teil einer langen Reihe von Haufen war, die sich bis in die trübe Ferne zog.

Aus dem Nebel tauchte eine Gestalt auf, und Gulph schlug das Herz im Hals.

Die Toten werden wieder lebendig! Brutans Armee wütet auch hier unten!

Die Gestalt entpuppte sich jedoch als ein Mann in der typischen Seidenrobe von Celestis. Er ging direkt zu Ossilius, der zwischen den Leichen am Boden kauerte, und legte ihm die Hände auf beide Schultern.

»Es war nicht leicht, sie an einen friedlichen Ort zu bringen«, sagte der Mann. »Lass ihnen ihre Ruhe.«

»Du verstehst das nicht!«, schrie Ossilius. »Mein Sohn! Fessan! Hast du meinen Sohn gesehen?«

Der Mann wies mit dem Arm auf die lange Reihe der Toten. Ossilius sank verzweifelt zu Boden.

»Immer wieder stürzen Menschen herunter«, sagte der Mann. »Aber niemals so viele. Und dann waren da noch andere – Wesen, wie wir sie noch nie gesehen haben, Menschen, die nicht lebendig waren, sondern –«

»Untot«, warf Gulph schaudernd ein.

Der Mann nickte. »Wir glauben, es muss eine Schlacht

stattgefunden haben zwischen den Soldaten und diesen … Untoten. Jetzt beerdigen wir sie. Mehr können wir nicht für sie tun.«

»Sie kamen, um zu kämpfen«, flüsterte Ossilius. Er weinte. »Sie kamen, um Idilliam zu helfen. Und sie haben verloren.«

Es brach Gulph das Herz, seinen Freund so zu sehen. Er fragte sich, ob Ossilius' Sohn – dieser junge Mann namens Fessan – wirklich hier unten war.

»Wie viele habt ihr schon beerdigt?«, fragte er.

»Viele hundert«, antwortete der Mann. »Aber da sind noch Hunderte mehr.«

Da war nichts zu machen. Wenn Fessan tatsächlich von der Brücke gestürzt war, dann hatte man ihn vielleicht schon zur ewigen Ruhe gebettet.

»Ossilius«, sagte Gulph und ging vor seinem Freund in die Knie. »Ich glaube –«

In diesem Augenblick schlug etwas mit großer Wucht auf dem Haufen mit den Leichen ein. Gulph schrie auf und machte einen Satz nach hinten. Neben ihm rappelte sich Ossilius hoch und griff reflexartig nach seinem Schwert. Doch Lady Redina hatte ihnen die Waffen abgenommen – die Bedingung dafür, dass sie in Celestis bleiben durften.

»Nicht noch einer«, klagte der Celestier.

Das, was herabgestürzt war, erhob sich aus dem Berg von Leichen. Es war selbst eine Leiche, wie Gulph entsetzt feststellte – ein Toter, ganz in roten Samt gekleidet. In seinen leeren Augenhöhlen brannte rotes Feuer. Eine gewaltige weiße Perücke hing ihm schief auf dem nackten Schädel, und auf seiner Brust prangte das goldene Abzeichen des Schatzamtes von Idilliam.

Der untote Schatzmeister sprang los und schloss die Knochenfinger um den Arm des Celestiers. Der Mann kreischte und versuchte, sich loszureißen, aber das Wesen hatte einen übermenschlich kräftigen Griff. Es bleckte die Zähne und stieß seltsame Laute aus der zerrissenen Kehle aus.

»Hier!«, rief Gulph und schleuderte einen Stein nach der Kreatur. »Hierher!«

Das untote Wesen ließ den Mann los, der sofort rückwärts hastete. Während sich der Schatzmeister auf ihn stürzte, machte Gulph drei schnelle Schritte auf ihn zu – was Ossilius einen Warnruf ausstoßen ließ – und sprang in die Höhe. Dort überschlug er sich einmal, noch einmal und landete dann auf beiden Beinen auf der anderen Seite.

Der Untote wirbelte schwankend herum. Die Perücke flog ihm vom Kopf, so dass der schimmernd weiße Schädel zum Vorschein kam. Im selben Augenblick wankte ein zweiter Untoter aus dem Nebel heran. Dieser trug einen zerrissenen grünen Kittel und ein schartiges Schwert. Sein Gesicht war zum größten Teil erhalten, aber das verrottete Fleisch war eingefallen und verzog seinen Mund zu einem unendlich traurigen Ausdruck.

Ein Soldat des Dreizacks!, dachte Gulph. *Wie viele mögen wohl hier unten sein?*

»Komm her, Gulph!«, bellte Ossilius. »Schnell!«

Gulph lief im Bogen wieder um den Schatzmeister herum und sah, wie Ossilius unter einer Leiche ein zerbrochenes

Schwert hervorzog. Der untote Schatzmeister schob sich erneut zwischen die beiden. Gulph verlor im wieder dichter werdenden Nebel kurz die Orientierung und stolperte. Er hörte das entsetzliche Rasseln aus der Brust der wandelnden Toten ebenso wie ihre Schritte auf dem feuchten Boden, die immer näher kamen …

Eine dritte Gestalt tauchte aus dem Nebel auf. Für Gulphs Augen wirkte es gar, als würde sie aus Nebel *bestehen*. Statt mit Gliedmaßen schien sie sich lautlos als Form aus sich kräuselndem, grauem Dunst voranzubewegen; wo das Gesicht sein sollte, war nur ein gähnendes Loch.

Obwohl das Ding offenbar keine Hände hatte, trug es ein Schwert.

Die beiden Untoten bemerkten das Wesen nicht, sie wankten weiter auf Gulph zu und drängten ihn immer näher an die Haufen mit den Leichen. Ossilius rannte los, das zerbrochene Schwert über dem Kopf schwingend, aber er kam nicht schnell genug heran.

Die Nebelkreatur schob sich weiter.

Mit einem feinen Zischen trennte ihr Schwert den Kopf des Dreizack-Soldaten von seinem Körper. Dieser sank wie eine abgeschnittene Marionette nieder und zitterte krampfhaft. In dem Moment, als er den Boden erreichte, wurde das faulige Fleisch mit einem Mal glatt, und er wurde zu einem weiteren ganz gewöhnlichen Toten.

Mit dem nächsten Hieb wurde der untote Schatzmeister in zwei Hälften geteilt. Im Niederstürzen klapperten die Knochen, und noch im selben Augenblick fiel die ganze grässliche Magie, die sie beseelt hatte, von ihnen ab. Was vor Gulphs Füßen lag, war nur ein Skelett. Der leblose Schädel zerbrach in zwei Hälften, dann war alles ruhig.

Gulph keuchte heftig und beugte sich tief hinunter. Er zitterte am ganzen Körper.

»Pass auf!«, rief Ossilius.

Gulph blickte auf und sah, dass das Nebelwesen rasend schnell direkt auf ihn zukam. Er zuckte zurück und erwartete schon, niedergestreckt zu werden, als die Gestalt abrupt stehen blieb. Nun erkannte er, dass es sich tatsächlich um eine Person handelte. Eine Frau, genau genommen. Ihr schlanker Körper war gänzlich in viele Schichten grauer Seide gehüllt. Eine Kapuze verbarg Kopf und Gesicht.

Unter der Robe war eine schlanke Hand zu erkennen. Ihre blassen Finger hielten ein Schwert aus reinem, weißem Kristall. Dann verschwanden Hand und Klinge mit einer einzigen, flüssigen Bewegung in den glatten Stofffalten.

Schweigend standen sie da: der verblüffte Gulph, Ossilius, der mindestens ebenso überrascht war, der zitternde Celestier – und die geisterhafte Nebelfrau.

»D…danke«, stotterte Gulph. »Du hast mir das Leben gerettet. Uns allen.«

»Diese Klinge …«, sagte Ossilius. »Kein gewöhnliches Schwert hätte so etwas vollbringen können.«

»Und auch keine Klinge aus Celestis.« Ihr Gesicht war zwar nicht zu sehen, aber die Stimme der Frau war hell und klar.

Warum klingst du so vertraut?, dachte Gulph, obwohl er sich sicher war, dass er diese Stimme noch nie im Leben gehört hatte.

»Wie hast du …?«, begann Ossilius.

Aus den Falten schoben sich lange Finger und schlugen die Kapuze zurück. Gulph schluckte. Das Gesicht der Frau war zur Hälfte blass, genau wie ihre Hände. Die andere Hälfte war verbrannt und leuchtend rosa. Über ihre Wange und ihren Kiefer liefen Narben bis zum Hals hinunter, wo sie in ihren Seidengewändern verschwanden.

»Hexen haben gewisse Möglichkeiten«, antwortete die Frau.

Ihre Kapuze fiel ganz nach hinten, und eine Welle von rotgoldenem Haar fiel über ihr Gesicht. Sie schüttelte es zu den Seiten. Ihr Blick war auf Gulph geheftet. Ihre Augen waren grün, aber wie die Augen der Untoten schienen sie irgendwie zu brennen.

»Kalia!«, schrie Ossilius.

In Gulphs Kopf fing es an zu brausen. Ihm war schwindlig, und für einen Moment glaubte er, ohnmächtig zu werden. Dann war es vorbei, und er starrte voller Verwunderung seine Retterin an.

Kalia.

Er hatte den Namen schon gehört, natürlich – aus dem Mund von Königin Magritt, als sie neben dem Leichnam ihres Mannes gestanden hatte, König Brutan.

Kalia verführte König Brutan. So oder ähnlich hatte es Magritt gesagt. *Sie gebar ihm drei Kinder – und zwar Drillinge.*

Der Schwindel kam in Wellen und verging wieder. Gulph

wankte und fürchtete umzufallen. Und doch blieb er stehen.

Man sagt, du seist auf dem Scheiterhaufen verbrannt!

Er starrte auf die fürchterlichen Brandnarben auf Kalias Gesicht und ihrem Hals.

Hexen haben gewisse Möglichkeiten.

Gulph begriff, dass er noch immer die Luft anhielt. Langsam atmete er aus. Mit einem Mal verließ ihn alle Kraft, und er sank auf die Knie.

Mit dem letzten Lufthauch, der seinem Mund entströmte, konnte er noch flüstern: »Du bist meine Mutter.«

Zweites Buch

Gulph starrte seiner Mutter ins Gesicht, sein Herz raste. Nebelfäden zogen sich wie ein geisterhafter Gürtel um ihre Taille. Ihr ganzer Körper schimmerte, und für einen Augenblick war er sich sicher, dass er träumte. Dann lichtete sich der Dunst, und sie war ganz da.

»Mutter. Mutter, ich bin's, Gulph.«

Kalia sah ihn verwundert an und schien ihn nicht zu erkennen.

»Oh, ich meine Agulphus. Ich bin Agulphus.«

Ihr Blick blieb nachdenklich.

Sie ist schön, dachte Gulph, der nicht auf die Narben achtete, sondern auf das, was darunterlag.

»Ich bin einer der Drei – äh, deiner drei … ich meine, deiner Drillinge«, sagte er. Er war atemlos und verwirrt, und die Worte blieben ihm im Hals stecken. »Ich bin … ich bin dein Sohn.«

»Ich habe keine Kinder«, sagte Kalia streng.

Gulph warf Ossilius einen Blick zu. Auch der ehemalige Hauptmann war auf die Knie gefallen. Ehrfürchtig blickte er zu Kalia auf.

»Unmöglich«, krächzte er. »Wenn ich es nicht mit eigenen Augen sehen würde … Kalia, du bist gestorben. Und doch bist du hier.«

»Gestorben?«, antwortete Kalia. »Was ist das für ein Unsinn?«

Gulph war den Tränen nahe. »Wenn du es wirklich bist, dann ist das überhaupt kein Unsinn. Es ist nur …«

»Ein Wunder«, sagte Ossilius.

Kalia schüttelte den Kopf. Ihr Blick wurde noch ernster.

Ossilius erhob sich wieder und sprach ganz langsam, wie mit einem kleinen Kind: »Es ist viel Zeit vergangen. Dreizehn Jahre. Kalia, denke dich zurück in diese Zeit. Weißt du denn nichts mehr aus der Vergangenheit?«

Wieder schüttelte Kalia den Kopf, heftiger diesmal. »Du verschwendest meine Zeit. Ich habe keine Kinder. Diesen Jungen kenne ich nicht – keinen von euch beiden.«

Sie raffte ihre Robe und wandte sich ab.

»Nein!«, schrie Gulph. »Bitte geh nicht.«

»Schloss Berg!«, sagte Ossilius. »König Brutan – ihn musst du doch erinnern. Und Idilliam. Dort hast du gelebt.«

Kalia zögerte, und unter der fließenden Seide spannte sich ihr Körper. »Hier ist mein Zuhause. Ich habe immer in Celestis gelebt. Bitte, es reicht mir jetzt mit euren Lügen.«

Sie sprang über die Überreste ihrer untoten Angreifer hinweg und verschwand im Nebel.

Gulph sprang auf und rief ihren Namen. Er lief hinter ihr her: zehn Schritte, zwanzig. Es war, als würde man einem Geist nachjagen. Schließlich blieb er stehen. Von ihr war nichts mehr zu sehen. Seine Mutter war zu ihm zurückgekommen – hatte ihm das Leben gerettet –, und jetzt war sie wieder fort.

Er ging zu Ossilius zurück. Ihm war, als hätte er ein Geschenk bekommen, das ihm gleich wieder aus den Händen gerissen worden war.

»Ich verstehe das nicht«, sagte er. »Ich meine, natürlich erkennt sie mich nicht – ich war ja noch ein Baby damals. Aber …« Er bog einen Arm nach hinten und deutete auf seinen krummen Rücken. »War mein Anblick denn eine solche Enttäuschung für sie?«

»So etwas darfst du niemals denken!«, schimpfte Ossilius. »Du enttäuschst niemanden, Gulph. Niemals.«

»Ich dachte, mein Vater hätte sie verbrannt, aber jetzt weiß ich nicht, was ich denken soll.«

»Aber sie war *wirklich* tot. Zu Asche verbrannt«, sagte Ossilius. »Gulph, ich habe dir das nie erzählt, aber ich habe es mit eigenen Augen gesehen.«

Gulph klappte der Mund auf. »Du warst dort … bei ihrer Hinrichtung?«

»Nicht, als sie verbrannt wurde – den Sternen sei Dank. Ich glaube nicht, dass es mir möglich gewesen wäre, bei einer solchen Grausamkeit einfach dabeizustehen und zuzusehen. Nein, ich gehörte zu der Einheit, die den Scheiterhaufen wieder aus dem Hof räumen musste. Und die Überreste.«

»Aber wenn sie starb, wie kann sie …?«

»Magie, Gulph.«

»Magie?«

»Es gibt keine andere Erklärung. Ich behaupte auch gar nicht, dass ich es verstehe, aber dass sie hier ist, muss mit

Zauberei zusammenhängen. Das erklärt vielleicht auch, warum sie sich nicht erinnert. Du musst bedenken: Sie ist nicht die Einzige, die wir getroffen haben, die ihr Gedächtnis verloren hat.«

»Sidebottom John!«

»Ganz genau. Und das könnte bedeuten, dass die Magie genau hier in Celestis verborgen liegt.«

Gulphs Gedanken waren wie dunkle Schatten. *Wenn sie gestorben und jetzt wieder hier ist, dann ist sie eine Untote. Natürlich nicht so wie mein Vater und seine entsetzlichen watschelnden Soldaten, aber wirklich am Leben ist sie auch nicht. Aber … was ist sie dann?*

»Die Magie von Celestis«, sagte er langsam und machte sich aus der unseligen Gedankenkette frei. »Eine Magie, die Menschen vergessen lässt. Werden wir dann auch Dinge vergessen, Ossilius?«

Ossilius seufzte. »Überleg einmal, was du in diesen letzten Tagen alles an Elend und Schrecken gesehen hast, Gulph. Glaubst du wirklich, du könntest diese furchtbaren Bilder jemals vergessen? Glaubst du, irgendjemand könnte das wohl?«

»Nein.«

Aber wie können wir das wissen?

»Wir sollten zurückgehen.« Ossilius starrte auf den Haufen mit den toten Dreizack-Soldaten. Seine Miene war dabei so unendlich traurig, dass Gulph sein eigenes Leid hintanstellte.

»Es ist nicht sicher, dass Fessan hier ist«, sagte Gulph und räusperte sich. »Wahrscheinlich ist er irgendwo in Sicherheit und plant den nächsten Angriff.«

»Vielleicht«, antwortete Ossilius.

Am folgenden Tag saß Gulph wieder in Lady Redinas Hof bei Tisch. Er war immer noch benommen von der Begegnung mit Kalia, und obwohl er eigentlich hungrig sein musste, verspürte er angesichts der vertrauten Auswahl an frischem Fisch und Schalen mit winzigem, gedünstetem Gemüse wenig Lust auf Essen. Zu seiner Erleichterung saß er wieder nahe an der Vase und konnte wenigstens seinen Weinkelch wieder dort ausleeren, wenn sich Gelegenheit bot. Den Rest würde er eben essen müssen.

»Und dieser junge Mann hier ist Gulph«, erklärte Lady Redina gerade. Er erschrak ein wenig, als er bemerkte, dass sie ihre Gruppe mit einer Handvoll Celestier bekannt machte, die ebenfalls eingeladen waren.

»Angenehm«, murmelte er und vergaß ihre Namen, kaum dass er sie gehört hatte, erschauderte aber sogleich, als er daran dachte, was Ossilius über Erinnerung und Zauberei gesagt hatte.

Reiß dich zusammen, Gulph!, tadelte er sich. *Du bist einfach nicht bei der Sache, das ist alles.*

Als sie zu den Gabeln griffen, tauchte an der Hausecke eine weitere Celestierin auf und kam über den Hof bis an den Tisch gelaufen. Sie war klein und bewegte sich leichtfüßig. Das lange rotgoldene Haar wehte wie ein Banner hinter ihr.

Es war Kalia.

Gulphs Herz schlug rasend schnell. Er erhob sich von seinem Platz und versuchte vergeblich, Sätze zu formen. Ossilius zog ihn wieder herunter.

»Bleib ruhig, Gulph«, flüsterte er. »Warten wir ab, was passiert.«

»Willkommen, Kalia, wenn auch ein bisschen verspätet«, sagte Lady Redina. Sie breitete die Arme aus und wandte sich an die ganze Gesellschaft. »Dies ist ein Willkommensmahl für unsere neuen Freunde. Ich sage bewusst ›Freunde‹ und nicht ›Gäste‹, weil ihr nun alle Teil von Celestis seid. Es wird euer Zuhause sein, solange der Kristall besteht.«

Das klang nach einer Endgültigkeit, die Gulph nicht behagte. Er beherzigte aber Ossilius' Rat und biss sich auf die Zunge. Er warf einen Blick auf Markus und Hetty. Ihnen als Bürgern von Idilliam musste Kalias Name doch bekannt sein. Würden sie die Verbindung erkennen? Doch den beiden war nichts anzumerken.

»Wie schön, dich wiederzusehen«, sagte Kalia zu Gulph und griff nach einer Platte mit Austern.

Wieder versuchte Gulph vergeblich, etwas zu sagen.

»Oh. Du kennst unsere neuen Freunde schon, Kalia?« Lady Redinas sanfte Stimme war über den ganzen Tisch zu hören.

»Eigentlich nicht. Wir sind uns gestern zufällig begegnet.

Sie waren zum Abgrund hinübergewandert. Ich habe ihnen geholfen.«

Das ist alles richtig. Gulph hielt den Atem an und erwartete, dass Kalia nun auch erzählte, dass er sie für seine Mutter hielt.

Sie sagte aber nichts mehr und bewahrte zu seiner Erleichterung sein Geheimnis. Dennoch brannte in ihm die Neugierde. Kalia erinnerte sich also an das Zusammentreffen, aber hatte sie vergessen, worüber sie gesprochen hatten? Stand sie auch unter dem Einfluss der Magie, die hier im Gange war? Oder verhielt sie sich einfach nur taktvoll?

Es gab so viele Fragen.

Wie kann ich diesen Leuten noch Fragen stellen, ohne mich zu verraten?

Dann hatte er eine Idee. Nachdem er wieder heimlich seinen Weinkelch in die Vase entleert hatte, räusperte er sich und fragte: »Kennt Ihr jemanden namens Sidebottom John?«

Lady Redina lächelte freundlich und breitete die Arme aus. »Ich kenne jeden in Celestis.«

Gulph fand diese Vorstellung beängstigend und fragte weiter. »Nun, ich bin ihm gestern hier begegnet. Er war als Narr bei der Tangletree-Truppe, und wir kennen uns seit Jahren. Aber als ich ihn gestern ansprach, erkannte er mich nicht. Ist das nicht seltsam?«

»Der arme Mann«, sagte Lady Redina. »Wie traurig.«

»Wisst Ihr, was ihm widerfahren ist?«

»Euer Freund wurde aufgefunden, als er am silbernen See herumwanderte. Er muss wohl den Weg von der oberen Welt hinunter nach Celestis gefunden haben, genau wie Ihr und Eure Freunde, Gulph.«

Wir haben keinen ›Weg gefunden‹. Wir sind heruntergestürzt.

»Und was seinen Geisteszustand angeht, vermute ich, dass ihn der Krieg in einen Schockzustand versetzt hat. Ihr habt mir von den schrecklichen Ereignissen in Toronia erzählt – den Kämpfen und Gräueltaten. Ist es da verwunderlich, wenn sich seine Erinnerung wie eine Blume verschließt?« Sie schüttelte den Kopf. »Dieser arme, arme Mann.«

»Da habt Ihr wohl recht.« So hatte es immerhin auch Ossilius vermutet.

»Aber vielleicht würde es seine Erinnerung ja anregen, wenn er etwas mehr Zeit mit Euch verbringt.«

Bevor Gulph etwas einwenden konnte, schnippte Lady Redina mit den Fingern und trug einem Diener auf, Sidebottom John zu suchen und zum Festmahl zu bringen.

Gulph wusste nicht, was er sagen sollte. Er war eigentlich davon ausgegangen, dass Lady Redina ihnen etwas verheimlichte, aber offensichtlich wollte sie ihnen doch helfen.

Und wenn es gelingt – wenn ich ihm dabei helfen kann, sich wieder zu erinnern –, vielleicht kann ich meiner Mutter dann auch helfen.

»Ich danke Euch, Lady Redina«, sagte er und prostete ihr mit dem leeren Kelch zu. »Ihr seid sehr gütig.«

Als das Essen vorüber war, verließen die Gäste den Tisch und gingen zum Plaudern in den Garten. Gulph wanderte allein zwischen den Reihen rubinroter Rosen und unter herabhängenden Wedeln aus Kristall umher, die in der sanften

Brise wie Windspiele klingelten. Zu anderen Zeiten hätte er die Schönheit des Gartens bestimmt neugierig erkundet, aber nun war er nur daran interessiert, seinen Freund zu sehen.

Endlich kehrte der Diener zurück. Hinter ihm trottete mit strahlender Miene Sidebottom John.

»Ich erinnere mich an dich«, rief John sofort und ergriff Gulphs Hand.

Gulph grinste, und ihm wurde warm ums Herz. »Tatsächlich? Du erinnerst dich wirklich?«

»Große Güte, natürlich! Wir sind uns doch gestern auf dem Weg begegnet. Ich war mit dem Obst unterwegs!«

Gulph war niedergeschmettert. »Ist das alles, woran du dich erinnerst, John?«

»Auf dem Weg.« John nickte eifrig. »Wir waren doch auf dem Weg. Du und ich ... mit meinem Obst.«

»Ja. Ja, das waren wir. Aber davor? Weißt du noch etwas von Idilliam?«

»Idyll wann?«

»Wir sind vor dem König aufgetreten. Und dann ging alles ... Es gab einen Kampf und ...«

Gulphs Worte versiegten, als Sidebottom John ihn verständnislos ansah.

Wie kann ich nur zu ihm durchdringen?

»Du magst Obst, stimmt's?«, fragte er, denn er hatte eine Idee.

Johns Augen leuchteten auf. »Obst ist mir das Liebste.«

»Warte hier!«

Aus einer Schale auf dem Tisch holte Gulph drei Äpfel, die genauso winzig waren wie das Gemüse, und zog John in eine ruhige Nische hinter einem Vorsprung aus grünem Kristall. Abseits der anderen Gäste ging er ein wenig in die Knie und begann, mit den Äpfeln zu jonglieren.

»Wie schön!«, rief John und klatschte wie ein Kind vor Freude in die Hände. »Das machst du gut.«

Gulph jonglierte weiter. Die Äpfel wanderten beständig auf und ab. Es war die Art von Kunststück, die jeder mit ein bisschen Übung zuwege bringen konnte.

Oder eben doch nicht jeder.

»Du kannst das auch, John«, sagte er. Er hörte zu jonglieren auf, ließ die Äpfelchen eines nach dem anderen in seine linke Hand fallen und streckte sie ihm hin. Aber Sidebottom John wich zurück und schüttelte den Kopf.

»O nein, John kriegt so ein Wirbeldings nicht hin. Das ist was für geschickte Leute. Wie dich.«

»Aber du kannst das *wirklich*, John. Ganz bestimmt.«

Ein Ausdruck huschte über sein Gesicht: War das … Erinnerung? Trauer? Furcht? Gulph konnte es nicht sagen. Es tauchte auf und war sofort wieder verschwunden.

»Nein«, meinte John bestimmt. »John tut so etwas nicht.«

»Also schön. Und wie ist's damit?«

Gulph ließ die Äpfel fallen, beugte sich tief hinunter und ging in den Handstand. Dann lief er auf den Händen einmal ganz um John herum. Als er wieder vor ihm ankam, sprang er wieder auf die Füße.

»Das ist auch geschickt.« John klatschte halbherzig, aber

er hatte Falten auf der Stirn. »Warum sagst du mir lauter Sachen, an die ich mich nicht erinnere? Ich kenn dich doch gar nicht. Geh weg! Du machst, dass mir der Kopf weh tut!«

Gulph ging ihm nach. »Bitte, John, versuch es!«

»Geh weg!«

»Du musst dich doch erinnern!«

»Du bist nicht mein Freund! Geh weg!«

Warum erinnerst du dich nicht einfach!, dachte Gulph und schämte sich über seine Wut, aber er konnte nichts dagegen tun. Sidebottom John stand nun mit dem Rücken an dem Vorsprung aus grünem Kristall.

»Wie ist es dazu gekommen, John? War da irgendeine Zauberei im Spiel?«

»Mag keine Zauberei!« John wedelte mit den Händen und versuchte, Gulph wegzuschieben.

»Bitte, John, ich will dir doch nur helfen!«

»Auch keine Hilfe! Will nur nach Hause!«

»Wo bist du zu Hause, John? Erinnerst du dich *daran*?«

»Geh weg!«

Gulphs Kopf fühlte sich heiß und trocken an, als würde ein Sandsturm darin wüten. *Was geschieht mit mir?* Dann erinnerte er sich an das Gefühl: Schon einmal hatte sich so angekündigt, dass er unsichtbar wurde – eine Art Wüstentrance, obwohl er keine Ahnung hatte, was Unsichtbarkeit damit zu tun hatte.

Das Gefühl wurde stärker. Die Hitze pulsierte in ihm, staute sich auf. Und als er glaubte, gleich platzen zu müssen, war es, als würde er überlaufen, aus seinem Körper hinaus in die feuchte Luft von Celestis. Ihm lief der Sand aus Augen, Nase und Mund, er war der Sand, und der Sand war er. Johns Gesicht wuchs vor ihm zu riesenhafter Größe an, begann zu verschwimmen und dann …

Ich bin John. Ich bin in seinem Kopf und sehe durch die Fenster seiner Augen nach draußen. Ich sehe Bewegung, tanzendes Licht. Sonne durchdringt Rauch. Ich habe Angst, verstecke mich, mache mich klein. Eine senkrechte Linie aus Stein: die Säule, hinter der ich mich verberge. Im Schatten. Versteck dich, John, Versteck dich! Aber meine Freunde …

Da ist Willum, da ist Dorry, und dort, oh, ist auch Pip. Die Truppe. Die Tangletree-Truppe. Meine Freunde, in der Sonne, im Rauch.

In Ketten.

Meine Freunde sind in Ketten, und die Ketten sind in den Händen der Untoten, der verrottenden Ungeheuer, der Knochenmänner, und sie pferchen meine Freunde ein wie Vieh, und ich kann nichts tun, als mich zu verstecken und zuzusehen. Ich bin entkommen, aber meine Freunde sind gefangen, meine Freunde, oh, meine Freunde sind …

Gulph stolperte rückwärts, heftig keuchend und entsetzt bis ins Mark. Dieses seltsame Gefühl, dass er seinen eigenen Körper verließ, war gekommen und wieder gegangen wie ein Wimpernschlag. Er war Gulph gewesen, dann John, und jetzt war er wieder Gulph. Er wischte sich den Schweiß von der Stirn und setzte sich auf den Kristallboden.

»Mit dir alles in Ordnung?«, fragte Sidebottom John. Er sah verblüfft aus, aber sonst schien ihm Gulphs kurzer Kontakt mit seinem Bewusstsein nichts ausgemacht zu haben.

Gulph rappelte sich wieder hoch. Noch immer stampfte sein Puls wie ein galoppierendes Pferd in seiner Brust. Er starrte John in die Augen, jene Augen, aus denen er vor wenigen Augenblicken selbst gesehen hatte.

Nicht aus seinen Augen. In seine Erinnerung.

Stimmte das? War das wirklich eben passiert?

Sind sie tatsächlich am Leben? Willum? Pip? All die anderen?

Die Untoten hatten sonst eigentlich keine Gefangenen gemacht. Sie verwandelten die Lebenden nur in neue wandelnde Leichen. War das ein neuer, grausamer Plan von Brutan?

Gulph war das egal. Wenn das stimmte, was John ihm gezeigt hatte, dann war jetzt nur eines wichtig. Er gab Sidebottom John einen Klaps auf den Arm. »Danke, John.«

»Was hat John getan?«

»Mehr, als du weißt.«

Gulph marschierte durch die Rosenrabatten zurück zu Ossilius, der neben einer eleganten Schwanenskulptur stand, tief ins Gespräch mit Markus vertieft.

»Ossilius!«, zischte Gulph. »Sie sind am Leben!«

»Wer ist am Leben?«

»Die Truppe. Pip. Die anderen. Meine Freunde. Sie sind am Leben, sie sind alle am Leben!«

»Gulph, warte. Woher willst du –«

»Das spielt keine Rolle. Sie sind am Leben, und damit aus. Wir müssen zurückgehen. Wir müssen zurück nach Idilliam, um sie zu retten!«

»Wen wollt Ihr retten?« Es war Lady Redinas Stimme. Gulph hatte nicht gehört, dass sie ihm gefolgt war; sie musste sich vollkommen lautlos bewegt haben.

Er wollte wiederholen, was er zu Ossilius gesagt hatte, hielt aber inne. Er hatte ihr bereits erzählt, dass er glaubte, Pip und die anderen wären tot. Wie sollte er seinen plötzlichen Sinneswandel erklären?

»Ähm, meine Freunde«, stammelte er. »Ich meinte nur, äh, *wenn* sie am Leben wären, dann würde ich sie retten wollen.«

Markus sah ihn verdutzt an. Er öffnete den Mund und wollte etwas sagen. Gulph schüttelte kaum merklich den Kopf. Zu seiner Erleichterung klappte Markus den Mund wieder zu.

»Was macht Euch glauben, dass Eure Freunde noch am Leben sein könnten?«, fragte Lady Redina.

»Oh, so ist es nicht«, sagte Gulph. »Ich meine, ich glaube das nicht. Es ist nur … Ich hoffe, es wäre so. John hat überlebt, also warum nicht auch die anderen. Das ist alles.«

Ja. Das ist alles. Ich besitze nicht die seltsame Fähigkeit, mich in die Gedanken anderer zu versetzen. Eigentlich ist überhaupt nichts Außergewöhnliches an mir. Ich bin ein Akrobat, nur ein Akrobat.

»Ich verstehe«, sagte Lady Redina. »Ihr steht treu zu Euren Freunden. Dass Ihr ihnen helfen wollt, ist nur der Beweis dafür. Und auch für Euren Mut.«

Sie strich ihm mit der Rückseite ihrer Finger über die Wange. Ihre Hand fühlte sich heiß an.

»Leider könnt Ihr nichts tun. Selbst wenn Eure Freunde am Leben wären – was ich bezweifle –, könntet Ihr Celestis jetzt nicht verlassen. Das verlorene Land muss verloren bleiben. Das ist sein einziger Schutz vor den Kriegen dort oben.«

»Ihr meint, wir sind hier gefangen?«

Sie wirkte gekränkt. »Celestis ist kein Gefängnis. Es ist eine Zuflucht. Ich bin nicht Eure Gefängniswärterin, sondern diejenige, die Euch gestattet hat zu bleiben. Diese Erlaubnis kann nicht zurückgenommen werden. So ist es in Celestis Brauch.«

Kein Gefängnis? Ich könnte ebenso gut wieder in der Himmelsgruft gefangen sein.

»Und wenn ich doch gehe?«

»Dann werdet Ihr im Exil sein. Wer Celestis verlässt, darf niemals zurückkehren. Jeder, der versucht, das Land der Kristalle ein zweites Mal zu betreten, muss sterben.«

Ihre Miene war ernst. Die Warnung war unmissverständlich. Und doch schöpfte Gulph bei ihren Worten Hoffnung.

Dann gehen doch *Menschen von hier fort. Ich muss nur den Weg finden!*

Kapitel 12

Alles gleich.

Alles anders.

Elodie saß an der Tafel im großen Ratssaal von Burg Vicerin wie schon Hunderte Male zuvor. Das Licht der Kronleuchter spiegelte sich in den dunkel glänzenden Tischplatten. Auch die silbernen Platten und Kelche schimmerten. An den Wänden hingen Bilderteppiche mit ruhmreichen Szenen aus dem Lauf der Geschichte der Familie Vicerin. Nahe der Tür zum Küchentrakt standen Diener, die auf die Befehle ihres Herrn warteten.

Alles war genauso wie in ihrer Erinnerung.

Alles außer mir.

Wenn sie aber genauer hinsah, dann bemerkte sie *doch* kleine, unmissverständliche Veränderungen.

Statt vieler Lakaien sind es jetzt nur noch zwei. Und der Gobelin zur Erinnerung an die Schlacht in der Holunderschlucht ist an der Kante ausgefranst.

Als Elodie aufblickte, sah sie, dass am goldenen Kronleuchter nur die Hälfte der Kerzen brannten.

Der Krieg hinterlässt seine Spuren.

»Nimm noch etwas Kuchen, Liebes«, sagte Lord Vicerin und winkte mit einer galanten Handbewegung über den Tisch hinüber. Er saß am Kopfende und Elodie wie üblich zu seiner Rechten. Bis jetzt waren sie die Einzigen an der Tafel.

»Danke, Vater.«

Sie wählte ein winziges gelbes Törtchen von der Platte. Es war zierlich anzusehen, mit feinen Rillen und Blüten und mit buntem Guss überzogen. Für Elodie, die wochenlang nur vor Fett triefendes gebratenes Wildschwein gegessen hatte, das man ihr auf einem umgedrehten Schild des Dreizacks serviert, sah es gar nicht mehr wie Nahrung aus.

»Kommt denn sonst noch jemand?« Sie biss in den kleinen Kuchen. Er war unglaublich süß und klebrig.

»Ich dachte, es wäre angenehm, gemeinsam zu speisen.« Lord Vicerin steckte sich einen leuchtend grünen Kuchen in den Mund, ließ das Gatter seiner gewaltigen Zähne davor herunter und zermalmte ihn mit der Zunge. »Nur wir beide.«

Seine Worte hallten durch den Saal. Der Banketttisch zog sich weit bis ans andere Ende. Dort in der Ecke standen die Diener und warteten.

»Wie schön«, antwortete Elodie, der die letzten Krümel des Kuchens in der Kehle stecken blieben.

Und während sie zusah, wie sich Lord Vicerin den Mund abtupfte – er war auffallend rot, als hätte er ihn geschminkt –, kam ihr plötzlich ein Gedanke.

Hast du auch hier gesessen, Tarlan? Und wenn ja, was hast du von alldem hier gehalten?

Die Vorstellung von ihrem Bruder – diesem wilden Jungen aus den eisigen Einöden von Yalasti, der mit Tieren sprach und über die geringsten Andeutungen von Zivilisation die Nase rümpfte – in diesem lächerlichen Tollhaus ließ sie beinahe laut herauslachen. Sie griff nach der Serviette und drückte sie sich auf den Mund.

»Ich kann dir gar nicht sagen, wie wunderbar es ist, dass ich dich wieder hier unter meinen Fittichen habe«, sagte Lord Vicerin und schob seinen Teller zur Seite. »Der Tag, an dem diese fürchterlichen Grobiane dich entführten ... oh, Elodie, das war der schlimmste Tag meines Lebens.«

Das glaube ich dir, dachte Elodie. *Dir war dein kleines Püppchen abhandengekommen und damit dein Schlüssel zum Thron von Toronia.*

»Natürlich habe ich Leute nach dir ausgesandt«, fuhr Vicerin fort. »Ganz Ritherlee habe ich absuchen lassen, Belohnungen ausgeschrieben. Nichts war mir wichtiger, als dich wieder zurück in Sicherheit zu bringen.«

Unter deine Kontrolle, meinst du wohl.

Lord Vicerin strahlte. An seinen Zähnen klebten winzige Stückchen Kuchenglasur. »Und jetzt bist du zurückgekehrt, und das Leid hat ein Ende. Unsere Familie ist wieder vereint.« Er machte eine Pause und erwartete offensichtlich, dass sie etwas sagte.

»Ich kann es selbst kaum glauben«, brachte Elodie heraus.

Lord Vicerin rang die schmalen, gepuderten Hände und beugte sich weit über den Tisch.

»Und jetzt wirst du bleiben. Dein Schutz ist mir nun das Wichtigste, liebe Elodie. Deshalb muss ich dir auch ein paar Fragen stellen, nur wenige. Fragen über diese schrecklichen Vagabunden, die dich entführten. Und über das, was geschehen ist. Das verstehst du doch, oder?«

»Natürlich, Vater.«

»Nehmen wir beispielsweise einmal diesen Fessan. Wie viel Verantwortung überlässt er seinen Stellvertretern? Benimmt er sich wie ein Diktator? Oder ist er einer von diesen scheußlichen Leuten, die über ihre Vorhaben beraten, bis die Sonne untergeht?«

»Ich weiß eigentlich gar nicht, was ein Diktator ist, Vater.«

»Nun gut, aber wie ist es mit seiner Taktik? Du warst doch offenbar bei der Schlacht um die Brücke dabei, obwohl ich mir gar nicht vorstellen kann, was meine Tochter mitten in einer solchen Szene zu suchen hatte.«

Ich habe mit meinem Schwert untote Krieger niedergehackt, falls es dich interessiert. Und ich bin nicht deine Tochter!

Elodie begann, am nächsten Törtchen zu knabbern. »Ja, ich war dort.«

»Bei dem Gedanken blutet mir das Herz. Nun, der Dreizack griff an, obwohl die Mitte der Brücke eingestürzt war. Wie wollten sie den Abgrund überqueren? Hatten sie Belagerungsmaschinen?«

»Was ist eine Belagerungsmaschine?«

Lord Vicerin tätschelte ihr die Hand. »Vergiss es. Der Angriff wurde zurückgeworfen, das wissen wir. Der Dreizack muss zahlenmäßig ziemlich dezimiert worden sein.«

»Viele Menschen starben.«

»Hatte Fessan vor, in Isurien frische Soldaten zu rekrutieren?«

»Wir sind durch einige Dörfer gekommen, die meisten Leute haben faules Obst geworfen.«

Anfangs fiel es Elodie schwer, unbestimmte Antworten zu geben. Aber je länger sich die Befragung hinzog, desto entspannter spielte sie ihre Rolle.

Genau das erwartest du doch von mir, nicht? Du hältst mich für ein dummes kleines Mädchen, das sich nur auf Kleider und hübschen Schmuck versteht. Vielleicht war das auch so. Aber jetzt nicht mehr.

»Du bist ein sehr mutiges Mädchen«, sagte Lord Vicerin und lehnte sich wichtigtuerisch in seinem Sessel zurück. Aus seinem Tonfall – wie Eltern mit einem kleinen Kind sprechen – schloss Elodie, dass sie ihn erfolgreich getäuscht hatte. »Bestimmt möchtest du noch eine Erfrischung?«

Aus einer Schildpattschale löffelte er ihr Fruchtstücke auf den Teller – sie waren in Form von Rosenblüten angerichtet.

»Ach, das hätte ich beinahe vergessen.« Lord Vicerin lächelte breit. »Da ist noch eine Frage. Verbreiten diese Rohlinge vom Dreizack immer noch das Gerücht, du wärst eine der Drei? Ein Drilling der Prophezeiung? Und dass deine Geschwister noch am Leben sind?«

Seine Worte klangen leicht und fröhlich, aber seine Augen waren kalt wie Stahl.

»Ja«, antwortete sie. Diese Wendung in der Unterhaltung gefiel ihr nicht, und sie beschloss, dass sie weitere Lügen in der Wahrheit verbergen musste. »Sie alle glauben das.«

Und jetzt kommt es.

»Und was ist mit dir, mein Liebes? Was glaubst *du?*«

Sie kaute und schluckte ein Stückchen Birne in Form einer Knospe hinunter.

»Ich bin *überzeugt* davon, dass ich eine der Drei bin«, antwortete sie.

Lord Vicerin riss die Augen auf und zog sie dann zu Schlitzen zusammen.

»Wie meinst du das, mein Kind?«

»Ich meine, dass ich einen Bruder habe und eine Schwester: Cedric und Sylva Vicerin. *Sie* sind meine Geschwister. Die Einzigen, die ich kenne und die mir etwas bedeuten. Ich weiß, dass ich adoptiert wurde, aber deshalb seid ihr doch trotzdem meine Familie. Burg Vicerin ist mein Zuhause. Hier gehöre ich her. Zu euch.« Sie setzte das breiteste und ernsthafteste Lächeln auf, dass sie zustande bringen konnte. »Ich liebe euch.«

Vicerin strahlte. »Was bin ich froh, das zu hören, mein Liebes. Und deshalb« – er schob die Hand in seine Samtjacke – »lass mich dir zeigen, wie zufrieden ich bin.«

Als seine Hand wieder zum Vorschein kam, hielt sie ein Messer. Sein vergoldetes Heft blitzte im Kerzenlicht. Elodie schlug die Hand vor den Mund. Ihr Herz pochte.

Er hat mich durchschaut! Er wird mich töten, gleich hier im Ratssaal!

Aber anstatt ihr den Dolch in die Brust zu rammen, reichte er ihn ihr mit dem goldenen Griff voraus. Erst da bemerkte sie, dass die Waffe noch immer in ihrem Futteral steckte. Einem prächtigen, mit Edelsteinen besetzten Futteral.

»Es ist unfassbar schön.«

Lord Vicerin schenkte ihr ein süßliches Lächeln. »Deshalb hast du es dir verdient, Elodie.«

Zitternd ergriff sie das prächtige Messer. »Ich danke dir, Vater. Aber …?«

»Aber warum? Ganz einfach, mein Liebes: Sollte der Dreizack noch einmal versuchen, dich zu rauben, dann möchte ich, dass du dich verteidigen kannst.«

Elodie zitterte noch immer, als sie den Dolch unter dem breiten Gürtel ihres neuen Seidenkleids verstaute. Die Erleichterung durchströmte sie wie ein warmer Schauer. *Wenn das nicht beweist, dass er mir vertraut, was dann?*

Hinter ihr räusperte sich leise ein Diener. Lord Vicerin tupfte sich noch einmal die Lippen ab.

»Und nun, mein Liebes, sehe ich mich leider gezwungen, mich wieder unseren Ratsangelegenheiten zu widmen. Du darfst gehen.«

Kaum hatte sich Elodie von ihrem Stuhl erhoben, da glitt ein anderer Diener heran und geleitete sie zur Tür. Sie war froh, dass diese Angelegenheit erledigt war. Mit einem Mal wünschte sie sich nichts sehnlicher, als aus diesem verhassten Raum fortzukommen.

Auf dem Weg nach draußen stieß sie beinahe mit zwei Männern von der Burgwache zusammen, die eine Frau mittleren Alters in schimmernder Rüstung flankierten. Die Frau hatte Sorgenfalten auf der Stirn. Hinter der Frau folgte eine lange Reihe Männer und Frauen, alle in offiziellen gelben Umhängen.

»Entschuldigt, Euer Hoheit«, sagte der erste Wächter mit einer angedeuteten Verbeugung. »Lord Vicerin wartet nicht gerne.«

Elodie trat zur Seite. Die Parade der Würdenträger zog vorüber, aber die Frau in der Rüstung blieb stehen.

»Ihr müsst Prinzessin Elodie sein«, sagte sie. Sie sah aus, als hätte sie eine ganze Woche nicht geschlafen.

»Bitte«, sagte der Wachmann. »Lady Darrand, kommt bitte.«

Elodie sagte nichts. Sie hatte das seltsame Gefühl, dass die Frau glatt durch sie hindurchsah. Dann war der Augenblick vorüber.

»Ich hoffe, wir treffen einmal wieder zusammen«, sagte Lady Darrand, drehte sich um und zog mit ihrem elegant gekleideten Gefolge müde in den Ratssaal. Die Türen wurden zugeschlagen, und die Wachen gingen davor in Position, die Hände locker ans Heft ihrer Schwerter gelegt.

»Ihr macht Euch am besten auf den Weg, Herrin«, sagte einer der beiden, ein älterer Mann mit grauem Haar und einem gütigen Gesicht. »Euer Vater wird für den Rest des Tages dort drin beschäftigt sein.«

»Wer ist Lady Darrand?«

»Eine Nachbarin. Und Feindin. Das ist eine Abordnung. Lady Darrand möchte, dass der Krieg in Ritherlee endet.«

Elodie nickte. »Und wird es Frieden geben, was glaubt Ihr?«

Der andere Wächter, ein junger Mann, stieß den anderen an.

»Wie schon gesagt, Ihr macht Euch am besten auf den Weg.«

Elodie gehorchte. Aber ihre Neugierde war geweckt. Und

wäre es nicht wunderbar, wenn sie dem Dreizack bei ihrer Rückkehr nützliche Informationen über Lord Vicerins militärische Unternehmungen liefern könnte?

Ich werde die Spionin des Dreizacks sein, mitten im Herzen der Burg.

Am anderen Ende des Korridors wartete ein anderer Wachmann. Er trug zwar die schmucke, schwarze Lakaienuniform, aber sein breites Kreuz und die Waffen, die seinen Kittel ausbeulten, verrieten Elodie, dass er ein Soldat war. Wo immer sie in der Burg hinging, folgte ihr einer dieser verkleideten Wachsoldaten.

»Euer Vater will Euch geschützt wissen«, antworteten die Männer, wenn sie sie zur Rede stellte, weil sie ihr folgten.

Dass er ihr ein Messer geschenkt hatte, bestärkte sie in dem Glauben, dass es so sein könnte. Sie glaubte aber auch noch etwas anderes.

Er will nicht, dass ich entkomme.

»Es dauert noch einen Augenblick, bevor ich zurück auf mein Zimmer gehe«, rief sie dem Wächter zu. »Keine Sorge. Es wird mir nichts geschehen.«

Bevor er antworten konnte, bog sie scharf nach rechts ab in einen schmalen, mit Eiche vertäfelten Gang. Der Wachmann folgte sofort.

»Eurem Vater ist es lieber, wenn Ihr hier draußen bleibt.«

»Es wird nicht lange dauern.«

An den Wänden hingen Dutzende von Gemälden. Elodie zählte sie im Vorübergehen. Beim dreizehnten blieb sie stehen.

Ich glaube, dies ist die passende Stelle.

Es war ein großes Bild mit einer Schlachtszene, bei der blaugekleidete Soldaten durch die geborstenen Palisaden eines hölzernen Forts stürmten. Statt Schwertern trugen sie unförmige Keulen. Das Fort musste ein Vorgängerbau von Burg Vicerin sein – ein schlichtes Holzbauwerk an der Stelle, wo sich jetzt diese mächtige Festung aus Stein erhob.

»Habt Ihr zufällig Papier bei Euch?«

»Wie meinen, Herrin?«

»Papier. Und eine Feder. Ich möchte mir Notizen machen. Ihr wisst doch, wie sehr mir an meinem Kunstunterricht liegt.«

»Ich, äh, der Schulraum ist aber ziemlich weit entfernt, Herrin.«

»Ihr braucht nicht bis zum Schulraum zu gehen. In der Kammer neben dem Eingang zum Ratssaal wird auch Schreibzeug aufbewahrt. Was glaubt Ihr denn, womit sie die Protokolle verfassen?«

»Ich, äh –«

»Geht und bringt es mir.«

»Ich soll Euch nicht alleine lassen, Euer Hoheit.«

»Um Himmels willen. Ihr wisst so gut wie ich, dass dieser Gang eine Sackgasse ist.«

»Ja, aber –«

»Nichts aber! Aus dieser Richtung kann nichts kommen, und den Eingang könnt Ihr vom großen Korridor aus sehen. Ich bin hier wirklich in Sicherheit.«

»Ich weiß, Euer Hoheit, aber –«

»Jetzt geht!«

Der Wächter eilte davon. Elodie erlaubte sich ein Lächeln. Die verzogene Göre zu spielen machte noch mehr Spaß als die Aufgabe als Spionin.

Er war kaum außer Sicht, als sie ihr Ohr an das Holzpaneel presste, an dem das Bild hing. Zuerst hörte sie die laute, wütende Stimme einer Frau.

»... und Ihr nennt Euch zivilisiert, wenn Ihr uns bestehlt?«

»Wollt Ihr mich einen Dieb nennen, Lady Darrand?« Lord Vicerins schnurrende Sprechweise war unverwechselbar.

»Ich nenne Euch nicht einen Dieb! Ich nenne Euch nur, was Ihr seid! Ihr seid ein Kindesentführer, Lord Vicerin!«

Elodie presste ihre Lippen aufeinander. Tarlan hatte ihr davon erzählt, dass er Kinder aus dem Kerker von Vicerin gerettet hatte. Waren seither weitere entführt worden? Sie stellte sich Lord Vicerin vor, wie er zwischen den Zellen auf und ab ging, das Taschentuch an seine lange Nase presste, das gepuderte Gesicht zu einem hämischen Grinsen verzogen. Bei dem Gedanken wurde ihr übel.

»Können wir diese Unterredung nicht in freundlichem Ton führen, Lady Darrand?«, fragte Lord Vicerin. »Können wir nicht Frieden schließen? Ihr braucht doch nur diesen Vertrag zu unterzeichnen, dann können wir gemeinsam den Thron abschaffen und Toronia als Rat von Edelleuten regieren.«

Mit dir an der Spitze, vermute ich? Wage es nur, mir und meinen Brüdern die Krone wegzunehmen!

Im schmalen Gang hallten Schritte. Elodie murmelte eine Verwünschung.

So schnell? Ich konnte doch kaum etwas hören …

Eilig stieß sie sich von der Wand ab. Als der Wächter um die Ecke kam, betrachtete sie das Gemälde aus der Nähe.

Er hielt ihr Papier und Feder hin. Elodie packte beides und fing an, Notizen zu kritzeln, damit ihr Vorwand überzeugend wirkte. Solange der Wachmann bei ihr war, konnte sie hier nichts mehr tun, also marschierte sie zurück zum großen Korridor. Der Soldat stolperte hinter ihr her.

»Entschuldigt bitte, Herrin, aber was habt Ihr aus dem Gemälde gelernt?«

»Die Geschichte von Vicerin, natürlich«, antwortete sie hochnäsig. »Von allen Themen das wichtigste, würdet Ihr da nicht zustimmen?«

»Äh, ja, Herrin.«

Sie gingen durch den Irrgarten der Gänge und einen breiten Saal voller Rüstungen zurück. In ihrer Schlafkammer im Turm angelangt, schloss Elodie die Tür hinter sich, der Wächter blieb draußen stehen. Samial wartete schon am anderen Ende des Raumes.

»Wir haben viel zu reden«, flüsterte sie.

»Ja.« Samial brauchte nicht leise zu sprechen, da Elodie der einzige Mensch war, der ihn hören konnte; dennoch schien er aufgeregt.

»Was ist?«, fragte Elodie.

»Ich habe Fessan gefunden.«

Elodie setzte sich aufs Bett. Sie musste mehr erfahren, fürchtete sich aber davor.

»Wo ist er?«, zischte sie. »Wie geht es ihm?«

»Er ist in einer der tiefen Kerkerkammern. Sie nennen das die Wasserzelle.«

»Die Wasserzelle? Was ist das?«

»Sie ist sehr klein. Und sie steht unter Wasser, fast bis zur Decke. Fessan ist an die Wand angekettet. Wenn er steht, kann er gerade eben das Kinn über das Wasser recken. Das Wasser ist sehr kalt.«

Elodie war wie vom Schlag getroffen. Sie versuchte, sich das vorzustellen. Es gelang ihr nicht. »Das ist Folter«, flüsterte sie.

»Einmal am Tag lassen sie das Wasser ab, damit er etwas essen kann. Sie sehen nach seinen Wunden, behandeln sie aber nicht. Die Wunden werden schlimmer, fürchte ich.«

»Oh, der arme Fessan. Der arme, arme Fessan.«

»Soll ich ihn befreien?«

Elodie gaffte ihn mit offenem Mund an. Samial war zwar für gewöhnliche Augen nicht zu sehen, aber wie alle Geister war er durchaus Teil der greifbaren Welt. Trotzdem war ihr niemals in den Sinn gekommen, dass ihr Freund Fessan einfach befreien könnte. Ja, Samial könnte zur Wasserzelle zurückgehen, einen Schlüssel stehlen und die Tür öffnen. Fessan würde dann davonlaufen und dann …

Würden sie ihn wieder einfangen.

Sie stand auf und wankte unsicher ans Fenster. Unten im Hof war ein Regiment von Vicerin-Soldaten angetreten. Vor ihnen lief Hauptmann Gandrell auf und ab und bellte Befehle.

Wenn es ihm so schlechtgeht, wie Samial sagt, dann kommt er keine fünf Schritte weit, bis sie ihn erwischen und wieder einsperren. Wenn er überhaupt laufen kann.

»Nein.« Das war so ein winziges Wort. Dennoch brach es Elodie das Herz, es auszusprechen. »Wir brauchen einen richtigen Plan.«

»Meinst du einen Schlachtplan?« Samials geisterhafte Augen fingen an zu leuchten.

»Ich glaube, schon. Aber zuerst brauchen wir Informationen. Lord Vicerin hält Treffen mit den anderen Adelsfamilien von Ritherlee ab. Im Augenblick ist Lady Darrand da. Ich versuchte, sie zu belauschen, aber sie beobachten mich auf Schritt und Tritt.«

»Mich hat niemand im Blick, Elodie. Soll ich für dich zuhören?«

Elodie musste unwillkürlich grinsen. Also gab es doch eine Möglichkeit, etwas zu erfahren.

»Ja, Samial. Sei du mein Auge. Und mein Ohr. Wer könnte ein besserer Spion sein als ein Geist!«

Kapitel 13

Die Sonne senkte sich hinter die roten Türme der Burg. Elodie trottete hinter Lord und Lady Vicerin und Sylva her, als diese durch einen breiten Burggarten in der Nähe des südlichen Speisesaals flanierten. Es war warm, die Luft war ruhig und von Blumenduft erfüllt. Unter einem Baum voller rosafarbener Blüten schlug ein Pfau ein prächtiges Rad und stolzierte um seine Partnerin herum. Die Henne pickte, scheinbar unbeeindruckt, im Gras.

»Heute Abend werden wir gefüllte Forellen und Wachteleiertörtchen haben«, erklärte Lady Vicerin und strich über ihr langes Kleid. »Das wirst du sicher mögen.«

Da Elodie nun wusste, wie Fessan unten im Kerker zu leiden hatte, glaubte sie nicht, dass sie auch nur einen einzigen Bissen genießen konnte.

Sie gingen gerade vom Garten in den äußeren Burghof, als das Schlosstor aufschwang. Es ertönte ein Hornstoß, und vier Reiter kamen auf sie zugeprescht. Sylva und Lady Vicerin wichen erschrocken zurück.

Lord Vicerin blieb stehen und verzog ärgerlich das Gesicht. »Was hat das zu bedeuten?«

Der erste Reiter hatte jemanden bei sich: eine Gestalt unter einer Kapuze, die etwas krumm und mit wankendem Kopf vor ihm im Sattel saß.

Anstatt zu antworten, zog der Reiter die Kapuze zurück.

Nun war es Elodie, der der Atem stockte. Sie sah das Gesicht eines jungen Mannes, nur ein paar Jahre älter als sie selbst. Seine Haut war grau bis auf zwei hellrote Flecken auf den Wangen. Seine Züge waren schmerzlich vertraut.

»Cedric!«, schrie sie.

Die anderen Reiter waren inzwischen abgestiegen. Mit großer Vorsicht hoben sie Cedric aus dem Sattel. Die Augen des Jungen waren offen, aber er schien nicht wahrzunehmen, was um ihn herum vor sich ging.

Die Männer setzten seine Füße auf den Boden, während sie ihn aufrecht hielten, und schlugen seinen Umhang auseinander, so dass sein rechter Arm zu sehen war. Er war am Ellenbogen verbunden.

Unterhalb des Verbands war nichts.

Elodie erstarrte und konnte nicht glauben, was sie sah. *Das kann nicht sein. Es darf nicht sein!*

Cedrics Unterarm war abgetrennt.

Lady Vicerin kreischte und stürzte ohnmächtig auf den Boden.

»Schickt nach einem Heiler!«, rief Sylva, stieg über ihre Mutter hinweg und legte ihrem Bruder den Arm um die Schulter. »Alles ist gut, Cedric. Das wird alles wieder gut werden.«

Elodie wollte zu Sylva laufen, aber ihre Beine gehorchten ihr nicht. Sie konnte nur dastehen und zusehen, wie man Cedric fortbrachte.

O Cedric. Das tut mir so leid.

Lord Vicerin war die ganze Zeit schweigend stehen geblieben. Elodie warf einen Blick auf ihn und sah, dass er nun nicht mehr verwundert dreinblickte. Es dauerte einen Augenblick, bis sie seinen Gesichtsausdruck lesen konnte.

Lord Vicerin war angewidert.

Die Krankenstube lag an der Spitze eines gedrungenen Burgturms. Der Raum war rund und hatte keine Fenster, aber durch Dutzende schmale Öffnungen im Dach fiel Licht herein. Hier war es ruhig, ein Ort der Zuflucht und des Friedens.

In Elodies Gedanken herrschte alles andere als Frieden. Sie saß mit Lady Vicerin und Sylva an Cedrics Krankenlager und fühlte sich entsetzlich – nicht nur, weil Cedric so fürchterlich verwundet war, sondern auch, weil Lord Vicerin es nicht für nötig erachtet hatte, hier zu erscheinen, obwohl die Heilerin erklärt hatte, Cedric sei dem Tode nahe.

»Ich kann nicht glauben, dass Vater nicht hier ist«, flüsterte Sylva in Elodies Ohr. Elodie schreckte zusammen, als sie die eigenen Gedanken ausgesprochen hörte. »Cedric ist beinahe umgekommen in seinem verwünschten Krieg.«

»Bitte, ihr braucht nicht zu flüstern«, sagte Lady Vicerin und blickte sie beide aus tränenüberströmten Augen an. »O mein Junge. Mein armer, armer Junge.« Sie hielt seine linke Hand noch fester.

Seine einzige Hand, dachte Elodie mit Schaudern.

»Aber warum ist er nicht hier?«, fragte Sylva. War da etwas wie Trotz in ihrer Stimme? Oder nur Verzweiflung?

»Euer Vater ist ein vielbeschäftigter Mann«, meinte Lady Vicerin abwehrend. »Er wird kommen.«

Elodie hielt das für unwahrscheinlich. Und Sylvas Gesichtsausdruck sagte ihr, dass sie dieselben Zweifel hegte.

»Wie geht es ihm?«, fragte Elodie die Heilerin, die den Stumpf eben frisch verbunden hatte.

»Er wird jetzt schlafen«, antwortete die Frau leise. Sie war rundlich und gelassen, ihre weiße Schürze war makellos. »Ich habe ihm einen Schlaftrunk gegeben. Mit der Zeit wird er sich erholen.« Sie verbeugte sich tief und verließ den Raum.

»Es bricht mir das Herz, dass mein Junge sein Schwert nicht mehr tragen kann«, sagte Lady Vicerin. »Er wollte nie etwas anderes, als seinem Vater Ehre zu erweisen.«

Der nun seinen Anblick nicht ertragen kann.

Mit rauschenden Röcken stand Lady Vicerin auf. Sie beugte sich vor und küsste Cedric auf die Stirn. »Schlaf gut, mein Junge. Werde bald gesund.«

Als Sylva und Elodie ihr auf den Gang folgten, reihten sich zwei Wachleute hinter ihnen ein. Sylva winkte die beiden fort.

»Ich werde alleine mit meiner Schwester gehen«, erklärte sie.

»Aber wir haben Befehle –«, wandte der erste Soldat ein.

Zu Elodies Überraschung drehte sich Lady Vicerin um. Ihre rot umrandeten Augen blitzten. »Wollt ihr euch dem

Willen meiner Tochter widersetzen?«, blaffte sie. »Dort liegt mein Sohn gebrochen im Zimmer, und ihr wollt die Mädchen nicht in Frieden trauern lassen? Macht euch fort!«

»Natürlich, Herrin«, sagte der Zweite eilig. Erleichtert sah Elodie zu, wie er seinen Kameraden davonschob.

Sylva küsste Lady Vicerin auf die Wange. »Danke, Mutter.«

»Kommt nicht zu spät zum Essen«, sagte Lady Vicerin. Sie hielt ihr Taschentuch mit beiden Händen fest. »Ihr wisst doch, wie sehr derlei Dinge euren Vater aufregen.«

Sie rauschte davon. Sylva wandte sich an Elodie.

»Ich weiß, dass du fliehen willst. Ich konnte es in deinen Augen lesen – schon im Moment, als du hier ankamst. Leugne es nicht.«

Elodie wurde eiskalt.

Ich hatte doch recht. Sie hat mich durchschaut!

»Ich weiß nicht, was du –«, brauste sie los.

»Elodie, wir sind doch zusammen aufgewachsen. Keiner kennt dich so wie ich. Mich kannst du nicht täuschen.«

Elodies Kleid schnürte ihr mit einem Mal die Brust ein.

»Ich … ich habe doch versucht, alle zu täuschen«, flüsterte sie.

Erstaunlicherweise blitzte in Sylvas rosigem Gesicht ein Lächeln auf. »Und das gelingt dir auch. Außer bei mir …« Ihre Worte verebbten. Mit einem Mal wurde sie traurig. »Du gehörst nicht an diesen Ort, Elodie. Hier bist du verloren. Aber du bist nicht allein.«

Elodie sog rasch die Luft ein und blies sie langsam wieder aus.

»Wenn deinem Bruder die Flucht von hier gelungen ist, dann schaffst du das auch.«

Elodie fand, dass dieser Tag schon genügend Überraschungen für sie bereitgehalten hatte. Und nun das. »Du weißt, dass Tarlan hier war? Aber du hast mir nie davon erzählt. Ich dachte –«

»Oh, wir sollen alle kein Wort über ihn verlieren, besonders in deiner Nähe. Meinem Vater ist die Sache nämlich sehr peinlich, weißt du. Dein Bruder hat eine Gruppe von Kindern aus dem Kerker befreit, und was diese riesigen Vögel angeht … Wie werden sie genannt?«

»Thorrods.« Elodie grinste. Der Gedanke, dass Tarlan Lord Vicerin an der Nase herumgeführt hatte, gefiel ihr.

»Sie waren großartig!«

»Du solltest mal auf einem reiten.«

»Hast du das schon einmal getan?« Sylva machte große Augen.

»Ein paarmal. Aber Tarlan ist da der Meister. Ich kann es gar nicht erwarten, ihn wiederzusehen.«

»Ich auch nicht!« Nun waren es Sylvas Augen, die funkelten.

»Wie meinst du das?«, fragte Elodie und wurde wieder ernst. »Sylva, was willst du jetzt mit mir tun? Wirst du deinen Eltern nicht alles erzählen?«

»O Elodie. Begreifst du denn nicht? Ich möchte doch auch fliehen!«

Wieder bei Tisch. Wieder beim Essen. Alles anders. Und alles gleich.

Sie halten diese Burg für die ganze Welt, dachte Elodie, als die elegant gekleideten Damen und Herren zu beiden Seiten der langen Tafel Platz nahmen. Ganz oben saß Lord Vicerin, voller Stolz und frisch gepudert. *Sie nehmen sich alle so wichtig. Dabei ist dieser Ort so winzig. Und sie sind so klein.*

Sechs Diener trugen eine Anzahl Silberplatten mit kleinen Pasteten auf, gefüllt mit winzigen hartgekochten Eiern, kaum größer als Elodies Daumennagel. Die Gäste raunten vor Erstaunen, während Elodie schätzte, dass allein diese erste Etappe des neungängigen Menüs ausgereicht hätte, um die Hälfte der Leute im Lager des Dreizacks zu speisen.

Aber bevor die Bediensteten mit dem Servieren beginnen konnten, flog die Doppeltür am Ende des Speisesaals krachend auf. Ein grauhaariger Mann kam herein, das hagere Gesicht hinter einem langen, zerzausten Bart verborgen. Beim Gehen schwang sein zerrissener Fellmantel weit aus, und die Absätze seiner gewaltigen Stiefel hallten auf dem glänzend gebohnerten Parkett.

Die Gäste rutschten unbehaglich auf ihren Stühlen hin und her. Mehrere Frauen drückten sich Servietten auf den Mund. Lord Vicerin runzelte argwöhnisch die Stirn.

Der Mann ging auf den Kopf der Tafel zu, als ihm ein Wachmann hastig hinterherlief.

»Komm zurück, du! Verzeiht, Herr! Entschuldigt bitte. Ich hieß ihn zu warten, aber er –«

»Was hat das zu bedeuten?«, fragte Lord Vicerin und erhob sich.

Der Besucher blieb dicht vor der Tafel stehen – breitbeinig und die Hände in die Seiten gestemmt. Elodie hatte den Eindruck, dass er unter den dicken Pelzen ebenso hager war wie in seinem Gesicht. Dennoch strahlte er Stärke aus.

»He, du! Auf die Knie!«, rief der Wächter und zog sein Schwert. Aber Lord Vicerin hob die Hand und winkte ab.

»Den Anblick derlei schmutziger Gesellen bin ich an meiner Festtafel nicht gewohnt. Ich fordere, dass Ihr mir sagt, wer Ihr seid.«

Der Mann antwortete nicht, er blickte nur bedrohlich drein. Am Tisch wurde gekichert.

Lord Vicerin hatte inzwischen die Fassung wiedergewonnen, verließ die Tafel und begann, den Ankömmling zu umkreisen – allerdings außer Schlagweite, wie Elodie bemerkte.

»Was seid Ihr, frage ich mich? Ein wandernder Barde vielleicht? Wollt Ihr uns eine Geschichte erzählen? Oder ein Lied singen? Aber dazu müsstet Ihr natürlich Eure Zunge benutzen. Es scheint Euch jedoch entfallen zu sein, wo Ihr sie finden könnt.«

Aus dem Kichern wurde offenes Gelächter. Ein besonders mutiger Gast warf ein Stück Brot nach dem Mann. Es prallte von seinem Kopf ab und fiel auf den Boden. Mehrere applaudierten.

Als Elodie genauer hinsah, bemerkte sie, dass die Augen des Mannes wie benebelt wirkten. Seine großen Hände zitterten leicht. Er war stark, aber ausgezehrt und äußerst erschöpft. Was hatte dieser Mann durchgemacht?

Und warum bist du hier?

»Ich habe tatsächlich eine Geschichte für Euch«, sagte der Mann. Seine Stimme war brüchig, als hätte er sie lange Zeit nicht benutzt. Das Gelächter verebbte. »Ihr kennt sie vielleicht, Lord Vicerin. Zumindest zum Teil.«

»Ich glaube nicht –«, begann Lord Vicerin.

»Einst war ich ein Auge. Ein Auge von Idilliam. Ich denke, Ihr wisst von den Augen, Herr – den Waldläufern unter König Brutans Befehl. Wir durchstreiften das ganze Königreich, stöberten diejenigen auf, die Aufruhr anzettelten und … hielten sie nieder.«

»Seht, guter Mann, ich möchte wirklich nicht –«

»Harte Zeiten waren das.« Die Stimme des Mannes wurde tiefer, je länger er sprach, und verlor den heiseren Klang. Seine Augen begannen zu leuchten. »Wir hatten viel zu tun. Sehr viel. Dann kam Brutan ein Gerücht zu Ohren. Das Gerücht über die Geburt von Drillingen, die im Land Isur zur Welt kommen würden. Natürlich galt Brutans erster Gedanke der Prophezeiung, und obwohl keine neuen Sterne am Himmel erschienen, fürchtete er um sein Leben.«

Elodie beugte sich vor und hörte aufmerksam zu, denn diese Geschichte war mit ihrer eigenen verstrickt.

»Das ist alles sehr interessant«, sagte Lord Vicerin, »aber nach Euren weitschweifigen Schilderungen steht weder mir noch meinen Gästen der Sinn.«

Nach den faszinierten Mienen der Gäste zu urteilen entsprach das nicht der Wahrheit. Trotzdem winkte Vicerin den Wachmann heran.

»Wartet«, war eine Stimme zu vernehmen. »Ich möchte diese Geschichte hören.«

Zu Elodies Verwunderung waren das Lady Vicerins Worte. Hatte sie ihrem Gemahl jemals zuvor in aller Öffentlichkeit widersprochen? Elodie konnte sich an keine solche Gelegenheit erinnern. Vielleicht war es Cedrics Schicksal, das sie endlich aufgerüttelt hatte.

»Meine Liebe«, sagte Lord Vicerin. »Ich halte es nicht für schicklich, dass –«

»Lass ihn reden«, erwiderte Lady Vicerin mit einem festen, stolzen Lächeln. »Er ist zwar kein Barde, aber seine Geschichte ist von Interesse.«

Lord Vicerins Augen funkelten vor Wut. Dennoch gab er dem Wachmann ein Zeichen innezuhalten. »Dann beendet Eure armselige Mär«, stieß er aus. »Und dann werde ich Euch lehren, wie wir hier mit ungeladenen Gästen verfahren.«

Falls dies den Mann einschüchterte, so ließ er sich nichts anmerken. »Brutan lebte sein ganzes Leben in Furcht vor der Prophezeiung. Wann immer er von einer Geburt hörte, sandte er seine Augen aus, um nachzuforschen. Und dann änderte er seinen Befehl, um ihn dem Maß seines Schreckens anzugleichen. Fortan sollten wir jedes Neugeborene töten, das wir fanden.«

Eine Frau keuchte hörbar. Lord Vicerins Miene verfinsterte sich. Elodie unterdrückte einen Schauder.

»Glücklicherweise darf ich sagen, dass ich mich weigerte,

diesen Befehl auszuführen.« Der Mann seufzte tief. »Wie könnte ich eine solche Gräueltat begehen? Meine Kollegen allerdings … nun, sie waren nicht so zimperlich. Im ersten Dorf, das sie erreichten, erwartete ich sie schon.« Er hielt inne. »Sie verließen dieses Dorf nicht lebend.«

»Ist das das Ende Eurer Geschichte?«, fragte Lady Vicerin. »Wohl eher nicht.«

»Sie geht noch ein bisschen weiter, Herrin. Jahre später erfüllte sich tatsächlich die Prophezeiung. König Brutan wurden Drillinge geboren, und die drei Sterne erschienen am Himmel. Dort stehen sie immer noch, wie Ihr alle wisst. Aber bevor Brutan die Neugeborenen töten konnte, wurden sie an getreue Beschützer übergeben und an sichere Orte gebracht. Dafür sorgte der Zauberer Melchior.«

Der Mann machte wieder eine Pause. Er presste die zitternden Hände aufs Gesicht, dann ließ er sie wieder sinken.

»Ich war einer dieser Beschützer.«

Wieder stöhnten einige Gäste auf. Auch Elodie hätte gestöhnt, aber ihr stockte der Atem. Sylva, die ihr gegenübersaß, war alle Farbe aus den Wangen gewichen. Lord Vicerins Züge hatten sich verhärtet, sein Gesicht war eine undurchdringliche Maske.

Du hast für einen meiner Brüder gesorgt! War es Tarlan oder Gulph? Bei den Sternen, du warst dabei, in der Nacht, als wir geboren wurden. Du warst dort!

»Hauptmann Leom«, sagte Lord Vicerin langsam. Zartes Rosa leuchtete durch den Puder auf seinen Wangen. »Ich hielt Euch für tot! Wenn ich nur gewusst hätte, dass Ihr es seid!»

Der Mann – Hauptmann Leom – blickte Lord Vicerin feierlich an.

»Dreizehn Jahre, eingeschlossen in einer Höhle, verändern einen Mann.«

»In einer Höhle?«, fragte Lord Vicerin.

»Ich brachte das Kind nach Yalasti. Ich war selbst dort aufgewachsen und wollte es in meinem Heimatdorf verstecken. Yalasti ist kalt und weit abgelegen – so weit, dass Brutan keine Gefahr darstellte.«

»Und was geschah?«

»Kurz vor dem Dorf wurde ich von Helkrags angegriffen – teuflischen Barbaren, die mit den Hirschherden ziehen. Ich schwang mich auf mein Pferd und floh. Ich dachte schon, ich wäre ihnen entwischt, fand mich aber plötzlich von ihnen umringt. Es gab kein Entkommen. Ich wickelte das Kind in meinen Umhang und verbarg es in einer Schneewehe an dem Weg, über den die Dorfbewohner zum Sammeln in den Wald gehen. Ich hoffte, dass jemand sein Schreien hören und es finden würde.«

»Ihr habt ein Baby allein zurückgelassen?«, fragte Lady Vicerin.

Hauptmann Leom blickte sie an, und das Leuchten in seinen Augen wurde kurz zu loderndem Feuer. »Angesichts dessen, was die Helkrags ihm angetan hätten, blieb mir keine andere Wahl.«

Tarlan, dachte Elodie. *Dies ist Tarlans Geschichte. Diesen Umhang besitzt er noch immer!*

Ein Blick über den Tisch verriet ihr, dass Sylva den

Zusammenhang ebenfalls erkannt hatte. Lord Vicerin setzte sich unruhig zurecht, und seine Stirn begann unter dem Puder zu glänzen.

Kein Wunder, dass du dir Sorgen machst. Was geschieht, wenn Leom erfährt, dass du Tarlan hier gefangen gehalten hast?

»Die Helkrags nahmen mich gefangen. Sie folterten mich und zwangen mich, mein Wissen als Waldläufer preiszugeben: über die verborgenen Pfade und die heimlichen Bündnisse zwischen verfeindeten Stämmen. Wie man den Winter von Yalasti überlebt, vor dem sich selbst diese Leute bislang nur zu verbergen wussten.«

»Aber wie seid Ihr entkommen?« Lord Vicerins Augen schossen durch den Raum. Elodie wusste, dass er in Gegenwart so vieler Zeugen den höflichen Anschein wahren musste. Sie vermutete, dass er Leom am liebsten mit einem Schwert durchbohrt hätte. »Nach langer Zeit brachten mich die Helkrags von der Höhle zu einer Eisfestung. Wir waren dort nicht lange, als Streit mit einem verfeindeten Stamm ausbrach, der einen Thorrod getötet hatte. Der Streit wuchs sich aus zu einer regelrechten Schlacht. Im allgemeinen Durcheinander konnte ich ein Schwert stehlen und mir die Freiheit erkämpfen.«

Hauptmann Leom schwieg. Er wandte das Gesicht zur Decke und hob eine zitternde Hand vor die Brust.

»Ich sah einen Jungen. Einen Jungen, der aus der brennenden Festung aufstieg. Er flog, er ritt auf einem Thorrod, begleitet von zwei weiteren. Sein Haar war rotgolden wie bei dem Baby, das ich all die Jahre zuvor im Wald zurückgelassen hatte. Ich wusste, er ist es. Fragt mich nicht, warum. Ich wusste es einfach.«

Hauptmann Leom ließ die Hand wieder sinken. Die Gäste hörten schweigend zu.

»Ich folgte den Thorrods, so gut ich konnte, aber in der Eiswüste verlor ich ihre Spur. Trotzdem jagte ich weiter, und nun bin ich hier in Ritherlee. Lord Vicerin, Ihr wart immer mit den Gutherzigen im Bunde, wart niemals Brutans Freund. Deshalb komme ich nun zu Euch und ersuche um Schutz und Beistand. Damit ich wieder Kraft schöpfen und die Spur des Jungen wiederaufnehmen kann. Er ist der künftige König, müsst Ihr wissen, und er wird gute Männer brauchen, die ihm in den kommenden Kämpfen zur Seite stehen.«

Die letzten Worte stieß er aus wie einen Seufzer. Dann taumelte er einige Schritte seitwärts und verzog das Gesicht zu einer Schmerzgrimasse.

»Holt ihm einen Stuhl«, rief Lady Vicerin. »Bevor er stürzt. Und etwas zu trinken.«

Lord Vicerin schnalzte mit den Fingern. Ein Diener brachte einen prächtigen goldenen Stuhl und stellte ihn hinter dem hochgewachsenen, in Pelz gekleideten Hauptmann aufs Parkett. Ächzend ließ Leom sich nieder und rieb dabei Erde und Schmutz in die feinen Samtpolster.

Elodie wollte laut aufschreien, ihm erzählen, dass dieser Junge wirklich Tarlan gewesen war, dass das Baby, das er gerettet hatte, wohlauf und wieder mit dem Zauberer Melchior zusammen war. Aber damit hätte sie sich verraten.

Vielleicht kann ich später alleine mit ihm sprechen. Jetzt nicht.

Hauptmann Leom bekam von einem zweiten Diener einen Kelch gereicht, aber seine zitternden Finger versagten den Dienst, bevor er einen Tropfen trinken konnte. Der Kelch fiel zu Boden, und der Wein ergoss sich über den Boden. Keiner regte sich, um ihm zu helfen.

Elodie hielt es nicht mehr aus. Sie sprang auf, griff sich einen anderen Kelch vom Tisch und trug ihn zu Hauptmann Leom. Dann hielt sie ihm das Gefäß an die Lippen. Die Hälfte des Weines lief in seinen buschigen Bart, aber der Rest verschwand im Mund.

Er nickte zum Dank. Dann fiel sein Blick auf Elodies Haar. Er starrte sie an, und seine Augen wurden immer größer.

»Ist das möglich?«, sagte er schließlich. »Bist du …? Habe ich einen der Drei verloren, nur um einen anderen zu finden?«

Etwas Kaltes schloss sich um Elodies Finger. Es war Lord Vicerins Hand. Sie musste ihren ganzen Willen aufbieten, um nicht zurückzuzucken.

»Es stimmt«, erwiderte Lord Vicerin seidenweich. »Wir geben uns größte Mühe beim Schutz unserer Prinzessin. Ist es nicht so, Elodie, mein Liebes?«

»Ja, Vater«, entgegnete Elodie widerwillig.

Ihr Ekel verstärkte sich noch, als Lord Vicerin mit seinem Mund ganz nahe an ihr Ohr kam. »Vergebt mir, mein Kind«, flüsterte er, so dass nur sie es hören konnte. Sein Atem war unerträglich heiß und feucht. »Wie es scheint, ist zumindest einer deiner Brüder noch am Leben. Dein Platz als Königin ist natürlich gesichert, aber wir werden alles Erdenkliche tun, um den Jungen zu finden und zu beschützen. So wie wir dich beschützen.«

Elodie konnte nicht sprechen, also nickte sie nur und schenkte ihm ein – wie sie hoffte – demütiges Lächeln.

»Eure Geschichte ist bemerkenswert, Hauptmann Leom«, nahm Lord Vicerin den Faden wieder auf, trat von Elodie zurück und erhob die Stimme, so dass man es im ganzen Saal hören konnte. »Und Ihr seid ein bemerkenswerter Mann. Ich bin froh, dass Ihr in Burg Vicerin Zuflucht gesucht habt, und werde alles in meiner Macht Stehende tun, um diesen Jungen zu finden.«

»Ich danke Euch, Herr«, sagte Hauptmann Leom und beugte das Haupt.

»Dieser Junge«, fuhr Lord Vicerin fort. »Ja, dieser verlorene Junge. Ich sorge mich um sein Schicksal. In Ritherlee ist ein solcher Junge mit Bestimmtheit nicht gesehen worden, und auch diese drei Thorrods nicht – solche Vögel wären auch dem trübäugigsten Turmwächter aufgefallen!«

Die anderen Gäste kicherten betont. Elodie war sich sicher, dass mindestens die Hälfte von ihnen wusste, dass er log. Lord Vicerin sog die Anerkennung schulterzuckend und mit einer lässigen Handbewegung ein. Elodie musste sich zusammennehmen, um ihm nicht vors Schienbein zu treten.

»Als Zeichen meiner Wertschätzung für Euch, Hauptmann Leom, schlage ich eine Rettungsmission vor. Ich werde sofort nach Yalasti ziehen – einerseits, um diese barbarischen Helkrags zu schlagen, und andererseits, um die Spur des

Jungen aufzunehmen. Wir haben unsere Prinzessin. Und bald werden wir auch unseren Prinzen haben!«

Dies löste im Publikum Hochrufe aus, und der erschöpfte Hauptmann Leom lächelte dankbar. Elodie war erstaunt, wie rasch Lord Vicerin von offenem Misstrauen gegenüber diesem abgekämpften Wandersmann zur uneingeschränkten Unterstützung seiner Sache gewechselt hatte.

Außerdem zerbrach sie sich den Kopf über die Tatsache, dass nichts von dem, was er gerade gesagt hatte, auch nur den geringsten Sinn ergab.

Eben erst hast du mich aus den isurischen Wäldern herbringen lassen. Du weißt genau, dass auch Tarlan dort irgendwo sein muss. Warum schickst du dann Männer nach Yalasti? Was hast du wirklich vor, Vicerin?

KAPITEL 14

Wir verschwinden«, sagte Gulph. »Und zwar sofort.«

Ossilius blickte ihn verschlafen an. »Was ist los, Gulph? Es ist mitten in der Nacht.«

»In Celestis gibt es keine Nacht, das weißt du so gut wie ich.«

»Die Uhr sagt, dass es Zeit zum Schlafen ist. Geh wieder ins Bett, Gulph.«

Die Uhr war eine zarte Apparatur aus Röhren und Flaschenzügen und stand auf der anderen Seite des gemeinsamen Schlafzimmers. Silbriges Wasser tropfte beständig auf kleine Wasserräder, die sich langsam drehten und einen sachte voranwandernden Zeiger antrieben, der die Stunden zählte.

Nach der Wasseruhr musste es etwa Mitternacht sein. Draußen vor dem Fenster herrschte allerdings dasselbe fade Zwielicht, in das Celestis ständig getaucht war.

»Ich kann nicht schlafen. Ossilius, meine Freunde sind dort oben in Idilliam. Brutan hat sie in seinen Fängen, das weiß ich. Ich muss ihnen helfen.«

Ossilius setzte sich auf. Aus der Kanne auf dem Nachttisch goss er sich Wein in den Kelch, nippte daran und rieb sich die Augen. »Sie sagt aber, dass wir bleiben müssen. Diese Frau. Wie heißt sie noch gleich?«

»Lady Redina? Es ist mir egal, was sie sagt. Wenn wir die

anderen retten und hierherbringen können, dann muss sie ihnen auch gestatten zu bleiben. Es wäre doch grausam, sie abzuweisen.«

»Erkläre mir noch einmal«, meinte Ossilius mit gerunzelter Stirn, »was das für Freunde von dir sind, Gulph.«

»Wach endlich auf, Ossilius! Ich rede von der Tangletree-Truppe. Die kannst du doch nicht –« Er starrte seinen Freund an, und dann begriff er allmählich. Ossilius' ausdrucksloses Gesicht sagte ihm alles.

»Du erinnerst dich nicht mehr an sie, nicht wahr?«, sagte Gulph.

»Wie meinst du?« Ossilius leerte seinen Kelch und goss ihn wieder voll. »Willst du denn nichts trinken, Gulph? Er ist wirklich sehr mild.«

»Aus dem Wein mache ich mir –«, sagte Gulph und brach dann plötzlich ab. Die Erkenntnis überrollte ihn wie eine Lawine. »Der Wein!«

Er schlug Ossilius den Kelch aus der Hand. Er flog quer durchs Zimmer, ergoss sich über den Boden und landete scheppernd in der Ecke.

»Nicht trinken! Er ist vergiftet!«

Ossilius blickte ihn trübe an. »Was willst du? Er schmeckt doch wirklich gut.«

»Es ist ganz egal, wie er schmeckt! Ich bin der Einzige, der das Zeug nicht angerührt hat, und auch der Einzige, der nicht anfängt, Dinge zu vergessen!« Gulph packte die Kanne und kippte den Inhalt ins Waschgestell, wo er gluckernd ablief. »Ossilius, du darfst keinen einzigen Tropfen mehr davon trinken. Sonst wirst du niemals wieder nach Hause wollen.«

Ossilius blickte ihn verwundert an. »Aber ich bin doch zu Hause.«

»Nein.« Gulph schüttelte den Kopf und wollte weder Ossilius' Worte noch ihre ganze verfahrene Lage wahrhaben. »Du musst mitkommen. Und zwar sofort. Bis wir nach Idiliam kommen, wird deine Erinnerung wieder da sein.«

Das hoffe ich wenigstens.

»Ich bin müde«, sagte Ossilius. »Und du bestimmt auch. Hör auf, dir Dinge einzubilden, und geh wieder schlafen. Morgen wirst du die Dinge sehr viel klarer sehen.«

Gulph wollte widersprechen, besann sich aber anders. »Also schön, Ossilius. Vielleicht ist es besser so.«

Er ging zu seinem Bett hinüber, legte sich jedoch nicht unter die Decke, sondern blieb sitzen und wartete. Als Ossilius zu schnarchen begann, nahm Gulph das Kleiderbündel und die Verpflegung, die er gesammelt hatte, und schlich auf Zehenspitzen aus dem Zimmer.

Zuerst werde ich meine Freunde suchen, dachte er. *Und dann komme ich zurück und hole dich und Sidebottom John. Und meine Mutter.*

Vor dem Haus blieb er stehen und prüfte, ob das Bündel fest geschnürt war. Auf einer Seite hatte er Platz für seine Krone gelassen. Er strich über das goldene Band und fragte sich, ob er das Richtige tat.

Wenn sie mich nun auch zu einem Untoten machen? Und wenn Brutan die Krone wieder in die Hände fällt?

Er konnte sie aber nicht hierlassen. Sie gehörte jetzt zu ihm.

Ich gehe dorthin, wo die Krone hingeht.

Gulph stahl sich über den Weg bis zum See hinunter. Bestimmt konnte er ein Boot stehlen, ohne dass ihn jemand bemerkte. *Wenn es sein muss, werde ich mich unsichtbar machen.* Und wenn er bis zu der Kristallsäule gerudert war, auf der die Höhlenkuppel ruhte, was dann? An der Säule hochzuklettern war eine Sache; die Spalte zu erreichen, durch die er und seine Gefährten gestürzt waren, etwas ganz anderes.

Ich werde kopfüber hängen, wie eine Spinne. Und wenn ich den Halt verliere …

Beim Gedanken an den Sturz ins kalte Wasser schauderte er, auf dem Weg zurück an die Oberfläche war er beinahe ertrunken. Erst jetzt wurde ihm klar, wie viel Glück sie gehabt hatten, dass das Paar im Boot sie so schnell eingesammelt hatte. Wären sie länger im Wasser geblieben, wäre ihnen womöglich etwas sehr viel Gefährlicheres begegnet.

Der Bakaliss!

Er kam ans Ufer. Vor ihm breitete sich der silberne See aus wie ein glatter Spiegel, der das schimmernde Purpur der Kristalldecke zurückwarf. Er war so schön und so gefährlich zugleich.

In der Nähe lagen mehrere Boote mit schlankem Rumpf. Gulph hatte das erste fast erreicht, als eine Gestalt in einem Umhang aus den Schatten trat. Er wich zurück, aber die Figur schoss mit unglaublicher Geschwindigkeit nach vorn und packte ihn am Ellenbogen.

Mit einer Kopfbewegung warf die Gestalt die Kapuze ab, und zum Vorschein kam das vertraute Gesicht mit den Brandnarben und die rotgoldene Haarmähne.

»Mutter!«, rief er.

»Nenn mich nicht so!«, sagte Kalia. »Was tust du hier? Der See ist gefährlich.«

»Ich … ich konnte nicht schlafen. Ich wollte mir ein bisschen die Beine vertreten.«

»Du lügst«, sagte sie ganz nüchtern. »Es wundert mich nicht, dass du Celestis verlassen willst. Deine Freunde sind in Gefahr, und du möchtest ihnen helfen. Das verstehe ich. Und du bist mutig – das habe ich gesehen, als dir die Untoten gegenüberstanden. Diesen Mut wirst du brauchen, wenn du dich Lady Redinas Befehl widersetzt.«

»Woher weißt du –«

»Still. Wir haben etwas zu besprechen, aber nicht hier. Komm mit.«

»Aber ich –«

»Komm.«

Gulph folgte ihr wortlos, sie führte ihn am Strand entlang bis zu einem kleinen Haus aus gelbem Kristall. Er war gleichermaßen verwirrt und begeistert. Warum wusste sie so viel über ihn? Konnte er ihr vertrauen? Worüber wollte sie mit ihm sprechen?

Durch all diese dunklen Zweifel leuchtete ein einziger, strahlender Gedanke: *Sie ist meine Mutter!*

In Kalias Behausung war es sehr eng. In Wandnischen brannten Kerzen. Der Kristall reflektierte ihr Licht, so dass alles in eine Flut aus flammendem Gelb getaucht war. Andere Nischen enthielten Krüge und Flaschen. In der Mitte des Raums hing ein kleiner schwarzer Kessel über glimmenden Holzkohlen. Er war zur Hälfte mit einer dicken, grünen Brühe gefüllt.

Das Heim einer Hexe!

Kalia machte sich am Feuer zu schaffen, legte Späne auf und blies auf die Kohlen, bis neue Flammen aufschlugen. Offenbar hatte sie vergessen, dass Gulph da war.

»Äh, worüber wolltest du mit mir sprechen?«, fragte er schließlich.

»Geduld«, entgegnete die Hexe.

Gulph sah sich weiter in dem kleinen Zimmer um und widerstand der Versuchung, alles anzufassen. Kalia eilte bald hierhin, bald dorthin, zog Krüge aus den Nischen und leerte ihren Inhalt in den Kessel. Überraschenderweise enthielten die meisten Gefäße keine Flüssigkeiten, sondern Sand in vielen verschiedenen Farben.

Im flackernden Licht wirkte Kalias Gesicht trotz der Narben gütig und überaus schön. Gulph musste an all die Jahre denken, die sie getrennt gewesen waren, und ihm schmerzte das Herz.

Hätte ich dich nur damals gekannt. Und würdest du mich nur jetzt kennen.

Bald prasselte ein tüchtiges Feuer. Die Hitze war gewaltig und trieb Gulph den Schweiß auf die Stirn. Die angenehm duftenden Substanzen im Kessel fingen an zu brodeln.

Kalia kramte in einer Kiste und brachte ein kurzes Kristallschwert zum Vorschein.

Die Klinge war matt und grau. Sie tauchte sie in den Kessel und zog sie tropfend wieder heraus.

»Dies wird die Klinge beleben.« Sie stieß das Schwert in die Glut. »Und so bleibt der Trank haften.«

Sie hielt das Schwert für einen Augenblick in die Flammen und reichte es dann Gulph. Zögernd nahm er es an, denn er fürchtete, das Heft könnte heiß sein. Stattdessen war der Griff eiskalt.

»Du magst mutig sein«, sagte Kalia, »aber mit Mut allein lassen sich die Untoten nicht besiegen. Mit dieser Klinge schon.«

Gulph schwang das Schwert zur Probe. Er glaubte, es durch die Luft pfeifen zu hören. »Ist es wie das Schwert, das du neulich benutzt hast?«

Kalia nickte. »Meine Klinge ist verhext, genau wie deine.« Sie reichte Gulph einen Gürtel mit einer kräftigen Lederscheide. Er schnallte ihn um und ließ das Schwert hineingleiten.

»Ich kann immer noch nicht glauben, dass du mich nicht daran hinderst, wegzugehen.«

»Warum sollte ich das tun?«

»Aber warum hilfst du mir?«

Ihre Hand schloss sich um seinen Arm. »Weil ich möchte, dass du zurückkehrst. Du hast ein gutes Herz – das kann ich sehen.«

Bevor er wusste, was er tat, schlang Gulph die Arme um

sie und zog sie fest an sich. Er legte all die verlorenen Jahre in diese Umarmung. Als er losließ, bemerkte er, dass seine Wangen tränennass waren.

Kalia lachte – ein volles, tönendes Geräusch.

»Wenn ich einen Sohn hätte, dann müsste er sein wie du.«

Das hast du. Und er ist es.

Gulph wischte sich mit dem Ärmel seines Kittels übers Gesicht.

»Wenn ich nur wüsste, warum du so weinst.«

»Und wenn ich nur –«, begann er, aber Kalia unterbrach ihn barsch.

»Genug der Worte. Wir haben keine Zeit. Wenn du nur endlich gehen könntest, wolltest du sagen, und das musst du auch. Sofort.«

Bevor er sich versah, hatte sie ihn ins ewige Zwielicht von Celestis hinausbugsiert.

»Geh zurück zum Strand und nimm dir das erste Boot, das du finden kannst. Du gehst mit meinem Segen, Junge. Und komm wieder zurück!«

Noch immer leicht benommen, trottete Gulph zurück zum silbernen See. Dabei ruhte seine Hand die ganze Zeit auf dem Heft des Schwertes, das Kalia ihm gegeben hatte.

Etwas ungeschickt nestelte er den Knoten auf, mit dem das Boot vertäut war. Er stieg in das schmale Gefährt und ergriff die lange Stange, die darin bereitlag. Angestrengt balancierend hob er sie über die Bordwand und ließ sie durch seine Finger hinabgleiten. Als sie am Seeboden aufsetzte, stieß er sich kräftig ab und versuchte, die ruhige, pendelnde

Bewegung des Mannes und der Frau nachzuahmen, die sie gerettet hatten.

Lautlos schob sich das Boot auf das stille, silbrige Wasser hinaus. Allmählich wurde er mit der Bewegung besser vertraut und arbeitete bald stetig und bedächtig mit den Armen, zählte währenddessen und hoffte, dass ihn niemand beobachtete. Als er die Stange hundertmal eingetaucht hatte, blickte er über die Schulter zurück. Die Insel war zu einer kleinen Anhöhe aus Kristall geschrumpft.

Er blickte wieder nach vorn und sah die blaue Kristallsäule, die ihm als der beste Fluchtweg erschienen war. Am Fuß war sie breit, verschlankte sich in der Mitte und weitete sich nach oben wieder, bis sie in die Höhlendecke überging. Je näher er der Säule kam, desto gewagter kam ihm sein Unternehmen vor.

Ich muss verrückt sein, dachte er.

Er legte wieder beide Hände an die Stange, aber als er sie niederdrückte, rollte aus dem Zwielicht eine Welle heran und schlug gegen den Rumpf. Das Boot schwang zur Seite. Die Stange war inzwischen nass und glitschig und rutschte ihm aus den Händen. Er versuchte verzweifelt, sie wieder zu greifen, aber sie glitt ihm aus den Fingern, und er konnte nur noch entsetzt zusehen, wie sie über den Bootsrand kippte und im See verschwand.

Er kauerte sich hin, hielt sich am Bootsrand fest und spähte ins Wasser. Von der Stange war nichts zu sehen. Er suchte das Boot nach anderen geeigneten Hilfsmitteln ab, einem Paddel vielleicht – vergeblich.

Allmählich ließ das Schaukeln wieder nach. Gulph ließ sich hinten ins Boot sinken und starrte die Kristallsäule an. Er war gut vorangekommen, hatte aber erst den halben Weg geschafft. Außerdem saß er jetzt fest.

Dann kam ihm ein neuer Gedanke, der ihm Angst einjagte.

Was hat die Welle verursacht?

Er vergaß die Stange und beugte sich noch einmal über den Bootsrand. Die alte Geschichte ging ihm im Kopf herum.

Der Bakaliss tötete den König ... der Bakaliss tötete den König ...

Würde er den Bakaliss kommen sehen? Wo lebte er? Hatte er so etwas wie ein Lager, vielleicht eine Unterwasserhöhle? Oder schwamm er die meiste Zeit dicht unter der Oberfläche und wartete auf das nächste Opfer, das er in die Tiefe ziehen konnte?

Der Bootsrumpf war ebenso glitschig wie die Stange, Gulphs Hand rutschte ab und tauchte kurz ins Wasser. Er riss sie sofort zurück, aber zuvor hatte er etwas gesehen.

Ein Gesicht? War das ein Gesicht, das zu mir heraufgeschaut hat?

Das war bestimmt nur sein eigenes Spiegelbild gewesen, mahnte er sich, und seine überbordende Phantasie hatte ein Übriges getan.

Aber es hat nicht wie ich ausgesehen.

Vorsichtig tauchte er die Finger noch einmal ins Wasser. Wieder erschien das Gesicht: ein Junge, der mit eindringlichen, schwarzen Augen zu ihm aufblickte. Sein Haar war eine wilde, rotgoldene Mähne, die ihm bis zu den Schultern reichte.

Genau wie das Haar meiner Mutter. Und dieselbe Farbe wie bei mir.

Gulphs Herz schlug rasend. Das Wasser kräuselte sich um seine Finger. Er sah tief in diese kohlrabenschwarzen Augen. Er kannte diesen Jungen. Dieser Junge war …

… mein Bruder!

Er begriff, dass er ihn schon einmal gesehen hatte.

In der Schlacht. Der riesige Vogel. Du bist auf dem riesigen Vogel geritten. Er ist vorübergeflogen, als mein Vater auf mich zukam.

Unser Vater.

Nun bewegte sich das Gesicht. Die Augenbrauen hoben und senkten sich, der Mund ging auf und schloss sich wieder. Die Ähnlichkeit war verblüffend. Gulph tauchte die ganze Hand ein und griff nach seinem Bruder; nach all den Jahren wollte er Verbindung aufnehmen mit jemandem, der ihn kannte, sich vielleicht an ihn erinnerte, ihn liebte …

Das Bild zersprang wie ein geborstener Spiegel.

Etwas Rotes brach durch die zersplitternde Oberfläche hervor: eine sich windende, immer weiter emporwachsende Mauer aus Schuppen, die sich hoch über Gulph auftürmte. Dort stand sie über ihm, triefend von silbernem Wasser, und krachte dann wie ein riesiger rubinroter Hammer auf das Boot hernieder.

Der Aufprall schleuderte Gulph in die Luft und ließ vom Boot nur Splitter übrig. Gulph streckte die Arme weit von sich, um seine wilde Drehung zu bremsen, aber der Sturz ließ sich nicht vermeiden. Mit dem Kopf voran tauchte er ins silberne Wasser.

Er sank tief hinab und verzog das Gesicht, als ihm das Wasser auf die Ohren drückte. Wild rudernd arbeitete er sich hinauf zur Oberfläche, erblickte dabei aber die rote Gestalt, die sich unter ihm hindurchschob. Nun war sie kein Hammer mehr, sondern eine Schlange. Sie wand sich mit großer Anmut durchs Wasser, und unter dem Schuppenpanzer zeichneten sich geschmeidige Muskeln ab. Aus dem Rücken spross ein ganzer Wald orangefarbener Federn, die sich wie tödliches Seegras in der Strömung wiegten.

Den Kopf konnte Gulph nicht sehen, und das brauchte er auch nicht. Er wusste genau, wen er hier vor sich hatte.

Den Bakaliss!

Er erreichte die Oberfläche, hielt sich mit Armen und Beinen über Wasser und blickte sich panisch nach allen Seiten um.

Zwei Augenblicke später brach ein Knoten aus roten Schlingen aus der Tiefe hervor, kaum einen Steinwurf entfernt. Die Schlingen entrollten sich; und zum Vorschein kam ein langes Reptiliengebiss mit Zähnen, die eher gebogenen Säbeln glichen. Über der orangefarbenen Schnauze des Bakalisses hingen zwei gewaltige, farblose Augen. Sie hatten keine Pupillen, sie waren blass und trübe wie die Augen einer Leiche.

Nun kam das Biest mit aufgesperrtem Rachen auf ihn zugeglitten. In seiner Nähe brodelte das Wasser. Es strömte ihm ins Maul und spritzte durch Kiemenspalten unter den Augen wieder heraus. Gulph kamen diese Kiemen vor, als hätte sie der größte Bär der Welt mit seinen Klauen aufgerissen. Er trat krampfhaft mit den Beinen, um oben zu bleiben, und tastete nach Kalias Schwert. Es besaß Macht über die Untoten. Konnte es ihm auch gegen dieses Ungeheuer helfen?

Ein Splitter des zerschlagenen Bootes hatte sich zwischen dem Schwert und seinem Futteral verklemmt, so dass es feststeckte. Während er sich mühte, die Klinge zu lösen, geriet sein Kopf unter Wasser. Er reckte ihn hoch und spie mit einem entsetzten Schrei Wasser aus.

Der Bakaliss kam näher. Nun konnte Gulph an seiner stromlinienförmigen Schnauze jede einzelne Schuppe erkennen, jeden Kratzer auf jedem Zahn in seinem aufgerissenen Rachen.

Seine Augen waren gewaltig, nichtssagend und doch erbarmungslos – leere Höhlen, in die er stürzen konnte …

Gulph ergriff Panik. Wieder schwappte ihm Wasser in den Mund; als er es wieder ausspuckte, wunderte er sich, wie heiß es war. Alles war heiß. Dies war kein See – es war ein Kochkessel.

Mutters Magie, fuhr es ihm durch den Kopf.

Gulph sah, wie seine Hände durchsichtig wurden. Für einen Moment sahen sie aus wie Kristall. Dann waren sie nicht mehr zu sehen.

Nicht ihre Magie! Meine!

Der Bakaliss hatte ihn fast erreicht. War das ein verwirrter Ausdruck in seinen großen, leeren Augen? Es war unmöglich zu sagen.

Weg mit dir, weg mit dir, weg mit dir!

Gulph rollte sich auf den Bauch und wollte mit kräftigen Beinschlägen davonpaddeln, aber dann besann er sich anders.

Je mehr ich rudere, desto mehr spritzt es, dachte er und verkniff sich ein hysterisches Lachen, das nur noch einen Wimpernschlag vom Wahnsinn entfernt schien.

Ganz behutsam paddelte er zur Seite, während er innerlich schrie, und glitt aus der Bahn des sich nähernden Bakalisses, ohne im silbrigen Wasser auch nur eine einzige Welle aufzuwirbeln. Aus dem Augenwinkel konnte er sehen, wie das Ungeheuer erst zögerte und schließlich haltmachte. Dann ließ es den gewaltigen Hals wie ein schuppiges Pendel hin und her schwingen.

Gulph schwamm weiter, ohne zu atmen, während die Panik in ihm brannte wie die Sonne über der Wüste.

Hinter sich hörte er ein gurgelndes Stöhnen, gefolgt von einem unbeschreiblichen Schnüffeln, das mehr wie ein Mahlwerk als wie ein lebendiges Wesen klang. Dabei saugte ein warmer Wind an Gulphs Hinterkopf.

Er tauchte tiefer in seine innere Hitze und paddelte weiter.

Die Seeoberfläche wurde wieder glatter. Gulph schwamm weiter und wagte nicht zurückzusehen. Wieder hörte er dieses entsetzliche, klappernde Geschnüffel. Noch ein Stöhnen. Dann ein Zischen und ein leises Platschen.

Das Wasser war wieder glatt wie ein Spiegel; und Gulph schwamm weiter, bewegte Arme und Beine langsam und stetig in krassem Gegensatz zu dem, was sich in seinen Gedanken abspielte.

Nicht zurücksehen, mahnte er sich immer wieder. *Was immer du tust, sieh nicht zurück.*

Schließlich tat er es aber doch.

Der Bakaliss war verschwunden.

Gulph traute seinen eigenen Augen aber nicht und schwamm weiter. Lauerte das Ungeheuer vielleicht unter ihm und wartete auf den passenden Augenblick, um aufzutauchen und ihn in Stücke zu reißen? Oder war es hinter ihm und verfolgte jede seiner Bewegungen, immer dazu bereit, ihn in zwei Teile zu beißen? Oder war es vor ihm, um sich mit aufgerissenem Gebiss vor ihm aus dem Wasser aufzubäumen und ihn in einem Stück zu verschlingen?

Seine linke Hand berührte etwas Hartes, Kaltes. Er verkniff sich einen Schrei, dann erkannte er, dass es ein Sims aus blauem Kristall war.

Die Säule!

Er arbeitete sich auf den schmalen Absatz am Fuß der Säule hinauf. Dabei machte er Schlängelbewegungen wie ein Aal und versuchte, keinen Lärm zu verursachen. Allmählich wurde er wieder sichtbar; seine Aufregung legte sich, und nach und nach ließ er den Gedanken zu, dass er in Sicherheit war.

Er hielt sich an der Säule fest und blickte über den See zurück. Die Kristallinsel, auf der die Celestier lebten – und wo seine Gefährten noch immer schliefen –, schien klein wie ein ferner Kieselstein. Die Kuppel der Kaverne war wie ein ungeheurer, vom Zwielicht erleuchteter Himmel voller funkelnder Lichtpunkte.

Vom Bakaliss war nichts mehr zu sehen. Er war verschwunden, als hätte es ihn niemals gegeben.

Langsam beruhigte sich Gulphs Herzschlag wieder, er wandte dem silbernen See von Celestis den Rücken zu und fing an zu klettern.

KAPITEL 15

Cedric? Alles in Ordnung?«

Elodie gab Diana – ihrer Lieblingsstute im Stall von Vicerin – die Sporen, bis sie neben Cedrics Pferd trabte. Er war etwas im Sattel zusammengesunken. Es regnete schon den ganzen Tag, und sein dunkles Haar klebte ihm am Kopf. Seine kreidebleiche Haut gefiel Elodie ebenso wenig wie die roten Ringe unter seinen Augen.

»Alles bestens«, antwortete Cedric. Seine Stimme bebte. Für einen Moment ließ er die Zügel los und hielt sich den Armstumpf fest.

»Ich werde mit dir reiten.«

»Das brauchst du doch nicht!«

»Ich möchte aber.«

Eine Weile ritten sie schweigend nebeneinander, die Köpfe gegen den Regen gebeugt. Elodie wünschte, Samial würde hinter ihr sitzen, aber er war bei der Burg geblieben, um so viel wie möglich über Fessan zu erfahren.

Ihr Zug nahm die schlammige Straße ein, soweit Elodie sie überblicken konnte – nach vorn wie nach hinten. Mit ihnen war ein Viertel der Armee von Vicerin unterwegs: Fußsoldaten, Kavallerie und dazu eine scheinbar endlose Reihe von Versorgungswagen.

Die Wagen waren mit Pelzen und wärmenden Filzdecken beladen. Aus den Dächern ragten kurze Kamine, die den

Rauch der großen Feuerschalen im Innern ableiten sollten. Im Augenblick brannten die Wärmefeuer nicht, sie sollten erst bei Eintritt in die Eiswüste entzündet werden.

»Sie sehen aus wie Bären auf Rädern«, bemerkte Elodie, um Cedric aufzumuntern.

»Sie sehen lächerlich aus«, entgegnete Cedric.

»Wenigstens werden sie unsere Soldaten warm halten.«

»Sie sehen trotzdem lächerlich aus.«

Elodie gab es auf.

Der Konvoi schob sich über eine kleine Kuppe. Ein Dorf kam in Sicht, das fünfte seit ihrem Aufbruch von der Burg. »Dies soll eine Siegesparade werden«, hatte Lord Vicerin zu Elodie gesagt, als sie das Tor passierten. »Also halte den Kopf hoch erhoben.«

Im Dorf angekommen, hissten die Standartenträger die blauen Fahnen von Vicerin. Das Dorf, dessen Namen Elodie nicht kannte, sah verlassen aus. Im Regen waren verbrannte und eingestürzte Gebäude zu sehen, ein Hund schlich über die Hauptstraße, hinter zerbrochenen Türen spähten verängstigte Gesichter hervor.

Wie ein Sieg kommt mir das nicht vor.

Neben einem Haus lag ein Haufen Leichen. Elodie hatte schon welche gesehen, aber der Anblick raubte ihr noch immer den Atem. So viele Tote, die alle noch beerdigt werden mussten! Auf Burg Vicerin wurde mit solcher Leichtigkeit über den Krieg gesprochen – hier war er entsetzliche Realität.

Cedric zitterte.

»Alles in Ordnung?«, fragte Elodie noch einmal.

»Was ist?«

Sylva ritt heran und flankierte ihren Bruder auf der anderen Seite. Sie streckte die Hand aus und stützte ihn; offenbar fürchtete sie, er könnte vom Pferd fallen.

»Ich war hier.« Cedric hatte glasige Augen.

»Wie?«, fragte Elodie.

»Beckhausen. Das hier ist Beckhausen. Es gehört zu den Farrier-Ländereien. Hier war es … Hier habe ich meinen Arm –«

Er schwankte im Sattel und sah aus, als müsste er sich übergeben.

»So geht das einfach nicht«, sagte Elodie. »Wie lange noch, bis wir Schloss Darrand erreichen?«

»Ich weiß es nicht«, antwortete Sylva. »Wir sind ja nicht gerade im Galopp unterwegs. Und dass wir immer wieder haltmachen, um Vaters Macht zu demonstrieren, bringt uns auch nicht gerade voran. Ein Tag. Vielleicht auch zwei.«

Elodie begann zu rechnen. Lady Darrands Schloss war das erste Ziel der Kolonne – es sollte nach glorreichem Zug über die verstreuten Dörfer von Ritherlee erreicht werden. Es war geplant, dort für eine Nacht zu lagern und dem Feind Fahnen und Waffen von Vicerin zu präsentieren. Als Demonstration der Stärke, hatte Lord Vicerin gesagt.

Wohl eher als Demonstration von Dummheit.

Danach – und unter der Voraussetzung, dass ihnen Lady Darrand nicht ihre Armee auf den Hals hetzte – sollte sich der Zug aufteilen. Feldwebel Stown sollte die wärmegedämmten Wagen nach Süden in die Eiswüste führen, um dort die Helkrags zu unterwerfen und Elodies Bruder zu finden.

Als ob das möglich wäre, wenn sich Tarlan weit im Norden von Isurien aufhält.

Elodie kam ein Gedanke.

Warum Stown? Warum warten sie nicht ab, bis Hauptmann Leom die Kolonne anführen kann? Er ist schließlich der Einzige, der sich in Yalasti und in der Eiswüste auskennt.

Leom waren inzwischen Räume im Schloss zugewiesen worden, wo er ein Fieber auskurierte, das er sich bei seinem Martyrium zugezogen hatte. Die Heiler meinten, in ein paar Tagen wäre er wieder wohlauf. Solange hätte die Unternehmung leicht warten können.

Ist da etwas, das Leom nicht sehen soll?

Auch Lady Vicerin war – vorgeblich erkrankt – zu Hause geblieben. Dies war nicht weiter überraschend. Elodie konnte sich nicht vorstellen, dass sie für einen strammen Heerzug auf schlammigen Straßen auch nur wenige Tage auf ihren gewohnten Luxus verzichten würde. Während Stown den Konvoi weiterführte, sollte Hauptmann Gandrell die Übrigen, darunter Lord Vicerin, Cedric, Sylva und Elodie, zurück zur Burg Vicerin führen.

Weiter vorn löste sich ein großer, grauer Hengst aus dem Zug und kam zu ihnen nach hinten getrottet. Auf seinem Rücken trug er Lord Vicerin.

»Ich hoffe, alles ist in bester Ordnung?« Er äugte mit unverhohlenem Argwohn zu Cedric hinüber.

Cedric verzog das Gesicht, streckte den Rücken durch und setzte sich im Sattel gerade. Elodie ballte die Fäuste. Sie wollte Lord Vicerin anbrüllen und ihm sagen, er solle Cedric in Ruhe lassen. Wenn sie ihm aber einen Vorwand lieferte, um an ihrer Treue zu zweifeln, dann würde er sie durchschauen.

»Ich frage mich …«, fuhr Lord Vicerin fort. Er breitete die Arme aus, um auf die gewaltige Länge der Armeekolonne hinzuweisen. »Welcher Einheit möchtest du dich eigentlich anschließen?«

»Ich … ich weiß nicht, Vater.«

Elodie erstarrte. Lord Vicerin konnte doch nicht erwarten, dass sein Sohn bis in die Eiswüste zog. Er konnte sich ja kaum auf seinem Pferd halten, geschweige denn eine Waffe führen.

»Los, auf!«, sagte Lord Vicerin. »So viele sind es noch gar nicht.«

Cedric blickte stumpf auf die Reihe der Marschierenden und Reiter. Er wirkte ängstlich und verloren. Elodie folgte seinem Blick und begriff zum ersten Mal das Ausmaß dieser Unternehmung.

Wie viele Soldaten können jetzt noch auf der Burg sein? Sicher nicht mehr als eine Handvoll.

Und ihr wurde mit einem Mal klar: Burg Vicerin war praktisch unbewacht.

Das ist meine Chance …

»Sylva?«, sagte sie so laut, dass sie Lord Vicerins Geplapper übertönte. Gleichzeitig ließ sie den Fuß aus dem Steigbügel gleiten. »Ich … ich fühle mich nicht …«

Mit einem theatralischen Seufzer ließ sie sich aus dem Sattel gleiten. Der schlammige Boden kam ihr entgegen. Sie unterdrückte den Drang, den Aufprall abzufedern.

Das wird weh tun!

Es war nicht ganz so schlimm wie erwartet. Sie landete seitlich in einer Pfütze, und für einen Augenblick blieb ihr die Luft weg. Schmutziges Wasser spritzte auf und besudelte ihr das Gesicht und die feinen, seidenen Reithosen.

»Elodie!« Sylva war augenblicklich von ihrem Pferd abgestiegen. Sie kniete im Schlamm und presste die Hände an Elodies Wangen. »Ist alles in Ordnung? Was ist nur los?«

Elodie ächzte, öffnete die Augen aber nicht. Sie blieb ganz schlaff liegen.

Nun waren neben Sylva auch andere Stimmen zu hören. Es entstand allgemeine Aufregung. Elodie hielt die Augen geschlossen.

»Ihr lasst dem Mädchen ja keinen Platz zum Atmen.« Das war Hauptmann Gandrell, wenn sie sich nicht irrte.

»Elodie«, vernahm sie eine feine, weinerliche Stimme, die nur Cedrics sein konnte.

Warte … warte …

»Wird einer von euch Idioten jetzt endlich meiner Tochter helfen?«, schnitt Lord Vicerins näselnder Ruf durchs allgemeine Durcheinander.

Elodie klimperte mit den Wimpern, hob den Kopf aus dem Schmutz und machte einen halbherzigen Versuch aufzustehen. Sylva hielt sie mit ihren kräftigen, beruhigend wirkenden Händen am Boden fest.

»Warte, bis der Schwindel vorbei ist«, riet sie.

Elodie starrte in die Gesichter derjenigen, die im Kreis um sie herumstanden und von Sorge bis Furcht alle möglichen Gefühle verrieten. Dort stand Lord Vicerin. Der Regen hatte ihm fast allen Puder von den Wangen gewaschen; die Haut darunter war so blass, dass man sie weiß nennen musste.

»Entschuldige, Vater«, sagte sie. »Ich habe diese ganzen Leichen gesehen. Ich … ich konnte es einfach nicht ertragen.«

Er zog einen wie einen Schmetterling geformten Fächer hervor und wedelte mit ihm vor Elodies Gesicht. Das lächerliche Ding spritzte ihr nur zusätzliche Tropfen ins Gesicht, aber Elodie ertrug es klaglos. Während Lord Vicerin fächelte, sah er missmutig zum Himmel hinauf. Die Sonne, die sich eben kurz zwischen den Regenwolken gezeigt hatte, senkte sich im Westen schon zum Horizont.

»Wir müssen dich ins Trockene bringen, mein Liebes. Glaubst du, dass du reiten kannst?«

»Ich glaube, schon. Es ist nur …« Elodie verzog das Gesicht und tat, als würde sie weinen. *Bei diesem Regen wird niemand bemerken, dass es keine Tränen gibt.*

»Ich glaube nicht, dass ich noch weiterkann. Das ist einfach zu viel für mich … zu schrecklich.«

Durch die halbgeöffneten Lider bemerkte sie, dass sich Lord Vicerin für einen Augenblick seinen Ärger anmerken ließ, bevor er seine Züge wieder zu einer besorgten Maske ordnete. Schließlich sprach er die Worte aus, auf die sie so sehnlich gewartet hatte: »Dann musst du zurück zur Burg, mein Liebes. Natürlich wird dich eine Eskorte begleiten.«

»Wirst du mit mir kommen, Vater?«

»Ach, leider ist das nicht möglich. Ich habe zugesagt, meine Leute bis Schloss Darrand zu begleiten. Unser Aufmarsch dort ist entscheidend für die Moral. Das wirst du natürlich verstehen.«

»Natürlich.« Elodie stieß weitere Schluchzer aus. »Aber du wirst mich doch nicht mit Soldaten allein lassen? Ich brauche auch nette Gesichter um mich. Jemanden von der F-F-Familie …«

Lord Vicerins Gesicht entspannte sich. »Aber natürlich, mein Liebes. Sylva wird dich begleiten.«

Sylva, die immer noch neben Elodie kniete, lächelte fürsorglich.

»Und Cedric!«, stieß Elodie aus.

»Cedric?«

»Natürlich«, sagte Sylva. »Wer könnte uns besser beschützen?«

O Sylva? Wie schlau von dir!

Lord Vicerin kniff die Augen zusammen und überlegte.

»Nun gut«, meinte er knapp. Er wandte sich an Cedric. »Das wird kein leichter Ritt werden, Junge. Beschütze mir deine Schwestern.«

»Ich werde meine Pflicht erfüllen, Vater.«

Zum ersten Mal seit seiner Rückkehr konnte Cedric seinem Vater in die Augen sehen, worüber Elodie erleichtert war.

Rasch wurden die nötigen Vorkehrungen getroffen. Lord Vicerin wählte persönlich zwölf Reiter aus einem Kavallerieregiment aus und stellte Hauptmann Gandrell an ihre Spitze. Als sie sich zum Aufbruch fertigmachten, täuschte Elodie noch immer vor, benommen zu sein, geriet beim Aufstieg in Dianas Sattel ins Taumeln und rieb sich immer wieder die Stirn.

»Alles in Ordnung?«, fragte Sylva.

»Es geht schon sehr viel besser«, antwortete Elodie. »Cedric – mach die Augen zu.«

»Wie?« Er sah sie verblüfft an.

»Schließ die Augen«, wiederholte sie sanft. »Dann brauchst du den Krieg nicht zu sehen. Ich reite neben dir und führe dein Pferd. Dann wird es aussehen, als würdest *du mich* führen.«

»Daran habe ich gar nicht gedacht.«

Er lächelte und schien über ihre Güte so verblüfft, dass sie beinahe in Tränen ausgebrochen wäre.

So zogen sie den gleichen Weg zurück, mit Hauptmann Gandrell und sechs Soldaten an der Spitze und sechs weiteren am Ende. Bald hatten sie den Wagenzug hinter sich gelassen. Die Wolken verzogen sich, die Sonne zeigte sich wieder und tauchte ihre Gesichter in orangefarbenes Licht.

»Das fühlt sich so gut an«, sagte Elodie. Sie schloss die Augen und saugte die Wärme ein.

»Du hast dich aber erstaunlich schnell erholt«, meinte Sylva. Als Elodie sah, dass sie schmunzelte, musste sie selbst lächeln. »Das hast du für Cedric getan, stimmt's? Danke, dass du ihn beschützt.«

Elodie wandte das Gesicht wieder der Sonne zu. Sylvas Vermutung stimmte. Aber ihr Plan reichte noch viel weiter.

Sylva seufzte. »Ich wünschte nur, wir müssten nicht noch einmal unterwegs übernachten.«

Elodie ging es genauso. Über die kurvigen Dorfstraßen hatte die Kolonne zwei Tage bis Beckhausen gebraucht. Selbst wenn sie nun ohne Pause – und auf dem direkten Weg durch das Südtal – weitertrabten, würden sie Burg Vicerin nicht vor Sonnenuntergang des folgenden Tages erreichen.

Aber wer will schon traben?

Ihr Lächeln wurde zum Grinsen. »Sind eure Steigbügel stramm? Bei dir auch, Cedric?«

Beide nickten verwundert.

»Dann werden wir heute Nacht nicht im Zelt schlafen! Hü, Diana! Hü!«

Elodie trieb ihr Pferd erst in einen leichten, dann einen flotten Galopp. Nach kurzer Pause taten es Sylva und Cedric ihr gleich. Sie ließen die Nachhut rasch hinter sich und preschten auf Hauptmann Gandrell und die Vorhut zu.

»Prinzessin Elodie!«, rief Gandrell, aber es war zu spät – schon waren sie vorbei und jagten über die Straße zurück in Richtung Burg Vicerin.

Der Wind fuhr Elodie durch das kurze Haar. Zum ersten Mal wünschte sie, sie hätte es nicht abgeschnitten. Wie schön wäre es, wenn die rotgoldenen Locken jetzt wie eine Fahne hinter ihr herflattern würden.

Wenn ich Königin bin, werde ich das Haar wieder lang tragen – aber erst dann.

Die Soldaten holten sie bald ein. Hauptmann Gandrell schob sich im gestreckten Galopp bis auf Elodies Höhe nach vorn. Als er ihr das hagere Gesicht zuwandte, glaubte Elodie, auf seinen dünnen Lippen die Spur eines Lächelns aufblitzen zu sehen.

»Seid Ihr entschlossen, die Pferde zu ermüden, Prinzessin?«

»Ich bin entschlossen, nach Hause zu kommen, Hauptmann Gandrell.«

»Das sehe ich. Gestattet Ihr, dass ich die Führung übernehme?«

»Solange Ihr mir dabei nicht im Weg seid.«

»Niemals, Herrin.«

Und so ritten sie weiter, sechzehn Pferde im Galopp in Richtung Sonnenuntergang. Unter den Hufen spritzte der Schlamm, und weder Hügel noch enge Biegungen konnten ihren Ritt verzögern. In der Dämmerung begann es wieder zu regnen. Elodie genoss es, als ihr das Wasser ins Gesicht prasselte, der Wind an ihr zauste, denn es erinnerte sie daran, dass sie am Leben war.

Es war schon dunkel, als sie die Burg erreichten. Dianas schwarzes Fell war voller Schweißflecke, und sie atmete schwer.

»Danke«, flüsterte Elodie und tätschelte dem Pferd den Hals.

Sie fielen in Trab zurück und ritten durchs Tor, wo Elodie Samial erblickte. Er wartete im Licht einer Fackel neben einem Durchgang, der vom Stalltrakt zum Schloss führte, als hätte er gewusst, dass sie kommen würden.

Elodie zog die Zügel an, und Diana blieb stehen. Am liebsten wäre Elodie gleich zu Samial gelaufen, um ihm zu erzählen, warum sie schon zurück waren, aber sie zwang sich zur Geduld. Hauptmann Gandrell sollte keinen Verdacht schöpfen.

Eben sprang der Hauptmann von seinem eigenen Ross. »Meine Leute werden die Pferde versorgen. Ich werde einen Wächter abkommandieren, der Euch zu Euren Gemächern begleitet.«

»Bis der hier erscheint, werde ich längst in meinen Gemächern sein. Ich möchte nur noch ins Bett.«

»Sehr wohl. Aber begebt euch direkt dorthin.« Wieder zuckten Gandrells Mundwinkel fast so, als lächelte er. »Bitte.«

Wenn nur Lord Vicerin ebenso leicht zu beeinflussen wäre wie Ihr, Hauptmann Gandrell.

»Ich werde sie begleiten«, sagte Sylva und machte sich ans Absteigen.

»Nein«, sagte Elodie. »Bemühe dich nicht. Ich schaffe das schon.«

Sie marschierte rasch, aber nicht zu rasch, auf Samial zu. Jetzt wo sie hier war, zählte jeder Augenblick, denn sie hatte nur aus einem einzigen Grund auf dem rasanten Heimritt bestanden.

Halte durch, Fessan. Ich komme.

Jetzt wo die meisten Soldaten fort waren, war die günstigste Gelegenheit, ihn zu befreien.

»Wir brauchen einen Rettungsplan«, flüsterte Elodie, als sie mit Samial zusammen unter dem Torbogen durchging. »Ist er immer noch in der Wasserzelle?«

Samial schien nicht zuzuhören. Er starrte wie gebannt in die Schatten am Ende des Durchgangs.

»Samial, hast du nicht gehört, was ich gefragt habe? Ist Fessan –«

»Elodie! Lauf!«

Plötzlich war alles in Bewegung. Der Schatten löste sich auf und wurde zum Umriss eines Mannes, der auf sie zujagte. Er packte sie an der Schulter und riss sie herum. Etwas Kaltes, Dünnes berührte ihren bloßen Hals … dann schien es sie zu beißen.

Jäh setzte ein heftiger Schmerz ein. Es war, als hätte sich eine feurige Spur um ihren Hals gelegt, die sich nun einbrannte. Elodie versuchte zu schreien, aber es kam kein Laut heraus.

Erwürgt! Ich werde erwürgt!

Sie riss die Arme in die Höhe und versuchte, den Kopf des Mannes zu packen. Ihre Hände fanden in seinem festen, kurzen Haar keinen Halt.

Hat sich Palenie so gefühlt, als Rotho sie im Lager des Dreizacks erdrosselte?

»Halte durch, Elodie!«

Plötzlich lockerte sich die Einschnürung um ihren Hals. Noch immer brannte der Schmerz, aber mit einem Mal konnte sie wieder atmen.

»Hexerei?«, keuchte der Mann, der versucht hatte, sie umzubringen. Er klang heiser, gepresst und sehr überrascht. »Was ist das?«

Elodie atmete schwer, aber es gelang ihr, sich zu ihrem Angreifer umzudrehen. Dort stand Samiel und bohrte seine schmutzigen Finger tief in den Hals des Mannes, dessen Augen schon hervortraten.

Aber dann zog sich die Schlinge wieder zu; und Elodie fürchtete, die Besinnung zu verlieren. Vielleicht das Leben.

Das Messer!

Ungeschickt fasste sie in ihren Umhang. Für einen Augenblick glaubte sie, es sei verschwunden. Dann fand sie ihn, den reich geschmückten Dolch, den Lord Vicerin ihr geschenkt hatte. Ihre Hand schloss sich um das Heft, und sie zog es aus dem Futteral. Blind stieß sie nach hinten und stach dreimal zu, bis sie schließlich spürte, wie sich die Klinge ins Fleisch bohrte. Der Mann heulte auf, aber Samials Hände dämpften den Schrei, und dann war plötzlich kein Zug mehr an der Schlinge um ihren Hals.

Elodie griff sich an die schmerzende Kehle und konnte sich endlich losreißen. Als sie in den Durchgang zurückstolperte, sah sie, wie Samiel gegen die Wand geschleudert wurde. Mit flackernden Augenlidern sank er zu Boden.

Der Mann – ein völlig schwarz gekleideter Koloss mit weißem Gesicht – blickte verblüfft um sich, um zu sehen, wer ihn angegriffen hatte. Dann stürzte er sich auf Elodie und versuchte, ihr den Dolch zu entreißen.

Als sich seine Pranke um ihr Handgelenk schloss, brachte sie endlich einen Schrei zustande.

Cedric erreichte sie als Erster und warf sich auf den Angreifer. Er hatte den Mann gerade zur Seite gestoßen, als Hauptmann Gandrell und zwei seiner Soldaten über ihn herfielen, ihn hinaus auf den Hof zerrten und zu Boden rangen.

Keuchend legte Cedric die linke Hand – seine einzige – auf Elodies Schulter.

»Alles in Ordnung?«, fragte er.

Elodie versuchte zu sprechen, aber sie brachte nur ein unverständliches Krächzen zustande.

Nun tauchte Sylva hinter Cedric auf, sie war kreidebleich.

»Elodie!« Sie legte ihr den Arm um die Taille und zog sie an sich. Zu Elodies Erleichterung hatte sich Samial inzwischen wieder hochgerappelt. Er stand ganz in der Nähe, die Augen vor Schreck weit aufgerissen.

Dann kam Hauptmann Gandrell heran.

»Wir werden ihn sofort in den Kerker bringen«, sagte er, und sein Gesicht wirkte mehr denn je wie ein Skelett. »Kennt Ihr ihn vielleicht, Prinzessin? Gehört er zu diesem elenden Dreizack-Gesindel?«

Wäre nicht der sengende Schmerz in ihrer Kehle gewesen, hätte Elodie ihm erklärt, dass der Dreizack kein Gesindel war und die Leute, die er elend nannte, ihre Freunde. Vielleicht war es gut, dass sie nicht sprechen konnte. Sie zuckte nur mit den Achseln.

»Ich glaube nicht, dass dies mit dem Dreizack zu tun hat.« Cedric hatte etwas vom Boden aufgehoben. »Seht euch das an.«

Zwischen seinen Fingern baumelte ein langer Lederriemen,

dünner als ein Seil, aber dicker als Draht. An beiden Enden waren gebogene Griffe angeknotet, die wie Elfenbein aussahen.

Elodie schauderte. Eine solche Waffe hatte sie schon einmal gesehen. Mit einem solchen Lederriemen hatte Rotho Palenie erwürgt.

»Ich weiß, was das ist«, fuhr Cedric fort. »Es ist eine Garrotte aus Galadron. Man erkennt es an den Griffen, sie sind aus den Stoßzähnen des Seewolfs geschnitzt.«

Die Ledergarrotte baumelte in Cedrics Hand hypnotisierend hin und her. Elodie blickte gleichermaßen fasziniert und abgestoßen auf dieses Ding, das sie beinahe umgebracht hatte.

Galadron. Das Wüstenland, in dem die Sonne niemals schläft.

Diesen Satz kannte sie aus dem Schulunterricht. Galadron lag weit westlich von Toronia jenseits des Ozeans. Sein Kerngebiet war dem Vernehmen nach eine sengend heiße Ödnis aus weißem Sand, ein Ort des Todes und seltsamer Magie. An den grünen, fruchtbaren Küsten lagen dagegen viele große Städte.

Dieser Mann aus Galadron hatte in der offenbar verlassenen Burg eine Gelegenheit gesehen zuzuschlagen. Aber warum waren die Galadronier so versessen darauf, eine Thronfolgerin von Toronia zu töten?

Elodie fiel nur ein einziger Grund ein.

Eine Invasion.

Kapitel 16

Lange halte ich das nicht mehr aus.« Tarlan trat ärgerlich mit dem Fuß gegen die glatte Steintafel, dann kniete er sich wieder hin und spähte ins Wasser. Er beschwor Melchior, sich endlich wieder zu bewegen.

Aber der Zauberer blieb genau so, wie er die vergangenen Tage dagelegen hatte: steif und reglos. Kein Atemzug hob seine Brust. Sein Rücken war nach hinten gebogen, die Arme ausgebreitet und die Finger gekrümmt. Die Mundwinkel zeigten nach unten, was auf Schmerz deuten konnte, auf Furcht – oder beides. Er sah aus wie ein Mensch, der unvorstellbare Qualen zu erleiden hatte.

Manchmal war Tarlan in den Einöden von Yalasti auf Tiere gestoßen, die im Eis eingefroren waren. Während der kurzen Phase, die man in Yalasti Sommer nannte, konnte plötzliches Tauwetter zu wahren Flutwellen führen, die sich die Berghänge herabwälzten und unachtsame Tiere mit sich rissen.

Tarlan erinnerte sich an einen ganz bestimmten Jagdausflug, den er von Miriths Höhle aus unternommen hatte. Er war um eine Ecke gebogen und hatte direkt vor einer gebogenen Schlange aus gefrorenem Schmelzwasser gestanden, doppelt so hoch wie er, die sich, soweit er sehen konnte, über die Bergflanken hinabzog. Und im blauweißen Eis war ein schwarzer Bär eingeschlossen gewesen – vielleicht für alle Ewigkeit.

Aber der Bär hatte zufrieden ausgesehen.

Melchior sah aus, als würde er sterben.

»Es hat keinen Zweck«, sagte Tarlan und beugte sich tiefer übers Wasser. »Ich muss ihn da herausholen.«

»Länger warten«, krähte Theeta hinter ihm.

Tarlan musste seinen ganzen Willen zusammennehmen, um nicht die Hand ins silbrige Wasser zu stecken und Melchior herauszuziehen.

O Mirith! Was soll ich tun?

Seine Hand tastete nach seinem Hals, suchte das grüne Juwel, das ihm die Frosthexe gegeben hatte, als sie im Sterben lag.

Aber das Juwel war nicht da.

Ebenso wenig wie Mirith.

Mirith mag tot sein, aber Melchior ist es nicht. Noch nicht. Mirith sagte mir, ich soll ihn finden, und er hat gesagt, ich soll warten. Theeta hat recht. Ich muss Geduld haben.

Aber das war so schwer.

Er wandte sich wieder den milchig weißen Steinen zu, die in der schwarzen Kraterwand eingebettet lagen. Melchior hatte versprochen, sie würden zu leuchten anfangen, während er seine Kräfte wiedergewann, ebenso wie die Sternbilder, für die sie standen.

Für mich sehen sie noch genau gleich aus.

Niedergeschlagen, wie er war, zog er einen Streifen Trockenfleisch aus seinem Beutel und kaute missmutig darauf herum. Die Vorräte gingen zur Neige. Nachts hatten die Thorrods ihn warm gehalten, und gegen die steifen Beine war er auf der Festtafel endlos im Kreis gelaufen. Aber wenn er hier noch länger bleiben musste, würde er verrückt werden.

Dann verdunkelte ein Paar riesiger Flügel das Licht, das hoch oben zum Krater hereinfiel. Nasheen war im Anflug und landete lautlos neben ihren beiden Gefährten. Aus Sorge hatte Tarlan sie losgeschickt, um nach den Freunden zu sehen, die nicht mit ihnen übers Meer zur Insel der Sterne hatten reisen können.

»Wolf gegangen«, sagte Nasheen mit ihrer kratzigen Stimme. »Tigron gegangen. Bär gegangen.«

»Sie sind gegangen? Wohin?«

Die kurzen Federn in Nasheens Augenbrauen bogen sich zu einem nachdenklichen Gesichtsausdruck.

»Nicht Sand. Unter Bäume.«

Tarlan nickte befriedigt. Sie hatten also im Waldsaum hinter dem Strand Zuflucht gesucht. Das war klug. Dort waren sie geschützt.

Wieder blickte er zu den weißen Steinen an der Wand hinauf. Nichts hatte sich verändert. Er seufzte. Gedankenverloren kratzte er sich an der Hand. Die Wunden, die ihm Brock zugefügt hatte, als er sich dem Käfig des Bären zum ersten Mal genähert hatte, waren schon halb verheilt, juckten aber fürchterlich. Er streckte die Hand hinunter ins Wasser, um die Haut wenigstens ein bisschen zu kühlen.

Aus dem Jucken wurde ein feines Kribbeln. Als er begriff,

was er getan hatte, riss er die Hand erschrocken heraus. Ängstlich betrachtete er die Haut.

Die Wunden waren verschwunden. Nicht einmal Narben waren dort zu sehen.

Das Wasser hatte ihn geheilt.

»Ich kann es nicht glauben! Theeta, hast du –«

Er drehte sich um und sah, dass seine gefiederte Freundin am Verband ihrer verletzten Klaue herumpickte. Er hatte sich auf dem Flug von Isurien ein Stück weit gelöst, und nun lag die feurige Narbe ihrer fehlenden Kralle bloß.

Einer plötzlichen Eingebung folgend, rief Tarlan sie heran.

»Steck deine Krallen ins Wasser«, sagte er.

Theeta klapperte nervös mit dem Schnabel. Hatte er diesen riesenhaften Vogel jemals so nervös gesehen?

»Nur zu. Es kann nichts passieren.«

Er legte ihr die Hand an die Schnabelspitze.

Ganz langsam tauchte sie den verletzten Fuß in den See. Dort ließ sie ihn für einen Augenblick. Tarlan hielt die Luft an. Dann zog sie die Kralle wieder heraus.

Die Narbe war verschwunden. Der Stumpf war glatt und mit neuen, glänzenden Schuppen bedeckt. Die Klaue fehlte immer noch, aber von der Entzündung war nichts mehr zu sehen.

»Fuß gut«, krähte Theeta.

»O ja!« Tarlan lachte. »Fuß gut!« Mit frischer Hoffnung blickte er zu den trüben weißen Steinen hinüber.

Wenn das Wasser so etwas mit einer Hand – oder einer Klaue – machen kann, was kann es dann erst mit einem ganzen Körper tun?

Was kann es mit einem Zauberer tun?

»Los!«, rief er den Wänden zu. »Los! Zeigt es mir!«

Ein Donnerschlag verschluckte seine Worte. Das Gewitter hatte fast den ganzen vorigen Tag angedauert, und Tarlan hatte es schon fast für das normale Wetter auf der Insel der Sterne gehalten. Aber als er an diesem Morgen aufwachte, war der Himmel klar gewesen.

Jetzt begann der Sturm von neuem.

Über dem Kraterrand zuckten Blitze. In ihrem Licht schien auch die silberne Wasserfläche in Bewegung zu geraten; und Tarlan fürchtete, der Sturm würde nicht nur am Himmel, sondern auch in den verborgenen Tiefen des Sees wüten.

»Wir werden wieder nass werden!«, rief er den Thorrods zu.

Einer der weißen Steine leuchtete auf.

Tarlan starrte ihn fassungslos an. Die Begeisterung schoss ihm wie ein Blitz durch die Adern. Er glaubte, weitere Donnerschläge zu hören, aber es war das Pochen seines eigenen Herzens.

Wieder zerriss ein Blitz den Himmel und das Wasser. Ein zweiter Stein blinkte auf, dann ein dritter. Nun klatschte ihm der Regen ins Gesicht, aber Tarlan kümmerte das nicht.

»Melchior!«, schrie er und tanzte vor Freude. »Melchior!«

Auch die Wasseroberfläche war unruhig geworden. Lag das am Wetter oder an etwas anderem? Durch die glitzernde Gischt konnte er den Zauberer nicht mehr genau sehen. Hatte sich Melchior bewegt? Er wusste es nicht.

Laut rollte der Donner und verebbte wieder, und mit einem

Mal herrschte Stille. Nun hörte Tarlan ein anderes Geräusch, sehr leise, weit entfernt.

Er hörte jemanden rufen.

Wieder donnerte es.

Blitze zogen sich kreuz und quer über den Himmel. Es war, als hätte ein Riese ein Netz aus Licht über die ganze Insel geworfen. Dann wieder diese gespenstische Stille.

Wieder flackerte ein weißer Stein auf, und noch einer. Nach einer kurzen Pause begann es plötzlich, überall zu flackern, das Leuchten sprang von einem Stein zum anderen, immer weiter und weiter. Voller Verwunderung sah Tarlan zu, wie hundert Steine zu leuchten anfingen, dann tausend; und aus dem pechschwarzen Gestein funkelte ein fein gesponnenes Sternennetz.

Wieder hörte er das Rufen.

»Sie kommen«, krähte Theeta.

Tarlan riss sich vom Anblick der Steine los. »Wer? Wer kommt?«

Theeta zuckte mit den gewaltigen Flügeln. »Sehe nicht.«

Tarlan hätte sie am liebsten geschüttelt. So klug die Thorrods waren, fehlte ihnen doch jegliche Vorstellungskraft.

Aber sie haben unglaubliche Ohren.

»Was hörst du?« Er konnte die Frage gerade noch vor dem nächsten Donnerschlag stellen.

»Viele kommen! Viele schreien!«

»Woher kommen sie?«, fragte Tarlan. Von dem Fischerdorf abgesehen, war der Strand menschenleer gewesen.

»Wir gehen!« Theeta breitete die Flügel aus. Der Blick ihrer schwarzen Augen verriet ihre Anspannung. Kitheen und Nasheen waren hinter ihr bereits aufgestiegen.

Tarlan stand unschlüssig am Seeufer. Melchior hatte ihm aufgetragen, zu warten und Wache zu halten. Aber wenn Theeta recht hatte – und hatte er die Rufe nicht selbst gehört? –, dann waren dort Leute im Anmarsch.

Sie dürfen Melchior nicht finden.

Er lief über die Plattform und schwang sich auf Theetas Rücken.

Kaum waren die Thorrods über den Kraterrand gestiegen, als der Wind sie ergriff und auf die See hinaustrug. Tarlan musste sich mit aller Kraft in Theetas goldenem Federkragen festkrallen, während sie die Insel einmal rasch umrundeten. Die ganze Zeit spähte er durch den prasselnden Regen nach unten.

Die Insel war menschenleer.

»Wo sind sie, Theeta?«, schrie er.

»Großes Holz!«, kreischte Nasheen.

Sie wandte sich in Richtung des offenen Meeres. Die anderen Thorrods folgten ihr instinktiv.

Aus den anrollenden grauen Wolken zuckten Blitze und beleuchteten etwas Gewaltiges, das in den sturmgepeitschten Wellen stampfte. Obwohl Tarlan so etwas noch nie gesehen hatte, erkannte er es sofort.

Es ist ein Schiff.

Mirith hatte ihm von solchen Dingen erzählt. Sie wurden aus Holz zusammengebaut, waren aber sehr viel größer als ein einfacher Einbaum. Manche waren groß wie schwimmende Dörfer und so unabhängig, dass Menschen monatelang darauf leben konnten, während sie von einer Seite des Ozeans auf die andere reisten.

»Sie haben Masten«, hatte ihm die Frosthexe erzählt, *»und Segel, die den Wind einfangen.«*

»Was sind Masten?«, hatte Tarlan gefragt.

»Sie sind wie Bäume.«

»Und die Segel?«

»Wie die Flügel eines Thorrods.«

Das Schiff vor seinen Augen war genauso groß, wie er es sich vorgestellt hatte. Trotzdem warfen die Wellen es wie ein Stück Treibholz hin und her. Tarlan sog scharf die Luft ein, als es auf ein scharfzackiges Felsenriff zutrieb. Doch dann glitt es mit einem plötzlichen Ruck daran vorbei in flacheres Wasser und weiter, geradewegs auf den Strand von Toronia zu.

Es wird dort aufprallen, dachte Tarlan. Nun war es so nah, dass er das hektische Treiben an Bord beobachten konnte. Das Segel rollte sich ein wie bei einem Zaubertrick, und die Taue, die es spannten, verschwanden in den klaffenden Mäulern einer Reihe Wasserspeier an der Bordwand. Seeleute in hellgelben Umhängen liefen emsig über Deck, betätigten Kurbeln und schlossen Luken.

Nicht aufprallen – landen!

»Theeta«, rief er. »Zum Strand!«

Der Regen stach ihm ins Gesicht, als Theeta wendete, die drei Thorrods um das Schiff herumdirigierte und dann Richtung Strand abtauchte.

Sie setzten in dem Moment auf, als sich das Schiff mit einem leisen Seufzen auf den Sand schob, so dass es Tarlan unter den Zähnen kribbelte. Und als er gerade glaubte, das Schiff würde auf die Seite kippen, klappten zwei Paar Gelenkstützen mit flachen Tellern an den Enden heraus, die es aufrecht hielten. Anstatt wie ein Schiff sah es nun wie ein riesiges Insekt aus.

Vom Bug des Schiffes senkte sich ein hölzerner Steg auf den Strand hinunter. Bald kam eine Gruppe Männer und Frauen herunter. Ihre leuchtend bunten Umhänge waren vom Regen durchweicht und flatterten im Wind, aber Tarlan konnte erkennen, dass sie mit Rautenmustern, Kreisen, Blumen und Blättern bestickt waren.

»Nicht zu Hause«, krähte Theeta leise.

»Du hast recht«, sagte Tarlan und glitt an ihrer nassen Flanke herunter. Die Leute, die nun über den Strand zu ihm und den Thorrods herüberstarrten, sahen nicht aus, als würden sie aus Toronia stammen. Mirith hatte ihm einst von Händlern erzählt, die mit Schiffen voller Handelswaren von Land zu Land reisten. *Deshalb müssen sie hierhergekommen sein*, vermutete er. *Solange sie der Insel der Sterne fernbleiben, soll es mir egal sein.*

Er ging ihnen entgegen.

»Viel Handel werdet ihr hier nicht treiben können«, rief Tarlan. Er breitete die Arme aus und deutete auf den leeren Strand.

Die Männer und Frauen blieben wenige Schritte vor ihm stehen.

»Handel?«, fragte ein breitschultriger Mann mit Glatze und einem gepflegten Bart. Er trug einen langen roten Umhang. »Wir sind nicht zum Handeln hier, Junge. Sondern zum Einnehmen.«

Tarlan stutzte. »Was wollt ihr denn einnehmen?«

»Toronia.«

Tarlan starrte ihn fassungslos an. Er schüttelte den Kopf. »Ihr macht wohl Spaß?«

Eine Frau in einem grasgrünen Umhang lächelte ihn seltsam an. »Galadron kann überall einmarschieren. Die Macht unserer Kaiserin reicht weit.«

Tarlan schnaubte ungläubig. *Wie töricht*, dachte er. Es mochten kaum zwanzig von ihnen auf dem Strand sein, sein Rudel konnte sie in wenigen Augenblicken auslöschen.

»Nun, da werdet ihr nicht weit kommen«, sagte er. »Zuerst müsst ihr an Lord Vicerins Streitmacht in Ritherlee vorbeikommen. Und bevor ihr Isur einnehmt, werdet ihr eine Armee namens Dreizack besiegen müssen. Und außerdem, wisst ihr, wird Idilliam gerade von einer Armee wandelnder Leichen überrannt, mit dem untoten König Brutan an der Spitze. An eurer Stelle würde ich kehrtmachen und zurückgehen nach … wo, sagtet ihr, kommt ihr her?«

»Galadron«, antwortete die Frau in Grün.

»Galadron.« Tarlan sprach die merkwürdigen Silben aus. »Wo liegt das?«

»Jenseits der Meere.« Die Frau ging in die Hocke und hob eine Handvoll Sand auf. »Aber schon bald wird auch dieses Land zu Galadron gehören.«

Der Mann im roten Umhang machte ein mürrisches Gesicht. »Genug, Leutnant Dryssa«, schnauzte er. »Wir haben keine Zeit, um hier herumzustehen und diesem schmutzigen Barbarenjungen zuzuhören.« Er zeigte auf die Thorrods, die ein Stück den Strand hinunter geduldig warteten. »Er treibt sich mit Tieren herum, bei der gütigen Kaiserin!«

Die Frau errötete. »Entschuldigt, General Tyro.«

Tarlan funkelte Tyro wütend an. »Ihr habt keine Ahnung, wer ich bin.«

»Und du hast keine Ahnung, wer wir sind!« Der Mann schlug seinen Umhang zurück und zog eine gefährlich aussehende, gebogene Klinge.

Sofort stürzte Brock hinter den Felsen am Rande des Strands hervor. Auch Graudorn und Filos jagten heran, Graudorns Geheul war über dem Tosen des Sturms zu hören. Der Wolf und der Tigron blieben neben Tarlan stehen, und Brock hob sich auf die Hintertatzen. Tarlan sah mit Befriedigung, wie sich General Tyros Augen weiteten.

»Soll das eine Drohung sein, Junge?«, fragte er.

»Es ist eine Andeutung.« Tarlan hatte Mühe, nicht die Beherrschung zu verlieren. »Verschwindet. Hier gibt es nichts für euch zu holen.«

General Tyro lachte. »Warum sollten wir verschwinden«, sagte er, »wenn unsere Ankunft gerade erst begonnen hat?«

Tyro und die anderen Galadronier blickten nach Westen aufs Meer hinaus – Tarlan ebenfalls. Die Farbe der Sturmwolken hatte von Pechschwarz zu einem verträumten Rosarot gewechselt. Und dann war da am Horizont noch etwas, das aussah wie … *Bäume?*

Keine Bäume, erkannte Tarlan und erinnerte sich an das Wort, das Mirith ihn gelehrt hatte. *Masten!*

Während sich die Wolken allmählich auflösten, musste er voller Schrecken mit ansehen, wie sich die undeutliche Reihe der Masten in eine ungeheure Flotte von Schiffen verwandelte. Das ganze Meer war voll von ihnen, und sie kamen unerbittlich näher. Tarlan verwünschte sich. Hatte er wirklich geglaubt, diese paar armseligen Seeleute wären die Einzigen, die aus Galadron ausgezogen waren? Wie hatte er nur so dumm sein können?

»Du sagst, Toronia sei von Kriegen zerrissen«, fuhr General Tyro fort. In seiner Klinge spiegelten sich die zuckenden Blitze. »Denkst du, wir wüssten das nicht? Glaubst du, wir trieben keine Aufklärung? Hätten keine Spione? Meinst du, wir würden uns unvorbereitet auf den weiten Weg machen?«

Ein galadronisches Schiff war inzwischen schon sehr nah. Es hatte einen schlankeren Rumpf als die anderen und lag tiefer im Wasser. Sein Segel stach wie ein gewaltiges rotes Dreieck in den flammenden Himmel. Lange Ruder zogen durchs Wasser und trieben das schlanke Gefährt mühelos durch die schäumenden Wellen.

Ein hochgewachsener Mann kam an die Reling – der Schiffskapitän, vermutete Tarlan. Unter dem Umhang trug er eine kupferfarbene Rüstung, auf dem Kopf einen Helm mit roter Spitze. Hinter ihm war eine Reihe ähnlich ausgerüsteter Soldaten angetreten.

Der Kapitän hob die rechte Faust. Die Galadronier am Strand erwiderten seinen Gruß.

»Willkommen in Toronia, Admiral Merello!«, dröhnte Tyro. »Ich hoffe, Ihr hattet eine angenehme Überfahrt?«

»Besser als Ihr, General. Ich konnte das Ärgste des Sturms vermeiden. Soll ich die übrige Flotte anweisen, vor der Küste vor Anker zu gehen?«

General Tyro lachte zur Antwort, aber ohne jeden Humor.

»Niemand geht vor Anker!«, rief er. »Wir wollen Toronia zurückgewinnen, und der Kampf beginnt in diesem Augenblick! Wir werden erst ruhen, wenn wir die ersten Lichter des Feindes ausgelöscht haben!«

Alle Blicke – auch Tarlans – folgten Tyros Finger, der über den Strand nach Süden zeigte, wo im abendlichen Dunst ein paar Lampen flackerten.

Das Dorf!

Tarlan wurde von Schrecken ergriffen.

»Ihr dürft sie nicht angreifen«, sagte er verzweifelt. »Was haben euch diese Leute getan?«

»Sie sind Barbaren«, antwortete Tyro. »Und sie stehen zwischen uns und Idilliam.«

Ein Stück strandaufwärts war die erste Welle von Schiffen bereits angelandet. Anders als Merellos schlankes Schiff hatten die meisten breite, bauchige Rümpfe. Vor ihren baumähnlichen Masten hatten sie einen kleinen, gedrungenen Turm. Wenn die Schiffe auf den Strand geglitten waren, klappten an ihrem Bug Rampen herunter. Sie sahen aus wie bewegliche Burgen, jede mit einer eigenen Zugbrücke.

Tarlan beobachtete entsetzt, wie Soldaten aus den Schiffen strömten. Sie hatten alle Hautfarben von Schwarz bis Weiß, und die Umhänge über ihren kupferfarbenen Rüstungen zeigten alle Farben des Regenbogens. Mindestens die Hälfte von ihnen ritt auf Pferden mit goldener Rüstung. Im weichen Abendlicht gaben die Galadronier ein erstaunliches Bild ab.

Tyro blickte Tarlan an. »Was für Waffen, glaubst du, werden sich unseren Truppen entgegenstellen? Fischernetze vielleicht? Oder Hummerfallen?« Er versetzte Tarlan einen Stoß. »Nun fliege fort mit deinen Freunden aus dem Wald, Junge, bevor wir euch alle töten.«

Tarlan konnte sich nicht mehr im Zaum halten.

»Ich bin kein Junge«, rief er Tyro und allen in Hörweite zu. »Ich bin Tarlan, Sohn von König Brutan, einer der Drillinge! Ich habe das Recht, hier zu stehen, ihr nicht!«

Tyro zeigte keine Regung.

»Du, ein Prinz?«, höhnte er. »Also nicht nur schmutzig, sondern auch noch verrückt! Dann gehört dies alles« – er beschrieb mit der Hand einen weiten Kreis – »also dir?«

»Nein«, erwiderte Tarlan. »Aber euch gehört es ganz bestimmt nicht!«

Er zog sein Schwert. Tyro schlug mit unglaublicher Schnelligkeit zu. Mit dem Handrücken traf er ihn am Kinn. Tarlan sah helle Sterne aufblitzen und taumelte benommen zu Boden. Mit wütendem Gebrüll hieb Brock mit der gewaltigen Pfote nach Tyro. Der Bärtige konnte gerade noch rechtzeitig zurückspringen, aber Brocks messerscharfe Klauen rissen seinen Umhang in Fetzen.

»Theeta!«, schrie Tarlan und rappelte sich auf. »Zu mir!«

Die drei Thorrods waren bereits in der Luft. Filos und Graudorn waren auch schon unterwegs und stürmten heulend und beißend in die Reihen der feindlichen Soldaten. Tarlan grinste wütend, als die Galadronier auseinanderstoben. Drei Soldaten kamen mit erhobenen Schwertern auf Brock zu. Er ging auf alle viere und preschte auf sie los, bevor sie auch nur einen Hieb setzen konnten. Zwei Soldaten sanken wie Lumpen zu Boden, den dritten zermalmte Brock mit den Tatzen. Theeta landete direkt neben Tarlan und beugte den Kopf so tief, dass ihr Schnabel den Sand berührte. Tarlan packte mit der freien Hand ihre Halskrause und schwang sich auf ihren Rücken. Schon während er sprang, stieß sie sich mit den Klauen vom Boden ab. Mit mächtigen Schlägen ihrer riesigen, goldenen Schwingen, bei denen die Luft feine Girlanden in den Sand zeichnete, schraubte sie sich in den Himmel hinauf.

»Böse Menschen«, bemerkte Theeta.

Sie hielten direkt auf Brock zu, der wieder auf den Hintertatzen stand und sich gegen einen ganzen Ring von Reitern zur Wehr setzte. Theeta tauchte mitten hinein, schwang die scharfen Krallen und zerstreute den Feind.

Ganz in der Nähe blitzten in der Abenddämmerung goldene Federn auf, und Tarlan sah, dass Nasheen und Kitheen Theetas Beispiel folgten. Die beiden Thorrods flogen auf und nieder, auf und nieder, und mit jedem Sturzflug sank eine weitere Reihe von Galadroniern in den Sand.

Aber es kamen immer neue Schiffe an, eine scheinbar endlose Parade von Schiffen. Segel wurden eingerollt, Rampen heruntergeklappt, und schon ergossen sich aufs Neue Hunderte von Reitern auf den Strand. Auch sie trugen die schreiend bunten Waffenröcke und reckten eine verwirrende Vielfalt an Schwertern und Speeren in die Höhe. Doch so viele Schiffe hier auch an den Strand kamen – mindestens ebenso viele nahmen direkten Kurs auf das Dorf und pflügten durch die Häuserreihen, die auf Stelzen ins Wasser gebaut waren. Bald schlugen Flammen aus den Häusern am Ufer, und dazwischen liefen Gestalten herum, winzige Ameisen. Tarlan konnte in der Ferne ihre Schreie hören.

Es ist hoffnungslos, dachte er. *Alleine können wir sie niemals schlagen.*

Sie brauchten Hilfe.

Tarlan blickte sich nach seinem Rudel um. Filos jagte auf Merellos Schiff zu. Dort standen entlang der Reling Bogenschützen aufgereiht; alle zielten mit seltsamen Bogen, die aussahen, als seien sie waagerecht zur Seite gedreht. In wenigen Augenblicken musste das junge Tigronweibchen in Schussweite sein.

»Filos!«, schrie er in der Hoffnung, dass sie ihn im allgemeinen Tumult hören konnte. »Komm zurück!«

Zu seiner Erleichterung drehte sie in dem Moment ab, als eine Salve kurzer, roter Bolzen abgeschossen wurde und eine Armlänge vor ihren Pfoten einschlug, dass der schwarze Sand nur so aufspritzte.

»In den Wald!«, rief er und hoffte, dass es auch seine übrigen Gefährten hörten.

Filos löste sich sofort aus dem Getümmel und lief den Strand hinauf. Nach einem letzten mächtigen Schwung mit den Tatzen, den vier Galadronier auf einmal mit dem Leben bezahlten, wankte Brock hinter ihr her.

»Nasheen! Kitheen! Bringt sie in Sicherheit!«

Während die Thorrods Filos und Brock bis an den Waldsaum geleiteten, hielt Tarlan nach Graudorn Ausschau.

Der Wolf schlich im Kreis um Tyro, der ihn sich mit seinem gebogenen Schwert vom Leib hielt. Jedes Mal, wenn Graudorn zuschnappte, schwang Tyro die Klinge.

»Hinunter!«, schrie Tarlan.

Theeta ließ sich wie ein Stein fallen, die Luft pfiff zwischen den steifen Federn an ihren Flügelspitzen hindurch. Im letzten Moment bremste sie den Sturzflug, und Tarlan schwang sein Schwert. Tyro blickte überrascht nach oben und taumelte einen halben Schritt nach hinten. Das reichte gerade, um nicht geköpft zu werden. Statt ihm die Kehle zu durchtrennen, drang Tarlans Klinge in seine Schulter.

Die Wucht des Aufpralls lief in Wellen Tarlans Arm hinauf. Er konnte nicht sagen, ob er Fleisch oder Rüstung getroffen hatte. Als Theeta wendete, traf Tyro den Wolf mit der Schwertseite. Graudorn taumelte, und aus einer Wunde unter seinem linken Auge schoss Blut.

Tarlan stieß das Schwert zurück in die Scheide und riss Theeta zu einer abrupten Wende herum. Er lehnte sich gefährlich weit zur Seite, schob den Arm unter den verletzten Wolf und wuchtete ihn auf Theetas Rücken. Der riesenhafte

Vogel kreischte vor Anstrengung, schoss aber trotz des zusätzlichen Gewichts mit mächtigen Flügelschlägen wieder in die Höhe. Tarlan drückte Graudorn an sich und spürte, wie schnell das Herz des Wolfs trommelte, sein eigener Puls ging mindestens ebenso schnell, und er atmete heftig. An seinen Händen klebte Graudorns Blut.

»Zur Insel der Sterne«, schrie Tarlan. »So schnell, wie ihr noch nie geflogen seid!«

Während sie über den Kampfschauplatz hinwegsausten, hob eine Abteilung der Galadronier ihre Querbogen. Kaum einen Atemzug später pfiff eine Salve von Kurzpfeilen an Tarlans Kopf vorbei. Einer traf Theetas rechten Flügel, flog aber zwischen den Federn hindurch, ohne sie zu verletzen.

Tyros Stimme donnerte über den Strand. »Du glaubst wohl, du wärst uns entkommen, Junge? Wir werden dich finden! Unsere Schützen werden dich erwischen!«

»Nicht bevor wir euch besiegt haben!«, rief Tarlan zurück.

Theeta flog schneller, als er es je gesehen hatte. Rasch ließen sie das Land hinter sich, und mit jedem Flügelschlag kam die Insel der Sterne näher. Graudorn stöhnte und wand sich vor Schmerzen. Zu Tarlans Entsetzen hatte sich das linke Auge des Wolfs weißlich getrübt. Auch unten auf dem Wasser war Bewegung, zwei Schiffe hatten vom Dorf abgedreht und machten sich mit mächtigen Ruderschlägen an die Verfolgung der Vögel.

»Schneller!«, gellte Tarlan.

»Flott fliegen«, krähte Theeta. Es war kaum zu glauben: Sie flog noch schneller.

Hoffentlich bist du mit deiner Magie fertig, Melchior! Noch nie haben wir deine Zauberkräfte so dringend gebraucht wie jetzt!

In den Kerker?«, rief Sylva aus. »Aber wir wollten doch nachsehen, ob Mutter das Fieber schon überstanden hat. Außerdem kannst du nicht in den Kerker gehen, Elodie. Das ist gefährlich!«

»Ich muss aber, weil …« Elodie suchte verzweifelt nach einer Ausrede. »Weil ich mit dem Mann sprechen muss, der mich angegriffen hat! Wir müssen doch mehr über diese Galadronier erfahren und herausfinden, warum sie mich umbringen wollen.«

»Das lässt sich leicht erraten«, meinte Cedric. »Sie wollen nicht, dass du den Thron besteigst. Außerdem wird sich Hauptmann Gandrell um all das kümmern.« Er blickte über den Hof, wo der Hauptmann eben durch das Haupttor der Burg verschwand. »Komm schon. Jetzt bringen wir dich erst einmal sicher zu deinem Zimmer, und dann –«

»Sicher? Glaubst du, nur einer von uns ist sicher, wenn hier überall diese Galadronier herumschleichen?«

»Es war doch nur einer«, wandte Sylva ein.

»Wenn ich Königin werden soll, dann muss ich auch alles wissen, was sich in meinem Königreich zuträgt. Also gehe ich jetzt in den Kerker. Kommt ihr nun mit, oder soll ich alleine gehen?«

Sie warf den Kopf zurück und marschierte durch den Korridor davon.

Samial reihte sich neben ihr ein. »Glaubst du, dass die beiden kommen?«, fragte er.

»Aber natürlich.«

Und so war es auch

Sie hatten den Kerker bald erreicht. Hier war das rote Gestein der Schlossmauern feucht und von grünem Moos überwuchert. Die Decke war niedrig und die Fackeln an den Wänden die einzige Lichtquelle.

Als sie den Wachraum betraten, stand der Wachhabende von seinem Stuhl auf und stellte sich ihnen in den Weg. Als er seine Besucher erkannte, salutierte er.

»Ich wusste nicht, dass Ihr zurückgekehrt seid«, sagte er. »Ist Euer Vater auch bei Euch? Weiß er, dass Ihr hier seid?«

»Natürlich weiß er das«, antwortete Elodie mit gespieltem Ärger.

Der Wachmann ließ sie passieren.

Sie eilte zu der Zelle, in der ihr Angreifer gefangen saß … und marschierte eilig daran vorbei.

»Wo willst du hin?«, rief Sylva. »Ich dachte, du willst etwas über Galadron erfahren.«

Elodie blieb stehen. *Also schön. Jetzt muss ich ihnen die Wahrheit sagen.*

»Werdet ihr mir bei dem helfen, was ich tun muss?«, fragte sie.

Sylva und Cedric sahen sich an. »Natürlich«, antworteten sie einmütig.

»Dann müsst ihr mir jetzt helfen. Ich werde Fessan befreien.«

»Fessan?«, fragte Cedric verwundert.

»Meinst du den Mann, der mit dir zusammen hierhergebracht wurde?«, fragte Sylva. »Den Burschen vom Dreizack?«

»Ja. Er ist mein Freund – ein sehr treuer Freund. Schon seit Jahren kämpft er für mich und meine Brüder. Für uns hat er sein Leben riskiert. Ich kann ihn nicht hier zurücklassen.«

Sylva schüttelte den Kopf. »Treue ist eine Sache, aber –«

»Treue ist alles, Sylva. Fessan glaubt an die Prophezeiung. Er weiß, dass sie Wirklichkeit ist, und wird alles dafür tun, dass sie sich erfüllt. Ich muss ihn retten.«

Sylva nickte. »Ich verstehe. *Wir* verstehen. Es ist nur … nun, es ist unmöglich.«

»Es ist nicht unmöglich, nur gefährlich.«

Sylva riss den Kopf herum. »Wo ist Cedric?«

Bevor Elodie antworten konnte, hallte Cedrics Ruf durch den Gang. »Elodie! Sylva! Kommt her, schnell!«

Sylva rannte in Richtung des Rufs. Elodie spürte, wie sich eine kalte Hand in die ihre legte, und sah, dass Samial sie aus dem Halbdunkel grimmig anlächelte.

»Ich werde dir helfen, Elodie«, sagte er. »Ich werde dir immer helfen.«

Sie drückte ihm die Geisterhand. »Das weiß ich.«

Cedric war vor einer großen Zelle stehen geblieben, aus der mit blassen, verängstigten Gesichtern Dutzende von Kindern herausstarrten. Viele weinten, alle sahen halb verhungert aus.

Sylva schlug die Hand vor den Mund. »Was soll das?«, fragte sie. »Wer sind diese Kinder?«

»Tarlan hat mir davon erzählt«, sagte Elodie. Sie ballte vor Wut die Fäuste. »Vicerin hat in allen Gebieten, die er erobert hat, Kinder entführen lassen. Sylva, es tut mir leid, aber dein Vater ist –«

»Grausam«, sagte Cedric ausdruckslos. »Eigentlich wissen wir das, Sylva, nicht wahr? Wir wissen es schon lange.«

»Wir müssen sie befreien.« Sylva redete, als wäre sie in Trance.

Elodie nickte; in ihrem Kopf drehten sich die Gedanken.

Fessan wird hier nicht mehr lange durchhalten können. Aber diese Kinder auch nicht.

»Sieh nach, ob Fessan immer noch in derselben Zelle ist«, sagte sie zu Samial. »Falls nicht, such ihn.«

»Ich werde ihn finden«, erwiderte Samial.

»Dann los!«

Als Samial davoneilte, fragte Sylva: »Mit wem sprichst du?«

»Ach, egal. Du hast recht, Sylva. Wir müssen diese Kinder retten. Sam–«

Sie brach mitten im Wort ab. War es klug, Sylva von ihrem geisterhaften Freund zu erzählen?

Ja, beschloss sie.

»Samial! Warte!«

Samial kam zurück und blieb erwartungsvoll vor ihr stehen.

»Glaubst du, du kannst dem Wärter den Schlüssel für die Zelle mit den Kindern stehlen?«

»Ja«, antwortete Samial prompt.

»Dann tu's. Schnell!«

Er schoss davon. Sylva und Cedric hatten diesen Wortwechsel mit offenen Mündern verfolgt. Für sie musste es aussehen, als würde sie Selbstgespräche führen.

»Elodie«, sagte Cedric langsam. »Wir haben da Gerüchte über den Dreizack gehört … Über eine Armee, die mehr ist als eine Armee. Kannst du … kannst du …?«

»Mit Geistern reden? Ja, das stimmt«, beantwortete Elodie seine Frage. »Aber dafür haben wir jetzt keine Zeit. Wir werden die Kinder befreien, und dann werden wir Fessan befreien. Das müssen wir alles heute Nacht tun, bevor Vicerin zurückkehrt, und dann werde ich euch alles erzählen – versprochen.«

»Ja, aber –«

»Lass gut sein! Kannst du ein Ablenkungsmanöver hinkriegen?«

»Ein Ablenkungsmanöver?«, fragte Sylva. »Kinderleicht!«

Nur Augenblicke später sprintete Elodie einen Gang hinunter, der vom Küchentrakt zum Hauptteil der Burg führte. Das Herz pochte in ihrer Brust und trieb sie weiter.

Uns bleibt so wenig Zeit!

Sie bog um eine Ecke und prallte mit einer Dienstmagd zusammen, die eine dampfende Schüssel auf einem Tablett trug. Die Magd schrie, die Schüssel kippte, zersprang auf dem Boden, und etwas, das wie Hühnerbrühe roch, ergoss sich über den Steinboden.

»Das tut mir wirklich leid, Euer Hoheit, aber ich wollte das zu Lady Vicerin bringen«, sagte die Magd. »Es geht ihr immer noch nicht besser, müsst Ihr wissen.«

»Entschuldigung«, rief Elodie und rannte weiter.

Sie sprang eine Treppe hinauf und gelangte zu einer Zimmerflucht im ersten Stock. Dies waren die Gasträume der Burg. Statt auf Steinfliesen traten ihre Füße hier auf glänzendes Parkett. Von den Porträts an den Wänden starrten die ernsten Gesichter der Ahnen von Vicerin auf sie herunter.

Vor einer Tür blieb sie stehen, überlegte kurz, ob sie anklopfen sollte, trat dann aber einfach ein. Im Zimmer saß der Mann, den sie suchte.

»Hauptmann Leom«, sagte sie. »Werdet Ihr mir helfen?«

Wirklich erholt sah Leom nicht aus, aber er wirkte deutlich kräftiger als beim letzten Zusammentreffen. Er war immer noch hager, aber glatt rasiert, und seine frische Uniform stand ihm bestens. Unter seinen Augen lagen allerdings immer noch dunkle Ringe, und sein Blick hatte etwas Gehetztes.

»Euch helfen?«, antwortete er und erhob sich langsam aus dem weichen Sessel, in dem er ausgestreckt gelegen hatte. »Wenn ich das kann, Prinzessin Elodie. Wenn ich das kann.«

Auf einem Tisch sah Elodie eine noch unberührte Schale mit Suppe. Sie sah genauso aus wie die Schüssel, die der

Magd heruntergefallen war. »Geht es Euch gut?«, fragte sie. »Esst Ihr auch genug?«

»Nun, genau genommen habe ich den ganzen Tag noch nichts gegessen. Ich fürchte, dieses gehaltvolle Essen hier in Ritherlee bekommt mir nicht besonders gut. Und, was soll ich Euch sagen? So geht es mir sehr viel besser.«

»Da bin ich aber froh.« Elodie zog die Thorrod-Feder aus der Tasche in ihrem Kleid. »Wisst Ihr, was das ist, Hauptmann Leom?«

Leom machte große Augen. »Die Feder eines Thorrods. Ein wundersames Ding.«

»Ja. Und ein wichtiges dazu. Ich habe sie hier gefunden, in meiner eigenen Kammer. Wisst Ihr, was das bedeutet?«

Das Funkeln in Leoms Augen verriet Elodie, dass sein Kopf arbeitete.

»Sagt es mir«, sagte er.

»Mein Bruder Tarlan fliegt mit den Thorrods.«

»Fahrt fort.«

»Vicerin hat Euch angelogen. Tarlan war hier in Ritherlee – diese Feder ist der Beweis. Vicerin hat ihn hier in der Burg gefangen gehalten. Tarlan konnte fliehen. Aber da sind noch andere, die befreit werden müssen.«

Leom runzelte die Stirn.« Ich vermutete schon, dass etwas hier nicht mit rechten Dingen zugeht, aber …« Er schlug sich mit der Faust in die andere Handfläche. »Tarlan war hier, sagt Ihr?«

»Ja.«

»Dann ist Lord Vicerin also ein Verräter der Krone.«

»So ist es. Hauptmann Leom, werdet Ihr mir helfen?«

Sie hielt den Atem an, während er sich das Gesicht rieb. Dann senkte er die Hände und sah sie lange und eindringlich an.

»Was wollt Ihr, dass ich tue, Euer Hoheit?«

Der ganze Garten stand in Flammen. In den Blumenbeeten loderten Feuer; Bäume brannten und dazu Heu- und Komposthaufen, die die Gärtner liegengelassen hatten. Soldaten und Diener bildeten eine etwas lückenhafte Eimerkette und versuchten vergeblich, der Feuersbrunst Herr zu werden. Überall war Rauch.

Gut gemacht, Sylva!, dachte Elodie zufrieden. *Und natürlich auch Cedric!*

»Ist dies das Ablenkungsmanöver, von dem Ihr mir erzählt habt?«, fragte Leom, als sie auf dem Weg zum Kerker an dem Tohuwabohu vorbeieilten.

»Ja«, antwortete Elodie. »Ist doch ziemlich gut gelungen.«

Sylva und Cedric warteten schon bei der Zelle der Kinder.

»Elodie, Gott sei Dank«, sagte Sylva. »Ich dachte schon, du wärst –«

Sie verstummte, als Samial aus dem Schatten trat und einen großen Schlüsselbund hochhielt.

»Wer ist dort?«, flüsterte Sylva. Elodie wusste, dass die Schlüssel für sie durch die Luft zu schweben schienen.

»Jemand, der sich auf Magie versteht, vermute ich.« Leom blickte Elodie mit gerunzelter Stirn an.

»Das ist Samial«, erklärte Elodie. »Mein Freund.«

Sie nahm sich den Schlüsselbund und probierte ihn durch, bis sie einen fand, der in das große Schloss passte. Die Tür schwang auf. Zuerst rührten sich die Kinder nicht. Einige wichen zurück und kauerten sich hinten in der Zelle an den Boden. Hauptmann Leom ging in die Knie.

»Es ist alles gut, ihr Kleinen«, sagte er mit leiser, tiefer Stimme. »Ihr seid jetzt in Sicherheit. Ich werde nicht zulassen, dass jemand euch etwas antut.«

»Seid Ihr hier, um uns zu helfen, Herr?«, stammelte ein kleines Mädchen mit schmutzigem blondem Haar.

»Ja. Ich werde euch weit fort von hier bringen, an einen Ort, wo euch Lord Vicerin niemals finden wird.«

»Ich gebe Euch Gold, wenn Ihr mich mitnehmt«, rief der galadronische Attentäter aus seiner Zelle.

»Halt's Maul!«, blaffte Elodie und rieb sich den schmerzenden, blau angelaufenen Hals.

Eines nach dem anderen krochen die Kinder aus der Zelle und drängten sich um Hauptmann Leom. Sie blickten bewundernd zu ihm auf, und Elodie wusste, dass ihr Gefühl sie nicht getrogen hatte, als sie ihn herbrachte.

»Beeilt Euch«, sagte sie. »Bringt sie in Sicherheit, so wie Ihr es einst mit meinem Bruder getan habt.«

»Das werde ich, Prinzessin Elodie.«

Er machte sich auf den Weg, gefolgt von den Kindern.

Elodie wandte sich an Sylva und Cedric. »Geht mit ihm

mit. Der Wächter hat Hauptmann Leom zwar salutiert, als wir hereinkamen, aber wahrscheinlich wird er sich anders besinnen, wenn er seine Gefangenen entkommen sieht.«

»Und wenn wir ihn nicht überzeugen können?«, fragte Sylva.

»Dafür habe ich mein Schwert«, entgegnete Leom trocken.

»Und was ist mit dir?«, fragte Sylva.

»Ich werde Fessan suchen.«

»Wir werden zurückkommen, Elodie«, sagte Cedric. »Wir lassen dich nicht im Stich.«

»Nein! Wartet am Tor zum Garten auf mich. Und seid bereit. Wir werden in großer Eile sein.«

Ohne auf eine Antwort zu warten, griff sich Elodie aus einem Wandleuchter eine frische Fackel, nahm Samial an der Hand, und sie liefen zusammen tiefer in den Kerker hinunter.

Aus den Korridoren wurden grob gehauene Tunnel. Elodie spürte, dass sie tief unter der Erde in den uralten Katakomben waren, auf denen Burg Vicerin erbaut worden war. Samial blieb neben einer offenen Zellentür stehen.

»Hier haben sie ihn bis heute gefangen gehalten«, sagte er.

Elodie blickte hinein und sah eine winzige Kammer mit niedriger Decke. In der Wand waren eiserne Handfesseln eingelassen. Auf dem Boden in der Mitte stand eine große Pfütze, in der Ecke war ein Abflussgitter.

»Die Wasserzelle«, fauchte Elodie. Sie versuchte, sich vorzustellen, wie es für Fessan gewesen sein musste – angekettet und bis zum Hals in eiskaltem Wasser. Diese Art von Folter war in ihrer Brutalität typisch für Vicerin. »Und wo ist er jetzt?«

»Nicht weit. Komm mit.«

Hand in Hand rannten sie weiter durch das Gewirr der Gänge. Schließlich blieb Samial stehen. Sie standen vor einer niedrigen Tür aus hartem, schwarzem Holz. Samial ließ sich die Schlüssel geben, suchte, bis er den richtigen fand, und steckte ihn ins Schloss.

Elodie hielt den Atem an, als Samial die Tür öffnete, denn sie fürchtete den Anblick.

Die Zelle war klein und quadratisch, mit festen Wänden aus Erde und einem Lehmboden. Es roch wie in einem Abflussrohr. Fenster gab es keine. Als Elodie die Fackel in die Zelle hielt, zuckte der Mann, der in der Ecke kauerte, zusammen und riss den Arm vors Gesicht.

»Fessan!« Sie reichte Samial die Fackel und rannte hinein. Im gleichen Augenblick stemmte sich Fessan hoch und hob die Fäuste. Seine Knöchel waren blutig, und seine Hände zitterten. Elodie hatte noch nie jemanden gesehen, der weniger zum Kämpfen in der Lage war.

»Fessan! Ich bin's, Elodie!«

»Ich weiß, wer Ihr seid!« Er sprach schleppend und spuckte blutigen Speichel auf die Erde. »Elodie, die Prinzessin. Elodie, die verzogene Göre. Elodie, die Verräterin!«

Elodie zitterte am ganzen Körper. Ihr quollen Tränen aus den Augen: Tränen der Erleichterung, dass er noch am Leben war; Tränen der Scham, weil sie ihn so hatte täuschen müssen; Tränen des Mitleids wegen der Schmerzen und des Kummers, den er hatte erdulden müssen.

»Ich bin hier«, sagte sie. Sie streckte ihm die Hand hin, aber er wich zurück.

»Hier? Ja, Ihr seid hier. Wollt Euch wohl an meinem Anblick weiden, was?«

»Nein.«

»Wie konntet Ihr das tun, Elodie? Nach allem, was der Dreizack für Euch getan hat. Nach allem, was *ich* getan habe.«

»Ich wollte das nicht.« Sie zwang sich, ruhig zu bleiben. »Es war die einzige Möglichkeit. Wenn ich den Vicerins nicht gegeben hätte, was sie verlangten, dann hätten sie euch alle ausgelöscht. Ich dachte, sie würden Euch mit den anderen zurücklassen, aber … Wenn ich gewusst hätte, was sie mit euch vorhaben …«

»Das ist eine nette Geschichte, Elodie.«

»Es ist keine Geschichte. Es ist die Wahrheit.«

»Die Wahrheit? Ihr würdet die Wahrheit nicht einmal erkennen, wenn sie Euch die Kehle durchschneidet.«

Elodies Hand fuhr an ihren Hals und berührte zuerst die Wunde, die ihr der Attentäter beigebracht hatte, und dann die Goldkette, an der ihr Juwel hing.

»Bitte glaubt mir«, flehte sie. »Ich bin hier, um Euch zu retten. Ihr müsst mit mir mitkommen. Wenn wir jetzt gehen, kann ich Euch retten.«

Fessan ballte die Fäuste noch fester, ließ sie dann aber sinken, so dass sein Gesicht ganz zu sehen war. Elodie stockte der Atem. Seine Augen waren rot angeschwollen, seine Wangen blau von Blutergüssen. Seine Lippen bluteten.

»Warum sollte ich glauben, was Ihr sagt?«

Elodie wurde immer verzweifelter. Sie drehte sich zu Samial um, der in der Tür stand und die Fackel hielt.

»Wir haben keine Zeit mehr, Elodie«, sagte er besorgt.

Ich weiß!

Fessan breitete weit die Arme aus. »Tötet mich«, sagte er. »Deshalb seid Ihr doch gekommen, oder? Wenn Ihr nicht gekommen seid, um mich zu verspotten, dann wollt Ihr mir wohl ein Messer in den Leib rammen. Nur zu – auf geht's. Dann hat die Quälerei wenigstens ein Ende.«

Einer plötzlichen Eingebung folgend zog Elodie den Dolch, den Lord Vicerin ihr gegeben hatte. Sein juwelenbesetzter Griff schimmerte im flackernden Licht der Fackel. Dann drehte sie ihn in der Hand und reichte ihn Fessan, mit dem Griff voran.

»Elodie!«, rief Samial. »Nein!«

Mit zitternden Fingern ergriff Fessan die Waffe.

Nun breitete Elodie die Arme aus, genau wie er zuvor. »Dann macht der Sache ein Ende«, sagte sie. »Wenn Ihr mich wirklich für eine Verräterin haltet, könnt Ihr es jetzt beenden!«

Die Muskeln in Fessans Arm zuckten. Für einen Augenblick war Elodie davon überzeugt, dass er es tun würde. Er würde ihr das Messer zwischen den Rippen hindurch bis ins Herz stoßen und ihrer Rolle in der langen und schrecklichen Geschichte des Königreichs Toronia ein Ende machen.

Dann soll es so sein, dachte sie. *Ich habe mein Bestes getan.*

Fessan zitterte nun am ganzen Körper und fasste das Heft des Dolchs noch fester. Seine Augen waren voller Tränen. An seiner Schläfe pulsierte eine Ader.

Elodie schloss die Augen.

Sie hörte das Messer scheppernd zu Boden fallen.

»Ihr seid gekommen«, schluchzte er. »Elodie … Ihr seid meinetwegen gekommen.«

Er schloss Elodie in die Arme und hielt sie ganz fest.

»Es tut mir leid«, schluchzte sie. »Alles, alles tut mir leid. Könnt Ihr mir vergeben?«

»Elodie, da gibt es nichts zu vergeben.«

Sie gingen durch die Katakomben zurück; Elodie stützte Fessan, so gut es ging, während Samial vor ihnen mit der Fackel leuchtete.

»Entweder ist die Fackel verzaubert«, bemerkte Fessan, »oder wir haben wieder Gesellschaft von einem Eurer gespenstischen Freunde.«

Sie kamen in den Wachraum. Der Wärter lag neben seinem Stuhl ausgestreckt am Boden. Aus einer Stichwunde in seiner Seite lief Blut.

Sylva und Cedric warteten wie geheißen am Gartentor. Sie waren bestürzt, als sie Fessan erblickten.

»Ihr armer Mann«, sagte Sylva.

»Konnte Hauptmann Leom entkommen?«, fragte Elodie.

Cedric nickte und schob sie alle unter einen Pavillon. Am anderen Ende des Gartens versuchte eine Anzahl Diener, ein brennendes Nebengebäude zu löschen.

»Dort ist eine Seitenpforte«, sagte Cedric. »Seht ihr sie?«

Er deutete durch den Rauch auf ein in der Schlossmauer eingelassenes Ausfalltor. Als Kinder hatten sie es beim Versteckspielen oft benutzt.

Aber das hier ist kein Spiel.

»Schafft Ihr es so weit?«, fragte Elodie Fessan.

»So weit und noch weiter«, entgegnete Fessan.

»Wir sagten Hauptmann Leom, er solle draußen so lange wie möglich warten«, erklärte Sylva. »Er wird Euch helfen.«

»Aber was ist mit Euch, Elodie?«, fragte Fessan. »Kommt Ihr nicht mit?«

Sie schloss die Augen. *Wenn ich nur könnte. Aber es geht nicht, noch nicht.*

»Nein«, sagte sie traurig. »Ich habe hier noch einiges zu erledigen.«

»Dann lasst mich bleiben. Lasst mich helfen.«

»Nein. Wenn Ihr bleibt, dann werden sie Euch töten.«

Sie drückte ihm die Hand.

»Und jetzt geht, Fessan. Rasch, bevor wir es uns anders überlegen. Und passt auf Euch auf.«

»Ist das wirklich Euer Wunsch, Prinzessin Elodie?«

»Hauptmann Fessan, es ist mein Befehl.«

»Dann ist es meine Pflicht zu gehorchen.«

Er nickte kurz und schlüpfte, dicht an die Mauer gedrängt,

nach draußen. Einmal noch blickte er vom Ausfalltor kurz zurück. Dann war er fort.

»Heute habe ich viel erfahren«, sagte Sylva.

»Worüber?« Elodie starrte noch immer hinaus in die Dunkelheit, wo Fessan verschwunden war.

»Über meinen Vater.« Sylva fing heftig an zu schluchzen. Cedric legte seinen gesunden Arm um ihre Schultern. Elodie umarmte sie beide, und das Herz wurde ihr schwer. Die Wahrheit war bitter.

So blieben sie beisammen, während im Hintergrund noch immer das Feuer loderte. Elodie ließ sich vom Augenblick einhüllen und wünschte, er möge niemals enden. Nach einiger Zeit löste sie sich, widerstrebend.

»Wir müssen gehen«, sagte sie.

»Wir müssen ihn stürzen, nicht wahr?«, sagte Cedric. »Unseren Vater. Deswegen bist du geblieben, richtig, Elodie?«

»Ja«, antwortete Elodie. *Oh, was bin ich froh, dass ihr da seid. Alle beide.*

»Sylva – willst du das auch? Kannst du das?«

Sylva wischte sich die Augen.

»Sag uns nur, was wir tun sollen, Elodie.«

Kapitel 18

Theeta erreichte die Insel der Sterne lange vor den beiden Schiffen aus Galadron. Allerdings ließen ihre Kräfte nach, und der Aufstieg zum Krater des Vulkans dauerte länger, als Tarlan gehofft hatte. Als der Thorrod den Kamm erreichte, war das erste Schiff bereits am Ostufer der Insel gelandet.

»Flügel brennen«, krähte Theeta.

»Weiter«, sagte Tarlan. »Wir müssen Melchior da rausholen!«

Und zwar, bevor uns diese Galadronier einholen.

Theeta ließ sich zügig zum silbernen See im Innern des Vulkans heruntersinken. Noch bevor Theeta aufsetzte, sprang Tarlan von ihrem Rücken. Er prallte auf der Steintafel auf, rollte sich ab, sprang hoch und lief bis an den Rand. Dort lag der Zauberer noch immer, dicht unter der Wasseroberfläche, Arme und Beine weit ausgebreitet.

Nie haben wir deine Zauberkräfte dringender gebraucht als jetzt!

Tarlan wollte schon nach ihm greifen, als er in Gedanken eine vertraute Stimme hörte.

Nichts darf mich stören, bis alle Sternbilder erleuchtet und alle Zahlen genannt sind, sonst ist alles verloren.

Tarlan wusste nicht, ob es Melchior war, der da mit ihm redete, oder ob er sich einfach nur an die Worte des Zauberers erinnerte.

Er knurrte verärgert. »Ich brauche ihn jetzt«, murmelte er. »Und diese Dorfbewohner brauchen ihn jetzt. Aber wenn ich ihn nun zu früh aufwecke?«

Unschlüssig ging er zu Theeta hinüber; Graudorn lag noch immer auf ihrem Rücken ausgestreckt. Bis er eine Entscheidung traf, wollte er wenigstens dem Wolf helfen.

Dann sah er, dass sich der Krater verändert hatte.

Die Sterne!

Er drehte sich mit großen Augen im Kreis, und das Blut schoss ihm durch alle Adern. Als er den Krater verlassen hatte, hatten Dutzende der weißen Steine noch nicht geleuchtet. Nun funkelten sie alle, nein, sie *strahlten*, sie bildeten ein ungeheuer komplexes Netz aus Licht. Es war, als hätte man den Nachthimmel hier heruntergebracht.

So viele!

Sein Blick sprang von einem Stein zum nächsten, und er versuchte, ihre Muster zu ergründen. Er sah eine Ordnung, eine Sprache, die er beinahe lesen konnte. Die Bedeutung tanzte in verführerischer Nähe, blieb aber immer knapp außer Reichweite. Je länger er schaute, desto mehr Steine waren da. Wenn er noch länger hinsah, würde ihre Zahl nur noch zunehmen, bis der ganze schwarze Kraterrand aufgezehrt war und nur noch Licht übrig blieb. Langsam und mit ausgestreckten Armen ging er auf den Rand der Plattform zu, seine Beine bewegten sich aus eigenem Willen, und sein ganzer Körper schien einer größeren Macht zu gehorchen.

»Tarlan stopp!«

Theetas raue Stimme brach den Bann. Tarlan schüttelte

den Kopf; zu seinem Erstaunen stand er schwankend am Rand der Plattform, kurz davor, ins Wasser zu stürzen. Hastig machte er einen Satz nach hinten. In der Nähe hörte er etwas pochen. Das war sein Herz, es versuchte, ihm aus der Brust zu springen.

Graudorn!

Er lief zurück zu den anderen. Der Wolf war nicht mehr bei Bewusstsein.

»Graudorn, es tut mir leid!«

Behutsam hob er den verletzten Wolf vom Rücken des Vogels und trug ihn nahe ans Wasser. Der Puls des Wolfs war im Gegensatz zu seinem eigenen kaum zu spüren.

»Nicht sterben, Graudorn«, flüsterte er. »Bitte, du darfst mir nicht sterben.«

Er drückte den Wolf fest an sich und ließ sich vom Felsen ins flache Wasser gleiten. Dann beugte er die Knie und senkte Graudorn in die Flut.

Als ihm das Wasser bis an die Schnauze schwappte, zögerte Tarlan.

Ich möchte ihn heilen, nicht ertränken.

Aber Melchior war auch nicht ertrunken, oder?

Tarlan biss die Zähne zusammen und tauchte den Wolf ganz unter. Sein graues Fell wogte in der silbernen Flüssigkeit. Seine Beine zuckten. Aus den blutverschmierten Nüstern kräuselten sich Blasen.

Tarlan zählte langsam bis fünf, dann hob er den Gefährten wieder aus dem Wasser – wegen des schweren, vollgesogenen Fells ein ziemlicher Kraftakt. Dann schloss sich eine große Klaue um den Körper des Wolfs und hob ihn vollends heraus.

»Danke, Theeta.«

Während der Thorrod Graudorn ablegte, stieg Tarlan heraus und goss noch mehr Wasser über das Gesicht des Wolfs, der sich zusammenkrümmte, als es in sein verwundetes Auge spritzte. Graudorn hob die Brust. Das Licht der glimmenden Sterne schien für einen Augenblick noch intensiver zu leuchten. Tarlan legte dem Wolf die Hand auf die Flanke und konnte einen starken, regelmäßigen Pulsschlag spüren. Das Fell in Graudorns Gesicht schlug Wellen. Erstaunt beobachtete Tarlan, wie sich die Wunde schloss und sich die Haut mit einer langen, gewundenen Narbe versiegelte.

Das Auge über der Narbe blieb weiß und blind.

Der Wolf schlug das andere Auge auf, blickte umher und richtete es dann auf Tarlan. Er hob den Kopf und leckte Tarlans Wange.

»Wolf geheilt«, krähte Theeta selig.

»Danke«, sagte Graudorn mit leisem, zufriedenem Knurren.

Tarlan schlang die Arme um seinen Hals und drückte ihn fest.

»Gern geschehen!« Er weinte. »Aber dein Auge!«

»Ich habe ja noch eines.«

Graudorn wand sich aus Tarlans Griff und schüttelte sich aus, von der Schnauze bis zur Schwanzspitze. Das Wasser spritzte in einer silbernen Spirale und verpasste Tarlan und Theeta eine Dusche.

Lachend kraulte Tarlan den Wolf hinter den Ohren und ging zurück zur anderen Seite der Tafel, wo der Zauberer noch immer reglos im magischen See lag.

Besorgt blickte er zum Netz der leuchtenden Steine hinauf. Waren es wirklich alle? Wie konnte er das wissen?

»Schiffe kommen«, warnte Theeta.

Wie lange würden die Galadronier wohl brauchen, um den Vulkan zu erklimmen? Hatten sie den Rand erst einmal erreicht, dann saßen er und seine Gefährten hier unten in der Falle wie Mäuse in ihrem Loch.

Keine Wahl, dachte er finster. *Jetzt oder nie. Ich muss ihn aufwecken.*

»Jetzt bist du an der Reihe, Melchior«, sagte er und stieg wieder ins Wasser.

Der Zauberer sah genauso aus wie zuvor – Arme und beide weit von sich gestreckt, das Gesicht zu einem unergründlichen Ausdruck verzerrt. Tarlan schob seine Hände unter Melchiors Rücken und zog.

Melchior rührte sich nicht.

Tarlan versuchte es noch einmal. Vergeblich. Der Zauberer hätte ebenso gut aus Stein sein können.

»Theeta! Komm und hilf!«

Der Thorrod kam heran und senkte die Klaue gehorsam ins Wasser. Doch selbst mit ihren riesigen Krallen und ihrer gewaltigen Kraft konnten sie Melchior nicht bewegen.

»Das reicht«, sagte Tarlan und winkte ab. »Lass mich überlegen.«

Wieder sah er die funkelnden Sterne an. *Habe ich etwas vergessen?*

Er tauchte die Arme wieder ins Wasser, schloss sie hinter Melchiors Rücken und zog. Er spürte die Anspannung in seinen Schultern und Halssehnen. Seine Oberschenkel wölbten sich vor Anstrengung.

»Theeta hilft?«, fragte der Theeta.

Bevor Tarlan antworten konnte, traf ihn etwas in die Brust, presste ihm die Luft aus den Lungen und riss ihn aus dem Wasser. Er flog mit rudernden Armen durch die Luft. Die Steintafel kam ihm rasend schnell entgegen … und dann war Theetas Flügel da, ein lebendiges Federbett, das seinen Aufprall abfing.

Er kam wieder auf die Füße und machte vorsichtig einen Schritt auf den See zu. Ringsumher brannten die weißen Steine wie Miniatursonnen. Als er einen weiteren Schritt machte, drückte ihn etwas rückwärts: eine gewaltige, unsichtbare Kraft.

Die Luft knisterte, und Tarlan bekam eine Gänsehaut. Er sah, dass sich Graudorns Fell gesträubt hatte und Theetas Federn zerzaust wurden, als würde sie mit großer Geschwindigkeit fliegen.

Wieder versuchte Tarlan, vorwärtszulaufen. Wieder schob ihn die unsichtbare Hand zurück, kräftiger diesmal. Das Licht der Steine verstärkte sich. Irgendetwas wuchs im allumfassenden Strahlen, und dann stieg ein silberner Baum vor ihm auf. Sein Umriss war verschwommen. Seine Form veränderte sich; schon war es kein Baum mehr, sondern ein

Turm aus silbernem Stein. Dann verwandelte er sich in eine silbern schimmernde Flamme.

Aus den Sternen schlugen Zungen aus weißem Feuer und stießen von allen Seiten des Kraterrandes in Richtung der Plattform vor, auf der sich Tarlan, Theeta und Graudorn niederkauerten. Tarlan schlug die Hand vors Gesicht und hatte keinen Zweifel, dass für sie alle das Ende gekommen war.

Durch die geschlossenen Augenlider spürte er, dass sich die Welt rot färbte. Dann ließ die Helligkeit plötzlich nach. Das Knistern erstarb. Alles war still.

Tarlan senkte die Hand.

Melchior stand vor ihm.

Der Zauberer wirkte jünger, obwohl noch immer tausend Falten sein Gesicht zerfurchten. Er schien auch größer zu sein – war das möglich? Um ihn wehte sein gelber Umhang in ständiger, flüssiger Bewegung, obwohl er selbst reglos dastand. In der Hand hielt er seinen Stab, und auf dem vom Alter gegerbten und doch seltsam jugendlich wirkenden Gesicht lag ein Grinsen.

»Melchior!«, sagte Tarlan schüchtern. »Hat es … bist du …?«

Der Zauberer grinste noch breiter.

»Ja, mein Junge! Beide Male ja!«

Bei diesen Worten entspannte sich der ganze Körper des Zauberers. Die beunruhigende Bewegung seines Umhangs hörte auf. Er machte einen Schritt nach vorn, bog mit einem erstaunten Ausdruck seine Beine und stampfte mehrmals mit den Füßen auf die Felstafel.

»Die Welt fühlt sich stark an«, erklärte er. »Aber vielleicht bin ich das auch selbst. Wer kann das sagen?«

»Bist du zurück? Ich meine, hat es geklappt? Ist es wirklich gelungen?«

Wortlos öffnete Melchior die Arme und deutete auf die überwältigenden Sternbilder, welche die Steine rings um ihn in die Wand zeichneten. Aber waren sie noch so grell wie zuvor?, fragte sich Tarlan.

Ihre Aufgabe ist erfüllt. Schon werden sie schwächer.

Melchior hielt den Stab in die Höhe. Seine Finger tanzten über die in seine Oberfläche eingegrabenen Runen. Seine Lippen bewegten sich schnell. Tarlan vernahm keine Worte, aber insgeheim spürte er, dass der Zauberer zählte.

Am Ende des Stabs tauchte ein Spatz auf. Er hob sich sofort in die Luft, und das Flattern seiner Flügel durchbrach die Stille. Jede seiner winzigen braunen Federn sah aus, als sei sie aus Eichenholz geschnitzt worden. Theeta reckte den Hals über Tarlans Schulter und sah interessiert zu.

Wie ein Pfeil flog der kleine Vogel nun zum anderen Ende des Stabes und verschwand wieder im Holz, dem er entsprungen war. Einen Augenblick später vollführte ein zweiter Spatz dasselbe Kunststück. Es erschienen drei weitere Vögel, dann flatterte ein endloser Vogelschwarm am Stab entlang.

Tarlan sah begeistert zu, während ihm Theeta den riesigen Schnabel leicht auf die Schulter legte. Graudorn saß indessen bei Fuß und ließ das Spektakel nicht aus seinem gesunden Auge.

»Kleine Flügel«, sagte Theeta.

Melchiors Finger hielten wieder still, und seine Lippen bewegten sich nicht mehr. Der Vogelzug strömte ein letztes Mal in den Stab, und übrig blieb ein einziger Spatz, der plötzlich auf Theeta zuschoss. Der kleine Vogel kreiste dreimal um den Kopf seiner gigantischen Verwandten, kehrte zum Stab zurück, zwitscherte noch einmal und verschwand wieder im Innern.

Melchior war ernst geworden, während er das Kunststück vollführte, aber nun entspannte er sich.

»Die Zauberkraft ist wieder da«, sagte er. Mit gerunzelter Augenbraue pflückte er eine winzige Feder vom Ende des Stabs. Er betrachtete sie für einen Augenblick, dann rieb er sie zwischen den Fingern, und sie verschwand.

»Das war … erstaunlich«, sagte Tarlan. Er spürte, dass sich das Lächeln des Zauberers auf seinem eigenen Gesicht widerspiegelte. Trotz der Vorgänge am Strand fühlte er sich nun wieder sicher.

Dann fielen ihm die Schiffe ein.

»Ich fürchte allerdings, wir haben nicht viel Zeit für solche Tricks.«

»In der Tat.« Melchior wurde ernst. »Es gilt, ein Königreich zu gewinnen. Aber zuvor muss ich dir eine Frage stellen, Tarlan, und du musst mir ehrlich antworten.«

Tarlan schluckte. Ihm war etwas unwohl. »Also gut.«

»Hast du mich vor der Zeit aufgeweckt?«

Tarlan erwog kurz zu lügen, überlegte es sich aber doch anders. »Ich weiß es nicht. Ich glaube, nicht. Ich musste … ich musste dich für eine Weile allein lassen. Als ich zurückkam, leuchteten alle Steine. Ich versuchte, dich aus dem Wasser zu heben, aber es ging nicht. Und dann … nun, dann bist du selbst herausgekommen.«

Die Falten gruben sich immer tiefer auf Melchiors Stirn ein, während er aufmerksam zuhörte. Als Tarlan fertig war, nickte er bedächtig.

»Gut. Ich verstehe. Gut gemacht, Tarlan. Sehr gut.«

Tarlan wandte sich ab und seufzte erleichtert. Aber Melchior legte ihm die Hand auf die Schulter und drehte ihn wieder um.

»Und jetzt sage mir, Tarlan, warum du mich verlassen musstest … und warum du zurückgekehrt bist.«

Tarlan warf einen Blick hinauf zum Kraterrand, einem winzigen Lichtkreis hoch über ihren Köpfen. »Da ist so viel zu erzählen, Melchior, aber ich fürchte, wir haben keine Zeit dazu.«

»Dann erzähle es rasch.«

Also erzählte Tarlan hastig von der Invasionsflotte. »Sie sagen, sie kämen aus Galadron.«

Melchior machte große Augen. »Galadron«, wiederholte er langsam. »Bist du dir sicher?«

Tarlan nickte.

»Einmal vor langer Zeit bin ich dorthin gereist«, sagte Melchior. Er schloss die Augen, wie um sich zu erinnern. »Vor dem Tausendjährigen Krieg war Galadron eng mit Toronia befreundet. Dann brach in Toronia Krieg aus. Seither hat sich Galadron von uns abgewandt. Mit dem Krieg wollte man dort nichts zu tun haben.«

»Das ist jetzt anders«, murmelte Tarlan.

»Viel muss sich verändert haben.« Unversehens schlug Melchior mit dem Stab auf den Felsen. »Du hattest recht, Tarlan.«

»Recht womit?«

»Dies ist keine Zeit für Zaubertricks, und vergeuden dürfen wir sie auch nicht. Toronia kann sich im Augenblick nicht gegen eine Invasion verteidigen. Wir sind alle in sehr viel größerer Gefahr, als wir gedacht haben.«

Von oben schallten Rufe herunter. Tarlan spürte, dass Theeta den Schnabel von seiner Schulter hob und nach oben blickte. Oben am Kraterrand zeichneten sich winzige Gestalten gegen den Himmel ab.

»Ist man dir hierher gefolgt?«, fragte Melchior.

»Deshalb drängte ich zur Eile. Theeta – kannst du uns alle tragen?«

»Theeta stark!«, sagte der Thorrod. »Fliegen sofort!«

Tarlan wollte Melchior auf Theetas Rücken helfen, aber der alte Mann überraschte ihn mit seiner Beweglichkeit. Als er sich Graudorn zuwandte, sah er, dass der Wolf schon im dichten Gefieder hinter dem Zauberer Platz genommen hatte.

»Dieses Wasser ist ein mächtiges Zeug«, sagte Tarlan, als er sich zu seinen Freunden setzte.

»Mächtig?«, meinte Melchior mit ernster Miene. »Mein Junge, du hast ja keine Ahnung!«

Tarlan lief ein Schauder über den Rücken. Dann ließ der Zauberer ein Lächeln aufblitzen.

»Aber bald wirst du es wissen! Fliege, großer Vogel! Flieg!«

Trotz der schweren Last flog Theeta schnell und in gerader Linie dem Himmel zu. Die leuchtenden Steine sausten vorbei und fielen rasch zurück wie Sternschnuppen. Obwohl ihr Licht tatsächlich schwächer wurde, strahlten sie doch so hell, dass sie lange Spuren in Tarlans Gesichtsfeld zurückließen.

Sie leuchten alle, sagte er sich. *Tatsächlich leuchten sie alle!*

Und das taten sie.

Außer einem.

Er lag am oberen Ende einer funkelnden Lichterkette, durch die sie aufstiegen: ein einzelner, unbeleuchteter Stein. Als Tarlan ihn sah, blieb sein Herz fast stehen. Er spürte, dass Melchior hinter ihm erstarrte, und wusste, dass der Zauberer ihn auch gesehen hatte.

»Was bedeutet das?«, schrie Tarlan im brausenden Fahrtwind.

»Nichts.«

»Ich habe dich doch zu früh aufgeweckt. Ich wusste, dass es falsch war!«

»Es ist nichts«, wiederholte Melchior. Klang der Zauberer besorgt, oder bildete Tarlan sich das nur ein?

»Du hast nichts falsch gemacht, Tarlan. Beachte es einfach nicht. Denke an den Spatz.«

»*Den* Spatz? Es waren eine ganze Menge.«

»Nein. Es war nur einer. *Das* war das wirklich Magische.«

Tarlan hatte keine Ahnung, wovon der Zauberer da redete. »Bist du dir sicher, dass der Stein egal ist?«

»Tarlan, wir haben größere Sorgen.«

Mit ohrenbetäubendem Kreischen stieß Theeta aus dem Krater und weiter hinauf zum Himmel. Es war heller Morgen, der Sturm hatte die Luft reingewaschen. Direkt über ihnen hing der Komet, ein gefrorener Funken aus einem fernen himmlischen Feuerwerk.

An den Hängen des Vulkans wimmelte es von galadronischen Soldaten.

Es sind so viele! Jäh überfiel ihn die Furcht. *Was sollen ein Zauberer und ein Junge gegen sie ausrichten?*

Sie wurden sofort entdeckt. Am ganzen Hang erschollen Rufe, und rings umher schwirrten aus Querbogen abgefeuerte Kurzpfeile. Einige pfiffen dicht an Tarlans Gesicht vorbei.

»Sie wollen uns töten«, sagte Melchior im Plauderton. »Wir könnten über ihre Schussweite aufsteigen. Immerhin haben wir einen Thorrod.«

»Ich habe dich doch nicht aufgeweckt, um zu fliehen«, sagte Tarlan. »Ich dachte, wir kämpfen!«

»Wie traurig«, meinte Melchior. »Und das gleich nach dem Aufwachen. Unsere alten Freunde sind zu Feinden geworden.«

Unten auf den Hängen formten die Galadronier Reihen und luden ihre Querbogen nach.

»Melchior! Wir haben keine Zeit für –«

»Sie marschieren trotz allem ein.« Melchiors Blick wanderte zum Festland, wo das Dorf so hell brannte wie die aufgegangene Sonne. »Sie glauben, sie könnten sich der Prophezeiung widersetzen.«

»Werden sie es schaffen?«

Die Augen des Zauberers wurden unendlich traurig.

»Niemand weiß das, Tarlan. Nicht einmal ein Zauberer.«

Melchior schauderte. Trotzdem blieb sein Körper völlig ruhig. Tarlan kniff die Augen zusammen und fragte sich, was der Zauberer da eben gesehen hatte.

»Hast du dein Schwert?« Melchiors Stimme klang fern und gewaltig zugleich. Der Morgenhimmel verdunkelte sich.

»Ja, aber –«

»Hast du seine Klinge je in einen Menschen gestoßen?«

»Ich habe viele Kämpfe bestritten, aber –«

»Bist du bereit zu töten?«

In ihrer Nacktheit war die Frage erschreckend. Für einen Moment wusste Tarlan nicht, wie er antworten sollte. Dann dachte er an den toten Seethan in den Händen der Hirschjäger, das arglistige, gepuderte Lächeln von Lord Vicerin, als er sich der entführten Kinder rühmte, und an die kopflose Raserei von Brutans Armee der Untoten.

»Ja«, antwortete er entschlossen.

»Dann wirst du das jetzt tun. Bring uns zu ihnen!«

»Ja, Melchior! Theeta – hinunter!«

Der Thorrod wechselte augenblicklich die Richtung, tauchte zum nächsten Berghang hinab und landete kurz vor der Front der Galadronier. Melchior glitt behände vom Rücken des Vogels, herunter auf den zerklüfteten schwarzen Fels des Vulkans. Tarlan trat mit gezogenem Schwert neben ihn, in seinem Kopf pochte es laut vor Wut.

Auch Graudorn sprang geschmeidig heran und blieb mit

gespreizten Pfoten und gesträubtem Nackenfell neben ihm stehen. Sein Knurren klang wie Donner.

Theeta riss ihren tödlichen Schnabel auf und kreischte.

Die Soldaten an der Spitze der anrückenden Armee stürmten los. Melchior hob seinen Stab mit der linken Hand und strich mit der rechten über die geschnitzten Runen. Seine Lippen bewegten sich. Tarlan wappnete sich für den Kampf und reckte das Schwert nach vorn. Welche Kräfte würde der Zauberer entfesseln? Feuer vielleicht? So wie sich der Himmel verdunkelte, könnte es auch etwas wie der Sturm der vorigen Nacht sein.

Schleudere Blitze auf sie, Melchior! Zerschmettere sie mit Donner!

Es erschienen keine Blitze. Es donnerte nicht.

Die Soldaten rannten noch immer auf sie zu, aber irgendwie schienen sie nicht näher zu kommen. Tarlan kniff die Augen zusammen und versuchte zu verstehen, was er sah: Etwa zweihundert Bewaffnete kamen auf ihn und sein geschrumpftes Rudel zu.

Keine zweihundert. So viele nicht. Hundert, vielleicht.

Die Luft um seinen Kopf knisterte ebenso wie zuvor im Krater. Der Himmel war nun schiefergrau. Der Komet strahlte wie ein allsehendes Auge.

Die Soldaten stürmten heran. Und doch … kamen sie nicht näher. Sie bewegten ihre Beine, ruderten mit den Armen, kamen aber nicht voran.

Fünfzig. Es sind nicht mehr als fünfzig.

Der Zauberer neben ihm hielt seinen Stab nun noch fester

gepackt. Seine Lippen verschwammen und gaben immer wieder den Blick frei auf Zähne, die uralten Menhiren glichen. Die Sehnen an seinem runzligen Hals waren straff gespannt. Sein weißer Haarschopf wehte wie eine wirbelnde Schneewolke.

Die Armee der Galadronier schrumpfte auf zwanzig Soldaten, dann zehn. Vorsichtig trat Tarlan in der summenden Luft einen Schritt vor. Seine Haut kribbelte, sein Gesicht fühlte sich heiß und kalt zugleich an. Was spielte sich hier ab? Wohin war der Rest der Armee verschwunden?

Sie sind alle noch da! Es war so schwierig zu sehen, so schwierig zu verstehen. *Sie sind … alle ineinander … oder hintereinander …*

Nein, so war es auch nicht.

Er machte noch einen Schritt und sah genauer hin.

Drei Männer … die alle anderen umgaben. Eine ganze Armee, die rannte, ohne sich zu bewegen, eingezwängt in den Raum von nur drei Männern …

Zwei Männern …

Einem Mann …

Melchior stieß einen wilden Schrei aus, der Tarlan zu Tode erschreckte. Der Zauberer packte den Stab mit beiden Händen und stieß ihn in Richtung des heranstürmenden, unbeweglichen Soldaten.

»Rasch!«, schrie Melchior. »Bevor sich ihre Zahl wieder entfaltet.«

Tarlan ging noch einen Schritt auf den Mann zu … *die Männer?* Dabei schien sich das, was er sah, zu verdoppeln, zu verdreifachen. Er sah viele Gesichter, die sich hinter diesem einen verbargen. Es war, als blickte er durch ein zersplittertes Fenster auf eine ungeheure Menschenmenge.

»JETZT!«, donnerte Melchior.

Tarlan holte mit dem Schwert aus, zögerte kurz und stieß es dem reglos rennenden Mann dicht unter dem kupferfarbenen Brustpanzer in den Leib.

Die Klinge drang zunächst leicht ein und knirschte dann, als sie auf Knochen traf. Tarlan biss bei diesem grässlichen Gefühl die Zähne zusammen, stieß tiefer, drehte die Klinge ein-, zweimal und riss sie wieder heraus.

Der Mann krümmte sich und sank nieder. Seine Augen waren bereits tot. Tarlan stolperte zurück, ihm drehte sich der Magen um.

Melchior stieß hinter ihm einen langen, traurigen Seufzer aus.

Das Knistern ließ nach. In einem einzigen Augenblick verzog sich die Dunkelheit wieder.

Der Mann stürzte noch immer. Und er war dabei, sich wieder zu … *entfalten.* Jetzt stürzten zwei Männer, dann drei, dann fünf.

Zehn.

Hundert …

Atemlos und ungläubig wich Tarlan weiter zurück. Vor ihm lag der Leichnam des Mannes, den er getötet hatte. Daneben lag ein weiterer. Und noch einer. Und hinter ihnen auf den zerklüfteten Hängen des Vulkans lagen noch Hunderte mehr. Ein Meer von Leichen.

Alle von ihm durch einen einzigen Stich mit dem Schwert getötet.

Zuckend öffnete sich seine Hand. Das Schwert entglitt ihm, mit einem hellen Klingen prallte es auf die Felsen. Tarlans Kehle war wie ausgedörrt. Seine Augen traten hervor.

Als ihn etwas am Bein streifte, hätte er beinahe aufgeschrien. Aber es war nur Graudorn.

»Du hast den Feind gebissen«, knurrte der Wolf. »Du hast tief gebissen.«

»Großer Tod«, fügte Theeta mit ungewöhnlich weicher Stimme an.

Tarlan nickte langsam; er war noch zu schockiert, um etwas zu sagen.

Melchior trat zu ihm. Der alte Mann stützte sich erschöpft auf seinen Stab und atmete schwer.

»Ich wusste nicht, wie Magie funktioniert«, sagte Tarlan schließlich. »Ich hätte nie gedacht …«

»Die Zauberei kennt viele Sprachen«, entgegnete Melchior. »Die Sprache, die ich spreche, hat wenige Worte. Aber sie kennt ungeheuer viele Zahlen.«

»Wir können sie alle besiegen.« Die Vorstellung war erschreckend und beglückend zugleich. Aber Tarlan glaubte, dass sie genau das tun mussten.

»Vielleicht. Wie fühlst du dich, Tarlan? Bist du erschöpft?«

Tarlan horchte in seinen Körper hinein. »Nein. Eigentlich nicht. Ich brauchte ja nur einmal zuzustechen … Den Rest hast du erledigt.«

Melchior nickte. Er sah müde aus, sein Gesicht ausgezehrt. »Und deshalb muss ich mich ausruhen.«

Sie setzten sich für eine Weile hin. Die Morgensonne strahlte hell, und auf dem Schlachtfeld war es totenstill. So ungeduldig er war, nahm Tarlan die Verzögerung klaglos hin. Welche Chance hatte er schon, den Feind zu besiegen – ohne Melchiors besondere Kräfte?

Weit entfernt auf dem Festland brannte das Dorf noch immer. Der Strand, an dem die Galadronier gelandet waren, leerte sich langsam, denn die Streitkräfte rückten ins Landesinnere vor.

Ich hoffe, der Rest des Rudels ist in Sicherheit, dachte Tarlan.

Schließlich erhob sich Melchior. Auf einem schwarzen Felssporn trat Tarlan an seine Seite, und sie blickten gemeinsam nach Osten. Der Wind fuhr ihnen ins Haar, so dass sich beide Farben mischten: Weiß und Rotgold, verwoben zu einem einzigen, flatternden Farbknäuel.

»Bist du bereit?«, fragte Tarlan.

»Bist du es?«

»Ja.«

Melchior hob seinen Stab in die Höhe. »Dann lass uns beginnen.«

Kapitel 19

Theeta zog in geringer Höhe über den Strand hinweg, wo die galadronischen Schiffe gelandet waren. Sie sahen verlassen aus, ein paar Späher in den Krähennestern an der Spitze der Masten ausgenommen. Diese wandten die Köpfe, um dem riesigen Thorrod und seinen Passagieren nachzusehen, aber sie machten keine Anstalten anzugreifen.

Vom Rest der Armee war nichts zu sehen.

Zu Tarlans Erleichterung warteten seine Gefährten unten im Sand. Als Theeta gelandet war, winkte er Nasheen zu sich. Das Thorrod-Weibchen mit dem weißen Brustgefieder kam heran; und mit einem agilen Sprung, der sein Alter Lügen strafte, wechselte Melchior auf ihren Rücken.

»Geh zu Filos und Brock«, sagte Tarlan zu Graudorn. »Lauf mit ihnen zusammen. Folgt uns zum Dorf und helft, wenn ihr könnt. Aber seid vorsichtig!«

»Wir werden rennen«, antwortete Graudorn, und sein Auge leuchtete hell. »Vorsichtig zu sein ist aber nicht so leicht, wenn man gerade heftig zubeißt.«

Bevor Tarlan antworten konnte, sprang der Wolf von Theetas Rücken herunter zu seinen Gefährten am Strand. Filos und Brock waren außer sich vor Freude, dass Graudorns Wunde geheilt war. Kläffend und knurrend vor Vergnügen jagten sie um ihn herum.

»Männer fort«, krähte Nasheen und nickte in Richtung der Felsenkluft, durch die sie hierhergekommen waren. »Großer Zug.«

»Alle?«, fragte Tarlan und blickte besorgt nach Osten.

»Es ist eine Invasionsarmee«, wandte Melchior ein. »Was sollen sie anderes tun, als ins Landesinnere zu marschieren?«

»Viele bleiben.« Nasheen deutete in Richtung des brennenden Dorfs im Süden. »Heißer Tod.«

»Ja«, sagte Tarlan. »Ich weiß. Und dort werden wir auch beginnen!«

Mit einem Schrei trieb er Theeta wieder hoch in die Lüfte. Melchior folgte auf Nasheen. Der schweigende Kitheen bildete die Nachhut. Filos und Graudorn sprinteten am Boden hinter ihnen her und liefen dabei fast ebenso schnell, wie die Thorrods flogen; Brock wankte in seinem eigenen Tempo hinterher. Er hatte die Lefzen gebleckt, so dass seine gewaltigen Zähne zu sehen waren.

Je näher sie dem Dorf kamen, desto größer wurde Tarlans Sorge. Mindestens die Hälfte der Holzhäuser stand in Flammen, und ständig loderten neue auf. Die lange Hauptstraße war voller verängstigter Dorfbewohner. Manche hatten Eimerketten gebildet, um die Flammen zu löschen; andere versuchten verzweifelt, ihre Habseligkeiten aus den Häusern zu retten. Die meisten rannten einfach nur panisch herum.

Tarlan sah, dass die Galadronier in den Seitenstraßen systematisch die verbliebenen Häuser in Brand steckten. Jeder Soldatentrupp drängte sich um einen kleinen Handwagen. Darauf standen Metallfässer mit langen Schläuchen und Rohren. Die Soldaten bewegten Kurbeln und Bälge, und die Rohre spien Feuer, das die Reetdächer der Häuser sofort in Brand setzte.

Die Hitze versengte Tarlan beinahe das Gesicht.

»Bleibt zurück!«, rief er den drei Tieren am Boden zu. »Helft den Menschen, die fliehen wollen! Haltet den Feind zurück! Aber geht nicht hinein! Sonst werdet ihr verbrennen!«

Seinem Rudel brauchte er das nicht zweimal zu sagen. Tarlan sah, dass Filos' blauer Pelz schon leicht angesengt wurde, und war froh, als Graudorn und Brock vor der Feuerwand zurückwichen. Die drei schlichen in einigem Abstand auf und ab und achteten aufmerksam darauf, wo sie eingreifen konnten.

Die Hauptstraße war einigermaßen breit und blieb deswegen von Rauch und Flammen weitgehend verschont. Tarlan steuerte Theeta etwa auf Höhe der Dachfirste dort entlang und hielt nach Kampfnestern Ausschau.

Er musste nicht lange suchen.

Ein Trupp von Galadroniern tauchte aus einer Gasse auf, in der eine Feuermaschine wütete. Drei Soldaten hielten mit ihren Schwertern die Dorfbewohner in Schach, während zwei Frauen in Rüstungen die Bälge zu beiden Seiten des Wagens betätigten. Eine dritte Frau stand mit den Händen an einem großen Hebel rittlings über dem Metallfass und wartete offensichtlich auf den Befehl, den Flammenstrahl abzufeuern.

»Schneller, Theeta!«

Tarlan musste sich gut festhalten, während der Thorrod in der erschreckend heißen Luft die Flügel schlug, unter den Dachvorsprung einer Schenke tauchte und direkt auf die Galadronier zujagte.

»He!«, schrie Tarlan. »Hier oben!«

Ihre überraschten Mienen bereiteten ihm ebenso viel Vergnügen wie die Hast, mit der sie versuchten, den Handkarren herumzureißen. Tarlan hatte keine Sorge. Zum Zielen blieb ihnen nicht genügend Zeit. So schnell die Feinde auch waren, Theeta war schneller.

Während sie über die Köpfe der Soldaten hinwegschossen, fällte Tarlan die drei Schwertkämpfer mit einem einzigen Hieb. Theetas Schwung verlieh seinem Schlag eine Kraft, die es zwar nicht mit Melchiors Magie aufnehmen konnte, aber doch mehr als einen Feind auf einmal niederstreckte.

Überdies schlug Theeta mit den Krallen aus und zerschlitzte nicht nur beide Bälge, sondern auch die beiden Frauen, die an ihnen wuchteten. Die Frau auf dem Fass – die als Einzige von der Gruppe noch lebte – riss den Hebel der Maschine herum.

Das war ein folgenschwerer Fehler.

Während Tarlan Theeta wieder in die Höhe und fort vom Handkarren zog, brach der Hebel am Gelenk ab. Das lose Ende schlug einige Funken aus dem Fass, die ganze Maschine explodierte und die Galadronier mit ihr.

Tarlan lenkte Theeta in einen weiten Kreis, um das ganze Dorf zu überblicken. Eine Gruppe von Galadroniern hatte sich am großen Anlegesteg versammelt und legte bei den dort vertäuten kleinen Booten Feuer. Immer wieder sah Tarlan Kitheen auf- und absteigen, auf und ab, eine Zerstörungsmaschine mit goldenen Flügeln, die bei jedem Anflug zwei weitere Galadronier mit dem Schnabel zermalmte.

Er blickte sich nach Nasheen um, sie flog direkt an Theetas Seite.

»Ich habe die Zahl der Gassen verdoppelt«, rief der Zauberer von ihrem Rücken hinüber, »und manche verdreifacht.«

Er zeigte mit seinem Stab in die Richtung. Tarlan blickte um Theetas Hals herum und sah mehrere Trupps von Galadroniern, die ihre Feuermaschinen um unglaublich enge Ecken herumzerrten und immer wieder aufs Neue in Sackgassen landeten.

»Was hast du getan?« Tarlan rieb sich die Augen, denn er konnte kaum glauben, was er sah. War das eine Gasse oder zwei? Trafen dort an der Ecke drei Straßen zusammen oder fünf?

»Ich habe es doch gesagt«, erwiderte Melchior ungeduldig. »Ich habe die Straßen gezählt und neue hinzugefügt. Aber das genügt nicht.«

»Kannst du sie nicht wieder alle zusammenbringen, wie du es vorher getan hast? Sie alle auf einem Fleck versammeln, so dass ich mein Schwert benutzen kann?«

»Sie sind zu sehr zerstreut. Außerdem ist ihr Tod hier keine Lösung.«

Tarlan musste hilflos mit ansehen, wie die Flammen höher

und höher stiegen. Die meisten Dorfbewohner hatten die Hoffnung aufgegeben und liefen schreiend vor dem Feuer davon. Dabei blieb ihnen nur eine einzige Richtung – nach Westen, zum Meer. Wenn sie aber die Küste erreichten, gab es für sie keinen Ausweg mehr.

Verbrennen oder ertrinken!, dachte Tarlan verzweifelt. *Was würde ich wählen?*

»Was können wir tun?«

»Du musst hierbleiben, Tarlan. Tu, was du kannst. Hier sind noch immer Leben zu retten, selbst jetzt.«

»Und was ist mit dir?«

»Ich werde versuchen, bis sieben zu zählen. Hoffentlich komme ich so weit.«

Melchior zog an der Federkrause in Nasheens Nacken und steuerte den Thorrod so über Tarlans Kopf hinweg hinaus übers Meer. Tarlan blickte ihm mit einer Mischung aus Hoffnung und Verzweiflung nach.

Sieben? Was bedeutet das jetzt schon wieder, alter Mann?

Direkt unter ihm schoss aus einem einstürzenden Haus ein Feuerstrahl empor. Theeta schwenkte rasch seitwärts, um nicht von den Flammen erfasst zu werden. Als sie sich wieder gefangen hatte, war von Nasheen am rauchgeschwärzten Himmel nur noch ein Punkt zu sehen.

»Hilfe! Helft mir!«

Der Schrei kam aus einer Reihe Häuser im Schatten des eingestürzten Gebäudes. Tarlan brauchte Theeta nicht zu sagen, dass sie darauf zuhalten sollte.

Die Flammen verschlangen dort ein Haus nach dem

anderen. Am Dachfenster des letzten Hauses war ein kleiner Junge zu sehen, kaum sechs Jahre alt. »Hilfe!«, schrie er noch einmal.

Theeta flog ganz langsam und schlug kräftig mit den Flügeln, um sich im Rauch in der Schwebe zu halten. Während Tarlan sie näher steuerte, erschienen hinter dem Jungen noch zwei Gesichter – ein Mann und eine Frau. Seine Eltern, vermutete Tarlan.

»Ihr müsst springen!«, rief er. »Schnell!«

Dem Jungen und der Frau stand das Entsetzen ins Gesicht geschrieben. Der Mann blickte ernst, fasste den Jungen an den Schultern und warf ihn, ohne dass er Zeit zum Protestieren hatte, aus dem Fenster.

Der Junge landete rittlings auf Theetas Rücken. Tarlan fasste ihn am Kragen und setzte ihn an die Stelle, wo Theetas goldene Halskrause am dichtesten war. Als er aufsah, standen der Mann und die Frau Hand in Hand auf der hölzernen Fensterbank. Um sie quoll dichter Rauch hervor.

»Springt!«, schrie Tarlan.

Sie stießen sich vom Fenstersims ab. Im selben Augenblick glitt Theeta etwas näher an das Haus heran, das nun völlig von den Flammen eingeschlossen war. Die beiden landeten ungünstig, und Theeta wurde vom Aufprall etwas zur Seite gedrückt. Der Mann wäre beinahe abgeglitten, aber Tarlan und die Frau schafften es, ihn mit vereinten Kräften wieder hochzuziehen. Würgend und hustend hielten sie sich fest, während Theeta in die klare Luft über dem Meer hinauszog.

»Ihr habt uns gerettet«, krächzte der Mann, die Stimme

noch immer heiser vom Rauch. Er ergriff Tarlans Arm. »Wie können wir Euch das jemals vergelten?«

»Nicht nötig«, antwortete Tarlan barsch. »Aber vielleicht könnt ihr mir helfen.«

»Was immer Ihr wollt!«

»Nicht alle Feinde sind hier. Habt ihr gesehen, wohin der Rest gezogen ist?«

Die Frau nickte. »Gleich nach dem ersten Angriff sind sie weitergezogen. Als die ersten Feuer brannten, führte sie ihr Befehlshaber fort. Ein großer Mann in einem roten Umhang.«

Tyro.

»In diese Richtung«, sagte der Mann und deutete nach Osten.

Tarlan saß wie versteinert. Dort im Osten lag Isurien – dort waren der Dreizack und auch Elodie.

Ein Thorrod fliegt sehr viel schneller, als eine Armee marschiert, sagte er sich. *Ich kann vor ihnen dort sein.*

»Was ist das?«, fragte der Junge und zeigte aufs Meer hinaus.

Zuerst konnte auch Tarlan nicht erkennen, was er dort sah. Über den Horizont zog sich ein langer, grauer Schatten. Dieser Schatten wurde größer und dunkler. Es schien, als würde der Ozean versuchen, in den Himmel hinaufzusteigen. An der oberen Kante des Schattens bildete sich weiße Gischt, und Tarlan begriff, dass sie eine Welle sahen.

Eine gigantische Welle.

»Hinunter, Theeta!«

Sie setzten die Familie auf dem Bootssteg ab, wo sich viele flüchtende Dorfbewohner versammelt hatten. Die Galadronier waren inzwischen zu ihren Schiffen zurückgekehrt und fuhren weiter die Küste entlang, ihrem nächsten Ziel entgegen.

»Lasst uns nicht hier zurück«, klagte die Mutter, als sie widerwillig von Theetas Rücken stieg.

»Sie haben unsere Boote versenkt«, sagte der Mann. »Wir wissen nicht, wohin wir fliehen sollen.«

»Ihr braucht nicht zu fliehen«, antwortete Tarlan. »Aber ihr werdet euch an etwas festhalten müssen.«

Die Familie blickte ängstlich zum Himmel, als sie abflogen. Die beiden Thorrods hielten aufs offene Meer hinaus, und Kitheen kam rasch an Theetas Seite.

»Großes Wasser«, sagte der große Vogel mit der schwarzen Brust und brach damit ausnahmsweise sein Schweigen.

»Das kannst du laut sagen«, antwortete Tarlan.

Nasheen war nichts als ein goldener Punkt hoch über der gewaltigen Welle. Offenbar konnte sie nur mit großer Anstrengung mit der rasenden Wasserwand mithalten. Melchior saß nicht, sondern stand mit ausgestreckten Armen auf ihrem Rücken, der Wind wehte ihm durchs weiße Haar, und sein gelber Umhang flatterte wie eine Fahne hinter ihm.

»Melchior!«, rief Tarlan, als sich Theeta und Kitheen neben Nasheen einreihten. »Was ist das?«

»Die Welle der siebten Wellen!«, schrie der Zauberer zurück.

»Wie?«

»Hast du noch nie von der siebten Welle gehört?«

»Melchior, erst vor ein paar Tagen habe ich das Meer zum ersten Mal gesehen.«

»Wenn du das nächste Mal mit den Füßen in der Brandung am Strand stehst, dann zähle die Wellen. Eins, zwei, drei … die siebte Welle ist immer größer als die übrigen. Ich habe alle siebten Wellen der Welt gesammelt und miteinander multipliziert. Womit lässt sich Feuer besser bekämpfen als mit Wasser?«

Tarlan, der nicht die Hälfte begriffen hatte, riss sich vom Anblick des schäumenden Wellenkamms los und blickte zur nahen Küste hinüber.

»Das Feuer wird sie löschen, keine Frage. Brennen wird dann nichts mehr, Melchior, aber dieses Ungeheuer wird das Dorf regelrecht zermalmen.«

»Abwarten!«, sagte Melchior mit einem spitzbübischen Lächeln. »Und zusehen!«

Tarlan schlug das Herz im Halse, als sich die Welle dem lodernden Dorf näherte. Das Feuer war längst außer Kontrolle, eine wabernde Masse von orangefarbenem Licht, die über den letzten noch stehenden Gebäuden am Ufer loderte. Dichtgedrängt standen Menschen auf dem Landungssteg und versuchten, sich vor den Flammen zu schützen. Viele waren schon ins Wasser gesprungen und klammerten sich an die Trümmer der Fischerboote; einige versuchten, aufs Meer hinauszuschwimmen.

Wenn sie nicht im Feuer umkommen, dann unter der Welle.

Er hätte das nicht für möglich gehalten, aber die Welle

bäumte sich noch höher auf, als sie sich dem Hafen näherte. Bald war sie doppelt so hoch wie das Feuer, dann dreimal so hoch. Sie war wie ein Kliff – nein, ein Berg –, der in der stechenden Morgensonne in tödlichem Blau schimmerte.

»Melchior!«, schrie Tarlan.

Der Zauberer stand reglos auf Nasheens Rücken, die Augen geschlossen, und bewegte die Lippen.

Tarlan hörte die Schreie der Dorfbewohner.

Im Augenblick, als die Welle den Bootssteg traf, zerbrach sie. Was eben noch eine feste Mauer aus Meerwasser gewesen war, verteilte sich in Millionen winzige Wassertröpfchen, und im Sonnenlicht funkelte ein jedes wie ein einzelner Stern. Die Tröpfchen fielen auf den Steg und die Flammen herunter, nicht wie ein Hammerschlag, wie Tarlan erwartet hatte, sondern als sanfter, dauerhafter Regen.

Die Fischerfamilien am Ufer, die eben noch entsetzt dreingeblickt hatten, waren voller Staunen und Verwunderung. Dankbar sanken sie auf die Knie, während hinter ihnen das Feuer wütend zischte. Noch immer regnete das Wasser der Welle als feiner Nebel herunter, der die Flammen löschte und die verkohlten Reste der Häuser kühlte. Tarlan fuhr mit der Hand durch die feuchte Luft und genoss das Ende der sengenden Hitze.

Die Thorrods kreisten über dem Dampf, der aus den Ruinen des Dorfs aufstieg. Am Ufer halfen die Überlebenden einander auf die Füße, kümmerten sich um die Verletzten und wanderten dann langsam zurück in die mit Asche bedeckten Straßen. Viele hoben dankbar die Hände und winkten.

»Es wird eine Weile dauern, bis sie alles wieder aufgebaut haben«, meinte Tarlan. Er sah den kleinen Jungen, der winkte und von einem Ohr zum anderen grinste. Er winkte zurück.

»Es bleibt noch viel zu tun«, pflichtete Melchior bei, »aber ich spüre, dass du dich auf den Weg machen möchtest.«

Tarlan nickte. »Ich muss das Königreich verteidigen.«

Melchior schob seine nassen Augenbrauen in die Stirn. »Gesprochen wie ein König. Dann bist du jetzt wohl mehr als ein wütender junger Mann?«

Tarlan wurde rot. »Oh, wütend bin ich schon. Aber das hier ist ja nur der Anfang. Die Galadronier werden falls nötig jedes Dorf von hier bis Idilliam niederbrennen. Schon jetzt sind sie auf dem Weg nach Isurien. Ich muss zum Dreizack zurück. Wenn ich vor den Eindringlingen dort bin, kann ich Fessan die nötige Zeit verschaffen, um die Verteidigung zu organisieren. Und ich kann dafür sorgen, dass Elodie in Sicherheit ist.«

»Sehr gut. Ich sehe, dass du entschlossen bist. Dennoch sind die Leute hier noch nicht gerettet. Viele sind noch in den Ruinen eingeschlossen, und Hunderte müssen verletzt sein, wenn nicht noch mehr. Man muss die Toten begraben. Ich werde hierbleiben und helfen. Wird der Thorrod bei mir bleiben?«

»Natürlich«, antwortete Tarlan. »Nasheen – kannst du Melchior noch eine Weile lang tragen?«

Nasheen blickte den Anführer ihres Rudels eindringlich an. Vom Rauch umweht, sah sie wie ein Geistervogel aus. »Zauberer seltsam«, krähte sie.

Tarlan führte Theeta so nahe heran, dass er den Schnabel des anderen Thorrods berühren konnte. »Das weiß ich. Aber es ist wichtig, dass du bei ihm bleibst. Er wird deine Hilfe brauchen. Außerdem dachte ich, du magst ihn, oder?«

»Zauberer leicht. Zauberer dunkel. Zauberer Freund.«

Tarlan lachte.

Es war nicht einfach, die vielen Bedeutungen zu ergründen, welche die Thorrods in wenigen Worten zusammendrängten. Aber eines war sicher: Nasheen würde Melchior nicht im Stich lassen.

»Dann ist es beschlossen. Theeta! Kitheen! Wir trommeln die anderen zusammen und fliegen los. Wir haben keine Zeit zu verlieren!« Tarlan wandte sich an Melchior. »Ich bin froh, dass du wieder in Ordnung bist. Geheilt, meine ich, oder was es auch war …« Er brachte den Satz nicht zu Ende. Noch immer verstand er nicht wirklich, was sich auf der Insel der Sterne mit Melchior zugetragen hatte. »Ich habe dich doch nicht zu früh aufgeweckt, oder? Dieser Stein – der eine, der nicht …«

»Es hat keine Auswirkung, Tarlan. Ich bin sehr froh darüber, dass du da warst und mir geholfen hast. Die Prophezeiung gilt weiterhin. Vergiss das nicht. Solange ist alles gut. Das Wichtigste ist die Prophezeiung. Und nun fort mit euch!«

Grinsend tippte Tarlan mit der Ferse in Theetas Flanke und steuerte den riesigen Vogel auf den Dorfrand zu. Als sie aus einer Dampfwolke hervorkamen, machte sein Herz einen Sprung, als er Graudorn, Filos und Brock nebeneinanderstehen sah. Mit gespitzten Ohren hatten sie auf seine Rückkehr gewartet.

»Seid ihr bereit zum Laufen?«, schrie er. »Wir haben einen weiten Weg vor uns!«

»Ja!«, riefen die drei herauf. »Wir folgen euch!«

Und so brachen sie auf und hielten sich zunächst in Richtung der Felsenschlucht. Die Thorrods kämpfen stetig mit ihren Flügeln gegen den stärker werdenden Ostwind an, während ihre Gefährten am Boden voller Eifer hinterherjagten. Tarlan blickte nicht zurück. Nun hatte er das Meer gesehen, und obwohl er es wunderbar fand, waren seine Gedanken woanders.

Ich komme, Elodie. Und dann … nun, wir werden sehen.

Mit der Sonne im Rücken jagten Tarlan und sein Rudel ostwärts.

Kapitel 20

Links parieren! Und … zustoßen!« Elodie wich mühelos zur Seite, als Sylva halbherzig mit dem Schwert nach ihr stieß. Als Sylva stolperte, tippte ihr Elodie mit der Breitseite ihre Klinge leicht auf den Rücken.

»Es hat keinen Zweck«, keuchte Sylva. »Ich werde das nie lernen.«

»Das wirst du«, rief Cedric aus der Stallecke herüber. Dort saß er auf einem Heuballen und sah bei der Fechtstunde zu. »Du wirst immer besser.«

Er sagte das nicht ohne Wehmut. *Kein Wunder*, dachte Elodie. *Es wird noch lange dauern, bis er wieder ein Schwert führen kann.*

»Du bist eine gute Lehrerin, Elodie.« Sylva setzte ihre Schwertspitze auf dem Boden ab und stützte sich aufs Heft. Ihr Gesicht war rot vor Anstrengung, und ihr Haar hatte sich gelöst. Aber ihre Augen funkelten. »Wie hast du das nur alles gelernt?«

»Die Grundlagen hat mir eine gute Freundin beigebracht«, antwortete Elodie und empfand dabei einen Stich in der Brust. »Sie hieß Palenie. Was das Übrige angeht – nun, im Schlachtgetümmel lernt man äußerst schnell.«

Sylva und Cedric starrten sie beide ungläubig an.

»Was? Glaubt ihr, ich habe mich all diese Zeit beim

Dreizack immer nur in meinem Zelt versteckt? Samial, erzähl ihnen –«

Samial, der neben Cedric auf einem anderen Heuballen saß, zuckte mit den Schultern. Er gehörte inzwischen so selbstverständlich zu Elodies Leben, dass selbst er manchmal vergaß, dass ihn die anderen weder sehen noch hören konnten.

»Wir glauben es dir«, meinte Sylva und grinste.

»Ich höre Pferde! Sie sind zurück!« Cedric sprang ungeschickt von seinem Heuballen herunter und lief zur Tür. »Rasch, versteckt die Schwerter!«

Elodie riss Sylva das Schwert aus der Hand und reichte Samial beide Waffen. Er hatte sie aus der Waffenkammer der Burg gestohlen, nun verstaute er sie hinter einer niedrigen Bank in der Ecke der Scheune.

Elodie trat neben Cedric an die Tür. Eben zog eine Reiterabteilung durchs Tor und weiter in den verbrannten Garten, Lord Vicerin an der Spitze.

»Das waren nur sechs Tage. Ich dachte, sie würden länger brauchen.«

Mehr Zeit zum Üben wäre Elodie recht gewesen, um auf das Kommende besser vorbereitet zu sein. Aber sie registrierte mit Befriedigung den erschrockenen Gesichtsausdruck von Lord Vicerin, als er begriff, dass sich sein Ziergarten in ein Schlachtfeld verwandelt hatte.

»Was ist denn hier geschehen?«, schrie er, gellend vor Wut.

Hauptmann Gandrell hielt Vicerins Pferd fest und redete

leise mit ihm. Während Lord Vicerin zuhörte, lief sein Gesicht rot an.

»Vater scheint nicht eben erfreut darüber, was sich in seiner Abwesenheit hier zugetragen hat«, bemerkte Cedric. Er lächelte grimmig. »Nun, wir hatten ein Feuer, Fessans Flucht, die Kinder … oh, und nicht zu vergessen – den Attentäter.«

Der Hauptmann redete noch immer. Nun wich die Röte aus Lord Vicerins Gesicht, und er wurde totenblass.

»Wo ist sie?«, rief Lord Vicerin mit dünner, näselnder Stimme. »Nichts ist mir teurer als das Wohlbefinden meiner Tochter!«

Natürlich nicht, schnaubte Elodie. *Wenn ich tot bin, dann fällt dein ganzer Plan, den Thron zu kontrollieren, wie ein Kartenhaus zusammen.*

Sie trat hinaus in den verkohlten Garten.

»Hier bin ich, Vater«, rief sie. »Es geht mir gut. Sylva und Cedric kümmern sich um mich. Sie haben mich gerettet.«

Vicerin rutschte unbeholfen vom Pferd herunter. Er stelzte um einige Haufen aus verbrannten Pflanzen herum und umarmte sie flüchtig. Dann fasste er sie ernst ins Auge. Elodie ließ zunächst die Berührung und dann das Anstarren über sich ergehen, ohne mit der Wimper zu zucken.

»Wo ist der Meuchelmörder jetzt?«, fragte Lord Vicerin kühl.

»Wir haben ihn, Herr«, erwiderte Gandrell. »Möchtet Ihr –«

»Was wir möchten, ist, dass man ihm die Gedärme aus dem Leib reißt und dass er bis an die Grenzen von Ritherlee gevierteilt wird! Wenn wir das erledigt sehen, werden wir das Abendessen einnehmen! Sorgt dafür, Gandrell!«

Mit eingezogenem Kopf zog sich der Hauptmann zurück und stellte ein Hinrichtungskommando zusammen.

»Du wirst dies nicht mit ansehen wollen, mein Liebes.« Vicerins Tonfall blieb eisig. »Du wirst dich in deine Gemächer begeben. Sylva, Cedric – ihr sorgt mir dafür, dass sie sicher dort ankommt. Wenn diese Angelegenheit erledigt ist, werden wir die Sicherheitsvorkehrungen überdenken, damit Derartiges nicht noch einmal geschehen kann.«

Er zitterte am ganzen Leib, machte auf dem Absatz kehrt und folgte Hauptmann Gandrell aus dem Garten.

»Er wird deine Bewachung verdoppeln«, flüsterte Cedric, als sein Vater außer Hörweite war. »Dann wird es schwierig werden, das Juwel deines Bruders zu finden.«

Und erst recht, von hier wegzukommen, wenn wir es haben.

»Wir werden es schaffen.« Elodie rieb sich den Hals, der nun fast geheilt war. Sie war froh, dass sie die Hinrichtung nicht mit ansehen musste. Dass der Mann versucht hatte, sie zu töten, spielte dabei keine Rolle; niemand verdiente es, auf solch barbarische Weise zu sterben.

»Ich glaube, wir tun besser, was er sagt«, seufzte Sylva.

»Ja. Aber wir haben eure Mutter heute noch gar nicht besucht.«

Sylva machte ein trauriges Gesicht. »Dann sollten wir das als Allererstes tun. Ich mache mir Sorgen um sie, Elodie. Sie scheint gar nicht mehr gesund zu werden.«

Lady Vicerin lag so reglos, als wäre sie tot. Nur ihre Finger bewegten sich, sie zuckten kaum merklich auf der Bettdecke. Die schlaffe Haut unter ihren Augen hatte eine beängstigende, grünliche Färbung. Ihr Atem war flach und rasselte leise in ihrer Kehle. Sie schien weder wach noch schlafend, sondern in einem schrecklichen Schwebezustand dazwischen.

Elodie blieb in der Nähe des Fensters, so dass Sylva und Cedric bei ihrer Mutter sitzen konnten. Es war dunkel im Zimmer; und sie drehte sich um, um die Vorhänge aufzuziehen in der Hoffnung, dass das Sonnenlicht ihre Genesung beschleunigen oder zumindest ihre Stimmung verbessern würde.

Kaum hatte sie den ersten schweren Samtvorhang zurückgezogen, als eine von Lady Vicerins Mägden hereingeeilt kam und ihn wieder zuzog.

»Vergebt mir, Euer Hoheit, aber Lady Vicerin mag das Licht nicht mehr«, sagte die Magd und machte einen Knicks.

»Ach? Und ich dachte –«

»Es ist wirklich düster, ich weiß. Aber die Heilerin hat es gesagt.«

Elodie blickte sich um. »Wo ist sie denn? Die Heilerin?«

Die Magd starrte auf ihre Füße. »Fortgegangen.«

»Fortgegangen? Wie meinst du das? Wann wird sie wieder zurückkommen?«

Sylva und Cedric sahen vom Bett auf.

»Entschuldigt bitte, aber ich glaube nicht, dass sie zurückkommt. Ich fürchte, man hat sie« – die Magd blickte ängstlich zur Tür – »entlassen.«

»Entlassen?«, rief Cedric verwundert. »Wer würde so etwas tun?«

Die Magd rang die Hände und biss sich auf die Lippe. Sie sah aus, als würde sie gleich anfangen zu weinen.

»Ist ja gut«, sagte Elodie. »Wir möchten doch auch nur das Beste für deine Herrin. Bitte, sag es uns.«

»Er war es«, stieß die Magd aus. »Lord Vicerin. Er sagte, sie würde nicht ihre Arbeit tun, und deshalb hat er sie weggeschickt. Er sagte, im ganzen Land gäbe es keine Heilerin, die Ihrer Hoheit helfen könne, und ich wollte ihm von Frieda erzählen, aber er hörte nicht zu, und nun geht es Ihrer Hoheit immer schlechter und schlechter, und niemand weiß, was zu tun ist!«

»Ich kann das nicht glauben«, sagte Sylva. »Irgendetwas müssen wir doch –«

»Wer ist diese Frieda?«, wurde sie von Elodie unterbrochen.

Die Magd blickte sie mit tränennassen Augen an. »Frieda aus Hambelburg. Es heißt, sie kann heilen, was nicht geheilt werden kann. Es heißt, sie benutzt gewisse … besondere Methoden. Aber Lord Vicerin wollte nicht einmal –«

»Wo liegt dieses Hambelburg?«

»Gleich hinter der Grenze auf Darrand-Gebiet. Kein Tagesritt von hier, denke ich.«

»Also, worauf warten wir noch?«

»Warum bloß hat Vater die Heilerin entlassen?«, meinte Sylva, als sie nach Hambelburg hinunterritten.

Elodie schwieg. Sie wusste nicht, wie oft Sylva das seit ihrem Aufbruch von Burg Vicerin schon gesagt hatte. Cedric hatte durchschaut, wie bösartig sein Vater war; Sylva musste das erst noch herausfinden, früher oder später.

Elodie fand es offensichtlich, dass Lord Vicerin einfach nicht wollte, dass sich seine Frau erholte.

Aber warum?

Der Dunst, der sie auf ihrer Reise begleitet hatte, verdichtete sich nach und nach zu Nebel. Wie kalte Zähne schien er in Elodies Haut zu beißen. Geduldig trotteten ihre Pferde den Hang zum Dorf hinunter, die Straße war kaum mehr als ein schlammiger Pfad. Das Dorf war eine lockere Ansammlung behelfsmäßig zusammengezimmerter Hütten und Scheunen, die beliebig an den Talhängen verstreut lagen. Alles wirkte etwas verloren, als hätte ein Riese alles hingeworfen und wäre dann weitergezogen.

Elodie zitterte und zog die Kapuze enger um den Kopf. Samial, der im Sattel hinter ihr saß, schien die Kälte nichts anhaben zu können.

Offenbar hat es auch Vorteile, wenn man ein Geist ist.

Bislang hatten sich die grauen Umhänge, die sie zur Tarnung trugen, sehr bewährt. Sie verbargen nicht nur ihre reichbestickten Vicerin-Kleider, sondern boten auch einen gewissen Schutz gegen das trübe Wetter, das ihnen wiederum das Verlassen der Burg erleichtert hatte. Cedric hatte natürlich mitkommen wollen, aber Elodie hatte darauf bestanden, dass er zurückblieb.

»Du musst uns den Rücken freihalten«, erklärte sie. »Wenn jemand nach uns fragt, dann sag, dass wir oben in der Dachstube des Turms unser altes Kinderspielzeug sortieren. Sag, dass wir uns nur an diesem Ort sicher fühlen, bis unser Vater die neue Leibwache aufgestellt hat. Und sag, dass wir auf keinen Fall gestört werden wollen!«

Cedric hatte aus seinem Unmut kein Geheimnis gemacht, aber natürlich trotzdem eingewilligt.

»Seid vorsichtig«, hatte er beim Abschied am Schlosstor gesagt.

Und genau das hatte Elodie vor. Hambelburg gehörte zu den Darrand-Ländereien; und es war möglich, dass die Bewohner Besuchern aus Vicerin nicht freundlich gesinnt waren. Daher die Umhänge.

Aber Elodies Sorge war unbegründet. Obwohl im Dorf viele Männer und Frauen ihren Tätigkeiten nachgingen – Holzhacken, Getreideworfeln, Dächerflicken –, schienen alle irgendwie traurig und in sich gekehrt zu sein.

Vielleicht liegt es ja am Krieg. Oder das Leben in Hambelburg ist sehr beschwerlich.

Eine Dorfbewohnerin – eine schwangere Frau mittleren Alters mit müden Augen – blickte schließlich zu ihnen auf. Elodie lächelte und fragte, ob sie wisse, wo Frieda wohne. Die Frau zeigte auf eine reetgedeckte Hütte, die sich fast im Nebel verlor. Elodie bedankte sich, und sie ritten weiter.

»Was machen wir mit den Pferden?«, fragte Sylva, als sie abstiegen. Eine Pferdestange gab es vor der Hütte nicht – nur einen Stapel Feuerholz. Die Pferde konnten hier allzu leicht verlorengehen.

»Es wird nichts passieren.« Elodie nickte Samial zu.

Sylva lächelte. »Natürlich!« Sehen konnte sie den Geist zwar nicht, aber sie hatte sich inzwischen an seine Anwesenheit gewöhnt.

Elodie klopfte an die Tür. Ein etwa fünfjähriger Junge öffnete. Als er Elodie und Sylva sah, rief er nach seiner Mutter. Es erschien eine kleine, dünne Frau, die sie aus arglistig wirkenden, grauen Augen musterte. Ihr ebenfalls graues Haar war zu einem engen Knoten gedreht, und ihr ausgebeultes, schwarzes Kleid reichte bis zum Boden.

»Fremde«, sagte sie. Ihre Stimme war verblüffend tief. »Was bringt euch her?«

»Bist du Frieda?«, fragte Elodie.

Nach einer langen Pause sagte die Frau: »Ja.«

»Meine Mutter ist krank«, sagte Sylva. »Jemand hat uns gesagt, dass du vielleicht helfen könntest.«

Wieder eine Pause.

»Vielleicht. Kommt.«

Die Tür war so niedrig, dass sie sich bücken mussten, aber

innen war es warm und gemütlich. In der großen Kochstelle brannte ein Feuer. Über dem Feuer hing ein Kochtopf. Durch eine Tür sah Elodie eine Speisekammer voller Krüge und Gläser mit Eingemachtem. Dort versteckte sich auch der Junge und starrte sie, den Daumen im Mund, mit großen Augen an.

Elodie blickte sich verwirrt um. Sie war noch nie hier gewesen. *Warum fühlt es sich dann wie zu Hause an?*

»Was plagt sie denn?«

»Wie?« Elodie starrte immer noch in die Speisekammer. *Das ist nichts Eingemachtes. Das sind Tränke. Und das dort ist kein Kochtopf, es ist ein Kessel.*

»Was sie plagt«, wiederholte Frieda. »Die kranke Mutter.«

»Sie hat seit Tagen fast nichts gegessen«, sagte Sylva, der an der Hütte offenbar nichts weiter aufgefallen war. »Außer ein paar Löffeln Brühe. Ihre Haut ist kalt und blass, fast grünlich. Und sie … sie will nicht aufwachen …«

Frieda blickte Elodie seltsam an und scheuchte dann den Jungen aus der Speisekammer. Immer noch am Daumen lutschend rannte er aus der Hütte. Frieda kramte für einen Augenblick in den Regalen und kam dann mit einer kleinen Flasche mit einer dunkelgrünen Flüssigkeit zurück.

Ein Heiltrank, dachte Elodie.

Ihre Augen wanderten über die Flaschen, die dichtgedrängt in den Regalen standen. *Dieser ist gegen Rückenschmerzen*, dachte sie. *Und dieser hilft gegen Warzen.*

Sie schüttelte sich. Wie kam es, dass sie solche Dinge wusste?

Frieda drückte Elodie das Fläschchen in die Hand.

»Gebt ihr nur ganz wenig«, sagte sie. »Wenn es zu viel ist, wacht sie nie wieder auf.« Als sie das Fläschchen losließ, streiften ihre Fingerspitzen Elodies Handfläche. Wie ein Stoß fuhr es Elodies Arm hinauf, und sie hätte beinahe laut aufgeschrien. Frieda machte große Augen. Auch sie hatte es gespürt.

»Hexenblut!«, sagte Frieda. »Deine Mutter?«

»Ja. Meine Mutter war eine Hexe.«

Sylva stockte hörbar der Atem, aber Elodie war mit einem Mal vieles klar. Deshalb war ihr die Hütte sofort vertraut vorgekommen. Ihre Mutter musste auch Tränke besessen haben, und das Wissen darum, genau wie Frieda. Vielleicht hatte sie sogar in einer solchen Hütte gewohnt …

Mit einem Mal drängten sich ihr viele Fragen auf, aber bevor sie sie stellen konnte, platzte der Junge herein.

»Männer!«, heulte er. »Männer, die auf Ungeheuern reiten!«

Friedas graue Augen waren von Angst erfüllt. »Ich wusste, dass er kommen würde. Bis jetzt hat uns Vicerin in Ruhe gelassen. Nun ist er da!«

Draußen schallte Hufgetrappel, und dazu erklangen lange Klagerufe. Frieda bugsierte den Jungen wieder in die Speisekammer und zog eine Falltür im Boden auf.

»Versteckt euch mit uns«, sagte sie eindringlich und ließ den Jungen in den Keller hinunter. »Wenn Vicerins Soldaten euch sehen, werden sie euch töten.«

»Nein«, sagte Sylva. »Das werden sie nicht.«

Sie riss ihren Umhang herunter, und zum Vorschein kam das Kleid mit der blauen Vicerin-Schärpe. Frieda verschlug es den Atem.

»Ich bin Sylva Mayanne Vicerin. Sie werden meinen Befehlen gehorchen!«

Bevor Elodie sie aufhalten konnte, war Sylva schon zur Tür hinaus. Sie eilte hinterher, während ihr die Worte des Jungen noch immer im Kopf herumgingen.

Männer, die auf Ungeheuern reiten. Was bedeutet das?

Draußen wallten Nebelbänke wie zerrissene Seidenschleier – dazwischen riesige Gestalten: Männer auf Pferden, mit Schwertern bewaffnet.

Aber Pferde haben kein Geweih. Und diese Waffen sind länger als Schwerter.

»Ich dachte, es wären Leute meines Vaters«, sagte Sylva, die Augen vor Verwirrung weit aufgerissen. »Wer sind sie?«

Ein riesiges Tier brach aus dem Nebel. Es war doppelt so groß wie Elodies Pferd. Aus dem hinteren Ende seines gewölbten Schädels ragten verzweigte Geweihstangen, viel größer als die Jagdtrophäen, die in der Burg an den Wänden hingen. Seine Augen waren so schwarz wie die Nacht.

Auf seinem Rücken ritt ein Mann in einer Rüstung aus Knochenplatten, über den Kopf hatte er eine schuppige Kappe gestülpt. Diese war mit Zähnen besetzt. Dort, wo man etwas vom Gesicht sehen konnte, zeigte sich grobe, dunkel verschmierte Haut. In der Hand trug er einen Knochenspeer, an dem ein zerschlissenes weißes Banner hing.

Jetzt wusste sie, was sie waren: In ihren Büchern hatte sie

Zeichnungen dieser wandernden Barbaren gesehen, die in den gefrorenen Ebenen von Yalasti Jagd auf Hirschherden machten.

»Das sind Helkrags.«

Neben dem Holzstoß hatte Samial seine liebe Not mit den beiden Pferden, die sich erschrocken aufbäumten. Mit vorgerecktem Speer kam der Helkrag auf sie zu. Diana riss sich los, trat mit der Hinterhand aus und brachte damit direkt vor dem sich nähernden Reiter eine Lawine aus runden Holzscheiten ins Rollen. Der Reiter riss mit einem unverständlichen Schrei sein seltsames Reittier herum und ritt in den Nebel davon.

Sylva zog sich hinter die Tür zurück, wo sie auf Frieda traf, die hinauswollte.

Das Gesicht der Hexe war weiß vor Schreck. »Helkrags! Eigentlich verlassen sie die Eiswüste niemals!«

Elodie überlegte. Das ergab keinen Sinn. »Vicerin hat seine Armee nach Yalasti ausgesandt, um sie auszulöschen«, sagte sie. »Aber was tun sie dann hier?«

»Vaters Plan muss fehlgeschlagen sein«, sagte Sylva.

»Nein!« Elodies Verstand arbeitete auf Hochtouren. Die Stücke passten alle zusammen. »Er muss das die ganze Zeit geplant haben. Er wollte die Helkrags gar nicht vernichten. Er wollte sie anwerben!«

»Aber warum sollte er so etwas tun?«, jammerte Sylva. »Warum sollte er Barbaren nach Ritherlee holen?«

»Elodie!«, rief Samial, der noch immer versuchte, die verängstigten Pferde zu beruhigen. »Wir müssen fort!«

Im Nebel eilten riesige Schatten umher, und überall gellten ferne Schreie. Dies war kein bloßes Scharmützel, sondern eine ausgewachsene Schlacht. Aber welche Chance hatten diese Landbewohner gegen einen derart respekteinflößenden Gegner?

Kaum eine, dachte Elodie finster.

Ein Geräusch wie Donner kündigte die Ankunft weiterer Reiter an. Drei riesige Hirsche tauchten aus dem Nebel auf, jeder mit einem waffenstarrenden Reiter. Ihr Anführer hatte einen weißen Wimpel am Speer: Er war derselbe, den sie zuerst gesehen hatten, und er hatte Verstärkung mitgebracht.

Der Helkrag, der ihnen am nächsten war – ein riesiger Grobian, dessen Kappe nicht aus Schuppen, sondern aus blau-weiß gestreiftem Fell gearbeitet war –, gab seinem gehörnten Reittier die Sporen und kam direkt auf Elodie zu. In der Hand hielt er eine schwere Knochenaxt. Elodie war froh, dass sie bewaffnet gekommen war, zog ihr Schwert und parierte seinen Hieb mit der Klinge, aber die beiden Waffen verhakten sich. Als der Hirsch vorübertrabte, zog sie den Kopf ein, schwang ihren Körper seitwärts, riss am Schwert und brachte den Reiter aus dem Gleichgewicht. Er flog aus dem einfachen Sattel und krachte rücklings in den Schlamm. Sie vollendete die Drehung und stieß das Schwert zwischen zwei der Knochenplatten, die seine Brust schützten. Es drang mit befriedigendem Knirschen hindurch, und der Körper des Helkrags erschlaffte.

»Vorsicht! Links!«, rief Samial.

Elodie wirbelte herum und sah, dass der zweite Reiter auf

sie zuhielt. Gleichzeitig drang der Krieger mit dem weißen Wimpel auf Sylva und Frieda ein.

Elodie sprang zur Seite und ließ den Hirsch vorbeirennen; dann drehte sie sich rasch herum, während sein Reiter den Zügel einzog, um zu wenden. Im selben Moment riss Samial die Keile unter einem noch aufgeschichteten Stapel heraus. Die restlichen Rundstücke rollten über die Erde und trafen die Beine des Hirschs. Elodie hörte es mehrfach knacken – ob da Holz, Knochen oder beides splitterte, war schwer zu sagen.

Mit einem schauerlichen Brüllen stürzte der Hirsch zur Seite, und seine gebrochenen Läufe wurden in die Höhe geschleudert. Der Helkrag hatte nicht mehr abspringen können und war unter seinem Tier eingeklemmt. Beide lagen hilflos zwischen den Holzscheiten und wanden sich vor Schmerzen, bis Elodie herankam und beiden nacheinander die Kehle durchschnitt. Der ganze Zusammenstoß hatte kaum zwei Atemzüge gedauert, Elodie hatte währenddessen nichts als eiskalte Ruhe empfunden.

Der Anführer hatte inzwischen die Tür erreicht. In einer Hand hielt er seine Axt, in der anderen den Speer. Sylva wich zurück. Elodie hatte dafür gesorgt, dass ihre Adoptivschwester ihr Schwert mitbrachte, aber vor Panik schien sie es vollkommen vergessen zu haben.

Elodie lief los, aber sie war zu weit entfernt,

Dann streckte Frieda die Hand aus. Es war eigentlich eine beiläufige Geste und sah aus, als würde sie Hühnern Körner hinstreuen. Etwas glitzerte in der Luft.

Als es das Gesicht des Helkrags traf, fing es Feuer.

Die Flammen loderten für kurze Zeit hell auf. Als sie erloschen, konnte Elodie die verkohlten Ränder der gezähnten Kappe erkennen und in der Mitte eine rote Masse aus verbranntem Fleisch, wo zuvor das Gesicht des Mannes gewesen war. Sie presste die Hand auf den Mund, um nicht aufzuschreien.

Der Barbarenreiter sank in seinem Sattel zusammen, und der Hirsch trug seinen Leichnam in den Nebel davon.

»Elodie!«, rief Samial noch einmal. »Wir können hier nicht bleiben. Es sind zu viele!«

Er hatte recht. Im Nebel waren Rufe zu hören. Man hörte Knochenwaffen gegen Gegenstände krachen, die Feldgerät sein mochten, während unter dem Schleier des Nebels überall in Hambelburg die Schlacht tobte.

»Wir haben, weswegen wir gekommen sind«, sagte Sylva mit bebender Stimme. »Wir müssen fort.«

Elodie behielt die Waffe fest in der Hand. Was für eine Art von Königin würde aus ihr werden, wenn sie denen, die ihre Hilfe brauchten, den Rücken kehrte?

Aber ich kann nicht helfen. Nicht ihnen, nicht hier, nicht jetzt.

Doch sie konnte Sylvas Mutter helfen.

Zitternd steckte sie ihr Schwert weg.

»Samial«, sagte sie. »Bring die Pferde. Wir brechen auf. Und zwar sofort.« Mit einem Blick auf Frieda fügte sie an: »Wollen du und dein Sohn das hier überleben?«

Vom verzweifelten Ritt zurück zur Burg blieb Elodie wenig in Erinnerung. Sie eilten sofort zu Lady Vicerins Gemächern, wo Cedric bereits vor der Tür wartete. Als Elodie sein Gesicht sah, wusste sie sofort, dass etwas passiert war.

»O Sylva«, sagte er, und ihm liefen Tränen über die Wangen. »Ich wünschte, du wärst hier gewesen.«

»Hier? Weswegen?« Ihre aufgerissenen Augen und ihre bebende Stimme verrieten, dass es Sylva bereits ahnte.

Elodie folgte ihnen ins Zimmer. Lady Vicerin lag in ihrem Bett; und zunächst dachte Elodie, dass sie noch genauso aussah wie vor ihrem Aufbruch.

Dann sah sie, dass sich die Brust der Frau nicht bewegte.

»Sie starb bald, nachdem ihr losgeritten wart«, sagte Cedric und versuchte, nicht die Fassung zu verlieren.

»Wir kommen zu spät«, schluchzte Sylva. Sie rieb die Hand ihrer toten Mutter, als wollte sie sie wieder zum Leben erwecken.

Elodie traten Tränen in die Augen. Sie wandte sich ab. Die Vorhänge waren aufgezogen, jetzt wo Lady Vicerin verstorben war; und durchs Fenster flutete trübes Licht herein, das die Bettstatt mit einem kühlen, grauen Schimmer überzog.

Frieda zupfte an ihrem Ärmel. »Darf ich?«, fragte die Hexe. Ihr Blick war auf seltsame Weise gespannt.

»Ich fürchte, für Heiltränke ist es jetzt zu spät.«

»Du sprichst die Wahrheit. Aber das ist nicht, was ich meine.«

Frieda kam ans Bett und berührte Lady Vicerins Stirn mit

dem Handrücken. Dann fuhr sie mit den Fingerspitzen am Hals der Toten abwärts und drückte fest auf ihre Brust.

»Tot, ja«, sagte sie schließlich. »Aber nicht krank.«

»Nicht … wie meinst du das?«, fragte Sylva unter Tränen.

»Diese Frau – eure Mutter?«

»Ja.«

»Es tut mir leid, das zu sagen, aber eure Mutter war nicht krank. Das ist Gift. Eure Mutter wurde ermordet.«

Sylva und Cedric starrten Frieda sprachlos an. Sylva glaubte, ihr würde die Kehle zugeschnürt, und sie riss entsetzt die Augen auf. Elodie kam sich hilflos vor, wollte etwas Tröstliches sagen, aber sie wusste, dass es nichts zu sagen gab.

Elodies Augen wanderten zur leeren Schale auf dem Nachttisch.

Die Brühe! Hauptmann Leom hatte gesagt, es ginge ihm besser, seit er nicht mehr von der Brühe esse!

Elodie wurde es eiskalt.

Lord Vicerin. Immer wieder Lord Vicerin.

Alles war ihr so klar, dass es schmerzte. Vicerin hatte Hauptmann Leom aus dem Weg räumen wollen, bevor seine Männer mit den Helkrags zurückkehrten.

Aber warum tötete er Lady Vicerin?

Warum hast du deine eigene Frau vergiftet?

Kapitel 21

Gulph schloss die Finger um das Heft von Slaters Schwert, das Ossilius in den Türmechanismus gerammt hatte, und nahm all seine Kraft zusammen. Er zog, und für einen kurzen Augenblick fürchtete er, das Schwert würde sich nicht rühren, aber es löste sich mit ohrenbetäubendem Kreischen. Gulph flog nach hinten und schlug auf dem Boden auf.

Dort lag er keuchend und starrte an die Decke der Rüstkammer. Sein Körper schmerzte von der langen Kletterei die Kristallsäule hinauf, von seinem beschwerlichen Weg über die vielen Feldstürze und der noch längeren Wanderung durch die unterirdischen Gänge. *Es wäre so leicht, einfach hier liegen zu bleiben. Sicher vor dem Bakaliss und sicher vor den Untoten.*

Sicher vor der Prophezeiung.

Aber er war nicht in Sicherheit. Und seine Freunde auch nicht.

Er setzte sich auf, sah nach, ob die Krone immer noch fest im Bündel auf seinem Rücken verschnürt war, suchte im fahlen Schein der Fackel nach dem Hebel, der die Tür öffnete, und zog daran.

Als das Standbild mit dem Stierkopf zur Seite rumpelte, überkam ihn wieder dieses seltsame, kratzige Gefühl, das er immer verspürte, wenn er unsichtbar wurde. Er sah an seinem Körper herunter, der schon blasser wurde, und war froh darüber, dass er diese Fähigkeit immer besser unter Kontrolle hatte.

Fähigkeiten, dachte er, denn er erinnerte sich daran, wie er im Gedächtnis von Sidebottom John gelesen hatte. *Ich habe jetzt mehr als eine besondere Fähigkeit.*

Ein Windstoß blies die Fackel aus. Noch während sie flackerte, brach das Sonnenlicht über ihn herein. Gulph kniff die Augen zu, tagelang hatte er nichts als das fahle Zwielicht von Celestis gesehen und war nun von dieser Lichtflut überwältigt.

Nach und nach gewöhnten sich seine Augen daran. Vorsichtig trat er ins Freie. Zum grellen Licht kam nun ohrenbetäubender Lärm, das Krachen einstürzender Gebäude, das Brausen von Flammen und die kehligen Schreie der Untoten.

Gulph blickte an der stierköpfigen Statue hinauf, und ihm fiel ein, dass er nicht die leiseste Ahnung hatte, wie man diesen Weg von außen wieder verschloss. Er hatte aber auch keine Zeit, das herauszufinden.

Beim Stöbern im Schutt stieß er auf einen Haufen verkohlter Balken – die Überreste eines verbrannten Wagens. Hastig türmte er sie vor dem Geheimgang auf und trat zurück, um sein Werk zu begutachten.

Nicht perfekt. Aber das muss reichen.

Dann drehte er sich um und besah sich erst einmal, was aus Idilliam geworden war. Die meisten Gebäude außerhalb der Stadt waren eingestürzt. Überall lag Schutt. Zwischen den Ruinen brannten zahllose Feuer, von denen schwarzer Rauch in den wolkenlosen Himmel hinaufzog.

Und überall waren Untote.

In Massen wankten sie durch die Ruinen, manche stritten miteinander; andere zerrten an dem herum, was von dieser Vorstadt von Idilliam übriggeblieben war. Alle wirkten stark zerfallen, und das Fleisch hing ihnen von den Knochen. Viele waren kaum mehr als Skelette. Der Gestank war unbeschreiblich.

Gulph sah, wie zwei Gruppen von Untoten aneinandergerieten. Ein ehemaliger Soldat riss seinem Gegenüber die Arme aus. Der verkrüppelte Leichnam stürzte zu Boden und rollte seitwärts, bis seine zerfledderten Schultern seine abgetrennten Gliedmaßen berührten. Die Arme fügten sich wieder an, und das zerfallene Fleisch verflocht sich auf wundersame Weise wieder mit den zersplitterten Knochen; so vereint, stand die Kreatur auf und hieb der Gestalt, die sie verstümmelt hatte, nun ihrerseits den Kopf herunter.

Gulph wandte sich schaudernd ab und sah, dass fünf Leichen auf ihn zugewankt kamen. Aus den bunten Fetzen, die von ihrer Kleidung übrig waren, schloss er, dass sie einst Höflinge gewesen sein mussten.

Er kämpfte den Brechreiz nieder und zog Kalias Schwert. Zu seiner Freude war auch die Waffe unsichtbar. Er hielt sie vor sich, fühlte sich durch ihr Gewicht bestärkt und hoffte verzweifelt, dass seine besondere Fähigkeit unterwegs keinen Schaden genommen hatte.

Aber er brauchte die Waffe gar nicht zu benutzen. Die Untoten gingen einfach an ihm vorbei, so dass er sich aufmachen konnte in Richtung der fernen Stadttore, die weit offen standen.

Er lief den größten Teil des Weges und ging den Untoten aus dem Weg, so gut es ging. Wegen des entsetzlichen Gestanks atmete er durch den Mund.

Am Tor angekommen, blieb er stehen und starrte hinauf.

Oben auf dem großen Torbogen waren auf langen Metallspitzen zwei abgeschlagene Köpfe aufgepflanzt. Ihre Haut war grünlich verfärbt, und man sah, dass die Raben schon daran gepickt hatten. Aber Gulph erkannte sie trotzdem.

Der eine war der Kopf von Nynus.

Der andere war der seiner Mutter Magritt.

Zum zweiten Mal in kürzester Zeit fühlte Gulph all seine Kräfte schwinden.

Ich kann nicht hierbleiben. Der Bakaliss ist mir lieber als dies hier.

Er versuchte, den Blick von den verfaulten Gesichtern des ehemaligen Königs und der Königswitwe zu wenden. Aber es gelang ihm nicht. Also schloss er die Augen und beschwor in seiner Vorstellung ein anderes Gesicht herauf: das seiner Freundin Pip, derentwegen er gekommen war.

Diese Pip lächelte ihn an, und als Gulph die Augen aufschlug, war eine dichte Rauchwolke über den Torbogen gezogen und verhüllte die beiden Köpfe. Da Nynus und Magritt mit ihren toten Gesichtern nun nicht mehr anklagend auf ihn herabblickten, fand er wieder Kraft, um weiterzugehen.

Innerhalb der Stadtmauer fand Gulph keinerlei Spuren von dem seltsamen Kampf, den er draußen selbst miterlebt hatte. Idilliam schien verlassen zu sein. Behutsam arbeitete er sich durch die Straßen voran, drückte sich dicht an die Häuserwände und hielt sich fern von dem Blut, das im Rinnstein in der Mitte herunterlief.

Blut – aber keine Leichen. Wo sind sie alle?

Er blickte durch die verdreckten Fenster einer Schenke und sah, dass der Raum voller Menschen war. Er freute sich schon … bis er sah, dass ihnen das Fleisch schlaff aus dem Gesicht hing und am Ende ihrer Finger blanke Knochen herausragten.

Er hastete weiter. Alle Häuser, an denen er vorbeikam, waren voller Untoter. Er konnte niemanden finden, der noch am Leben war. Je weiter er durch das Gewirr der Straßen vordrang und je mehr er sich den mächtigen Mauern von Schloss Berg näherte, desto klarer wurde, dass Idilliam keine Stadt mehr war.

Das ist ein gewaltiges Grab.

Er bog um die nächste Ecke und blickte zur hohen Westwand des Schlosses hinauf. Genau hier hatte er kurz nach seiner gemeinsamen Flucht mit Nynus aus der Himmelsgruft gestanden.

Ich bin die Mauer hinaufgeklettert. Ich wollte hineinkommen und meine Freunde retten. Aber dann kamen die Wachsoldaten …

Das schien eine unendlich lange Zeit her zu sein.

Und nun war er wieder hier, am selben Ort, mit derselben Hoffnung. In Sidebottom Johns Erinnerung hatte er seine Freunde in Ketten gesehen. Also mussten sie im Schloss sein, vielleicht auch in der Himmelsgruft.

»Pip?«, hauchte er. »Wo bist du?«

Vor ihm glänzte etwas in der Sonne. Es schien direkt vor seinen Augen zu hängen. Die Spitze von Kalias Kristallschwert! Entsetzt musste er mit ansehen, wie immer mehr von der Klinge sichtbar wurde. Schon in einem Augenblick würde er den Griff des Schwertes sehen können und dann seine eigene Hand, die es festhielt. Und dann …

Gulph huschte in eine Seitengasse. Er zwängte sich zwischen zwei eingesunkenen Fachwerkhäusern hindurch und versteckte sich hinter einem Haufen modriger Kisten und vergammelndem Gemüse. Sein Herz schlug heftig.

Nun waren seine beiden Hände zu sehen. Er hielt die Luft an, konzentrierte sich und versuchte, diese besondere Empfindung heraufzubeschwören – Sand, Hitze –, aber es gelang ihm nicht. Seufzend stieß er die Luft aus. Er war noch nie so erschöpft gewesen.

Auf, Gulph! Wenn sie dich entdecken, dann bist auch du nur noch ein wandelnder Leichnam in den Ruinen hier.

Er versuchte, sich zu entspannen, um es dann noch einmal zu versuchen, aber bevor er seine Gedanken sammeln konnte, geriet der Abfallhaufen zu seiner Rechten in Bewegung. Gulph schrie auf und stolperte rückwärts. Was war nun dies für ein Ungeheuer?

Das Ding kam näher. Es bestand offenbar aus zersplittertem Holz und Kompost: ein widerwärtiger, zuckender Mund mit missgestalteten Armen und einem von Schimmel überwucherten Kopf. Schleim tropfte von ihm herunter wie vergifteter Regen.

Gulph hielt das Schwert in die Höhe, denn er wusste, dass

er nun größtenteils zu sehen war. Das Dreckmonster wankte weiter und schüttelte seine Hülle ab. Gulph hätte sich denken können, was darunter zum Vorschein kam: die nackten Knochen eines Untoten.

Plötzlich schnellte der torkelnde Leichnam nach vorn. Der Schimmelpilz glitt herunter, und eine grinsende Knochenfratze kam zum Vorschein. Aus einer Augenhöhle ragte ein einzelner Giftpilz hervor, mit seiner rot-weißen Kappe wirkte er auf makabre Weise keck.

Gulph schrie noch einmal und schwang Kalias Schwert. Die Klinge zischte durch die Luft, der Kristall drang in den Knochen, und das Skelett klappte zusammen wie ein Kinderpuzzle. Es schlug dumpf auf dem Boden auf, kein Ungeheuer mehr, sondern nur noch die Überreste einer armen Seele, die schon längst an einem fernen Ort weilte.

Einem besseren Ort, hoffe ich.

In einer Art aufbrausendem Seufzer verschwand auch der Rest von Gulphs Unsichtbarkeit. Er war erleichtert. Wenn er diese Fähigkeit benutzte, fühlte es sich an, als würde er alle seine Muskeln gleichzeitig anspannen: Es war aufreibend und ermüdend.

Aber ich werde es wieder tun müssen, wenn ich sie finden will.

»Gulph? Bist du es? Bist das wirklich du?«

Die Stimme klang schwach und ungläubig. Gulph senkte das Schwert und drehte sich langsam herum. Jemand stand am Ende der Gasse in der Sonne: eine kleine Person in einem schmutzigen, roten Wams und grünen Kniehosen.

Pip.

Der Hals war Gulph mit einem Mal zu eng zum Sprechen. Er stolperte in der Gasse nach vorn und schloss sie in die Arme. Er hielt sie fest, und als auch sie die Arme um ihn schlang und ihn festhielt, fing er an zu weinen.

So blieben sie lange Zeit stehen, bis Gulph schließlich die Arme löste und einen Schritt von seiner besten Freundin zurücktrat. Er besah sie von oben bis unten, bemerkte, wie dünn sie war, wie schmutzig ihre Kleider, wie hohl ihre Wangen, und seine Freude wich großem Kummer.

»Was haben sie dir angetan?«

»Ich bin am Leben.« Schüchtern hob sie die Hand an seine Wange und ließ sie wieder sinken. Sie hatte eine eiserne Fessel am Handgelenk. »Und du bist es auch. Das ist das Einzige, was zählt.«

»Was ist mit den anderen? Der Tangletree-Truppe?«

»Sie kommen zurecht.«

»Stimmt das wirklich? Und was ist *damit*, Pip?« Gulph berührte die Eisenfessel. Sie blickte weg. »Er hält uns immer angekettet.«

»Wer? Wer hält euch in Ketten?« Aber er wusste es schon.

»Brutan. Wir spielen jetzt nur noch für ihn. Er … ich weiß nicht, warum, aber er passt auf, dass die … die Toten uns nicht anrühren. Nur für ihn treten wir auf. Er hält uns am Leben.« Ihre Tränen zogen helle Spuren auf ihren schmutzigen Wangen.

»Nun, das hat jetzt ein Ende. Ich bin hier, um dich zu retten, Pip. Euch alle.«

Sie schüttelte den Kopf. »Ich kann mir nicht vorstellen, wie –«

»Ich habe viel gelernt, seit wir uns das letzte Mal gesehen haben. Pass auf.«

Gulph trat einen Schritt zurück. Er verdrängte seine Müdigkeit und machte sich unsichtbar. Sofort spürte er einen stechenden Kopfschmerz. Er hielt es nur für einen kurzen Moment aus und brachte seinen Körper wieder in die sichtbare Welt zurück.

Pip sah ihn erschrocken an. »Oh. Anscheinend hat sich alles verändert, Gulph?«

Ihr trauriger Blick brachte ihn fast wieder zum Weinen.

»Aber manches ist jetzt auch besser, Pip. Versprochen.«

»Aber kenne ich dich noch, Gulph? Bist du wirklich noch derselbe?«

»Ich bin es, Pip. Wirklich. Ich werde es dir erklären, und zwar alles, aber das muss warten. Jetzt müssen wir zu den anderen gehen. Bringst du mich hin?«

»Natürlich.« Aber sie rührte sich nicht und starrte nur unglücklich auf den Boden.

»Pip? Alles in Ordnung?«

Sie hob den Kopf und flüsterte: »Na, dann komm.«

Auf dem Weg um das Schloss herum hielten sie sich an die schmalen Gassen, bis sie das riesige Südtor erreichten. Wie die anderen großen Stadttore stand es weit offen. Im Hof dahinter hielt sich eine Menge von Untoten auf. Manche liefen im Kreis, andere standen einfach nur da und starrten auf den Boden.

Gulph zögerte, näher heranzugehen. Eigentlich hatte er hier viele Tage als Nynus' Truchsess zugebracht und sollte sich in Schloss Berg zu Hause fühlen, stattdessen kam es ihm unsagbar fremd vor.

»Es wird uns nichts passieren«, sagte Pip. »Du wirst sehen. Kannst du ... noch einmal diesen Trick machen?«

Gulph machte sich wieder unsichtbar und folgte ihr durchs Tor in den Hof. Die wandelnden Leichen drehten sich im Vorübergehen zu Pip um; und die Flammen, die ihnen als Augen dienten, loderten hell auf vor Gier. Skeletthände streckten sich nach ihr aus und wurden im letzten Moment wieder zurückgezogen, als würde Pip durch einen unsichtbaren Schild geschützt. Gulphs Hand zuckte immer wieder an sein Schwertheft. Sie konnten die Menge aber ungehindert passieren.

Pip führte ihn zu einem Turm, der aus der inneren Umfassungsmauer ragte. Sie zog eine Tür auf und trat einen schwarzen Stoffrest aus dem Weg, der dagegengeweht war. Gulph kannte das Stoffmuster: Es war die Standarte von König Nynus, die einst an jedem Mast des Schlosses gehangen hatte.

Nun flatterte dort oben eine neue Fahne in der Brise: Über Schloss Berg wehte wieder Brutans rotes Banner.

Im Innern des Schlosses verstärkte sich das Gefühl der Fremdheit noch. Gulph kannte jede Biegung und Verzweigung der Korridore, gleichzeitig kam er sich vor wie in einem fremden Land. Die feinen Wandteppiche waren von den uralten Mauern heruntergerissen. Alle Möbelstücke, an denen sie vorbeikamen, waren zerschlagen. Die Bilder waren entweder zerschlitzt oder mit Blut beschmiert.

Die Zerstörung machte ihn traurig. Er rückte das Bündel auf seinem Rücken zurecht und spürte dabei das Gewicht der goldenen Krone.

Im Königreich soll wieder Frieden herrschen. Dafür werde ich sorgen.

Wie das übrige Idilliam wurde das Schloss nun von Untoten bewohnt. Wo sich die Gänge kreuzten, standen sie dichtgedrängt; und wann immer die beiden sich den Weg durch Ansammlungen von Leichen bahnen mussten, biss Gulph die Zähne zusammen und fürchtete um Pip.

Es war offensichtlich, dass sich die Untoten am liebsten auf sie gestürzt hätten, aber eine unsichtbare Macht hielt sie in Schach.

Ob wir wohl genauso leicht wieder hinauskommen werden?, fragte sich Gulph.

Schließlich erreichten sie den Thronsaal. Gulph rechnete mit dem Schlimmsten. Beim ersten Mal, als er hier war, hatte er ein lächerliches Bakaliss-Kostüm getragen, mit einer vergifteten Krone in der Tasche. Später hatte er hier unter König Nynus Dienst getan und mit ansehen müssen, wie dieser Kinder folterte, um etwas über die Drillinge der Prophezeiung herauszufinden.

Pip spürte offenbar, dass ihm nicht wohl war. »Was ist, Gulph? Sollen wir zurückgehen?«

Er schüttelte sich. »Alles in Ordnung. Ich habe nur eine Art Echo gehört.«

»Vielleicht sollten wir doch umkehren.«

»Wie? Warum?«

»Es ist nur, dass ... ich glaube nicht, dass es klappen wird.«

»Ich lasse dich nicht hier zurück. Keinen von euch.«

Pip rang die Hände. Etwas schien sie entsetzlich zu quälen. »Jetzt geh schon, Gulph. Bitte, das war alles ein Fehler. Er wird –«

Vom Thronsaal her dröhnte eine heisere Stimme.

»Kleine! Ich kann dich sehen, dort im Schatten. Komm her. Komm jetzt hierher zu mir!«

»Für mich ist es zu spät«, stöhnte Pip, »aber du kannst immer noch entkommen. Jetzt geh doch, Gulph!«

Mit hängenden Schultern trat sie in den Thronsaal.

Gehen?, dachte Gulph. *Das kommt überhaupt nicht in Frage!*

Er kam aber nur drei Schritte weit, bis er bemerkte, dass er in der Luft vor sich seine Hände schweben sah. Er konzentrierte sich und versuchte, sie wieder unsichtbar zu machen, aber sein Kopf schien gleich zu platzen. Verzweifelt blickte er an seinem Körper herunter, der sich nach und nach wie aus dem Nichts wieder zusammenzusetzen schien.

Unschlüssig blieb er stehen, denn er wollte Pip nachgehen, aber er wusste, dass er nur diesen einen Vorteil hatte: seine Unsichtbarkeit und den damit verbundenen Überraschungseffekt.

Ich muss mich nur einen Augenblick ausruhen, dann wird die Kraft zurückkehren.

Aber war das so?

Mit klopfendem Herzen spähte er durch das große Portal. Der Thronsaal sah noch immer fast so aus wie in seiner Erinnerung: ein langer Raum mit einer hohen Decke. Nynus hatte während seiner kurzen Regentschaft befohlen, die Holzläden vor den Fenstern zu schließen, weil er so lichtempfindlich war. Die Läden waren noch immer heruntergelassen, aber viele waren nun beschädigt. Durch die Lücken sandte die Sonne feine Lichtstrahlen herein, die sich in der staubigen Luft brachen.

Am anderen Ende des Saals stand der Thron auf einem Holzpodest. Darauf saß Brutan, Gulphs Vater und untoter König von Toronia.

Das verrottete Fleisch hing in unförmigen Fetzen an seinen Knochen. Von seinem ehemals prächtigen Königsmantel waren nur noch schmutzige Lumpen übrig. Sein Gesicht war kaum mehr als ein leerer Schädel, und in seinen Augenhöhlen tanzten rote Flammen.

Vor dem untoten König tanzte die Tangletree-Truppe unbeholfen im Kreis.

Noddy! Oh, da ist auch Willum, und Simeon … Gulph schlug die Hand vor den Mund, als er, einen nach dem anderen, seine alten Freunde erkannte. Er hatte schon befürchtet, sie könnten zu Untoten geworden sein, bloße Schatten ihrer früheren Existenz.

Dorry!, dachte Gulph plötzlich. *Ich kann Dorry nicht sehen!*

Während Gulph zusah, stolperte Noddy über das hölzerne Steckenpferd, auf dem er ritt. Als er auf den Boden stürzte, hörte man das Rasseln von Metall, und Gulph sah, dass sie alle in Ketten lagen. Kein Wunder, dass sie sich so ungeschickt bewegten.

Nein, dachte er, *es ist nicht das. Sie sind so müde, dass sie gleich zusammenbrechen.*

Am Ende des Saals erhob sich kollerndes Gebrüll und dazu rhythmisches Pochen. Das Pochen kam von Brutans skelettierter Hand, mit der er auf die Armlehne des Throns schlug. Das Gebrüll war sein Lachen.

»Aufstehen!«, donnerte der untote König mit seiner schrecklichen, schnarrenden Stimme. »Aufstehen und wieder hinfallen! Wir sehen euch so gerne hinfallen!«

Pip war inzwischen bei den anderen angelangt. Als sie Noddy aufhalf, sprang Brutan vom Thron auf. Trotz seiner verwesten Erscheinung war er noch immer riesig.

»Kleine!«, brüllte er. »Komm heran! Was gibt's Neues?«

Gulph starrte seine Freundin verwirrt an. Schickte Brutan die Truppe etwa als Spione nach Idilliam aus? Ließ er sie vielleicht nur deshalb am Leben?

»Du bist die Letzte, Kleine«, fuhr Brutan fort. »Hattest du Erfolg, wo die anderen versagt haben? Oder muss wieder einer von euch sterben?«

»Bitte«, flehte Noddy. »Wir wollen nicht sterben.«

»Oh, aber ihr könnt das so gut!«

Dorry? Meinst du etwa Dorry?

Sofort stellte Gulph sich die Szene vor: der untote König, der sich den kleinen Jongleur griff und wie einen Ast zerknickte; das Gesicht des armen Dorry, wie es erblasste … und dann die Flammen, die in seinen toten Augen aufloderten …

»Nun?!«, brüllte Brutan ungeduldig. Er wankte vom Podest herunter. Er war so gewaltig wie ungelenk – ein Toter mit der Masse eines Bären und kaum mehr Grazie als eine Puppe.

Die Gauklertruppe stand schweigend und mit hängenden Köpfen da. Nur Pip blickte den König an.

Dieser ließ die Hand vorschnellen und packte Noddy an der Kehle. Noddys Schrei wurde abgewürgt, als sich knöcherne Finger in sein Fleisch bohrten.

»Du weißt doch etwas«, knurrte Brutan und richtete die lodernden Augen auf Pip. »Sag es mir. Sonst tritt dieser hier in meine Armee ein.«

»Lass ihn los!«, schrie Pip.

»Wohl eher nicht. Was weißt du?«

»Nichts!«

Noddy trommelte mit den Fäusten gegen Brutans schleimbedeckte Arme.

»Wie schade«, bemerkte Brutan. »Dieser ist fast so weit. Aber egal, wir haben ja noch mehr.«

»Also gut!«, schrie Pip. »Ich werde es tun! Aber lass ihn los!«

Sie schluchzte untröstlich und kam zur Tür gelaufen, wo Gulph sich versteckte. Als sie bei ihm ankam, breitete er die Arme aus, um sie aufzufangen.

»Pip! Was will er von dir? Warum hat er –«

Zu seiner Überraschung fiel ihm Pip nicht in die Arme, sondern packte ihm am Handgelenk. Kalias Kristallschwert flog ihm aus der Hand und schlug mit hellem Klang auf dem Boden auf.

»Es tut mir leid«, sagte sie.

Gulph war zu erschrocken, um zu protestieren. Obwohl Pip so klein war, zog sie ihn bis in die Mitte des Thronsaals. Einer nach dem anderen wandten ihm die Mitglieder der Truppe die Gesichter zu.

Brutan ließ ganz langsam Noddys Hals los. Das Feuer in seinen Augen brannte heller.

Pip zerrte Gulph bis vor seinen Vater. Nun kamen die Schatten hinter dem Thron in Bewegung und nahmen die Gestalt von untoten Legionssoldaten an. Unter ihren Bronzerüstungen hing verrottetes Fleisch, feine Sonnenstrahlen fielen auf ihre grinsenden Schädel.

»Es tut mir leid«, wiederholte Pip und fing an zu weinen. »König Brutan, bitte, töte sie nicht. Lass sie einfach am Leben.«

»Ist er das?«, grunzte Brutan und neigte den abstoßenden Kopf zur Seite. »Ist er das wirklich?«

Pip ließ Gulphs Handgelenk los. Verwirrt streckte er seine Hand nach ihr aus, wollte sie trösten, wollte mit ihr weglaufen …

»Pip«, sagte er. Wieder pochten in seinem Kopf starke Schmerzen. Der ganze Thronsaal schien sich zu drehen. »Was geht hier vor?«

Sie riss sich los und ging einen Schritt auf Brutan zu.

»Wir hatten eine Abmachung!«, schluchzte sie. »Ich habe getan, was du verlangt hast. Jetzt lass die anderen gehen!«

»Was, Pip?«, fragte Gulph. »Was hast du getan?«

Pip blickte ihn noch einmal verzweifelt an. Dann wandte sie sich an Brutan.

»Hier ist er«, sagte sie. »Ich habe ihn gefunden, und ich habe ihn zu dir gebracht. Hier ist er, Brutan, hier ist dein Sohn.«

Drittes Buch

Kapitel 22

Elodie saß auf der Bank neben ihrem Fenster. Über der Burg lag dichter Nebel, als wäre sie an den Grund eines tiefen, eigenschaftslosen Sees gesunken. Es musste wohl bald Mittag sein, aber sie war sich nicht sicher, denn von der Sonne war nichts zu sehen.

In der Hand hielt sie die Garrotte.

Elodie drehte sie hin und her, fand das glatte Leder einerseits abstoßend, war andererseits aber fasziniert von der feinen Flechtarbeit. Sie hatte das Ding im Hof liegen sehen, als sie aus Hambelburg zurückkamen und immer noch glaubten, sie könnten Lady Vicerin retten. Aus irgendeinem Grund hatte sie es aufgehoben. Nun konnte sie es nicht mehr aus der Hand legen.

Dieses Ding hat mich beinahe umgebracht.

Aber das stimmte nicht ganz.

Dieser Mann hat mich beinahe umgebracht.

Der galadronische Attentäter war inzwischen hingerichtet worden, aber der Gedanke an ihn erfüllte sie noch immer mit Furcht. Mit zitternden Fingern strich sie über die Garrotte und fürchtete dabei fast, der entsetzliche Gegenstand könnte ihr aus den Händen springen und sich um ihren Hals wickeln, um zu erfüllen, wofür er gefertigt worden war.

Sie erschrak. Etwas hatte sich verändert.

Zunächst war das Leder geschmeidig gewesen, nun fühlte es sich grob und rissig an. Auch die Bank veränderte sich. Das Holzbrett bäumte sich langsam unter ihr auf wie eine Welle und wurde mit einem Mal heiß. Dann brannte es ihr plötzlich im Genick, als würde die Sonne darauf scheinen, aber als sie sich zum Fenster drehte, sah sie nichts als grauen Nebel.

Der blasse Umriss eines Mannes huschte durch ihr Gesichtsfeld. Ein weicher Aufprall ließ die Luft erzittern, obwohl sie hätte schwören können, dass sie nichts gehört hatte. Dann folgte ein langer, trauriger Seufzer.

Da war noch jemand in ihrem Schlafzimmer!

Ihr Herz schlug doppelt so schnell. Sie stand auf, die Garrotte immer noch in den Händen. Sie fürchtete sich nicht, nur …

Eine Schwelle. Ich stehe an einer Schwelle. Aber ich weiß nicht, wohin sie führt.

»Wer ist da?«, flüsterte sie, weil sie nicht wollte, dass die Wächter vor der Tür es hörten.

Nichts. Keine Antwort.

»Zeige dich, Geist.«

Noch immer keine Antwort. Die Luft war trocken und heiß. Ihre Augen brannten, als wären sie voller Sand. Auch ihr Mund schien voller Sand zu sein.

Warum sollte Sand in meinem Schlafzimmer sein?

Eine Männergestalt türmte sich vor ihr auf, urplötzlich. Sie erkannte ihn sofort: Es war der Mann, der versucht hatte, sie zu töten.

Eben erst hatte man seine Leiche vom Galgen abgenommen.

Sie schlug die Hände vor den Mund, um nicht zu schreien. Sie öffnete die Hand und schleuderte die Garrotte fort. Sofort verschwand die Geistergestalt. Ein kalter Windhauch verscheuchte die Hitze, und Elodie war wieder allein.

Sie rieb sich die Augen. Sie waren klar.

Mit zitternden Händen griff sie nach der Garrotte auf dem Bett.

Wenn ich sie berühre, wird er dann wieder erscheinen?

Sie zog ihre Hand zurück.

Was war da eben geschehen? Konnte sie mehr, als Geister zu sehen? Konnte sie diese auch vor sich erscheinen lassen? Sie versuchte, das alles zu verstehen, aber dabei kam es ihr vor, als würde ihr ganzer Körper kribbeln und ihr Schädel brummen.

Frieda kennt sich aus mit Magie, dachte sie. *Vielleicht weiß sie Rat.*

Elodie wickelte ein Taschentuch um ihre Hand und hob die Garrotte vorsichtig hoch. Wenn sie sie durch die Seide berührte, schien sie den Geist des Attentäters glücklicherweise nicht heraufzubeschwören. Sie schlug den schrecklichen Gegenstand ins Taschentuch ein und versteckte ihn in der Tasche ihres Kleides.

Sie ging zur Tür, presste das Ohr ans Holz und lauschte auf die leise Unterhaltung der beiden Wachleute. Die Tür war verschlossen – das wusste sie, ohne den Griff zu betätigen.

»Zu deinem Schutz, mein Liebes«, hatte Lord Vicerin erklärt.

Um mich gefangen zu halten, meinst du, war der Gedanke, den sie hinter einem dankbaren Lächeln verborgen hatte.

Sie ging in die Knie und spähte durchs Schlüsselloch. Wie erwartet war auch Samial dort, er harrte am oberen Treppenabsatz aus. Die Wächter hatten natürlich keine Ahnung, dass sie sich in Gesellschaft eines Geistes befanden.

Elodie war mit ihren Gedanken noch immer bei Frieda und kramte in einer Schublade, bis sie das Fläschchen in Händen hielt, das die Hexe ihr gegeben hatte.

Zur Rettung von Lady Vicerin kam es zu spät. Aber vielleicht kann es mir helfen.

Auf einem Tisch stand ein Tablett mit kleinen Törtchen, die man ihr nach dem Frühstück heraufgeschickt hatte. Die bunte Glasur kam ihr so geschmacklos vor, dass sie ohne viel Federlesen den Stopfen aus Friedas Phiole herauszog. Sie schnüffelte vorsichtig daran: kein Geruch. Das war gut.

Sie träufelte ein paar Tropfen des Tranks auf die Törtchen, versteckte die Flasche wieder, hob das Tablett auf und klopfte an die Tür. Der Schlüssel klapperte im Schloss, und die Tür ging auf.

»Heute habe ich keinen Appetit«, sagte Elodie im Tonfall der verwöhnten Prinzessin. »Schickt sie zurück oder esst sie selbst – mir ist es egal.«

Beim Blick auf das Tablett bekamen die Wachleute leuchtende Augen. Die Tür ging wieder zu, und der Schlüssel wurde herumgedreht. Elodie wartete ab.

Nach einigen Augenblicken ging die Tür wieder auf, nun streckte Samial sein lächelndes Gesicht herein. Triumphierend hielt er den Schlüssel in die Höhe. Die beiden Wächter lagen hinter ihm inmitten von Kuchenkrümeln schnarchend am Boden.

»Wo ist Frieda?«, fragte Elodie.

Samial führte sie über selten benutzte Gänge zu Sylvas Privatgemächern. Als sie ankamen, hielt die Hexe Sylva gerade die Hand und redete leise mit ihr, während ihr kleiner Sohn in der Ecke mit hölzernen Bauklötzen spielte.

Als Elodie Sylvas tränenüberströmtes Gesicht sah, lief sie hin und nahm sie in die Arme.

»Ich sage mir immer wieder, dass das alles nur ein böser Traum ist«, schluchzte Sylva. »Aber das stimmt nicht, oder?«

»O Sylva.«

»Dafür hasse ich meinen Vater. Und ich hasse es, dass ich ihn hasse!«

»Ist ja gut«, meinte Elodie tröstend. »Du musst niemanden hassen.« Aber in Wirklichkeit konnte sie sich selbst nicht vorstellen, Lord Vicerin *nicht* zu hassen.

»Wie konnte er das nur tun? Sie ist tot, Elodie! Meine Mutter ist tot – und er hat sie umgebracht!«

»Wir werden sie rächen«, sagte Elodie entschlossen. »Das verspreche ich.«

Schniefend machte Sylva sich los und fasste Elodie bei den Händen. »Du hättest nicht herkommen sollen. Das ist jetzt zu gefährlich.«

»Wir haben darauf geachtet, dass uns niemand sieht.«

»Wir?« Sylva blickte erschrocken im Zimmer umher. »Ist er auch hier, dein … Freund?«

»Ja. Deshalb bin ich hier – mehr oder weniger. Da ist etwas, über das ich mit dir sprechen muss, Sylva. Ach, ich weiß gar nicht, wo ich anfangen soll.«

Frieda trat vor.

»Am Anfang wäre nicht schlecht, mein Kind«, sagte die Hexe.

Sie setzten sich an den Tisch in der Ecke des Raumes, und Elodie berichtete von der seltsamen Begebenheit mit der Garrotte, die sie als grausiges Beweisstück auf den Tisch legte.

Zuerst sprach sie nur zögerlich, aber nach und nach fiel es ihr leichter, und am Ende strömten die Worte nur so aus ihr heraus. Sie legte Samials Pfeilspitze neben die Garrotte und erzählte Sylva und Frieda, wie sie Samial in den Weinenden Wäldern getroffen hatte – an jenem schicksalhaften Tag, als sie erfuhr, dass sie Geister sehen und hören konnte. Sie erzählte ihnen von der Geisterarmee, wie sie gemeinsam gekämpft hatten und wie sie ihre Seelen nach der Schlacht an der Brücke zur Ruhe gebettet hatten.

»Mit der Pfeilspitze konnte ich auch Samial bei mir behalten«, erklärte sie und fuhr mit den Fingern über das kleine Dreieck aus Metall. Dann stupste sie das Taschentuch an, in das sie die Garrotte gewickelt hatte. »Aber wenn ich das hier behalte, wird mir der Geist des Attentäters dann auf Schritt und Tritt folgen? Wenn es so ist, dann will ich es sofort loswerden! Da ist … oh, da ist so vieles, das ich nicht verstehe.«

»Du hast mehr Möglichkeiten, als du weißt«, sagte Frieda. »Nicht du unterstehst den Geistern, Elodie. Die Geister sind es, die dir unterstehen.«

Die Worte der Hexe jagten Elodie einen Schauer über den Rücken. Die Aufgaben, die vor ihr lagen, ängstigten sie. »Ich wünschte, ich wüsste, wohin ich mich wenden soll.«

»Du bist eine von Dreien«, sagte Frieda, als würde das alles erklären. »Für deine Reise gibt es keine Karten.«

Elodie seufzte. »Das ist das Problem. Ich glaube, dass ich weiß, wo ich hingehen muss, aber ich sehe nicht, wie ich dort hingelangen soll. Zu viele Hindernisse stehen im Weg.«

»Dann musst du um sie herumgehen«, sagte Sylva.

»Oder sie beiseitestoßen«, fügte Samial an.

»Beiseitestoßen«, wiederholte Elodie für die anderen. Sie sah Sylva an. »Eines dieser Hindernisse ist Lord Vicerin.«

Sylva sagte nichts.

»Man bräuchte eine ganze Armee, um *ihn* beiseitezustoßen«, bemerkte Elodie.

Sie ging ans Fenster. Bis jetzt waren ihre Gedanken ebenso undurchdringlich gewesen wie der Nebel dort draußen. Aber nun drang etwas wie ein heller Lichtstrahl durch sie hindurch und enthüllte etwas Greifbares: einen Plan. Endlich wusste sie, was zu tun war.

»Ich brauche eine Armee«, sagte sie. »Also werde ich mir eine eigene Armee aufstellen. Eine Armee der Geister.«

Sylva starrte sie an. »Der Geister?«

»Warum nicht? Schon einmal habe ich eine solche Armee befehligt. Dieses Schloss wurde auf den Überresten von hundert gefallenen Soldaten erbaut«, sagte sie und dachte dabei an das Gemälde vom alten Fort Vicerin. »Die kann ich wieder in die Schlacht rufen.«

Sylva machte große Augen. Friedas faltiges Gesicht zeigte so etwas wie ein Lächeln.

»Ich glaube schon, *dass* du das könntest«, sagte Sylva nachdenklich. »Aber *wie* willst du das anstellen?«

Auch darüber hatte sich Elodie schon Gedanken gemacht. Ihre Begeisterung wuchs. Nun hatte sie einen Plan, und alles schien sich ineinanderzufügen, als müsste es so sein.

Vielleicht ist es auch so.

»Der Geist dieses Attentäters ist nicht einfach so aufgetaucht«, sagte sie. »Er erschien, als ich die Garrotte berührte. Vielleicht brauche ich nur Habseligkeiten der Toten zu sammeln, dann … Frieda, glaubst du, das ist möglich? Werden sie kommen, wenn ich sie rufe? Und wenn sie kommen, werden sie auch kämpfen?«

»Du bist eine der Drei«, wiederholte Frieda. »Du kannst auf alle Magie der Welt zugreifen.«

Wieder lief Elodie ein Schauer über den Rücken.

»Ich glaube –«, begann sie.

Die Tür wurde aufgestoßen, und Cedric stürzte herein. Frieda sprang sofort auf und nahm ängstlich ihren Sohn in die Arme.

»Keine Sorge, du bist nicht entdeckt worden«, sagte

Cedric zur Hexe. Dann wandte er sich an Elodie und Sylva. Sein Gesicht war ganz rot vor Anstrengung. »Ihr müsst das mit eigenen Augen sehen. Sie sind unten im Garten. Alle!«

Elodie war, als würde sich ihr Magen umstülpen. »Wer ist dort?«

»Kommt und seht selbst!«

»Ich werde hierbleiben«, sagt die Hexe und drückte ihr Kind an die Brust. »Ich möchte nicht gesehen werden.«

»Bei uns ist es sicherer«, wandte Sylva ein. »Wir können euch beschützen.«

»Ich kann mich selbst schützen.«

Frieda schlug eine verborgene Tasche in ihrer Schürze auf. Sie enthielt lauter winzige Fläschchen und etwas, das wie gedrehte Blätter aussah.

Tränke und Pulver, dachte Elodie ehrfürchtig. *Genug, um hundert Wachleute zu betäuben. Wenn nicht Schlimmeres!*

»Schnell«, sagte Cedric. »Ich weiß nicht, was los ist, aber es gefällt mir nicht!«

Er führte Elodie und Sylva zu einem Balkon, von dem man den Hof überblickte. Sie duckten sich hinter die Brüstung und spähten zwischen den niedrigen Steinsäulen hindurch.

Ihnen bot sich ein trostloser Anblick. Aus den Gärten, die einst den Hof geschmückt hatten, war eine Ödnis geworden. Die Blumen in den Beeten waren ebenso schwarz wie der Boden, dem sie entsprossen. Von den Bögen, an denen sich die Rosen hinaufgerankt hatten, waren nur verkohlte Stümpfe übrig. Die düstere Stimmung wurde vom feuchten, grauen

Nebel noch verstärkt; und wieder hatte Elodie das seltsame Gefühl, dass die Burg versank.

Und wir versinken mit ihr.

An einem Ende war eine Holzplattform errichtet worden. Auf ihr stand Lord Vicerin in der vollen Pracht seiner Rüstung. Zu seinen beiden Seiten standen Soldaten in Habtachtstellung, ihre blauen Schärpen strahlten trotz der trüben Luft.

Vor dem Podest hatte sich eine Menschenmenge versammelt. Man trug entweder Militäruniform oder prächtige Gewänder. Vor den Stallungen waren Dutzende von Pferden festgemacht, und während Elodie zusah, kamen zum Tor weitere Gäste hereingeritten.

»Der Adel von Ritherlee«, flüsterte Cedric. »Schaut, dort ist Lord Farrier. Und die May-Henrys.«

Im Gedränge der Lords und Ladys, Barone und Herzöge entdeckte Elodie ein bekanntes Gesicht. »Lady Darrand!«

Dort stand die Frau, die sie vor dem Ratssaal getroffen hatte, stolz und aufrecht in ihrem gelben Gewand. Rings um sie herum waren die Edlen von Ritherlee in Gespräche vertieft. Ihr Gemurmel mischte sich zu einem tiefen Brausen, das die Luft ebenso vollständig erfüllte wie der Nebel. Nur Lady Darrand blieb wachsam und schwieg. Elodie konnte ihr vom Gesicht ablesen, wie sie sich fühlte.

Du hast Angst. Genau wie ich.

»Was wollen sie alle hier?«, fragte Sylva. »Warum hat Vater sie zusammengerufen?«

Lord Vicerin hob die Arme. Nach und nach verstummte das Stimmengewirr. Einer nach dem anderen wandten sich die Edelleute ihrem Gastgeber zu. Vicerin blickte nach allen Seiten, und als Stille eingekehrt war, sprach er schließlich:

»Ich bin so froh, dass ihr alle kommen konntet, und ich heiße euch mit offenen Armen willkommen, als Freunde. Die Unstimmigkeiten, die sich zwischen uns entwickelt haben, haben sowohl diesem Land als auch unseren Beziehungen bis an die Grenze des Erträglichen geschadet. Es ist nun an der Zeit, diese Differenzen zu überwinden und uns wieder zu vereinen. Beenden wir dieses entsetzliche Spiel, an dem mitzuwirken wir uns alle schuldig gemacht haben, und bauen wir uns eine bessere Welt.«

»Tut nicht so, als wären wir Eure Gäste«, war eine Stimme zu hören. Es überraschte Elodie nicht, dass sich Lady Darrand zu Wort gemeldet hatte. »Wir kommen nach Burg Vicerin, weil es in Ritherlee sonst keine andere sichere Festung mehr gibt. Dafür hat Eure Armee ja gesorgt.«

»Und ihr seid mir höchst willkommen.« Lord Vicerin neigte den Kopf und setzte ein zuckersüßes Lächeln auf. »Meine Burg – mein *Zuhause* – wird euch vor den barbarischen Horden schützen, die unser Land verwüsten.«

»Und da spreche ich Euch meinen Dank aus!«, rief ein hochgewachsener Mann im feinen Seidenrock. »Wenigstens sind die Ländereien von Vicerin verschont geblieben. Diese Ungeheuer aus Yalasti haben meinen halben Besitz zerstört.«

»Und war es nicht Vicerin, der die andere Hälfte zerstört hat?«, gab Lady Darrand wütend zurück.

Lord Vicerin wartete geduldig, während sich die beiden Adligen einen verbalen Schlagabtausch lieferten. Elodie verfolgte das Ganze aufmerksam, aber sie hatte kein gutes Gefühl dabei. Sie wandte sich an Sylva und Cedric und zischte: »Ich verstehe das nicht. Es war doch Vicerin, der die Helkrags hierhergebracht hat.«

»Vater spricht von Spielen«, antwortete Cedric und packte die Brüstung so fest, dass sich seine Knöchel weiß färbten. »Ich fürchte, er spielt selbst eines.«

»Mir gefällt das nicht«, flüsterte Sylva. Ihr Gesicht war totenblass. »Mir gefällt das ganz und gar nicht.«

Bald hatte der Streit den ganzen Burghof ergriffen, und Elodie konnte im allgemeinen Durcheinander nur noch Wortfetzen erhaschen:

»… unser Land geplündert …«

»… teuflische Rohlinge …«

»… das ganze Dorf abgeschlachtet …«

Schließlich erhob sich Lady Darrands Stimme über den Tumult.

»Warum lasst Ihr uns hier draußen in der Kälte warten? Wir wollen an die Arbeit, um die Verteidigung von Ritherlee gegen diese Helkrags zu planen. Ich sage, gehen wir an die Arbeit!«

Alle Augen – auch Elodies – wandten sich nach vorn zur Plattform, wo Lord Vicerin stand.

Aber die Plattform war leer. Lord Vicerin war mitsamt seinen Soldaten verschwunden.

»O nein«, sagte Elodie.

Plötzlich war auf den Wehrgängen, die den Hof einschlossen, Bewegung zu vernehmen. Gestalten erhoben sich aus den Schatten, in denen sie gekauert hatten: gewaltige, in Pelz gehüllte Ungeheuer mit großen Bögen und ebenso großen Pfeilen.

»Helkrags!«, hauchte Cedric.

Über der anschließenden Mauer auf den Türmen erschienen weitere Gestalten. Der Adel von Ritherlee blickte schweigend vom Hof hinauf. Langsam und voller Entsetzen wandten sie die Köpfe und erkannten, dass sie eingeschlossen waren.

Oben auf dem Wehrgang liefen nun mehrere Helkrags an den Reihen der Bogenschützen vorbei. Sie trugen brennende Fackeln, mit denen sie im Vorübergehen die Pfeile berührten und die getränkten Lappen entzündeten, die um die tödlichen Spitzen geschlungen waren. Mehrere Edelleute schoben sich auf der Suche nach dem Ausgang durch die Menge.

Mit Entsetzen sah Elodie, dass alle Ausgänge von schwerbewaffneten Vicerin-Soldaten versperrt waren.

Die Flammen der brennenden Pfeile hellten den Nebel auf und tauchten den ganzen Hof in ein unheilvolles Licht.

Hoch oben auf dem Balkon eines entfernten Turms trat Lord Vicerin nach vorn ins Licht. Er blickte zuerst hinunter auf die Menge, dann hinauf zu den Helkrags.

»Tut das nicht, Lord Vicerin!«, schrie Lady Darrand. Um sie herum leerte sich der Hof, weil die meisten inzwischen zu fliehen versuchten. In Elodies Augen wirkte diese kriegerische Dame klein und zugleich unbesiegbar.

Vicerin blickte Lady Darrand mit kalten Augen an.

»Tötet sie alle«, sagte er.

Schon der ersten Salve fiel die Hälfte der Menschen im Hof zum Opfer. Die riesigen Pfeile durchbohrten sie wie Speere, manche Pfeile durchschlugen die Getroffenen zur Gänze und bohrten sich noch in die nächste Person. Noch bevor die Leichen den Boden erreichten, brannten sie.

Elodie presste die Hand auf den Mund. Sie wollte wegsehen, aber sie konnte es nicht. Sylva neben ihr schrie gellend.

Einige, die die erste Welle überlebt hatten, schrien ebenfalls, rannten blindlings herum in der Hoffnung, einen Weg aus dem Hof zu finden, der nun von neuem brannte. Andere blieben wie erstarrt und mit ausdruckslosen Gesichtern stehen. Elodie sah hilflos zu den Wehrgängen hinauf, denn sie erwartete die nächste Pfeilsalve.

Es kam keine. Stattdessen stürmte eine weitere Abteilung von Helkrags unten aus den Ställen hervor und machte sich daran, die Überlebenden niederzumähen. Ihre Knochenspeere waren gnadenlos, ihr Geheul glich dem von Wölfen. Unaufhaltsam arbeiteten sie sich von einem Ende des Hofs zum anderen vor – eine mörderische Welle, in deren Rücken niemand mehr am Leben war.

Einige wenige Edelleute waren so geistesgegenwärtig, ihre eigenen Waffen zu ziehen, aber sie waren hoffnungslos in der Minderzahl. Die Schreie derer von Ritherlee mischten sich mit dem Geheul der Horden aus Yalasti. Nur zu bald hatte das Schreien ein Ende. Das Geheul schien dagegen noch endlos anzuhalten, bis es sich schließlich auch legte.

»Bei den Sternen!«, sagte Sylva heiser. »Das ist ja entsetzlich. Elodie, was hat er nur getan?«

Cedric schlang den Arm um seine Schwester und versuchte, sie zu trösten. Elodie hätte dasselbe getan, wenn sie nicht eine einzelne Person entdeckt hätte, die unten in der Mitte des Hofs noch aufrecht stand.

Lady Darrand!

Nun schritt sie mit gespenstischer Ruhe über den Hof.

Das ist kein Hof, dachte Elodie aufgewühlt. *Das ist ein Schlachtfeld.*

Flammen leckten am Saum von Lady Darrands ehemals gelbem Gewand, das nun rasch verkohlte. Wie auf Schwingen flog das Feuer an ihr hinauf und hüllte sie in Rauch. In der Hand hielt sie ihr Schwert.

»Dafür wirst du bezahlen, Vicerin!«, rief Lady Darrand, während sie durch die verkohlten Leichen der Gefallenen schritt. Sie schüttelte das brennende Gewand ab, und eine verrußte Rüstung kam zum Vorschein. Ihre Stimme klang kräftig und klar. Sonst war es im Hof totenstill.

Elodie stand auf, und während sie es tat, begriff sie, dass sie so zu sehen war.

Nun ist es zu spät, dachte sie bitter. *Nun ist es für alles zu spät.*

Während Lady Darrand weiter auf den Turm am Ende des Hofs zuschritt, war aus dem Nebel ein anderes Geräusch zu hören: das unmissverständliche Knarren eines Bogens, der gespannt wurde. Im Augenwinkel entdeckte Elodie einen einzelnen Helkrag, der am Rand des Wehrgangs stand.

»Vorsicht!«, rief sie.

Lady Darrand riss den Kopf herum.

Der Helkrag ließ den Pfeil los. Er traf Lady Darrand an der

verletzlichen Stelle, wo sich die Rüstungsschilde um ihren Hals schmiegten. Sie stürzte zu Boden.

»Nein!«, schrie Elodie.

Sie hob den Blick zum Balkon, auf dem Lord Vicerin stand – und sah, dass er sie unverwandt anblickte. Ihr Gefühl sagte ihr, dass sich durch ihren Schrei nichts verändert hatte.

Er wusste die ganze Zeit, dass wir hier sind!

Als sich ihre Blicke trafen, warf sich Vicerin in die Brust und erklärte: »Die Adelshäuser gibt es nicht mehr! Ritherlee hat jetzt einen König.« Mit einer Handbewegung befahl er zwei Soldaten heran, ohne Elodie aus den Augen zu lassen. »Und nun – bringt mir meine Königin!«

»Du hast mich getötet«, knurrte Brutan. Er umkreiste Gulph mit verblüffender Geschwindigkeit. Der drehte sich ängstlich immer weiter im Kreis, um seinen untoten, torkelnden Vater nicht aus den Augen zu lassen.

Die Tangletree-Truppe drängte sich mit blassen, entsetzten Gesichtern an der Wand des Thronsaals aneinander. Pip hatte sich halb niedergekauert und zitterte, als wollte sie etwas unternehmen und wüsste nicht, was. Sie wirkte tief betroffen.

Es ist in Ordnung, dachte Gulph. *Ich weiß, warum du es getan hast. Du hattest keine andere Wahl.*

»Was soll ich mit dir tun?« Brutans Stimme klang wie knirschendes Geröll. In seinen leeren Augenhöhlen wütete ein Feuersturm.

Lass ihn nicht aus den Augen, dachte Gulph und kämpfte gegen den Ekel an. *Wenn du das tust, Gulph, dann bist du verloren. Aber … er ist so schnell!*

»Werde ich dich töten?«, fuhr der untote König fort. »Oder werde ich dich *verwandeln*?«

»Es kümmert mich nicht, was du mit mir tust!« Es kümmerte Gulph sehr wohl, aber diesem Ungeheuer wollte er das nicht zeigen. »Aber lass meine Freunde frei!«

»Freunde?« Brutan zog weiter seine endlosen Kreise. Mit

wachsendem Entsetzen begriff Gulph, dass er seine Schleifen stetig enger zog. Näher kam. »Du meinst die Freunde, die dich verraten haben?«

Gulph wagte einen Blick zu Pip hinüber. Er wollte, dass sie dies hörte. »Ja, ich wurde verraten«, sagte er, »aber nicht von Pip oder sonst jemandem hier. Wer mich verraten hat, waren Magritt und Nynus. Es waren zwar meine Hände, die dir die mörderische Krone auf den Kopf setzten, aber sie täuschten mich, damit ich es tat. Ich bin kein Mörder.«

»Du lügst!«, fauchte Brutan.

»Ich schwöre, dass es die Wahrheit ist.« Gulph redete nicht mehr mit seinem untoten Vater, sondern mit seiner besten Freundin. »Vom Gift erfuhr ich erst, als es schon zu spät war.«

Pip schlug die Hand vor den Mund. »Aber … ich dachte …«

»Du hast es mit eigenen Augen gesehen, Pip. Ich werfe es dir nicht vor, dass du mich für den Schuldigen hieltst. In gewisser Weise war ich das ja auch.«

»Aber das warst du nicht! Du hast nicht … die ganze Zeit habe ich gedacht … O Gulph, was habe ich getan?«

»Das, was du tun musstest. Es ist in Ordnung, Pip. Du konntest es nicht wissen. Du hast nur versucht, alle zu retten.«

»GENUG!«

Der untote König stürzte sich auf Gulph und wollte ihn an der Kehle packen. Instinktiv ging Gulph in die Knie und sprang in die Höhe. Brutans Finger schlossen sich nur eine Haaresbreite unter seinen Füßen. Gulph wirbelte durch die

Luft, zog die Arme an, um sich schneller zu drehen, und machte einen Überschlag über den gebeugten Körper des untoten Königs. Leichtfüßig landete er hinter ihm, aber noch während er sich wieder aufrichtete, hatte sich sein einstiger Vater schon zu ihm herumgedreht.

»Komm her, mein verräterischer Junge!«

Brutan ließ den Arm wie ein Blitz vorschnellen. Seine Fingerknochen schrammten an Gulphs Wange vorbei. Gulph schrie und hastete wie eine Krabbe auf Händen und Füßen rückwärts. Sein Vater trampelte hinter ihm her.

Hitze und Sand! Gulph hatte keine Ahnung, warum seine Unsichtbarkeit mit diesen seltsamen Empfindungen verbunden war. Aber es konnte keinen geeigneteren Augenblick geben, sie heraufzubeschwören, als jetzt. *Wüstentrance!*

Nichts geschah. Er krabbelte weiter über den Boden. Brutan holte auf; wenn er jetzt versuchte, auf die Füße zu kommen, würde Brutan ihn erwischen. Die Tangletree-Truppe sah entgeistert zu und wich wie eine ablaufende Welle zurück. Und Brutan rückte vor.

»Tot? Oder untot? Das ist hier die Frage!«

Aus dem Augenwinkel konnte Gulph sehen, dass Brutans untote Söldner hinter ihm den Weg abriegelten. Er wurde getrieben. Eingekesselt.

Du kannst mich nicht sehen!, dachte er voller Verzweiflung. *Ich bin die Sonne und der weite Himmel und die hohe, hohe Düne. Ich bin das Verlorene und Uralte, das Verbrannte und das Verblichene, und DU KANNST MICH NICHT SEHEN!*

Brutan blieb stehen. Von seinem Gesicht war fast kein

Fleisch mehr übrig, doch Gulph konnte immer noch seinen verblüfften Ausdruck lesen. Der untote König bog seine Finger durch.

»Wo bist du, du Gauner?«

Das wüsstest du wohl gern.

Gulph widerstand dem Drang, sofort aus dem Thronsaal hinauszuschießen. Er kroch stattdessen auf Händen und Knien seitwärts und gab sich größte Mühe, kein Geräusch zu machen.

»Wache!«, brüllte Brutan. »Findet ihn!«

Die untoten Legionssoldaten stürmten heran und schwangen ihre Schwerter an der Stelle durch die Luft, an der Gulph verschwunden war. Dort war aber niemand mehr, weil sich Gulph längst hinter die Gauklertruppe geschlichen hatte. Aber was sollte er jetzt tun?

Brutan hatte sich schon Pip zugewandt. Er packte sie an der Schulter und riss sie herum. Dann legte er ihr die andere Hand auf den Kopf und packte fest zu. Pip schrie.

»Zeige dich!«, donnerte der untote König. »Sonst werde ich ihr den Kopf abreißen!«

»Nein!«

Mit einem reflexartigen Zucken streifte Gulph die Unsichtbarkeit ab und sprintete auf Brutan zu. Der untote König drehte sich ungeschickt herum und löste dabei seinen Griff gerade so weit, dass sich Pip herauswinden konnte. Als Brutan Gulph erblickte, breitete er die Arme aus. Gulph war schon so nahe, dass er seine Sehnen wie rostige Türangeln knarren hörte.

In einer entsetzlichen Parodie eines Lächelns bleckte Brutan die fauligen Lippen von seinen Grabsteinzähnen.

Gulph ließ sich auf den Boden fallen und glitt unter den Händen seines untoten Vaters hindurch, die sein wehendes Haar streiften. Brutan brüllte vor Wut. Gulph sprang auf und lief weiter in Richtung Thron. Brutan taumelte hinterher und ließ die verblüfften Tangletree-Gaukler zurück.

Die Müdigkeit, die Gulph seit seiner Rückkehr nach Idilliam geplagt hatte, war nun glücklicherweise verflogen. Er schien vor Energie zu sprühen und glaubte, ewig weiterrennen zu können. Er lief etwas langsamer und ließ Brutan aufholen. Das grässliche Knirschen und Reißen, das die Annäherung des untoten Königs begleitete, brachte Gulph fast um den Verstand; schlimmer war jedoch das Geräusch, das ein normaler Mensch unter diesen Umständen von sich gegeben hätte und von dem nichts zu hören war – angestrengtes Keuchen.

Vor ihm ragte der große Thron auf: ein knorriger, schwarzer Berg von einem Stuhl, der eher einem uralten, ausladenden Baum als einer Sitzgelegenheit für einen König glich. Gulph rannte direkt darauf zu, schlug dann aber einen Haken, bückte sich und rollte seitwärts aus Brutans Reichweite.

Brutan konnte nicht mehr abdrehen und krachte gegen den Thron. Mehrere gewundene Äste brachen ab, und einer drang dem untoten König mitten durch die Brust. Gulphs Herz setzte für einen Schlag aus.

Ich habe ihn noch einmal umgebracht!

Aber Brutan rappelte sich wieder auf. Er heulte vor Wut und riss an dem Ast, der zwischen seinen Rippen steckte. Mit einem entsetzlichen Knirschen bekam er ihn schließlich heraus. Augenblicklich holte er weit aus und schleuderte das Holzstück wie einen Speer auf Gulph. Der tauchte wieder seitwärts ab und konnte dem Geschoss knapp entgehen.

Immer noch brüllend riss Brutan den Baldachin aus Wurzelholz, der sich über den Thron spannte, mit einem Ruck herunter. Alles brach in Stücke und spritzte in alle Richtungen wie ein Hagel von Speeren, vor dem sich nicht nur die Tangletree-Truppe, sondern auch die untoten Soldaten in Sicherheit brachten.

Brutan fand sein Gleichgewicht wieder und zog sein Schwert.

Schwert! Natürlich! Ich Idiot!

Gulph rannte durch den ganzen Thronsaal zurück zu dem Portal, durch das er mit Pip eingetreten war. Auf halbem Weg machte er sich wieder unsichtbar.

Kalias Schwert lag noch genau da, wo er es fallen gelassen hatte. Er hob es auf und sah zu seiner Freude, dass es noch im selben Moment unsichtbar wurde.

In der Mitte des Thronsaals gingen die untoten Söldner – sechs, um genau zu sein – eben auf die kauernden Gaukler los. Gulph zwang sich, unsichtbar zu bleiben, stürmte zum ersten und stieß ihm das Schwert in die Brust. Das Feuer in seinen Augen erlosch sofort; und was ein taumelndes, verfaultes Ungeheuer gewesen war, wurde wieder zu einer gewöhnlichen menschlichen Leiche, die mit schlaffen Gliedern zu Boden sank. Als sie dort zur Ruhe kam, glaubte Gulph, so etwas wie Erleichterung auf dem leblosen Gesicht zu erkennen. Er konnte noch zwei Legionssoldaten töten, bevor Brutan begriff, was vor sich ging. Mit funkelnden Augen blieb der König stehen.

»Was soll das?«, donnerte er. Für einen Moment dachte Gulph, Brutan würde mit ihm reden, aber Brutan sprach tatsächlich mit den toten Soldaten! »Steht auf! Steht auf und tötet sie alle!«

Sie werden niemals wieder aufstehen, dachte Gulph zufrieden. Er blickte zur Seite und sah, dass Pip die Augen aufriss und neue Hoffnung schöpfte.

Die drei verbliebenen Söldner waren offensichtlich verwirrt und scharten sich nun zusammen. Wie ein Mann stürmten sie zu der Stelle, wo ihre Kameraden gefallen waren … und wo der unsichtbare Gulph schon auf sie wartete. Brutan kam indessen heran und brüllte vor Entrüstung.

Die ersten beiden untoten Soldaten machten Bekanntschaft mit Kalias Schwertspitze, aber mit jedem Hieb schien Gulphs neugewonnene Kraft wieder zu schwinden. Erbittert kämpfte er gegen die lähmende Müdigkeit in seinen Gliedern an und schwang die Waffe nach dem dritten – einer hässlichen, ausgetrockneten Mumie von einer Kreatur –, aber er rutschte aus, stürzte zur Seite, und sein Hieb verfehlte das Ziel. Als er sich wieder gefangen hatte, rief Pip aufgeregt: »Gulph! Pass auf!«

Zu seiner Bestürzung konnte er Kalias Schwert wieder

sehen; für einen Moment schimmerte seine Klinge geisterhaft, bevor sie sich wieder zu festem Kristall verdichtete.

Sie können mich sehen!

»Duck dich!«, schrie Pip.

Gulph gehorchte, ohne nachzudenken. Das Schwert des untoten Söldners pfiff über seinen Kopf. Gulph versuchte, am Boden wegzurollen, aber seine Füße blieben an einem der Toten hängen; er schlug lang hin und ließ das Schwert fallen.

Brutans Gebrüll wurde zu schallendem Gelächter. Der Söldner stand mit erhobenem Schwert über Gulph und war bereit, ihm den Todesstoß zu versetzen. Gulph streckte sich nach seiner Waffe, aber sie war zu weit entfernt.

Er öffnete den Mund zu einem Schrei.

Der untote Angreifer ging in Flammen auf.

Gulph kniff die Augen zusammen, denn er begriff nicht, was geschehen war. Der Söldner war in orangerote Flammen eingehüllt. Aber obwohl sich seine Gliedmaßen in der Hitze wanden, stand er breitbeinig vor ihm und hob wieder sein Schwert.

»Töte ihn, Gulph! Töte ihn!«

Plötzlich war Pip da, mit einer Fackel in der Hand tauchte sie hinter der brennenden Mumie auf. Die Fackel musste sie aus einem Wandleuchter gerissen und den Söldner damit in Brand gesteckt haben. Wenn es nur funktioniert hätte.

Aber es funktioniert tatsächlich, erkannte er und ließ sein Schwert liegen, wo es war.

Und wirklich, die Bewegungen des Ungeheuers wurden immer zuckender, unberechenbarer. Sein ausgetrockneter

Körper knackte und bebte, während die Flammen ihn aufzehrten. Dann brach er schließlich zusammen.

Gulph rollte sich zur Seite, bevor er auf den Boden schlug. Überall spritzten Kohlestücke und Glut. Er spürte Hitze an der Fessel, aber ein Fuß trat die Flammen wieder aus, eine kleine Hand packte ihn am Handgelenk und zog ihn weg.

»Ich hatte schon geglaubt, dass ich dich verliere«, sagte Pip und half ihm auf die Füße.

Bevor er antworten konnte, rissen ihn knochige Finger aus Pips Armen. Sie schlossen sich um seinen Kragen und quetschten ihm den Hals zusammen, so dass er aufschrie. Seine Füße hoben sich vom Boden, er wurde herumgedreht, baumelte und starrte Brutan direkt ins Gesicht.

»Niemals den Rücken zukehren, Junge!«, fauchte er.

Aus der Nähe sah der untote König aus wie einem Albtraum entsprungen. Seine Gesichtshaut – was davon übrig war – hatte sich zu einem grässlichen Grün verfärbt. Der bleiche Schädel darunter war voller winziger Löcher. Wo einst das Gehirn gewesen war, wimmelte es nun von Maden.

»Du warst mir wirklich ein Rätsel«, fuhr Brutan fort. »Aber jetzt nicht mehr. Und ich habe entschieden, was ich mit dir tun werde.«

Gulphs Jacke zog sich um seinen Hals und drohte ihn zu ersticken. Die Riemen seines Bündels schnitten in seine Achselhöhlen, und sein Inhalt bohrte sich schmerzhaft in seine Rippen – etwas Hartes, Spitzes.

Die Krone!

Er zappelte vergeblich. Der Griff des untoten Königs war

unerbittlich, und Gulphs Kräfte waren am Ende. Er fühlte sich entsetzlich erschöpft.

»Jetzt wirst du die Welt des Todes kennenlernen, Junge«, zischte Brutan und beugte sich ganz nahe heran. Der Gestank seines verdorbenen Fleisches war unaussprechlich. »Ich habe meine Entscheidung getroffen.«

Die Finger der anderen Hand – nichts als nackte, von dünnen Sehnen zusammengehaltene Knochen – bohrten sich unter sein Kinn.

»Zuerst gehe ich dir an die Kehle. Dann –«

»Lass ihn herunter!«

Das Schwarze in Brutans Augen sprang wieder auf Rot; und Gulph hatte das erstaunliche Gefühl, dass Brutan gerade überrascht geblinzelt hatte.

»Lass ihn sofort herunter!«

Brutan wandte den Kopf. Gulph äugte an ihm vorbei, dort stand die ganze Tangletree-Truppe im Halbkreis versammelt. Jeder von ihnen hielt eine brennende Fackel in der Hand.

Gulph schöpfte neue Hoffnung.

»Willst du zuerst verbrennen«, fragte Pip, »oder gleich sterben?«

Brutan konnte den Kopf nicht weit genug drehen, um Pip ganz zu sehen, aber sie schien die Einzige zu sein, die keine Fackel hatte. Dafür hielt sie etwas anderes in der Hand …

»Genug gespielt!«, donnerte Brutan.

»Du magst uns von der Tangletree-Truppe zwar für Spieler halten«, erwiderte Pip mit bebender Stimme, und Gulph hätte sie am liebsten umarmt, »aber ein Spiel ist das hier nicht!«

Sie warf etwas in die Luft – einen langen, hellen Gegenstand.

Er drehte sich und zeichnete dabei mit der scharfen Kante Regenbogenmuster in die staubige Luft. Gulph verbog sich, griff instinktiv danach und war wieder einmal froh darüber, dass er so gelenkig war.

Seine Finger schlossen sich um etwas Hartes, Kaltes –

Kristall.

Gulph hielt das Schwert in die Höhe und starrte seinem Vater ins leblose Gesicht.

»Weißt du, wer mir dieses Schwert gegeben hat?«, fragte er. Brutan klappte der Kiefer auf und wieder zu, aber es kamen keine Worte heraus. »Meine Mutter. Kalia.«

Die Augen des untoten Königs flackerten verwirrt auf. »Kalia ist tot!«, zischte er.

»Nein. Sie lebt. Du hast sie nicht getötet, und du wirst auch mich nicht töten!«

Er holte weit aus und tauchte Brutan die Klinge mitten in die Brust.

Nichts rührte sich. Selbst die Flammen der Fackeln in den Händen der Tangletree-Truppe schienen eingefroren. Dann lösten sich Brutans Finger ganz langsam von Gulphs Kehle, und er glitt zu Boden.

Gulph trat langsam zurück. Sein Herz pochte wie Donner in seiner Brust. Brutan schwankte, einen Arm noch immer ausgestreckt, während er mit dem anderen kraftlos am Heft des Kristallschwerts herumfingerte, das Gulph in ihn gestoßen hatte.

Nach drei Schritten sank Gulph auf die Knie und musste gegen Schwindel und Übelkeit ankämpfen. Wie die groteske Reflexion in einem Zerrspiegel fiel auch Brutan auf die Knie. Sein schartiges Gebiss klappte auf und zu, aber es kamen keine Worte heraus. Irgendwo hinter seinen Rippen ertönte ein schrilles Zischen. Das Feuer in seinen Augen flackerte.

Stirb, dachte Gulph benommen. *Bitte, stirb jetzt.*

Eine kleine Hand schob sich in die seine.

»Du hast es geschafft«, sagte Pip. »O Gulph, ich wusste, dass du es schaffst.«

Etwas blitzte in Brutans Augenhöhlen auf. Neue Flammen von einer namenlosen Farbe, die Gulph noch nie gesehen hatte. Ein Zittern lief durch seinen Körper. Seine Hände schlossen sich um das kristallene Heft des Schwertes. Die Sehnen in seinen Armen knarrten. Die Schwertklinge knirschte, als Brutan sie herauszog. Er hob das Schwert hoch, betrachtete es lange, mit Verwunderung vielleicht, oder war es Verachtung?

Dann schleuderte er es beiseite und erhob sich. Er wankte vor und zurück. Die Wunde, die Gulph ihm geschlagen hatte, machte ihm offensichtlich zu schaffen.

Aber in seinen Augen loderte das rote Feuer hell wie eh und je.

Brutan, der untote König von Toronia, stand noch immer aufrecht.

»Wir sollten gehen«, sagte Gulph dumpf. »Und zwar sofort.« Als er aber aufbrechen wollte, versagten ihm seine Muskeln den Dienst.

Es war Pip, die ihn aus dem Thronsaal zog, so wie sie ihn hereingezerrt hatte. Ihre Freunde von der Tangletree-Truppe folgten als geschlossene Gruppe. So benommen Gulph war, bemerkte er doch, dass sich alle schützend um ihn drängten.

Je weiter sie durch die Gänge des Schlosses liefen, desto kräftiger fühlte sich Gulph, so dass er die Freunde anführen konnte.

»Hier nach links!«, rief er, als Pip am Schnittpunkt zweier Korridore zögerte. »Es ist nicht mehr weit!«

Dicht hinter ihnen waren schlurfende Schritte und eine entsetzliche, gurgelnde Stimme zu hören.

»Du wirst bezahlen für das, was du getan hast!«

Es war Brutan, der näher kam, wenn auch nur langsam.

»Beeilt euch!«, schrie Gulph.

Als sie auf den Vorplatz des Schlosses hinausjagten, stand ihnen fast ein Dutzend Untoter gegenüber. Noddy schrie auf, aber Pip rannte weiter.

»Vorher haben sie uns auch nicht angegriffen!«, rief sie. »Brutan hat mich mit einer Art Abwehrschild versehen!«

»Und woher willst du wissen, dass er noch funktioniert?«, rief Gulph.

»Ich weiß es nicht!«

Gulph wappnete sich und stürmte weiter auf die wankenden Leichen zu. Zunächst kamen sie ihnen unbeirrt entgegen, und er fürchtete schon, einen schweren Fehler begangen zu haben. Als die Tangletree-Truppe aber zwischen ihnen hindurchlief, stolperten die Untoten, wie von einer unsichtbaren Kraft abgestoßen, zur Seite.

»Hätte ich dich nur vor ein paar Tagen bei mir gehabt«, keuchte Gulph, während sie weiterliefen. Sie hatten gerade das Schlosstor passiert und liefen auf die Straße hinaus, als Brutan hinter ihnen am Tor auftauchte.

»Haltet sie fest!«, dröhnte er. »Bringt sie zu mir!«

Die Untoten, die eben noch vor ihnen zurückgeschreckt waren, drehten sich augenblicklich um und jagten ihnen nach. Rasch war einer so nahe, dass er ganz am Ende der Gruppe nach Madrigal schnappte.

»Ich fürchte, unsere Glückssträhne ist zu Ende!«, keuchte Pip und beschleunigte noch einmal ihren Schritt.

Die Untoten verfolgten sie zunächst durch Idilliam und dann über das Schlachtfeld vor der Stadtmauer. Auf der Flucht durch Rauch und Ruinen riskierte Gulph einen Blick zurück, sah aber zu seiner Erleichterung, dass der Feind weit zurücklag.

Man kann über die Tangletree-Truppe sagen, was man will, dachte er, *aber schnell auf den Beinen sind wir schon!*

Schließlich erreichten sie das Ausfalltor mit der Geheimpforte. Gulph war froh, dass die verkohlten Balken, die er davor aufgestapelt hatte, noch genauso dalagen. Seine Lungen pfiffen, und der Atem brannte ihm in der Kehle, aber er war wenigstens wieder Herr seiner Sinne. Nun berichtete er den anderen keuchend von den Gängen unter der Stadt und dem Land Celestis dort unten in der Tiefe.

»Dies ist der einzige Weg dort hinunter«, sagte er. »Wir müssen nur hineingehen und die Tür hinter uns schließen.«

»Und dann sind wir in Sicherheit?«, fragte Noddy.

Gulph gab keine Antwort.

Sie räumten die Balken beiseite und traten nacheinander in die Rüstkammer. Tatsächlich hatte kein Untoter den Weg hier hineingefunden.

»Da«, sagte Gulph und zeigte auf die Apparatur, die das Standbild in Gang setzte. »Wenn wir an diesem Hebel ziehen, dann schiebt sich die Statue zurück und verschließt den Eingang.«

Simeon, der praktisch veranlagt war, spuckte in die Hände, packte den Hebel und zog. Nichts passierte. Verwundert machte er einen zweiten Versuch. Wieder nichts.

»Noddy«, sagte er. »Pack mal mit an.«

Zuerst half Madrigal mit, dann auch Gulph, Pip und all die anderen. Die Tangletree-Truppe stemmte sich mit ihrem vereinten Gewicht gegen den Hebel, von dem ihr Leben abhing.

Er bewegte sich kein Stück.

Simeon schob die anderen wieder weg und musterte den Mechanismus, mit dem der Hebel verbunden war. Für Gulph war da nichts als ein Kasten voller Zahnräder, aber Simeon griff hinein und zog eine Handvoll Metallspäne heraus.

»Kaputt«, sagte er. »Sieht aus, als hätte jemand etwas hineingeklemmt.«

So ist es, dachte Gulph und musste an das Schwert denken, das Ossilius im Räderwerk verkeilt hatte.

Was sie damals gerettet hatte, besiegelte nun ihr Schicksal. Der Eingang würde auch für die Untoten offen bleiben.

»Was sollen wir tun?«, fragte Pip.

»Uns bleibt keine Wahl«, antwortete Gulph. »Uns bleibt nur Celestis. Wir müssen weiter.«

»Aber Brutan wird die Pforte finden«, warnte Simeon. »Er wird uns nach unten folgen.«

Gulph nickte finster. Unten in den Tunneln war es dunkel und gefährlich; er wusste das, denn er war diesen Weg schon zweimal gegangen. Mit Brutan auf ihren Fersen würde es noch gefährlicher sein. Aber das war nicht das Schlimmste.

Am schlimmsten war, dass sein Vater noch immer hinter ihnen her war.

Selbst Mutters Schwert hat nicht ausgereicht. Er ist nicht zu besiegen! Jetzt werde ich nie auf den Thron gelangen, und meine Schwester und mein Bruder auch nicht. Brutan wird auf ewig König von Toronia bleiben.

Kapitel 24

Bäume wanken«, sagte Theeta.

Unter Tarlan breiteten sich die isurischen Wälder bis an den Horizont. Sie waren wie ein weiterer Ozean aus glänzenden Blättern und feinen grünen Nadeln. Außer Wipfeln, die sich leicht im Wind wiegten, konnte er nichts Außergewöhnliches erkennen.

Aber Theeta hatte einen sehr viel schärferen Blick als er.

»Was siehst du, Theeta?«

»Bäume wanken«, wiederholte der Vogel, was Tarlan nicht weiterhalf.

Augenblicke später wurde alles klar. In der Ferne, mitten in einem Jungwald, wiegte sich eine lange Reihe von Bäumen nicht einfach im Wind – sie wurden heftig hin und her gepeitscht, als würde sich eine riesige Kreatur dort durchkämpfen.

Keine Kreatur. Eine Armee!

»Wir haben sie gefunden!«

Tarlan tippte mit den Fersen in Theetas Flanken und steuerte seinen Thorrod tiefer. Kitheen, der seit dem Aufbruch am Strand neben ihnen geflogen war, folgte ihnen schweigend.

»Filos! Graudorn! Brock! Seid ihr da?«

Tarlan wusste, dass sie in der Nähe waren. Mit jedem Tag war der Zusammenhalt in seinem Rudel noch stärker geworden. Er besaß nun so etwas wie einen siebten Sinn für sie, auch wenn dieser vielleicht nicht so mächtig war wie sein Gesichtssinn oder sein Gehör.

Jedenfalls jetzt noch nicht.

Und tatsächlich, Theeta war kaum unter die Baumwipfel verschwunden, als die drei Tiere auftauchten. Sie jagten durchs dichte Unterholz, sprangen über umgestürzte Bäume und pflügten durchs Weißdorn- und Stechpalmendickicht, als würde es gar nicht existieren. Auf einer kleinen Lichtung blieben sie stehen und blickten erwartungsvoll herauf.

Tarlan wies Theeta an, neben ihnen zu landen. Kitheen kreiste weiter über ihnen und hielt Ausschau.

»Wir haben die Galadronier fast eingeholt«, sagte Tarlan. »Das habt ihr sehr gut gemacht, ihr alle.«

»Die Männer kommen im Wald nur langsam voran«, knurrte Graudorn.

»Wann können wir gegen sie kämpfen?«, wollte Brock wissen.

Tarlan grinste. »Du wirst schon Gelegenheit dazu bekommen. Aber noch können wir es nicht mit ihnen aufnehmen. Zuerst müssen wir wieder zum Dreizack stoßen.«

»Die Armee zieht nach Osten«, bemerkte Filos. »Auch der Dreizack liegt im Osten.«

»Ich weiß. Wenn wir als Erste beim Lager des Dreizacks eintreffen wollen, müssen wir die Galadronier seitlich umgehen. Schnell genug sind wir, also können wir uns den Umweg leisten.«

»Kalter Weg«, schlug Theeta vor.

Tarlan brauchte einen Moment, um zu begreifen, was sie meinte.

»Ja, wir werden gen Süden ziehen«, sagte er. »Aber nicht bis Yalasti, Theeta. Nicht einmal bis zum großen Fluss. Wir machen nur einen Bogen um die Armee. Dann wenden wir uns wieder nach Norden und werden vor ihnen an der Lichtung eintreffen.«

»Fessan fort.«

»Das stimmt, er wird inzwischen wohl weitergezogen sein«, räumte Tarlan ein. »Er wird so lange geblieben sein, bis sich die Verwundeten wieder erholt haben, aber er muss wieder neue Leute rekrutieren. Bestimmt hat der Dreizack sein Lager verlassen, wenn wir dort eintreffen, aber wir werden ihre Spur aufnehmen.« Grinsend fügte er an: »Und ich habe hier den besten Trupp von Spurensuchern von ganz Toronia.«

»Dann kämpfen wir?«, fragte Brock und stellte sich wie ein Berg aus braunem, zotteligem Pelz auf die Hinterbeine.

Tarlan gab seiner gewaltigen Vordertatze einen freundschaftlichen Klaps und lachte. »Dich kann wohl nichts aufhalten, Brock? Aber du musst Geduld haben. Die Galadronier haben eine sehr große Armee, und wir sind nur ein sehr kleines Rudel.«

»Nicht so klein, wie es war.«

»Nicht seit wir dich haben, Brock, das stimmt.«

Der Bär reckte den Hals hoch und spähte in den Wald. »Nicht Brock. *Sie*.«

Tarlan hörte es hinter sich krachen. Er drehte sich um und

sah mehrere große Tiere aus dem Waldsaum hervorbrechen: Bären, mindestens zehn, und das waren noch nicht alle.

»Bist du Tarlan?«, fragte der Bär ganz vorne, ein gedrungenes, schwarzes Untier mit einer Narbe auf der Schnauze.

»Äh … ja.« Seine hängende Kinnlade machte ihm das Sprechen schwer. Er wandte sich an Brock. »Woher kommen sie alle?«

»Von überall. Als wir zum Meer liefen, traf ich eine Bärin. Ich erzählte ihr meine Geschichte. Sie erzählte sie anderen Bären, und so ging es weiter. Auch gefangene Bären haben die Geschichte gehört und sich gegen ihre Meister aufgelehnt. Als du mich befreit hast, Tarlan, hast du auch sie befreit. Du hast sie alle befreit.«

Und tatsächlich, viele Bären trugen noch immer die Reste von Ketten um den Hals oder Fußeisen an den Pfoten. Er nahm sich vor, gleich nach der Rückkehr zum Dreizack dafür zu sorgen, dass Fessans Schmiede sie von diesen letzten Zeichen ihrer Gefangenschaft befreiten.

Das ist meine wahre Gabe, dachte er begeistert. *Ich kann nicht nur mit Tieren reden – ich kann sie auch befreien.*

»Seid willkommen, ihr alle!«, rief er und ging den Bären entgegen. »Wollt ihr wirklich für mich kämpfen?«

»Wir werden kämpfen!«, knurrte der Bär.

»Mehr kommen«, krähte Theeta Tarlan ins Ohr. »Du rufen.«

Tarlan blickte über die Lichtung in den Wald, konnte dort im Dunkel aber nichts erkennen.

»Kommen noch mehr Bären?«, fragte er.

»Mehr alles.«

Tarlan lief ein Schauer über den Rücken. Er schloss die Augen und sammelte seine Kräfte. Hitze durchströmte ihn seltsam und vertraut zugleich. Er berührte die Hitze, und damit berührte er auch den Wald. Umrisse bewegten sich zwischen den Bäumen. *Nein, nicht Umrisse – Seelen!*

Er verspürte leichten Schwindel, er wankte. Theetas Flügel fing ihn auf.

»Was geschieht, Theeta?«

»Tarlan fliegen. Tarlan sehen.«

Er ließ sich nun ganz auf die pulsierende Hitze ein, die sich in ihm aufstaute, stieg auf den Rücken der Gefährtin und ließ sich von ihr in die Höhe tragen. Alles im Wald war in Bewegung. Weitere Bären strömten auf die Lichtung. Ein Rudel von Wildkatzen mit rotem Fell schnürte über einen halbverborgenen Pfad heran. Von den Hängen im Norden trafen Wildschweine ein, die sich mit Hieben ihrer Stoßzähne den Weg durchs Dickicht bahnten. Aus dem Süden erscholl durchdringendes Geheul: Wolfsrudel, die herbeiliefen, um zum rasch anwachsenden Pulk zu stoßen.

Sie wollen sich anschließen! Tarlans Schläfen pochten. *Meinem Rudel!*

»Schließt euch mir an!«, rief er. »Ihr seid alle willkommen!«

Seine Stimme schallte über die Baumwipfel, aber er wusste, der wahre Ruf erging aus seinem Innern. Und er konnte ihn spüren, als allgewaltigen, gemeinschaftlichen Pulsschlag. Die versammelte Stärke all dieser Tiere mit ihren Erfahrungen,

Jäger und Gejagte unter seiner Führung und seinetwegen vereint.

Und er sprach zu ihnen mit etwas anderem als seiner Stimme:

Lauft mit mir! Kämpft für mich!

Kreischend löste sich ein ganzer Schwarm von Adlern aus den Baumwipfeln, jeder mit einer Spannweite, die Tarlans Körpergröße übertraf.

Fliegt mit mir!

Schon herrschte Gedränge auf der Lichtung. Tarlan sah, dass Brock, Graudorn und Filos durch die Reihen der Tiere gingen und sie begrüßten.

Schließt euch mir an!

»Jetzt kann uns niemand mehr aufhalten, Theeta!«, schrie Tarlan. »Flieg und lass sie uns folgen!«

Theeta gehorchte; sie wandte sich nach Süden, um den Feind wie verabredet zu überholen. Die Adler folgten ihr wie eine Eskorte mit weißen Flügeln. Und was am Boden zunächst ein großes Durcheinander verschiedenster Kreaturen gewesen war, wurde nun zu einem geordneten Sturm der Tiere: Bären und Katzen, Füchse und Wildschweine, Pferde und Wölfe – alle liefen sie gemeinsam, alle folgten sie Tarlans Ruf.

O Elodie, wenn du nur sehen könntest, was ich mitbringe!

Die Sonne ging schon unter, als sie die Lichtung beim ehemaligen Lager des Dreizacks erreichten. Von den Galadroniern war nichts zu sehen. Trotzdem ging Tarlan davon aus, dass der Feind bei Einbruch der Nacht eintreffen musste.

»Dreizack fort«, bemerkte Theeta, als sie am Boden aufsetzte.

»Ja«, antwortete Tarlan. »Aber wir haben es nicht anders erwartet, oder?« Dennoch ließ er sich etwas enttäuscht von ihrem Rücken heruntergleiten und sah sich auf der verlassenen Lichtung um. Eigentlich war seine Sorge unbegründet, und er sagte sich, dass die Abwesenheit des Dreizacks ein gutes Zeichen war.

»Sie sind unterwegs und suchen neue Rekruten«, sagte er und ging ein Stück auf die ramponierte Wiese hinaus. »Mal sehen, ob wir irgendwelche Hinweise finden.«

Filos und Graudorn tauchten am Waldrand auf und traten ins rote Abendlicht hinaus. Hinter ihnen spürte Tarlan die gewaltige Masse seines angewachsenen Rudels.

Bleibt zurück, wies er sie an – nicht mit einem Ruf, sondern mit seinem Herzen. Er fand es völlig natürlich, so zu den Tieren zu reden; es war, als hätte er es schon sein ganzes Leben so gemacht.

»Hier wurde gekämpft«, sagte Graudorn, der mit seinem verbliebenen Auge über die Lichtung spähte.

Tarlan stieß auf ein verlassenes Zelt. Zu seinem Entsetzen war die Plane zerrissen und voller Blut. Da lagen auch Schwerter, halb in den Schmutz getreten. Eine Klinge war entzweigebrochen.

Was ist hier geschehen?

Kitheen war am Rand der Wiese gelandet, nun schlug er die schwarzen Flügel auseinander und krähte. Tarlan lief zu ihm hin. Der Thorrod hatte eine ganze Reihe frischer Gräber entdeckt, die mit einfachen Holzstöcken markiert waren. Neben den Gräbern lagen die Leichen dreier Männer.

Behutsam drehte Tarlan die erste um. Der Mann trug den grünen Kittel des Dreizacks.

»Sie wurden angegriffen«, knurrte Filos.

Tarlan nickte ernst. »Aber von wem?«

Zu seiner Rechten raschelte etwas im Unterholz. Bevor er sich versah, sauste etwas Goldenes an seinem Kopf vorbei, und Theeta stieß mit den Klauen tief ins Gebüsch. Sie tauchte mit einem kleinen Jungen wieder auf, der dasselbe Grün wie die toten Männer trug.

»Bitte!«, schrie der Junge. »Lasst nicht zu, dass er mich frisst!«

»Sie wird dich nicht fressen. Theeta, setz ihn ab.«

Der Thorrod stellte den Jungen behutsam vor Tarlan auf den Boden. Sein Gesicht war schmutzig und sein Kittel zerrissen, aber seine Augen sprühten vor Erregung. Hinter seinem Gürtel steckte ein kleines Schwert. Seine Klinge war zerkratzt und die Schneide voller Scharten.

»Bitte, Euer Gnaden. Ich habe mich nur versteckt, weil ich dachte, dass sie zurückgekommen sind. Bitte tut mir nichts.«

»Niemand wird dir etwas tun.« Es war seltsam, mit »Euer Gnaden« angeredet zu werden. Tarlan war sich nicht sicher, ob ihm das gefiel. »Erzähle mir einfach, was passiert ist.«

»Ich dachte, Ihr wärt sie«, wiederholte der Junge. »Aber dann sah ich, dass Ihr es wart.«

»Wie meinst du das? Was ist hier geschehen?«

»Das waren sie. Die Vicerins. Sie haben uns überfallen. Wir hatten keine Chance. Ich bin auf einen Baum hinauf und habe gewartet, bis es vorbei war.«

Bei dem Namen Vicerin war es Tarlan ganz kalt geworden. »Und wann war das?«

»Bald nachdem Ihr fortgegangen seid. Ihr und der Zauberer. Wo ist er, Euer Gnaden?«

»Das tut nichts zur Sache. Und wo ist der Dreizack?«

»Das will ich doch die ganze Zeit sagen. Es waren einfach zu viele. Es ist alles vorbei. Der Dreizack ist am Ende!«

Bestürzt blickte Tarlan zu Theeta. Zum ersten Mal sah er in den unergründlichen schwarzen Augen des Thorrods Tränen glänzen.

Ich wusste nicht, dass Thorrods weinen können. O Melchior. Wärst du jetzt nur hier.

»Elodie«, sagte er. »Was ist mit der Prinzessin? Wo ist sie? Geht es ihr gut?«

»O ja, *ihr* geht's natürlich gut.«

Tarlan erschauderte. »Wie meinst du das?«

»Sie ist schuld, dass die Vicerins hergekommen sind. Es tut mir leid, Euer Ehren, aber Eure Schwester ist wohl eine Verräterin.«

Tarlan wurde wütend. »Das ist nicht wahr! Du lügst!«

»Wenn es nur so wäre. Aber ich lüge nicht. Ich habe es mit eigenen Augen gesehen.«

Tarlan platzte fast der Kopf. »Was genau hast du gesehen? Sag es mir!«

»Die Prinzessin, sie hat gesagt, wie froh sie ist, dass die Vicerins gekommen sind. Und dann ist sie ganz hochnäsig – entschuldigt, Euer Ehren, aber so war es tatsächlich – mit ihnen davongeritten; und Fessan, den haben sie in Ketten gelegt. Er hätte im Kampf sein Leben für sie gegeben, ganz bestimmt. Und was tut sie? Sie verrät ihn. Sie verrät uns alle!«

Tarlan wollte den Jungen anbrüllen, wollte, dass er zu reden aufhörte. Das waren einfach zu viele Worte, und sie taten ihm allesamt weh. Mit hängenden, bebenden Schultern drehte er sich um und ging fort.

Er sagt die Wahrheit. Man sieht es an seinen Augen.

Hatte Elodie den Dreizack wirklich verraten? Tarlan konnte sich nicht vorstellen, dass seine Schwester so etwas tat.

Aber warum sollte der Junge lügen?

Es tut mir leid, Fessan. Du wolltest nicht, dass wir gehen. Wenn Melchior und ich geblieben wären, hätten sich die Dinge dann anders gewendet?

Tarlan stellte sich vor, wie Melchior die Angreifer von Vicerin durch seine Magie besiegte … aber dann fiel ihm ein, dass der Zauberer vor ihrer Reise zur Insel der Sterne nur ein alter Mann gewesen war, der einen Stock zum Gehen brauchte.

Nein. Wenn wir geblieben wären, dann wären wir jetzt tot – oder Gefangene wie Fessan.

Er drehte sich um und ging wieder zu dem Jungen zurück.

»Wie heißt du?«, fragte er.

»Kassan, Euer Ehren. Ich … es tut mir leid, was geschehen ist, wirklich.«

»Mir auch, Kassan. Aber jetzt ist nichts mehr daran zu ändern.« Er schob seine Sorgen und Befürchtungen beiseite.

Genug nachgedacht, Zeit zu handeln.

»Was geschehen ist, ist geschehen. Jetzt müssen wir uns mit wichtigeren Dingen befassen.«

»Wirklich?«

Tarlan betrachtete Kassans Schwert. »Kannst du damit umgehen?«

Der Junge reckte die Brust heraus. »Das kann man sagen, Euer Ehren! Ich war der beste Lehrling im Lager. Wenigstens hat das Leutnant Tagger gesagt.« Er wurde traurig. »Jetzt ist er tot. Ich habe ihn beerdigt, und die anderen auch. Aber ich bin immer noch nicht fertig.«

»Schon gut. Ich kann jetzt jeden guten Schwertkämpfer gebrauchen.«

»Wirklich? Werden wir bald wieder in den Kampf ziehen?«

»Ja, Kassan. Aber jetzt sage mir, gibt es hier in der Nähe vielleicht auch Städte?«

»Natürlich. Tiefenthal zum Beispiel, die größte Stadt in ganz Isur.«

»Bist du dir sicher?«

Der Junge nickte. »Dort habe ich gewohnt, bis ich zum Dreizack kam.«

Tarlan nickte, wenig überrascht. Dieses ganze Zusammentreffen hatte etwas Unausweichliches … wie eigentlich alle

Ereignisse der vergangenen Tage. Er konnte beinahe spüren, wie sich die verschiedenen Teile der Welt um ihn herumbewegten und wie die Teile eines gigantischen Puzzlespiels nach und nach an ihren Ort fanden.

Er ging in die Hocke und erzählte Kassan von der galadronischen Armee, die anrückte.

»Wo liegt dieses Galladonika?«, fragte der Junge verwundert.

»Ist egal. Wichtig ist, dass du weißt, dass der Feind hier entlangkommt und dass er alles angreifen wird, was auf seinem Weg liegt – also Tiefenthal, wenn es stimmt, was du sagst.«

Kassan wurde ganz ernst. Er legte die Hand ganz leicht an sein Schwertheft. »Dann werden sie meine Heimatstadt angreifen?«

»Ja! Und du wirst mir dabei helfen, sie zu verteidigen. Und solange wir beide stehen, Kassan, du und ich, so lange steht auch der Dreizack.«

»Ihr und ich«, meinte Kassan zweifelnd. »Wir können doch nicht alleine gegen diese Galladoniker kämpfen.«

»Wir sind nicht alleine.«

Er trat einen Schritt zur Seite, klopfte Theeta auf den Hals und ging auf die Lichtung hinaus. Die Sonne war inzwischen hinter den Bäumen verschwunden, und der Wald wirkte dunkel und bedrohlich. Direkt über Tarlans Kopf standen die drei Sterne der Prophezeiung am purpurroten Himmel.

Tarlan breitete die Arme aus und rief einen einzigen Befehl: »Kommt!«

Und während seine Stimme über die Lichtung schallte, formte er dieses Wort auch im Innern, und dort erwuchs es heiß und kräftig.

Kommt!

Und sie kamen – die Tiere des Waldes und die Vögel aus den Lüften. Die Erde erzitterte unter Hufen und Pfoten, und der Himmel war erfüllt vom Kreischen von Habicht und Adler. Von einer Seite kamen die Bären, von einer anderen die Wölfe und von einer dritten eine ungeheure Menge an Wildschweinen, Hirschen und flinken Wieseln. Der Boden zu Tarlans Linken schimmerte bald von einem ganzen Teppich von Schlangen.

Und in der Mitte des Aufmarschs der Tiere kamen die Pferde herein.

»So, Kassan«, sagte Tarlan. »Was hältst du von unserer Armee?«

Kassan war der Mund offen stehengeblieben. Sein Gesicht war weiß, außer zwei leuchtend roten Flecken auf den Wangen.

»Werden sie uns fressen?«, fragte er bebend, als mehrere riesige Bären vorbeischritten.

»Uns nicht!«

Unter den Tieren war auch ein Pferd: ein schöner, grauer Hengst mit buschigem schwarzem Schwanz, der seinem Besitzer wohl entlaufen war.

Komm!

Er sandte den Befehl aus wie einen Pfeil. Das Pferd bäumte sich auf, wieherte und kam herangetrottet. Es stampfte auf den Boden, schnaubte und senkte dann den Kopf, so dass ihm Tarlan über die Nase streichen konnte.

»Kannst du reiten?«, fragte Tarlan. Der Junge nickte. »Auch ohne Sattel?«

»Mein Onkel hat es mir beigebracht.«

»Gut. Ein Soldat braucht ein gutes Pferd. Dieses hier heißt ...« Er sagte dem Pferd ins Ohr: »Nenne mir deinen Namen.«

Das Pferd stampfte einmal auf und wieherte noch einmal.

Tarlan wandte sich wieder an den Jungen. »Kassan, das hier ist Windläufer.«

Der Junge machte große Augen. »Ihr könnt mit Pferden sprechen?«

»Ja.«

»Und er ... gehört mir?«

»Nein, Kassan. Das darfst du niemals denken. Du und Windläufer, ihr steht euch gleich. Pass auf ihn auf, dann wird er auch auf dich aufpassen. Kannst du uns jetzt nach Tiefenthal führen?«

Der Junge schwang sich auf den Rücken des Pferdes, fuhr mit der Hand durch Windläufers Mähne und strahlte Tarlan an.

»Folgt mir!«, schrie er und drückte Windläufer seine Fersen in die Flanken. Sie trotteten gemeinsam zum nördlichen Ende der Lichtung.

Folgt! Noch während Tarlan zu Theeta zurückrannte, sandte er diesen Gedanken an die versammelten Tiere aus. *Folgt, denn bald werden wir kämpfen!*

»Viele kommen«, bemerkte Theeta, während sich die beiden in den Himmel hoben.

»Ja, Theeta, genau, wie du gesagt hast.«

Schon waren sie über den Wipfeln. Erstaunt blickte Tarlan hinunter, wo Kassan selbstbewusst einen Trampelpfad im Wald entlangritt. Hinter ihm liefen Filos, Graudorn und Brock, und hinter *ihnen* lief – wie bei einer Pfeilspitze, die nach hinten immer breiter wurde – Tarlans gewaltiges Rudel.

Nun gestattete er sich wieder, an Elodie zu denken.

Was sie getan hatte, war unglaublich. Unverzeihlich. Er wollte ihr gegenübertreten, wollte ihr sagen, wie töricht sie war. Er wollte es ihr ins Gesicht schreien.

Gut, dass wir sie los sind, dachte er bitter. *Ich bin vorher ohne Schwester ausgekommen. Ich werde sie auch jetzt nicht brauchen.*

Aber sein Bruder …

»Ich werde Gulph selbst retten«, murmelte er. »Und vergessen, dass Elodie jemals existiert hat.«

Es hatte keinen Zweck, länger darüber nachzudenken. Ebenso wenig brachte es etwas, sich den Kopf über die Zukunft zu zerbrechen. Was jetzt war, zählte – alles andere war Tarlan egal. Mit der Dämmerung war es kühl geworden, und der Schatten der Bäume war voller Leben – eine dröhnende Dunkelheit.

Ihnen stand eine Schlacht bevor.

Kapitel 25

Lord Vicerins treue Wachleute zerrten die Leichen der ermordeten Adligen von Ritherlee aus dem Hof. Andere eskortierten die Helkrags zu einem Ort tief unter der Burg, um sie für ihre Tat zu entlohnen – oder sie ihrerseits abzuschlachten. Als der Hof geräumt war, trieb man eine große Menschenmenge herein.

»Er hat Leute nach dir ausgeschickt«, drängte Cedric. »Elodie, sie kommen!«

Aber Elodie musste zuerst hören, was der Mörder zu sagen hatte.

»Toronia ist im Wandel«, rief Lord Vicerin der Menge zu. Elodie lauschte aufmerksam und fragte sich, wie lange sie wohl noch zu leben hatten. »König Brutan ist gefallen. Und auch das Schicksal unseres großartigen Landes hängt in der Schwebe. Es bedarf einer neuen Macht, um das verlorene Gleichgewicht wiederherzustellen.«

»Worüber spricht er da?«, schluchzte Sylva.

»Bitte, Elodie«, flehte Cedric und zog an ihrem Ärmel.

»Still, ihr beiden. Ich muss das hören.«

Eigentlich wollte sie es nicht hören, aber sie hatte keine Wahl. Lord Vicerin hatte zwar ein Publikum aufmarschieren lassen, aber diese Rede richtete sich nur an eine einzige Person.

Sie.

»Hier und heute hat sich diese neue Macht erhoben«, fuhr Lord Vicerin fort. »Während selbst Schloss Berg in Finsternis stürzt, steigt Burg Vicerin hinauf ins Licht. Selbst wenn uns die Sterne der Prophezeiung trügen, erhellt ein neues Licht unseren Geist. Denn ich verkünde euch, dass heute ein neuer König gekommen ist.«

Hinter Lord Vicerin erschien ein hochgewachsener Mann: der Oberste Kämmerer in seinem prächtigen blau-schwarzen Gewand. Vor sich trug er eine silberne Krone. Er hielt sie seinem Herrn und Meister über den Kopf.

Die Menge sah schweigend zu.

Die Krone senkte sich.

»Kniet vor ihm«, rief der Kämmerer aus. »Kniet vor König Quentus aus dem Hause Vicerin!«

Nach und nach gingen die Menschen in der Menge auf die Knie. Vicerin winkte huldvoll und blickte dann auf Elodie.

»Nun, da ich König von Ritherlee bin«, rief er, »wähle ich mir meine Königin!«

Elodie schlug die Hände vor die Augen und schrie …

… und wachte schweißgebadet in ihrer Turmkammer auf. Der Albtraum verflog. Auch der Nebel draußen vor dem Fenster hatte sich aufgelöst und einem blauen Himmel mit feinen Federwölkchen das Feld überlassen. Irgendwo sang eine Lerche.

Verschlafen stieg sie aus dem Bett und fasste sich an den Kragen ihres Nachthemds. Ihre Hand glitt hinunter zu dem grünen Juwel, das ihr um den Hals hing. Wie immer fand sie es beruhigend, es in der Hand zu halten.

Ihr Blick fiel auf das Kleid, das am Durchgang zum einen Kleiderraum hing. Es war golden, mit einem langen, weiten Rock, der sich in Dutzende von schimmernden Bändern teilte. Diese fächerten sich nach unten immer weiter auf, so dass der Saum leicht und fedrig ausschwingen musste, wenn die Person, die es trug, darin umherging.

Aber nicht irgendeine Person, dachte Elodie, der diese für Ritherlee typische Machart nur allzu vertraut war. *Die Braut.*

Es war ein Hochzeitskleid.

Mit wachsendem Entsetzen begriff Elodie, dass alles, was sie geträumt hatte, am vorigen Tag tatsächlich geschehen war.

Das war kein Albtraum. Das war meine Erinnerung.

»Elodie? Ist alles in Ordnung?«

Sie erschrak, als sie Samial in der Ecke stehen sah. Er wirkte ernst.

»Ich habe dir beim Schlafen zugesehen«, sagte er. »Ich glaube, du hast schlecht geträumt.«

Elodie setzte sich auf die Bettkante. Sie war nicht nur müde. Jetzt war ihr übel.

»Ich wünschte, es wäre nur ein böser Traum gewesen«, antwortete sie. »Wie lange bist du schon hier, Samial? Hast du mich die ganze Nacht beobachtet?«

Samial schüttelte den Kopf. »Den größten Teil der Nacht habe ich versucht, den neuen König zu töten.«

»Vicerin ist kein König!«, schimpfte sie, ehe sie begriff,

was Samial eben gesagt hatte. »Wie meinst du das, du hast versucht, ihn zu töten?«

»Eben genau das. Aber es hat nicht geklappt. Ich konnte keine Waffe durch die Wand in sein Zimmer bringen, und als ich versuchte, einem der Wachleute drinnen das Schwert abzunehmen, schöpften sie Verdacht. Immer wieder habe ich es versucht …« Er brachte den Satz nicht zu Ende und blickte unglücklich drein. »Aber so leicht werde ich nicht aufgeben.«

Elodie ging quer durchs Zimmer zu ihm und umarmte ihn. »Ich danke dir, Samial. Du bist mutig und treu. Aber verstehst du nicht? Du bist der Einzige, der mir geblieben ist.«

»Ich will dir doch nur helfen.«

»Das weiß ich doch. Aber wenn sie jetzt von dir wüssten, wenn sie mir die Pfeilspitze wegnehmen, was dann? Ich will gar nicht daran denken, dass ich dich verlieren könnte, gerade jetzt, wo ich –«

Sie ließ ihn los und hielt die Worte zurück. Sie laut auszusprechen machte alles nur noch schlimmer. Machte alles …

… *zur Wirklichkeit.*

»Nicht jetzt, wo ich auf immer hier gefangen bin«, endete sie.

Die Tür ging auf, und herein kamen drei Dienstmädchen. Eine brachte eine grüne Schärpe, die anderen beiden hielten samtbezogene Tabletts voller grüner Juwelen und Blumen.

Passend zu meinem grünen Edelstein, dachte Elodie. *Als wäre er irgendein beliebiges Schmuckstück.*

Sie verspürte heftigen Widerwillen. Sie rannte zu dem

goldenen Brautkleid, riss es herunter und schleuderte es durchs Zimmer.

»Versteht ihr denn nicht, wie falsch das alles ist?«, schrie sie die Mägde an. »Seht ihr denn nicht, dass er seine eigene Frau umgebracht hat, damit er mich – seine Stieftochter – heiraten kann? Wenn ihr mir helfen wollt, dann helft mir, von hier zu fliehen!«

Sie wechselten entsetzte Blicke, aber bevor sie antworten konnten, kam ein Mann von der Wache hereinmarschiert.

»Gibt es ein Problem, Euer Hoheit?«, fragte er kühl.

Ohne nachzudenken, stürzte sie sich auf sein Schwert. Der Wachmann reagierte sofort und stieß sie zurück. Sie verfing sich in den Bändern des Hochzeitskleids und schlug hart auf den Boden.

Keine der Mägde rührte sich.

Der Soldat blickte sie wütend an.

Nun begriff Elodie, was das Wort »Gefangener« wirklich bedeutete.

»Ich fragte Euch, ob es ein Problem gibt«, wiederholte der Wächter.

»Nein.« Zitternd stand Elodie vom Boden auf, und ihr kam etwas in den Sinn, das Fessan ihr einst gesagt hatte.

Ein mutiger Soldat weiß, wann er das Schwert erheben muss. Ein kluger weiß, wann es besser ist, es zu senken.

»Alles ist bestens«, antwortete sie. »Ich bin nur etwas nervös.« Sie schluckte. Es war, als versuchte sie, einen Stein hinunterzuwürgen. »Immerhin ist heute ein sehr wichtiger Tag.«

»Nun, wenn Ihr sicher seid –«

»Ihr seid entlassen«, fuhr Elodie fort und bemühte sich dabei um den herablassenden Tonfall, der ihr früher so selbstverständlich erschienen war. Das Auftreten einer Königin.

Allerdings nicht der Königin, die ich werden wollte.

Der Wächter verschwand, und Elodie fand sich damit ab, dass man ihr das Hochzeitskleid anzog. Eine Magd machte sich an ihrem Haar zu schaffen (und mokierte sich darüber, dass es so kurz war), eine andere sortierte die Bänder und legte ihr den Schmuck an.

Elodie ließ alles über sich ergehen.

Sie werden mich in den Ratssaal bringen, dachte sie und zerbrach sich den Kopf, wie sie von dort fliehen könnte. *Und sie werden den weiten Weg nehmen. Damit sie Ritherlees kommende Königin gebührend präsentieren können.*

Ihr fielen ein halbes Dutzend Stellen ein, wo sie ihren Begleitern entwischen konnte – durch das jahrelange Versteckspiel mit Sylva und Cedric kannte sie die Burg bis in die letzten Schlupfwinkel.

Aber alles wird voller Menschen sein. Sie werden überall in den Gängen stehen, weil sie die Braut sehen wollen.

Obwohl sie sich die größte Mühe gab, hatte sie keine Idee.

Burg Vicerin war wirklich ihr Gefängnis geworden.

Schließlich war alles bereit. Die Dienstmädchen traten zurück und bewunderten ihre Arbeit.

»Ihr seht wunderschön aus, Euer Hoheit«, sagte das erste.

»So ist es«, sagte das zweite.

Das dritte trug einen Spiegel heran, aber Elodie brachte es nicht über sich, ihr Spiegelbild zu betrachten. Stattdessen zog sie sich in die kleine Wohnstube hinter dem Ankleidezimmer zurück. Als ihr eine Magd folgen wollte, wies Elodie sie mit einer Handbewegung zurück.

»Bitte«, sagte sie. »Ich möchte für einen Augenblick allein sein.« Die Mägde wechselten besorgte Blicke. »Es ist nichts dabei. Ich muss mich nur für einen Moment ... sammeln.«

Kaum war sie alleine, begann sie, in der Schublade des kleinen Sekretärs unter dem Fenster zu kramen. Ganz hinten lag ein kleines Stoffbündel versteckt. Sie prüfte seinen Inhalt: Samials Pfeilspitze und die Thorrod-Feder.

Ich dachte, ich könnte entkommen wie du, Tarlan. Sie strich mit den Fingern über die Feder. *Stattdessen bin ich hier gefangen. Und ich werde dich nie wiedersehen.*

Elodie schlug das Bündel wieder zu und klemmte es hinter den Bund ihrer Unterwäsche, verborgen unter den fließenden Falten des Hochzeitskleides.

Als sie zurückkehrte, sah sie, dass die Eingangstür offen stand. Vier Männer der Schlosswache in ihren gepflegten blauen Gala-Uniformen warteten schon auf dem Treppenabsatz.

Elodie atmete tief ein und wieder aus.

Jetzt geht der Albtraum erst richtig los.

»Also gut«, sagte sie. »Ich bin bereit.«

Wie erwartet geleiteten die Wachleute sie auf einem langen, komplizierten Weg durch die Burg zum Ratssaal. Elodie kam es vor, als würde ganz Ritherlee auf den Korridoren stehen. Die vorüberziehenden Gesichter verschwammen – eigentlich verschwamm die ganze Burg –, und mehrfach stolperte sie über die Bänder ihres prächtigen goldenen Kleides.

»Ich bin hier. Du bist nicht allein.« Samial berührte ihre Hand. »Du hast schon öfter stark sein müssen, Elodie. Du schaffst es auch diesmal.«

»Genau das ist das Problem«, flüsterte sie. »Ich glaube nicht, dass ich das kann.«

Wieder verfing sich ihr Fuß im Kleid. Diesmal konnte sie den Sturz vermeiden.

Alles wird gut werden!, redete sie sich entschlossen ein und kämpfte gegen den Schwindel. *Das muss es einfach!*

Aber eigentlich glaubte sie nicht daran.

Schließlich gelangten sie in den Ratssaal. Alles war mit Blumen geschmückt, die man zu farbigen und kunstvoll überkreuzten Bändern geflochten hatte. Elodie erkannte, dass die Farben alle Adelsfamilien von Ritherlee repräsentierten. Vor jedem Wappen standen einige Menschen in passenden Gewändern – Vertreter der betreffenden Familien, vermutete sie.

Er hat eure Angehörigen ermordet!, dachte sie und wünschte, sie könnte das laut herausschreien.

Dann bemerkte sie, dass hinter jeder Gruppe bewaffnete Soldaten standen; offenbar wussten die Leute schon Bescheid.

Die lange Tafel hatte man offenbar beiseitegeräumt, denn in der Mitte des Raumes stand nun ein hölzerner Bogengang. Auch dieser war mit weißen, blauen und grünen Blumen geschmückt. Unter anderen Umständen hätte er Elodie den Atem geraubt. Stattdessen prallte ihr Blick daran ab und blieb dafür an der blaugekleideten Gestalt haften, die sie einst ihren Vater genannt hatte und die sich nun König von Ritherlee nannte.

Er lächelte, als Elodie herantrat, und entblößte seine riesigen Zähne. Die Krone saß auf seinem Kopf, ein filigranes Gebilde, das auf seltsame Weise weiblich an ihm wirkte. An seiner Seite stand der Kämmerer, nun im goldenen Umhang eines Amtsschreibers.

Plötzlich wurde Elodie von Panik ergriffen und wich zurück, aber sofort spürte sie die Hand eines Wachmanns im Rücken. Sie stolperte die letzten Schritte weiter und stand nun unter dem Bogengang. Vicerins Finger schlossen sich um ihr Handgelenk.

»Willkommen, mein Liebes«, gurrte Vicerin. »Bist du bereit für deinen großen Tag?«

Mit einem Mal wurde ihr Blick wieder klar. Sie starrte direkt in Vicerins gierige Augen.

»Ich würde lieber sterben, als dich zu heiraten!«, rief sie.

Dann spuckte sie ihm ins Gesicht.

Diesmal war es Vicerin, der zurückwich. Er holte mit der Hand aus, und Elodie hielt ihm die Wange hin. Mit einer seltsamen Art der Befriedigung wartete sie auf seinen Schlag. Aber er kam nicht. Vicerin tupfte sich stattdessen mit einem parfümierten Taschentuch den Speichel vom Gesicht und lächelte.

»Das mag wohl sein, mein Liebes«, sagte er, »aber wenn du dich weigerst, dann werden andere sterben.«

Elodie schauderte. »Was willst du damit sagen?«

Vicerin schnippte mit den Fingern. Weitere Wachleute kamen nach vorn. Sie brachten zwei Menschen mit, die Elodie nur zu gut kannte: Sylva und Cedric.

»Welch eine Enttäuschung«, fuhr Vicerin fort, »wenn man entdeckt, dass die eigenen Kinder Verräter sind. Wirklich enttäuschend.«

Beide lagen in Ketten. Sylvas Gesicht war ganz rot und nass von Tränen, Cedric hatte ein blutunterlaufenes Auge. Beide sahen aus, als hätten sie seit Tagen nicht geschlafen.

»Ich verstehe«, sagte Elodie voller Verachtung. »Bringen wir's hinter uns!«

Vicerin nickte dem Kämmerer zu, der mit durchdringender Stimme verkündete: »Seid alle aufs Herzlichste willkommen zu dieser Hochzeitszeremonie. Heute feiern wir die Verbindung von Quentus vom Hause Vicerin mit Elodie, ebenfalls vom Hause Vicerin …«

Ich bin keine Vicerin! Ganz bestimmt nicht!

Der Kämmerer leierte weiter, und Elodie versuchte, ihre Ohren vor seinen Worten zu verschließen. Das gelang ihr recht gut, bis sie hörte, wie Lord Vicerin ihren Namen mit lauter Stimme aussprach:

»… Elodie zu meiner treuen und einzigen Gemahlin.«

»Und nun Ihr«, sagte der Kämmerer, an sie gewandt.

»Sprecht diese Worte: ›Ich nehme dich, Quentus, zu meinem treuen und einzigen Gemahl.‹«

Einen Moment lang dachte sie daran, sich einfach umzudrehen und aus dem Ratssaal zu rennen. Die Bänder ihres Hochzeitskleids würden wie ein goldener Schauer hinter ihr herwehen.

Oder wie Federn. Wenn ich Federn hätte, würde ich von hier fortfliegen und niemals zurückkehren.

»Nur Mut«, murmelte Samial ihr ins Ohr. »Sei stark.«

Wieder steckte ihr ein Stein im Hals. Sie schluckte ihn hinunter. Manchmal musste man sein Schwert senken. Dies war ein solcher Augenblick.

Sie drückte den Rücken durch und starrte auf die Wand am anderen Ende des Saals.

»Ich nehme dich, Quentus«, sagte sie heiser und kämpfte mit den Tränen, »zu meinem treuen und einzigen Gemahl.«

Ein Raunen ging durch die Menge.

»Tauscht nun zum Zeichen eurer Verbundenheit eure Ringe«, sagte der Kämmerer.

»Gib mir deine Hand, mein Liebes«, sagte Vicerin, zog Elodies Finger auseinander und rammte ihr einen schweren Diamantring auf den Mittelfinger ihrer linken Hand. Sie erkannte ihn sofort: Diesen Ring hatte Lady Vicerin getragen.

»Ich schwöre, dass er noch warm ist«, murmelte sie. »Du konntest ihn ihr wohl gar nicht schnell genug herunterreißen, was?«

»Halt's Maul, mein Liebes«, knurrte Vicerin durch sein Grabsteingebiss.

»Wie schade, dass ich keinen Ring für dich habe. Soll ich dir einfach noch einmal ins Gesicht spucken?«

Immer noch lächelnd angelte Vicerin einen lächerlich bunten, klobigen Edelsteinring aus der Tasche und schob ihn sich an den Finger.

»Nicht nötig. Aber danke für das Angebot.«

»Ihr dürft nun unter dem Bogen hindurchgehen und ins Land der Ehe eintreten«, sagte der Kämmerer und schloss das Buch, aus dem er abgelesen hatte.

Bevor Elodie sich's recht versah, hatte Vicerin sie schon durch den Bogengang geschoben. Er folgte, griff sich noch eine andere Silberkrone – kleiner und noch zierlicher als die, die er selbst trug – und pflanzte sie Elodie auf den Kopf. Sie schloss die Augen … und wieder drückte Samial ihr die Hand.

Verlass mich nicht, Samial. Nicht hier. Nicht jetzt.

»Ein dreifaches Hoch auf den König und die Königin von Ritherlee!«, schrie jemand hinten im Saal. Alle brachen in Hochrufe aus; Elodie kam es wie ein schlecht gestimmtes Orchester vor; und es war nur zu offensichtlich, dass die meisten nur applaudierten, weil sie fürchteten, was passieren würde, wenn sie es nicht taten.

Mir wird gleich schlecht.

Vicerin führte sie durch die große Doppeltür am Ende des Saals und weiter in den Ziergarten. Die Sonne schickte einen Strahl zwischen mächtigen, sich ballenden Wolken hindurch und ließ Elodies goldenes Kleid aufs Herrlichste erstrahlen. Den im Garten Versammelten verschlug ihr Anblick den Atem, und es erhob sich neuer Applaus.

Winkend und lächelnd führte Vicerin sie durch das Spalier. »Du musst auch winken, jetzt, wo du Königin bist.«

»Ich kann keine Königin sein, weil du kein König bist. Königin bin ich erst, wenn ich zusammen mit meinen Brüdern die Krone von Toronia ergreife, wie es die Prophezeiung sagt.«

»Und wie genau willst du das tun?«

»Ich werde dir entkommen. Du kannst mich nicht ständig überwachen.«

»Hmm … Und wenn du entkommen bist? Was dann?«

»Dann komme ich mit meinen Brüdern zurück und vernichte dich!«

»Ach ja, so wie mich dein teurer Dreizack vernichtet hat?«

Inzwischen hatten sie den Brunnen in der Mitte des Gartens erreicht. Auf Vicerins Zeichen erwachte er zum Leben und spie Wasser hinauf in den sonnigen Himmel. Auf ein zweites Signal färbte sich das Wasser leuchtend blau. Vicerinblau.

Die Menge jubelte.

»Ach, mein Liebes, etwas hätte ich beinahe vergessen.« Strahlend griff er in sein Festgewand. »Ich habe ein ganz besonderes Hochzeitsgeschenk für dich.«

»Ich will es nicht haben!«

»Wirklich? Aber als ich es dir zum ersten Mal überreicht habe, hast du es bereitwillig angenommen.«

Elodie blickte hinunter. In der Hand hielt er den juwelenbesetzten Dolch, den er ihr geschenkt hatte … und den sie Fessan gegeben hatte.

»Dies war niemals wirklich ein Dolch«, erklärte Vicerin. Seine Stimme klang, als wäre er unter Wasser. Elodie hätte am liebsten laut aufgeschrien. »Es war eine Probe. Ich war neugierig, was du mit so einem Ding wohl anstellen würdest. Jetzt weiß ich es.«

»Fessan«, murmelte sie durch ihre Lippen, die mit einem Mal ganz taub geworden waren.

»Ja«, erwiderte Vicerin. »Fessan.«

»Was hast du ihm angetan?«

Vicerins Lächeln wuchs zu einem grässlichen Grinsen an.

»Das, mein Liebes, ist das Hochzeitsgeschenk, das ich *wirklich* nur zu gern mit dir teilen möchte.«

Er führte sie am Brunnen vorbei zu einer weiten Rasenfläche. Die Wolken hatten sich vor die Sonne geschoben, und es hatte sich rasch abgekühlt. Während Elodie zitternd in ihrem Hochzeitskleid dastand, begann es zu regnen.

Mitten auf dem Rasen stand ein hölzernes Podest und darauf ein stämmiger Holzturm. An der Seite des Turms waren Rollen und Seile zu sehen, und ganz oben hing etwas Flaches, Glänzendes, scharf wie ein Schwert.

Das Blatt einer Guillotine.

»Bringt ihn her!«, rief Vicerin.

Eine Gruppe von sechs Wachsoldaten stieg auf die Plattform und führte eine jämmerliche Gestalt mit sich, die Elodie sofort erkannte.

»Nein!«, schrie sie. Sie wollte nach vorn stürmen, wurde aber selbst von Wächtern zurückgehalten.

Die Männer zwangen den Häftling vor der Menge auf die Knie. Er sah erbarmungswürdig aus mit seinem zerrissenen grünen Kittel und ließ den Kopf hängen. Seine schmutzige Kleidung war schon jetzt vom Regen durchweicht, und die Nässe triefte von seinem langen Haar.

Einer der Soldaten packte seinen Kopf und riss ihn hoch. Elodie starrte direkt in Fessans schmerzverzerrte Augen.

»Bitte!«, schluchzte sie und fiel vor Vicerin auf die Knie. Der Boden war schon so aufgeweicht, dass der Schlamm an den goldenen Bändern ihres Kleids haften blieb.

Das war ihr egal. Alles, was zählte, war Fessans Leben.

»Verschone ihn! Bitte! Ich werde deine Königin sein. Ich werde dir helfen, Toronia zu übernehmen, das verspreche ich. Bitte, lass ihn am Leben!«

Vicerin blickte voller Verachtung auf sie herab.

»Dies ist ein Ort der Bestrafung«, sagte er. »Und dies ist die Strafe für *dich*, mein Liebes. Dies ist der Preis dafür, dass du mich verraten und diesen Gefangenen aus meinem Kerker befreit hast.«

»Dann wirf mich stattdessen in den Kerker. Alles, was du willst. Bitte. Ich flehe dich an …«

»Dazu ist es zu spät. Die Zeit ist gekommen. Ohne diesen Mann wird der Dreizack untergehen, und mit ihm alle fehlgeleiteten Vorstellungen, denen du vielleicht angehangen hast darüber, dieses Königreich zusammen mit deinen jämmerlichen Brüdern zu regieren.« Er beugte sich keuchend zu

Elodie hinunter. »Hier enden deine sogenannten Träume, Elodie. Und zwar alle!«

»Du bist ein Ungeheuer!«

Elodie sprang auf, riss sich von ihren Bewachern los und rannte zur Plattform, auf der man Fessan festhielt. Sie packte den Rand des Podests und wollte sich gerade hochziehen, als Vicerins Hand sie zurückzog. Sie schüttelte ihn ab und kletterte wieder hinauf, wurde aber so gewaltsam zurückgerissen, dass sie in voller Länge im Schmutz landete.

Die Menge stöhnte auf. Langsam stand Elodie wieder auf. Das goldene Kleid war fast schwarz vor Schlamm. Sie wollte weinen. Sie wollte kreischen. Sie wollte Vicerin die Augen aus dem selbstgefälligen, gepuderten Gesicht reißen. Sie ballte die Faust und holte aus. Vicerin schlug ihr ins Gesicht.

»Lass sie in Ruhe!«

Trotz des Bluts in seinem Mund und trotz des Regens, der ihm übers Gesicht lief, klang Fessans Stimme fest und laut. Vicerin blickte sich erstaunt um, als er seinen Häftling sprechen hörte. Elodie nutzte die Gelegenheit, um ihm vors Schienbein zu treten, und spürte große Befriedigung, als er vor Schmerzen aufschrie.

Ihre Wange schmerzte, aber wieder sprang sie auf die Plattform los und schaffte es auch ganz hinauf, bevor sich Vicerins Finger um ihr Fußgelenk schlossen. Sie trat nach hinten aus und freute sich, dass ihre Ferse Vicerins Nase so heftig traf, dass diese mit einem abscheulichen Knirschen brach.

Vicerin taumelte zurück und presste die Hand vors Gesicht. Elodie lief um die verhasste Tötungsmaschine herum und warf die Arme um Fessans Hals.

»Es tut mir leid«, schluchzte sie. »Es tut mir so unendlich leid.«

»Du wirst am Ende gewinnen«, antwortete Fessan. »Du, Elodie, und deine Brüder. In der Schlacht zwischen Gut und Böse wird das Gute siegen. *Du* wirst siegen.«

Wieder wurde Elodie gepackt: um die Arme, um die Beine, um den Hals. Schreiend trug man sie vom Podest herunter und schleuderte sie auf die Erde.

»Lasst ihn los!«, schrie sie, während man sie am Boden festhielt. »Ich bin eure Königin! Ich befehle es!«

»Halt's Maul!«, heulte Vicerin, der sich noch immer die blutende Nase hielt. »Haltet ihren Kopf fest! Ich möchte, dass sie etwas sieht, das sie niemals vergessen wird!«

Grobe Hände packten ihren Kopf und hielten ihn fest. Sie wollte die Augen schließen, um das entsetzliche Geschehen vor ihr nicht sehen zu müssen, aber sie bemerkte, dass Fessan sie immer noch ansah.

Du wirst gewinnen, formte er mit den Lippen.

Ich werde zusehen, beschloss sie. *Das schulde ich dir, Fessan. Du sollst nicht allein sterben!*

Die Männer auf der Plattform zwangen Fessans Kopf in die gebogene Halterung am Fuß der Guillotine. Ein Mann mit einer schwarzen Kapuze in der Hand trat vor. Zu Elodies Entsetzen war es Stown.

»Was tut er hier?«, rief sie und versuchte, sich wieder loszureißen.

»Gute Dienste zahlen sich aus«, fauchte Vicerin, dessen Stimme durch die gebrochene Nase stark gedämpft klang. »Feldwebel Stown ist befördert worden.«

Stown warf Elodie einen flüchtigen Blick zu, lächelte kurz und stülpte die Kapuze über den Kopf. Durch die schmalen Schlitze sah sie seine Augen gierig funkeln.

Stown schwang eine Klammer über Fessans Hals und fesselte ihn so an die Apparatur. Er zog eine große Holzschüssel heran und wollte sie gerade unter Fessans Kopf schieben, als Vicerin schrie: »Weg mit der Schüssel! Wir wollen seinen Kopf rollen sehen!«

Stown zuckte mit den Achseln und trat die Schüssel beiseite. Dann flocht er seine dicken Finger in ein Seil, das vom Turm herabhing … und zog daran.

Nein! Noch nicht. Es ist zu früh. Bitte nicht …

Die Klinge fiel und schlug mit einem entsetzlichen, dumpfen Geräusch auf.

Wie Lord Vicerin befohlen hatte, rollte Fessans Kopf.

Und Elodie sah alles mit an.

»Bringt sie zum weißen Turm«, rief Vicerin, während der Regen rot von Fessans Blut auf ihn niederprasselte. »Sperrt sie mit meinen heimtückischen Kindern zusammen! Sollen sie alle zusammen verfaulen! Dieses erbärmliche Mädchen hat seinen Zweck erfüllt. Ich will sie niemals wiedersehen!«

Kapitel 26

»Ich gab Euch Schutz! Ich gab Euch Hilfe, als Ihr sie brauchtet! Und so vergeltet Ihr es mir?«

Lady Redinas Gesicht war weiß vor Wut. Aufgeregt schritt sie im glänzenden kristallenen Hof auf und ab und blickte jedem einzelnen Mitglied der Tangletree-Truppe ins Gesicht. Gulph stand so gerade, wie es sein gebogener Rücken zuließ, denn ihm war nur allzu bewusst, wie ungepflegt und heruntergekommen sie alle aussahen.

»Wir sind sofort zu Euch gekommen, um Euch zu warnen«, erwiderte er so bestimmt, wie er es eben wagte.

Was hast du von uns erwartet? Dass wir oben in Idilliam bei den Untoten bleiben?

»Das sehe ich! Hättet Ihr nicht wenigstens so höflich sein können, Euch vorher abzutrocknen? Oder habt Ihr so wenig Achtung vor mir?«

Gulph starrte auf die silberne Wasserpfütze, die sich unter seinen Füßen ausbreitete – unter ihnen allen. Als sie die unterirdische Kaverne, in der Celestis lag, erreichten, war ihnen nichts anderes übriggeblieben, als sich in den See fallen zu lassen, genau wie Gulph und die anderen zuvor. Zum Glück hatte Kalia nach ihnen Ausschau gehalten, und nur kurze Zeit später waren Boote gekommen, um sie aufzunehmen.

Und noch günstiger: Der Bakaliss hatte sie nicht zuerst gefunden.

Die Begegnung mit dem Ungeheuer wäre vielleicht besser gewesen als dies hier, dachte Gulph verdrießlich, als Lady Redina die nächste Salve von wütenden Flüchen ausstieß.

»Nicht nur besitzt Ihr die Frechheit, entgegen meiner strikten Anordnung zurückzukehren, sondern Ihr sagt mir überdies, Ihr hättet den Weg zum oberen Königreich offen gelassen!«

»Wir versuchten, ihn zu verschließen. Wirklich. Aber es war unmöglich. Wir hielten es für das Beste, herzukommen und Euch sofort zu warnen. Die Gänge unter Idilliam sind ohnehin dabei, einzustürzen. Die Wahrscheinlichkeit, dass eine Armee dort durchkommt, ist –«

»*Ihr* seid aber durchgekommen!«

Gulph ließ beschämt den Kopf hängen. »Ja, das stimmt.«

»Tausend Jahre lang blieb Celestis sicher verborgen. Jetzt steht der Weg offen. Brutan wird uns finden. Seine untoten Krieger werden uns finden, und das ist alles Eure Schuld!«

»Das stimmt nicht!« Pip trat vor. »Ihr wisst ja gar nicht, wovon ihr redet. Gulph hat uns gerettet. Und nun versucht er, Euch zu retten. Wenn Ihr nur halb so mutig wärt wie er –«

»RUHE!«

Lady Redinas Stimme hallte von den Smaragdbrunnen und Rubinwänden wider. Ihr Ausbruch brachte die Kristallblumen zum Klingen. Aus einer Tür in der diamantenen Wand von Lady Redinas prächtigem Haus traten zwei bewaffnete Soldaten, aber sie winkte sie wieder fort.

»Ich habe Euch gewarnt!«, blaffte sie. »Ich habe Euch gewarnt, dass Ihr nicht zurückkehren dürft, wenn Ihr Celestis verlasst! Ihr habt meine Warnung nicht beachtet. Deshalb verbanne ich Euch! Man wird Euch unverzüglich von hier fortschaffen und in der Ödnis am Fuß des Abgrunds aussetzen. Wenn ich eurer Gesichter jemals wieder ansichtig werde, wird man euch sofort töten. Habt ihr das verstanden?«

Gulph wusste nur zu gut, wie es seinen Freunden gehen musste: Sie waren erschöpft, verzweifelt und verängstigt. Er versuchte, sich vorzustellen, wie sie sich gegen die Massen von Untoten behaupten würden, die in den Abgrund gestürzt waren. Lange würden sie bestimmt nicht durchhalten.

Ich habe sie umsonst den weiten Weg hierhergebracht, dachte er bitter.

Kalia, die etwas abseits stand und den ganzen Wortwechsel gehört hatte, trat nun vor. Sie verbeugte sich achtungsvoll.

»Wenn Ihr sie in den Abgrund schickt, bedeutet das den sicheren Tod, Lady Redina«, sagte sie.

»Das kümmert mich nicht.« Lady Redina wandte sich ab.

Kalia warf Gulph einen Blick zu und fuhr dann fort. »Das mag wohl sein, aber sorgt Ihr Euch nicht auch um die Verteidigung von Celestis?«

Lady Redina blieb stehen und drehte sich um. »Worauf willst du hinaus?«

»Es ist ganz einfach: Brutan wird kommen. Wir können uns vor dieser Tatsache nicht verschließen. Es spielt keine

Rolle, wer die Schuld daran trägt – Celestis muss sich auf den Angriff vorbereiten, und zwar sofort.«

Lady Redinas Gesicht war blasser denn je. »Das ist mir bewusst.«

»Dann lasst sie zumindest hierbleiben, bis die Schlacht vorüber ist. Sie haben sich als mutig und einfallsreich erwiesen – wie sonst hätten sie Brutan entkommen und die Reise hierher überstehen können? Ihr Wissen über den untoten König macht sie für uns wertvoll. Lasst sie für Euch kämpfen. Lasst sie ihren Wert erweisen.«

»Sie sind wertlos!«

Lady Redina blickte Kalia lange und eindringlich an. Gulph wagte kaum zu atmen.

»Allerdings … werden wir jeden Arm brauchen, der ein Schwert führen kann. Wenn ich Euch Waffen gebe«, sagte sie argwöhnisch zu Gulph, »werdet Ihr sie dann gut verwenden?«

»Euer Feind ist auch unser Feind«, antwortete Gulph.

»Dann tue ich Kalia den Gefallen und lasse Euch in Celestis bleiben … aber nur, bis die Lage geklärt ist. Danach kann ich Euch nichts versprechen.«

Gulph war erleichtert, verbeugte sich tief und gab seinen Freunden zu verstehen, es ebenso zu tun. »Ihr seid gnädig, Lady Redina, und wir danken Euch.«

Lady Redina klatschte in die Hände. Aus dem Haus kamen Diener gelaufen, die sich um sie versammelten. Sie bellte ihnen nacheinander Befehle zu. Einer sollte die Anführer der celestischen Verteidigungsgruppen zusammentrommeln, ein anderer die Bootsführer benachrichtigen und ein dritter alle Späher herbeirufen und auf die Wachtürme verteilen.

Gulph hörte fasziniert zu. Bis jetzt war ihm Lady Redina als Herrscherin ziemlich abgehoben vorgekommen, so als würde sie unnahbar in ihrem Palast sitzen und die anderen für sich arbeiten lassen. Nun sah er ihren Verstand im Einsatz, und mit wenigen knappen Anweisungen setzte sie die ganze Verteidigungsmaschinerie von Celestis in Bewegung.

Sie führt Celestis wirklich an. Vergiss das niemals, Gulph.

»Ich werde mich um die Kristallschmiede kümmern«, sagte Kalia, als Lady Redina schließlich eine Atempause machte. »Ich kann ihnen zeigen, wie man die speziellen Klingen fertigt, die wir zum Kampf gegen die Untoten brauchen.«

»Von denen werden wir eine ganze Menge brauchen«, wandte Gulph ein.

»Ich weiß«, sagte Kalia. »Was dich betrifft, bringe deine Freunde zu meinem Haus. Bleibt dort und haltet euch aus allem heraus.« Leise fügte sie an: »Dort werdet ihr in Sicherheit sein, Gulph. Dafür werde ich sorgen.«

Gulph nickte. Trotz allem wurde ihm warm ums Herz.

Sie sorgt sich um mich. Vielleicht wird sie niemals glauben, dass ich ihr Sohn bin, aber ich bedeute ihr etwas.

Beim Verlassen des Hofs fiel Gulph eine verkümmerte Pflanze in einem Blumentopf auf, deren Blätter schwarz verfärbt waren. Es war die, in die er mehrmals den Wein gegossen hatte, den er nicht trinken wollte.

Der Gedanke daran machte ihm noch immer zu schaffen, als er Pip und die anderen über den verschlungenen Weg zu Kalias Haus führte. Wenn das Gift so auf die Pflanze gewirkt hatte, was richtete es dann erst mit dem menschlichen Verstand an?

Am Seeufer blieb er stehen. »Kalia wohnt gleich hinter dieser Kuppe«, sagte er. »Ihr seht es dort – es ist nicht mehr weit.«

»Kommst du denn nicht mit?«, fragte Pip.

»Ich komme nach. Aber ich habe noch etwas zu erledigen.«

Pip ging mit den anderen weiter, während sich Gulph auf den Weg zu dem Haus machte, das Redina ihm und den anderen überlassen hatte. Er war schon ganz in der Nähe, als er den Menschen entdeckte, den er suchte. Er saß am Ende eines kleinen Stegs, der ins silberne Wasser hinausragte. Ossilius.

Gulph holte tief Luft. Bei seinem Aufbruch von hier war Ossilius nur noch ein Schatten seiner selbst gewesen. Wie würde es jetzt um ihn bestellt sein?

Wie alles andere in Celestis bestand der Steg aus Kristall. Durch die durchsichtigen Planken konnte Gulph auf das silberne Wasser sehen. Es war, als würde man durch die Luft gehen.

»Ossilius?«, sagte er, bei seinem Freund angekommen. »Geht es dir gut?«

Ossilius blickte auf. Er ließ die Beine wie ein Kind über dem Wasser baumeln. Neben ihm stand ein Teller mit kleinen roten Bonbons, die er sich eines nach dem anderen in den Mund stopfte.

»Wer bist du?«, fragte er matt.

Gulph zog sich der Magen zusammen. »Kennst du mich denn nicht?«

»Ich habe dich noch nie gesehen. Möchtest du auch von meinen Bonbons?«

Er bot Gulph den Teller an. Gulph schüttelte den Kopf. Er war entsetzt, seinen Freund – einen Hauptmann der Legion des Königs – in einem solchen Zustand zu sehen.

Da kam ihm eine Idee.

»Hauptmann Ossilius!«, rief er und schlug die Hacken zusammen. »Die Schlacht steht unmittelbar bevor! Ich erwarte Eure Befehle!«

Etwas flackerte kurz auf ihn Ossilius' Augen, und Gulph schöpfte schon Hoffnung. Aber dann ließ sein Freund die Schultern wieder hängen, und er murmelte: »Hört sich gefährlich an.« Sein Blick trübte sich wieder, und er schob sich noch ein Bonbon in den Mund.

An etwas muss er sich doch erinnern!

Gulph kramte die Krone aus seinem Bündel. Das Gold schimmerte im Zwielicht von Celestis und warf die zahllosen Lichtreflexe der Kristalle in der Umgebung zurück, so dass es wie von innen heraus zu leuchten schien.

»Ein hübsches Ding«, sagte Ossilius. »Hast du das für mich mitgebracht?«

Er griff danach; Gulph hielt die Krone so, dass er sie nicht erreichen konnte.

»Weißt du, was das ist?«

»Ich würde es gerne haben.«

Gulph ließ nicht nach. »Du musst doch wissen, was das ist, Ossilius. Du hast es mir selbst gegeben, als Nynus starb. Du sagtest, ich sei ein König. Du sagtest, du würdest mir dienen. Du sagtest –«

»König? König von was? Das ist wirklich ein sehr hübsches Ding.«

Ossilius stürzte sich auf die Krone. Gulph stolperte entsetzt rückwärts.

Zuerst Sidebottom John. Und jetzt Ossilius. Ich verliere meine Freunde, einen nach dem anderen.

Ihn überkam Furcht.

Wird es mit den anderen auch so gehen? Mit Noddy und Simeon? Mit Pip?

Ossilius war aufgesprungen, wieder griff er nach der Krone. Gulph bog sich zur Seite und griff nach einem Anlegepfosten aus Kristall, um nicht ins Wasser zu stürzen.

Das Wasser!

Ohne auch nur darüber nachzudenken, rollte Gulph die Krone außer Reichweite und stürzte sich auf Ossilius. Er stemmte beide Hände gegen seine Schultern und stieß ihn vom Steg hinunter ins Wasser.

Ossilius war zu überrascht, um zu schreien, und ging sofort unter. Aus seinem Mund stiegen Blasen auf, und für einen Augenblick fürchtete Gulph, dass sein Freund unter dem Einfluss des Gifts vielleicht gar nicht mehr schwimmen konnte. Aber dann bewegte Ossilius Arme und Beine.

Gulph hielt den Atem an und hoffte, dass sein Freund dasselbe tat.

Als Ossilius den Kopf aus dem Wasser streckte, wartete Gulph gerade so lange, bis er den Mund geöffnet und einmal durchgeatmet hatte. Dann beugte er sich vom Steg hinunter, drückte ihm die Hand auf den Kopf und tauchte ihn wieder unter.

»Vergib mir, mein Freund«, stöhnte er unter der Anstrengung. »Das Wasser hat uns schon einmal geheilt – vielleicht kann es dich auch jetzt retten.«

Als Ossilius zum zweiten Mal auftauchte, sah Gulph etwas in seinen Augen aufflackern. War das seine Erinnerung? Oder war das nur, weil jemand, den er für einen Fremden hielt, ihn zu ertränken versuchte?

Gulph biss die Zähne zusammen und tauchte ihn abermals unter.

Als Ossilius diesmal auftauchte, trat er heftig mit den Beinen aus, prustete, griff nach den Kristallplanken des Stegs und wehrte Gulphs Versuche ab, ihm aus dem Wasser zu helfen.

»Lass das, Gulph!«, rief er. »Das kann ich doch selbst!«

Es dauerte einen Moment, bis Gulph begriff, was er eben gehört hatte. Ossilius hatte sich inzwischen heraufgezogen und lag keuchend auf den Planken. Er rollte sich auf die Seite, spuckte einen Mundvoll Wasser aus, setzte sich auf und fuhr sich mit den Händen durchs nasse Haar.

»Wo bin ich hier? Was ist los, Gulph?«

Gulph fasste Ossilius an der Hand und hielt sie ganz fest.

Er spürte, wie sich ein Lächeln über sein Gesicht ausbreitete, breit und warm. Er konnte sich nicht daran erinnern, wann er zum letzten Mal so gelächelt hatte.

»Wie schön, dass ich dich wiederhabe«, sagte Gulph.

Auf dem Weg zu Kalias Haus mussten sie zur Seite springen, um ein ganzes Regiment von Soldaten vorbeizulassen, das – in glitzernde Kettenhemden aus Kristall gekleidet – in die Gegenrichtung unterwegs war. Noch während sie eilig vorbeimarschierten, kam eine Botin angelaufen, die dem Offizier an der Spitze der Kolonne Meldung machte.

»… Untote in den oberen Tunneln gesichtet«, konnte Gulph aufschnappen. »Sie kommen …«

Ihre Worte jagten ihm kalte Schauer über den Rücken.

»Wenigstens nehmen sie die Bedrohung ernst«, sagte Ossilius und zeigte auf den See hinaus, wo sich eine ganze Anzahl Boote zu einer Verteidigungslinie zusammenschloss.

»Das müssen sie auch«, antwortete Gulph.

Er blickte der Soldatenkolonne hinterher und versuchte, seine Gedanken zu sammeln. *Wir müssen auch etwas unternehmen. Genau wie sie. Aber was können wir tun?*

Sie erreichten Kalias Haus und traten ein. Gulph musste grinsen. Die ganze Tangletree-Truppe saß dicht zusammengedrängt um den Kessel auf der Feuerstelle. Es roch nach Feuer, nach Magie und nach Kameradschaft.

Pip kam sofort auf Gulph zugelaufen und schlang die

Arme um ihn. Dann drängten sich auch die anderen heran, umarmten ihn, legten einander die Arme auf die Schultern und lachten. Noddy gab sogar ein kleines Tänzchen zum Besten.

»So behandelt ihr also euren König?«, meinte Ossilius lachend, denn auch er genoss das Wiedersehen.

Es wurde still im Raum.

»König?«, fragte Madrigal und trat erschrocken einen Schritt zurück.

»Wie meinst du das?«, wollte Noddy wissen.

Gulph blickte Ossilius an, der nickte.

»Ihr habt doch alle von der Prophezeiung gehört, oder?«, sagte Gulph. Seine Freunde bejahten. Gulph holte tief Luft. »Nun, das ist eine lange Geschichte – zu lang, um sie jetzt zu erzählen –, aber ich bin eigentlich nicht der, der ihr glaubt, dass ich bin. Ich bin einer der Drillinge.«

Wieder herrschte Stille.

»Du bist Brutans Sohn?«, fragte Noddy schließlich. »Ist das wahr?«

»Es stimmt«, sagte Ossilius. »Gulph, zeig sie ihnen.«

Er schnürte sein Bündel auf und holte die Krone von Toronia heraus. Die Tangletree-Truppe starrte zuerst das schimmernde, goldene Geschmeide an, dann Gulph.

»Ach du liebes bisschen«, hauchte Noddy.

»W-wie sollen wir denn zu dir sagen?«, stotterte Madrigal.

»Na, das ist doch wohl keine Frage«, meinte Pip grinsend. »Wir nennen ihn natürlich Gulph.«

Glücklich grinste er zurück.

»Ihr dürft das aber niemandem erzählen«, sagte er und packte die Krone wieder ein. »Ganz besonders nicht Lady Redina. Es ist nämlich ein Geheimnis. Niemand darf es wissen.«

»Wir haben verstanden«, sagte Pip feierlich. »Stimmt's?«

Die anderen nickten.

Gulph drückte ihr die Hand. »Danke. Ach, ich kann euch gar nicht sagen, wie schön es ist, euch alle wiederzusehen!«

»Und, was tun wir jetzt?«, fragte Noddy und klatschte in die Hände.

»Aber wir brauchen doch gar nichts zu tun«, entgegnete Madrigal. »Hier sind wir in Sicherheit.«

»Nein, das sind wir leider nicht«, erwiderte Gulph. »Brutan ist schon unterwegs.«

Alle schrien erschrocken auf – außer Pip. Sie stand da, die Hände in die schmalen Hüften gestemmt, und betrachtete Gulph. »Du hast doch schon einen Plan, nicht wahr, Gulph?«

Gulph überlegte. Allmählich fügten sich die Gedanken zusammen, die ihm auf dem Rückweg vom See im Kopf herumgegangen waren.

»Ja«, sagte er. »Ich glaube, schon.«

»Und willst du Brutan entgegentreten?«, fragte Ossilius besorgt.

»Mehr als das. Ich will ihn loswerden, ein für alle Mal. Wir wissen, dass die Untoten schon in den Tunneln unterwegs sind. Die Frage ist, wie viel Zeit uns bis zum Beginn der Invasion noch bleibt.«

»Schwer zu sagen, was die Untoten denken«, sagte Ossilius. »Und wenn ein paar von ihnen den Weg hier herunter gefunden haben, heißt das noch lange nicht, dass sie alle kommen.«

»Wusste Brutan über Celestis Bescheid?«

»Niemand wusste etwas von Celestis, Gulph.«

»Aber er war doch der König.«

Ossilius dachte nach. »Er kannte die Geschichte von Toronia – und das ziemlich gut. Wenn er den Weg hier herunter gefunden hat … und die Spalten, die sich aufgetan haben …« Ossilius' Miene wurde sehr ernst. »Ja, ich glaube, dass er die Puzzleteile zusammenfügen wird.«

»Dann sind wir uns einig«, sagte Gulph. »Wir müssen etwas unternehmen. Und zwar sofort.«

Er nickte Noddy zu, der die Unterhaltung mit großen, leuchtenden Augen verfolgt hatte. Noddy mochte bei der Tangletree-Truppe den Clown spielen, aber in Wahrheit hatte er mehr Tricks auf Lager als sie alle zusammen.

»Noddy«, sagte Gulph. »Wie wär's mit ein bisschen Feuerwerk?«

Draußen vor Kalias Hütte verabschiedete sich Gulph wieder einmal von seinen Freunden. *Kaum habe ich euch zurück, da muss ich euch schon wieder verlassen.*

»Pass auf sie auf, Pip«, flüsterte er und drückte sie an sich.

»Sei aber vorsichtig, ja?« Sie lächelte ihn durch ihre Tränen an.

»Wir müssen uns beeilen, Gulph«, rief Ossilius vom Ende des Wegs zurück. Er deutete auf einen flachen Hügel, der aus reinem Smaragd zu bestehen schien. Dort versammelte sich eine kleine Armee. »Die celestischen Streitkräfte sind überall. Falls du ohne großes Aufsehen verschwinden willst, ist es höchste Zeit.«

»Auf Wiedersehen, Pip«, sagte Gulph. »Auf Wiedersehen, ihr alle. Wir werden uns bald wiedersehen. Versprochen.«

Schweren Herzens wandte sich Gulph ab und folgte Ossilius. Das zusätzliche Gewicht in seinem Bündel war nicht zu verhehlen. Noddy hatte flink gearbeitet, nachdem er ihm seinen Plan erklärt hatte. Jetzt trug Gulph die Früchte dieser Arbeit.

Allerdings explodieren diese Früchte nur allzu leicht, dachte er in gespannter Erwartung.

»Und du wirst John für mich ausfindig machen?«, fragte Gulph, als sie auf den Dammweg einbogen, der sie aus Celestis hinausführte. »Er sollte bei den anderen sein.«

»Ja«, antwortete Ossilius. »Aber erst will ich dich sicher auf den Weg bringen.«

»Wenn du ihn findest, tauchst du ihn gleich in den See, wie ich es mit dir gemacht habe. Wahrscheinlich musst du es mehrmals tun.«

Ossilius nickte. »Und mach dir keine Sorgen um deine Freunde, Gulph. Ich bin jetzt da, um sie zu beschützen.«

»Und meine Mutter.« Gulph zögerte etwas vor der nächsten Frage. »Und wirst du für sie dasselbe tun?«

»Ich fürchte, sie wird sich heftiger wehren als John«, antwortete Ossilius mit einem schiefen Lächeln. »Trotzdem will ich versuchen, auch Kalias Erinnerung wiederherzustellen.«

Erinnerung! Und dann wird sie mich endlich wiedererkennen!

Gulph versuchte, sich vorzustellen, wie es wohl wäre, wenn er in Kalias Augen nicht mehr auf Unverständnis, sondern auf Vertrautheit und Zuneigung stieß.

Auf Liebe.

Das musste wunderbar sein.

Vom schmalen Damm, der über den See führte, hatten Gulph und Ossilius die Küste von Celestis gut im Blick. Dort warfen inzwischen Hunderte von Menschen eifrig Barrikaden aus Kristallen auf und legten schimmernde Schwerter bereit. Vorbereitungen für die Schlacht. Gulph kam das Treiben mutig und hoffnungslos zugleich vor. Wenn es Brutan tatsächlich gelang, seine Armee der Untoten hier herunterzuführen, dann hatten die Celestier wohl kaum eine Chance.

Es gibt nur einen, der diese Invasion aufhalten kann, dachte er finster. *Und das bin ich.*

Schließlich erreichten sie die Säulenreihe, die die Grenze des Landes Celestis markierte. Sie gingen hindurch und traten ins Freie hinaus.

Gulph starrte ins Dunkel. In den Kristallräumen von Celestis hinter ihm herrschte ewiges Zwielicht. In der oberen Welt dagegen war es Nacht geworden.

Sie gingen weiter bis zur Felswand am Rand des Abgrunds. Ossilius hatte das Schwert gezogen, falls sie von herabgestürzten Untoten angegriffen wurden, doch es regte sich nichts in der Dunkelheit, und sie erreichten ihr Ziel unbehelligt.

»Nun«, sagte Gulph. »Da sind wir. Ich denke –«

Bevor er noch etwas sagen konnte, drückte ihn Ossilius heftig an sich. »Komm zurück, Gulph. Bitte komm zurück. Ich habe Fessan immer noch nicht gefunden und fürchte, ihn niemals zu finden. Ich würde es nicht ertragen, noch einen Sohn zu verlieren.«

Gulph fühlte sich, als wäre ihm der Atem genommen worden. Wusste Ossilius, was er da eben gesagt hatte? Wie sehr sehnte er sich danach, dass Kalia ihn endlich erkannte; und nun sprach ausgerechnet dieser ehemalige Hauptmann der Legion des Königs, dieses Wort aus, das zu hören er überhaupt nicht mehr zu hoffen gewagt hatte.

Sohn. Bin ich das tatsächlich für ihn?

Beglückt legte er die Hände an den kalten Fels der Steilwand. Hoch oben lag Idilliam. Dort musste er hingelangen, bevor Brutan den Rest seiner Armee der Untoten in die Tunnel schickte.

»Und du bist wirklich entschlossen, Gulph?«, fragte Ossilius. Er sah besorgt ins Dunkel hinauf. »Niemand hat je den Abgrund erklettert.«

»Es ist unsere einzige Möglichkeit.«

Gulph verkeilte einen Zeh in einer Spalte und setzte den anderen Fuß auf einen winzigen, etwas höher gelegenen Sims. Er zog sich mit den Armen hoch. Dann bewegte er wieder die Füße, einen nach dem anderen, nur kleine, schnelle

Bewegungen, aber mit äußerster Vorsicht. Er hatte in seinem Leben schon schwierigere Klettereien überstanden, aber keine derart lange.

Denk nicht darüber nach. Konzentriere dich darauf, wo du gerade bist. Hand auf Hand und immer einen Fuß nach dem anderen. Stück für Stück, Gulph. Nur so kann es glücken.

Und so begann er tief im Dunkel des Abgrunds, an die senkrechte Felswand geklammert wie ein Insekt, den Anstieg seines Lebens.

Kapitel 27

Das Erste, was Tarlan auf dem Flug nach Tiefenthal von der Stadt sah, war Feuer.

Wir kommen zu spät!

Es schnürte ihm das Herz zusammen, als er Theeta über die brennenden Gebäude hinwegsteuerte. Das helle Orange der Flammen machte die Nacht zum Tag und fuhr in heißen Wellen unter die Flügel des Thorrods. Hunderte waren unten auf der Flucht, sie strömten durch das Stadttor hinaus zu einer Anhöhe.

Direkt in die Arme der Galadronier!

Verzweifelt blickte er sich um und suchte nach dem Feind.

»Dort sind sie, Theeta!«, schrie er und deutete auf Soldaten, die am Waldrand, der die Anhöhe umgab, in dichter Reihe auf der Lauer lagen. »Worauf warten sie noch?«

Ein Blick zurück nach Tiefenthal gab die Antwort. Die Stadt war von Erdwällen und mächtigen Palisaden umgeben. Aus den Erdwällen ragten spitze Holzpfähle in alle Richtungen, einem Raubtiergebiss nicht unähnlich. Wer diesen Verteidigungsring erstürmte, wurde aufgespießt, noch bevor er die Wälle erreichte.

Die Bewohner von Tiefenthal hatten zwar die hohe Schutzmauer, die ihre Häuser umgab, verlassen, aber sie suchten nun Zuflucht hinter der Barrikade aus Holzpfählen.

»Feuer fliegt«, krähte Theeta, die wieder in Richtung des Feindes gewendet hatte.

Aus dem Wald traten Soldaten mit den seltsamen Querbögen hervor, die Tarlan am Strand zum ersten Mal aufgefallen waren. In diesem Augenblick schossen sie eine gewaltige Salve von Brandpfeilen bis ins Herz der Stadt. Sofort strömten Bataillone von Fußsoldaten aus dem Wald. Während sie sich in Reihen formierten, schlugen sie mit den Schwertern auf ihre Schilde und stießen Schlachtrufe aus. Das Rufen und Scheppern schwoll an zu einem einzigen, gewaltigen Brausen an.

»Auf, Theeta!«, rief Tarlan. »Wir haben keine Zeit zu verlieren!«

Falls sich die isurischen Stadtbewohner fürchteten, ließen sie sich das nicht anmerken. Aber Tarlan erkannte, wo sie verletzlich waren. Zwar waren sie gut bewaffnet, mit Schwertern und gewöhnlichen Langbogen, aber sie saßen zwischen der Stadtmauer und den gespickten Erdwällen in der Falle und mussten sich hinter ihre Schilde kauern, während die feindlichen Pfeile herunterprasselten.

Während Theeta durch den Rauch hinunterglitt, tauchte im Süden eine Gruppe von Leuten aus Tiefenthal aus dem Wald auf. Irgendwie hatten sie es geschafft, die Galadronier zu umgehen und den Feind zu überraschen.

Tarlan sah mit Freude, wie die isurischen Schwerter auf die farbigen Rüstungen der Eroberer prallten. Er krallte die Hände fester in Theetas Federn und wünschte sich sehnlich, dass die Leute von Tiefenthal die Oberhand gewannen.

Aber sie mochten noch so entschlossen kämpfen – sie waren hoffnungslos in der Minderzahl. Die galadronischen Bogenschützen ließen sich zurückfallen, die versammelten Fußsoldaten rückten vor und drangen auf die Angreifer ein. Der Kampflärm war bis zu Tarlan und Theeta hoch oben in der Luft zu hören, und alsbald färbte sich der Boden rot.

Da entdeckte Tarlan im Getümmel eine vertraute Gestalt, die mit gewaltigen Schwerthieben die isurischen Verteidiger niederstreckte.

Tyro!

»Je früher wir ihn erwischen, desto schneller ist das hier vorbei«, murmelte er.

»Rudel jetzt«, drängte Theeta.

Tarlan nickte. »Ja. Los.«

Tarlan führte Theeta von der Schlacht zu einem nahen Kiefernwäldchen. Der große Vogel landete nicht ohne Mühe an einem dichtbewaldeten Hang, wo Kassan mit seinem Pferd auf sie wartete.

Der Junge wirkte blass und verängstigt. Windläufer stampfte aufgeregt mit den Hufen.

»Es ist schrecklich«, rief Kassan noch im selben Augenblick, als Theeta aufsetzte. »Mein Vater hat mir gesagt, sie wären in Tiefenthal in Sicherheit.«

»Ich glaube nicht, dass irgendjemand vor den Waffen sicher ist, die diese Galadronier mitgebracht haben.«

»Sie werden die Mauern einschlagen.« Kassan war den Tränen nahe. »Und wir können nichts dagegen tun.«

»Das werden sie nicht«, antwortete Tarlan und hielt sich

fest, als sich Theeta aufbäumte und zustimmend krähte. »Und wir können etwas tun.«

Er war froh, als Filos, Graudorn und Brock zwischen den Bäumen hervorkamen. Der Mondschein glänzte auf ihrem Fell, bis Kitheens Schatten über sie hinwegzog. Sie blieben bei Tarlan stehen und blickten ihn erwartungsvoll an, während der Thorrod über ihnen kreiste.

»Was sind deine Befehle, Tarlan?«, knurrte Graudorn. Er hatte die Zähne gebleckt, und unter seinem grauen Fell zuckten die Muskeln. Wie seine Gefährten war auch er unruhig.

»Ist das Rudel bereit?« Tarlan spähte in den dunklen Wald hinaus. Er spürte die Gegenwart von Hunderten – nein, Tausenden – von Tieren, die alle zwischen den Bäumen sprungbereit auf ihre Befehle warteten.

Meine Befehle.

»Ja, Tarlan«, antwortete Graudorn. »Wir sind bereit.«

»Gut.« Dann rief er dem kreisenden Thorrod zu: »Kitheen! Flieg nach Westen, so schnell du kannst. Such nach Nasheen und Melchior und bring sie noch schneller zurück. Ich habe das Gefühl, wir werden einen Zauberer brauchen, noch bevor die Nacht vorüber ist.«

Kitheen blieb oben am Himmel stehen und ruderte mit den riesigen Flügeln unermüdlich gegen die Nachtluft an. Wie üblich sagte der Thorrod nichts, aber das wütende Leuchten in seinen Augen verriet Tarlan alles, was er wissen musste.

»Keine Sorge«, sagte Tarlan. »Du wirst auch Gelegenheit

bekommen zu kämpfen. Jetzt flieg! Flieg, wie du noch niemals geflogen bist!«

Lautlos drehte Kitheen ab und beschleunigte in Richtung des fernen Ozeans. Tarlan hatte kaum drei Atemzüge gemacht, als der Vogel zu einem winzigen Punkt geworden war und verschwand.

»Thorrod schnell«, bemerkte Theeta.

»Wie der Wind.« Keinen der Vögel hatte er je so schnell fliegen sehen. Eigentlich glaubte er diese Giganten der Lüfte gut zu kennen, aber sie überraschten ihn doch immer wieder. Er wandte sich wieder Graudorn, Filos und Brock zu. »Jetzt seid ihr an der Reihe.«

Brock hob sich auf die Hintertatzen. »Kämpfen wir jetzt?«

»Bald. Ihr drei müsst das Rudel zusammenrufen und dann abwarten. Seht zu, dass sie bereit sind und dass sie zwischen Galadroniern und Bürgern von Tiefenthal unterscheiden können. Sagt ihnen, die Feinde tragen Kleider in leuchtenden Farben und Metallrüstungen und dazu Waffen, die gebogen sind, wie« – er sah zum Himmel hinauf –, »wie die Mondsichel. Aber sie müssen warten, bis der richtige Moment gekommen ist. Das ist sehr wichtig. Sie dürfen nicht auf die Galadronier vorrücken.«

»Wie sollen wir gegen diese Feinde kämpfen, wenn wir nicht zu ihnen gehen?«, fragte Filos.

»Ihr werdet nicht zu ihnen gehen.«

»Nicht?«

»Nein! Ich werde sie zu euch bringen!«

Die drei Tiere waren nervös gewesen, als sie aus dem Wald

auftauchten. Nun standen sie mit stolz erhobenen Köpfen da. Sie sahen aus, als wären sie zu allem bereit.

Wenn ich stark bin, dann sind sie auch stark, dachte Tarlan voller Stolz.

»Kassan!«, rief er, während Theeta ihn wieder in die Lüfte hob. »Sei bereit!« Als sie sich in den Himmel schraubten, wurde das Gesicht des Jungen immer kleiner, ein bleiches Oval im hellen Mondschein.

Zurück auf dem Schlachtfeld sah Tarlan, dass zusätzliche Isurier ihre Verteidigungsstellung verlassen hatten, um den Feind zu stellen. Das überraschte ihn nicht. Ihre Stadt brannte ja bereits; was blieb ihnen anderes übrig, als zu kämpfen?

Er beobachtete, wie vier isurische Männer schreiend den Hügel hinunterstürmten und die Schwerter schwangen. Zwei wurden sofort von Pfeilen niedergestreckt, ihre Kameraden liefen mit unverminderter Geschwindigkeit weiter. Beide töteten noch mehrere Galadronier, bevor sie selbst fielen.

Tarlan war von ihrer Tapferkeit beeindruckt. Die Galadronier waren zwar in Überzahl und hatten wirkungsvollere Waffen, aber die Verteidiger der Stadt kämpften mit äußerster Entschlossenheit.

Kein Wunder, dachte er. *Sie kämpfen ums eigene Überleben.*

Es dauerte nicht lange, bis er Tyro entdeckt hatte: Sein hellroter Umhang war nicht zu übersehen. Sein Gesicht war inzwischen mit Blut bespritzt, sein Bart damit getränkt. Er war scharlachrot von Kopf bis Fuß.

Tarlan zog sein Schwert und lenkte Theeta in den Sturzflug.

»Tyro!«, schrie er gegen den anpeitschenden Wind. »Jetzt bist du dran!«

Tyro blickte nach oben. Er schien eher erfreut als überrascht. Während er noch mit dem Schwert herumwirbelte, gab er einer Gruppe von Bogenschützen in der Nähe Handzeichen. Einmütig hoben sie ihre Waffen. Sofort begann Theeta, hin und her zu kurven.

Tyro senkte den Arm. Eine Salve von Pfeilen zischte durch die Luft und verfehlte sie knapp. Im Vertrauen darauf, dass der Thorrod sicher durch den tödlichen Hagel steuern würde, rief Tarlan: »Du wirst nicht siegen, Tyro!«

»Holt sie herunter«, donnerte der Bärtige. »Tötet diesen Barbaren! Er darf nicht lebend davonkommen!«

Wieder schwirrten Pfeile. Theeta schwang nach rechts und links und wich ihnen aus. Als sie Tyro fast erreicht hatten, streckte sie die Beine aus und öffnete die Klauen.

»Nein!«, warnte Tarlan. »Halte dich an den Plan!«

Sie krähte ärgerlich, zog aber die Klauen wieder ein und schoss über Tyros Kopf hinweg. Der Luftzug holte den schweren Mann fast von den Beinen. Tarlan hörte ihn in einer kehligen Sprache fluchen, die er nicht verstand. Dann waren sie vorbei und stiegen weiter in den Nachthimmel hinauf.

»Wenden!«, drängte Tarlan. »Dort hinüber, Theeta. Geradewegs in Richtung Wald!«

In kürzester Zeit hatten sie das Schlachtfeld hinter sich gelassen. Als Tarlan zurücksah, schwang Tyro siegessicher sein Schwert.

»So rasch auf dem Rückzug?«, rief ihnen der galadronische Kommandant hinterher. Er gab weitere Handzeichen, sogleich trennte sich ein ganzes Bataillon – Tarlan schätzte es auf ungefähr hundert Soldaten – vom Rest seiner Armee und machte sich an die Verfolgung des tieffliegenden Thorrods.

Genau, wie Tarlan gehofft hatte.

Theeta flog tief und blieb die ganze Zeit in Sicht der hinterherstürmenden Soldaten, um sie wegzulocken. Zuerst befürchtete Tarlan, der dichte Wald würde sie dabei behindern, aber dabei sah er, dass die erste Reihe der Galadronier leichte Maschinen mit wirbelnden Messern trug. Diese arbeiteten sich mit Leichtigkeit durchs Gestrüpp und räumten einen breiten Weg frei, auf dem der Rest der Einheit folgen konnte.

Deshalb konnten sie auch so schnell von der Küste hierhergelangen.

Tarlan schloss die Augen und sandte seine Gedanken aus. Er spürte, dass sein Rudel wartete. Es war gewaltig: eine mächtige Armee mit Krallen und Reißzähnen, die im Verborgenen auf den Befehl zum Angriff wartete.

Noch nicht.

Aus den Reihen der Galadronier erschallten Schlachtrufe. Theeta war etwas langsamer geworden, so dass der Feind die Lücke fast schließen konnte. Bald pfiffen Pfeile an Tarlans Kopf vorbei.

Noch nicht.

In den Bäumen vor ihnen gab es Bewegung: ein riesiges, wogendes Brausen, als würde ein gigantisches, verborgenes Ungeheuer Atem schöpfen. Tarlan sah es nicht genau, hörte es nicht genau – aber er spürte es, wie pulsierende Hitze in seinem Bauch.

»JETZT!«, donnerte er.

Im selben Augenblick begann Theeta aufzusteigen.

»Thorrod halten«, krähte sie.

Manchmal brauchte Tarlan einen Augenblick, bis er die trügerisch einfache Sprache der Thorrods entschlüsselte. Diesmal verstand er sofort. Er stieß die Hände tief in die Federkrause an ihrem Hals und packte fester zu denn je.

»Ich halte mich fest, Theeta!«, schrie er.

Theeta rollte sich herum, bis sie auf dem Rücken flog und in Richtung der Galadronier hinabschoss. Für einen Augenblick hing Tarlan kopfüber, seine Hände tief in ihr Federkleid vergraben, die Beine frei in der Luft. Dann, nach einer weiteren Rolle, saß er wieder sicher auf ihrem Rücken und stemmte seine Waden in ihre bebenden Flanken. Sein schwarzer Umhang flatterte, und der Wind peitschte in sein Gesicht.

»Jetzt!«, schrie er. »In die Schlacht!«

Der Wald erwachte zum Leben.

Als Erstes stürmte eine Reihe riesiger Bären heran, die auf allen vieren durchs Unterholz brachen und wie Donnerhall brüllten. Die Vorhut der Galadronier war völlig überrascht. Bevor sie reagieren konnten, hatten sich die Bären aufgebäumt und die Schneidemaschinen mitsamt den Männern, die sie trugen, zur Seite geschleudert. Nach den Bären schoss ein Rudel schneller, grauer Timberwölfe heran. Graudorn führte sie an. Als sie bei den Bären ankamen, stieß Graudorn ein durchdringendes Geheul aus; die Bären gingen wieder auf alle viere, ließen die Wölfe auf ihren Rücken und von dort an die Kehlen der zweiten Reihe der feindlichen Soldaten springen.

Du glaubst, du hast eine Armee, Tyro?, dachte Tarlan überglücklich. *Nun,* das hier *ist eine richtige Armee!*

Theeta hatte inzwischen den tiefsten Punkt ihres Sturzflugs erreicht. Die Baumkronen waren hier so dicht, dass sie nicht ganz bis zum Boden herabstoßen konnte. Deshalb stellte sie die Flügel gegen die Luft an und bremste in der Zeitspanne, die Tarlan für einen einzigen Atemzug brauchte, vollständig herunter.

»Bleib in der Nähe«, rief Tarlan ihr ins Ohr.

Dann schwang er sich von ihrem Rücken, griff nach dem nächsten Baum und stürzte in einem nur mäßig kontrollierten Fall durchs Geäst bis auf den Boden. Er schlug hart auf, zog sein Schwert und stürmte in die Schlacht.

Die Galadronier leisteten inzwischen heftige Gegenwehr. Die Überraschung durch den Hinterhalt war wilder Entschlossenheit gewichen. Im Mondschein zeichnete sich eine furchterregende Anzahl gebogener Schwerter ab. Tarlan sah, wie ein springender Hirsch von einem Dutzend Pfeile durchbohrt wurde. Das majestätische Tier krachte tot zu Boden, und sein riesiges Geweih zerbrach beim Aufprall auf einen Baumstamm. Zwei Adler tauchten aus der Dunkelheit auf. Sie stürzten sich auf die Gesichter der Bogenschützen, die den Hirsch erlegt hatten, und zerkratzen den Feind mit ihren Krallen.

»Stirb, du räudige Katze!«

Tarlan drehte sich um und sah, wie eine großgewachsene Galadronierin über dem toten Hirsch das Schwert erhob. Ein Tier steckte darunter fest und versuchte verzweifelt, sich zu befreien: eine geschmeidige Kreatur mit blau-weiß gestreiftem Fell.

»Filos!«

Tarlan sprang in vollem Lauf über einen umgestürzten Baum und tauchte das Schwert tief in die Seite der Galadronierin; er hatte Glück, denn seine Waffe traf die Lücke, wo die Rüstungsschilde zusammenstießen. Sie fiel tot nach hinten.

»Ich stecke fest!«, schrie Filos.

«Brock!«, rief Tarlan. Der Bär drückte einen galadronischen Soldaten an sich und brüllte wütend. Als er die gewaltigen Pfoten löste, sank der Mann wie ein leerer Sack zu Boden. Brock galoppierte herüber und stemmte sich gegen den toten Hirsch, so dass Filos darunter hervorschlüpfen konnte. Das Tigronweibchen war glücklicherweise unversehrt.

»Danke.« Filos leckte dem Bären das Gesicht, um sich sofort auf den nächsten Galadronier zu stürzen.

Tarlan folgte ihr und musste verwundert feststellen, wie wenige Feinde noch übrig waren. Überall lagen Gefallene, und der Boden war rot vor Blut. Außer dem toten Hirsch schien sich kein einziges Tier aus seinem Rudel mehr als oberflächliche Wunden zugezogen zu haben.

Der Boden erzitterte, und Kassan kam herangeritten. Am Schwert des Jungen klebte Blut.

»Es hat geklappt!«, rief Kassan. »Dein Plan ist aufgegangen, Tarlan. Sie sind tot. Alle!«

Eben rammten drei Wildschweine die letzten Galadronier mit ihren mächtigen Hauern nieder, dann herrschte Stille im Wald. Erst jetzt bemerkte Tarlan sein eigenes heftiges Keuchen, den Blutgeruch in der Luft und den Dampf, der nach der Anstrengung von tausend Tieren aufstieg.

»Das ist nur der Anfang«, rief er grimmig. »Ihr alle – folgt mir!«

Sie traten in der Nähe des äußeren Verteidigungswalls von Tiefenthal ins offene Gelände hinaus. Tarlan sah zu seiner Bestürzung, dass die anderen Bataillone der Galadronier inzwischen den hölzernen Stachelkranz überwunden hatten – viele Stangen lagen nun wirkungslos am Boden – und die Verteidiger nun Mann gegen Mann bedrängten. Die Tore standen noch immer weit offen, und die Stadt stand in Flammen.

»Wir brauchen Melchior«, murmelte Tarlan.

»Wer ist Melchior?«, fragte Kassan.

»Einer, der uns helfen kann, sie zu schlagen. Aber er hat einen weiten Weg bis hierher.«

»Dann müssen wir einfach durchhalten, bis er kommt.«

Tarlan mochte Kassans direkte Art. Bis jetzt waren ihm Menschen immer furchtbar kompliziert vorgekommen mit ihren verborgenen Bedeutungen und ihrem Taktieren. Wie erfrischend war es, auf jemanden zu stoßen, der die Dinge sagte, wie sie waren.

»Du hast recht«, sagte er und zauste dem Jungen das Haar. »Sag mir, wer führt die Leute von Tiefenthal an?«

Kassan deutete auf eine Stelle, wo das Kampfgetümmel am heftigsten tobte. »Wir nennen ihn den Hammer.«

Tarlan sah einen Berg von einem Mann in einem losen Lederpanzer. Sein Haar war ein rotes Dickicht, und seine Augen funkelten leuchtend grün. Er schwang kein Schwert, sondern einen gewaltigen Eisenhammer, doppelt so groß wie alles, was Tarlan je an Schmiedewerkzeug gesehen hatte.

»Er ist der Verteidiger von Tiefenthal«, fügte Kassan an. »Aus der Nähe sieht er noch größer aus.«

Tarlan überlegte kurz und rief dann Filos, Graudorn und Brock zu sich. Sie waren jetzt mehr als seine Gefährten, dachte er: Sie waren seine Leutnants.

»Führt das Rudel um die Stadt herum. Haltet euch im Verborgenen. Wenn ihr bereit seid, greift ihr die Nordflanke der Galadronier an. Der Abhang ist dort steiler, und sie werden es nicht erwarten.«

Während die drei Tiere seinen Befehl ausführten, rief er Theeta vom Himmel herunter, wo sie gekreist hatte.

Er deutete auf den Hammer. »Bringe mich zu ihm.«

Sie flogen über die Außenbezirke von Tiefenthal, und es verwunderte Tarlan nicht, dass er sah, wie sich unten am Boden Tyro durch die Reihen der Verteidiger vorwärtspflügte und den Toren der Festung immer näher kam.

Gibt es denn nichts, was diesen Mann stoppen kann?

»Dieses Tiergesindel hältst du für eine Armee?«, rief Tyro herauf, als Theetas Schatten über ihn hinwegzog.

»Sie sind mehr als eine Armee«, antwortete Tarlan. »Sie sind mein Rudel.«

Er steuerte Theeta herum, so dass sie direkt über Tyros Kopf stehen blieben.

»Du bist tot!«, rief Tyro herauf. »Ihr alle seid jetzt schon tot! Wenn wir diese Festung eingenommen haben, wird auch der Rest von Isurien sich uns beugen. Galadron ist hier, Junge, und nichts wird uns aufhalten!«

»Ich schon!«

Seine trotzige Erwiderung wurde mit einer Pfeilsalve beantwortet. Theeta drehte ab und trug Tarlan in Richtung der Stadt. Ihre Brust hob sich, als sie nahe der Stelle, wo der Hammer eben einen neuerlichen Ansturm der Galadronier zurückwarf, auf der Stadtmauer aufsetzte.

Eben hatte der gigantische Krieger die letzten Feinde um sich herum niedergestreckt und beugte sich zu einem isurischen Soldaten hinunter, der an seinem Lederkittel zupfte. Der Verteidiger von Tiefenthal wirbelte auf den Hacken herum und starrte Tarlan an. Seine auffallend grünen Augen funkelten im Mondlicht.

»Bist du ein Wunder?« Seine Stimme dröhnte weit übers Schlachtfeld. Während er das sagte, stürmte ein einzelner Galadronier von hinten auf ihn zu. Ohne hinzusehen, ließ er seine gewaltige Eisenwaffe lässig nach hinten schwingen und zerschmetterte dem Angreifer den Schädel. Er sprach weiter, als wäre nichts geschehen. »Du siehst nicht wundersam aus, und doch reitest du auf einem Thorrod. Und du bringst eine Armee der Tiere mit dir.«

»Was ich bin, tut nichts zur Sache«, antwortete Tarlan. »Du brauchst meine Hilfe, und du brauchst sie jetzt.«

»Oh, es kümmert mich schon, wer du bist. Dein Aussehen, Junge … rotes Haar, wenn auch nicht so rot wie meines. Rot und golden, würde mancher sagen. Die Farbe der Prophezeiung, sagt man mir.« Der Hammer hob seine buschigen Augenbrauen, und um seinen breiten Mund zuckte ein schelmisches Lächeln.

»Dafür haben wir jetzt keine Zeit«, sagte Tarlan. »Ihr müsst euch in die Stadt zurückziehen – oder das, was von ihr noch übrig ist. Geht dorthin und verriegelt die Tore. Wir werden sie aufhalten, bis Hilfe eintrifft.«

Aus dem Grinsen wurde eine wütende Grimasse. »Zurückziehen? Der Hammer hat sich noch nie zurückgezogen, Junge!«

Mit einem Mal hatte Tarlan diese Streitereien satt. Er hatte genug davon, zu diesen plappernden Menschen hinunterzurufen, um ihnen begreiflich zu machen, was doch so offensichtlich war.

»Das ist mir egal. Ihr werdet euch jetzt in die Stadt zurückziehen«, sagte er.

Er bemerkte, dass nun auch andere Isurier zu ihm aufblickten. Manche sahen verwirrt aus, andere erstaunt; ein paar sahen mit angsterfüllten Blicken zum Hammer hinüber und fragten sich offenbar, wie ihr Anführer wohl darauf reagieren würde, dass man in aller Öffentlichkeit so mit ihm sprach.

Der Hammer öffnete den Mund. Und schloss ihn wieder.

»Dann sage mir, warum ich das tun sollte, Junge«, fragte der Berg von einem Mann.

Tarlan zögerte. Das, was er jetzt sagen musste, hörte sich so verkehrt an. Aber es fühlte sich zugleich *richtig* an.

»Weil es dir dein künftiger König befiehlt!«, donnerte er.

Ein Raunen lief durch die Menge. Der eiserne Hammer glitt durch die fleischigen Finger seines Herrn und schlug mit einem gewaltigen Krachen auf den Boden.

Tarlan saß auf Theetas Rücken und wartete.

»Tut, was er sagt«, sagte der Hammer langsam. Er wirkte benommen, als verstünde er nicht ganz, was ihm da über seine Lippen gekommen war. »Hinter die Mauern. Alle. Schließt die Tore. Sofort!«

Der Rückzug begann unverzüglich. Noch bevor Theeta in die Lüfte gestiegen war, hatten sich die hinteren Reihen der isurischen Verteidiger ins Innere der Stadt zurückgezogen und riefen ihren Kameraden zu, ihnen zu folgen.

Da dies nun veranlasst war, steuerte Tarlan seinen Thorrod über das Schlachtfeld zurück und sah, dass Brock, Filos und Graudorn das riesige Rudel der Tiere in diesem Augenblick den nahen Abhang an der Flanke der galadronischen Streitkräfte hinaufführten. Seine Begeisterung wich aber rasch großer Bestürzung, als eine Abteilung von Schwertkämpfern sofort die ersten Reihen der anstürmenden Füchse und Wölfe niederstach. Gleichzeitig schwirrten Querbogenpfeile hoch und weit durch die Luft und setzten den Tieren am Ende der Sturmreihen zu.

Hier sind wir nicht genügend geschützt!

»Treibt sie in die Wälder!«, schrie Tarlan.

Auf seinen Schlachtruf hin drangen die Bären, von Brock

angeführt, mit neuem Eifer vor. Filos brach an der Spitze einer Welle großer Wildkatzen tief in die galadronischen Reihen ein; dort machten sie kehrt und drängten den Feind den Abhang hinunter, den sie gerade heraufgestiegen waren. Der Kampf war heftig, aber nach und nach gelang es den Tieren, die Eindringlinge immer weiter von der Stadt fort und in Richtung der Bäume zu treiben.

»Nicht zurückweichen! Nicht zurückweichen, verflucht sollt ihr alle sein!«

Das war Tyro, der sich bis zur vordersten Front durchboxte, mit dem Schwert auf angreifende Tiere einstach und immer wieder die eigenen Soldaten mit Schlägen mit der Breitseite des Schwertes zum Kämpfen antrieb.

»Hinunter, Theeta!«, schrie Tarlan.

Mit ohrenbetäubendem Kreischen ging Theeta in den Sturzflug.

Tyro blickte auf. Im selben Moment, als er sie heranjagen sah, zog er ein kurzes Wurfmesser aus dem Gürtel, wo mindestens noch zehn solche Messer steckten. Er holte weit aus und schleuderte es hinauf; feine Klingen, die aus dem Heft ragten, versetzten es wie einen Pfeil in Drehung. Er hatte genau auf Tarlan gezielt.

Aus reinem Instinkt hob Tarlan sein Schwert. Das Messer schlug mit solcher Gewalt dagegen, dass sein Arm nach hinten geschleudert wurde. Der Schmerz schoss von seinem Finger bis zur Schulter hinauf, und er musste entsetzt mit ansehen, wie ihm das Schwert aus der Hand fiel und im Schlachtgetümmel verschwand.

Tyro riss den Mund zu einem Grinsen auseinander. Schon zielte er mit dem nächsten Wurfmesser. »Jetzt habe ich dich, Barbar!«

»Los!«, schrie Tarlan.

Im selben Moment, als Tyro das Messer losließ, schwenkte Theeta zur Seite. Mit wildem Pfeifen schoss das Messer knapp an Tarlans Kopf vorbei, aber seine schmerzenden Finger fanden keinen rechten Halt mehr, während der Thorrod sich in der Luft aufbäumte. Mit einem Ruck rutschte er ab.

Er stürzte mitten aufs Schlachtfeld und konnte nur noch die Arme über den Kopf halten, um den Aufprall zu mildern. Es presste ihm die Luft aus den Lungen. Einen Augenblick blieb er liegen, rang um Atem und versuchte, das Läuten in seinen Ohren abzustellen.

Als das gelang, hörte er Theeta panisch kreischen.

Dann eine Stimme: »Jetzt mache ich dich fertig, Barbar!«

Tarlan rollte sich auf den Rücken. Tyro stand über ihm und ließ blitzartig das gebogene Schwert auf ihn herniedersausen. Tarlan rollte sich wieder herum, und das Schwert stach neben ihm in die Erde. Auf den Ellenbogen versuchte er, sich davonzuwinden.

»Nicht so schnell.« Grinsend zog ihn Tyro am Stiefel zurück und trat ihm heftig gegen die Rippen. Tarlans Brustkasten zersprang fast vor Schmerz. Er versuchte, sich zu bewegen, aber sein Körper gehorchte ihm nicht. Er konnte nur zusehen, wie Tyro das Schwert wieder über den Kopf hob.

»Alles hat einmal ein Ende, Barbar«, knurrte Tyro. »Selbst Prophezeiungen. Jetzt ist es Zeit für dich zu sterben.«

Kapitel 28

Gulph hing wie eine Spinne an der senkrechten Wand. Seine Arme waren eng vor der Brust gefaltet, und seine Finger klammerten sich an einer Leiste fest, die kaum breiter als sein Daumennagel war. Die Zehen hatte er in Klüften verkeilt, die nicht einmal einer Maus als Loch gedient hätten. Er hatte Krämpfe in den Beinen und zitterte am ganzen Körper.

Über ihm war nichts als glatte, senkrechte Wand. Die ganze Nacht war er geklettert, und noch immer war das Ende nicht zu sehen. Und auch keine Griffe für seine Hände. Da war nichts, woran er sich hätte festhalten können. Es ging nirgendwohin.

Lass los. Lass dich einfach fallen. Du hast dein Bestes getan. Es ist vorbei.

Aber das durfte er nicht tun. Das Leben war wertvoll, und so leicht würde er es nicht aufgeben.

Außerdem hatte er eine Aufgabe zu erledigen.

Er zwang sich, nicht auf seine schmerzenden Fingerspitzen und Zehen, nicht auf die verkrampften Muskeln seiner Arme und Beine zu achten und tief durchzuatmen. So konnte er die aufkeimende Panik lindern. Aber sein Problem löste er damit nicht.

Er musterte die Wand über sich und versuchte, eine

Lösung heraufzubeschwören. Im Licht des untergehenden Mondes wirkte die Felswand wie poliertes Silber. Nichts. Er blickte nach rechts und sah auch dort denselben strukturlosen Fels. Auch dort nichts.

Geisterhaft zogen Nebelfäden an ihm vorüber. Die Tiefe – die unendliche Tiefe – gähnte unter ihm wie der Rachen eines Untiers. Er spürte sie, ihre ungeheure Anwesenheit, die durch ihre Leere noch erschreckender wurde.

Ich werde nicht hinuntersehen. Auf keinen Fall!

Voller Verzweiflung blickte Gulph nach links. Noch eine weite Fläche aus glattem, makellosem Gestein.

Dann war's das also wirklich. Ich kann nicht …

Er sah noch einmal genauer hin. Dort zog sich ein feiner Riss senkrecht die Felswand hinauf. Er war weit entfernt; Gulph hätte die Arme auf das Dreifache ihrer Länge dehnen müssen, um hinzureichen.

Unmöglich.

Und so verführerisch: eine Aufstiegsroute, die man sehen, aber nicht erreichen konnte. Um zu dem Riss zu gelangen, musste er eine unmögliche Strecke von glattem Fels überwinden.

»Oder springen«, sagte er laut.

Ihm blieb keine Wahl.

Langsam gab er in den Armen nach und ließ den Körper ein kleines Stück tiefer sinken. Nun waren nicht mehr die Arme gebogen und die Beine gerade, sondern umgekehrt. Seine gebeugten Oberschenkel protestierten ebenso wie seine gedehnten Schultern.

Du hast nur einen Versuch, Gulph. Mach etwas draus.

Er spähte wieder zum Riss hinüber. Im schwindenden Mondlicht war die Entfernung bis dort schwer zu schätzen.

Nicht nachdenken. Spring einfach.

Der Sprung war ein Albtraum – ein verdrehter Tritt zur Seite, bei dem alle Körperteile in völlig unnatürliche Richtungen geschleudert wurden. Im Augenblick des Sprungs löste er seine Finger und Zehen von ihren Haltepunkten, ihm riss ein Fingernagel aus, und er spürte den stechenden Schmerz. Er ließ die Arme vorschnellen und suchte blind nach der Kluft, die er niemals erreichen würde … und spürte, wie seine geschundenen Finger haargenau hineinglitten.

Er fasste zu, presste die Hände auf der Suche nach neuen Haltepunkten tief in den Spalt – und fand sie auch. Seine Füße schrappten für einen Moment über den Fels, aber auch sie fanden Halt. Gulph spannte seinen ganzen Körper an, verharrte reglos und versuchte einzuschätzen, ob sein Manöver gelungen war oder ob er vielleicht nur in einer anderen Falle festsaß.

Doch die Kanten der Felsfuge gaben nicht nach.

Ihm brach am ganzen Körper der Schweiß aus. Sein Atem ging in heftigen Stöße und sein Herz pochte.

Geschafft!

Er sah nach oben. Die Spalte reichte hinauf, so weit er sehen konnte.

Aber das war nicht alles, was er sah.

Über ihm kündigte zartes Rosa den anbrechenden Morgen an, von einer waagerechten Kante aus Fels zerteilt.

Der Rand des Abgrunds!

Gulph begann, weiter aufzusteigen.

Später – wie viel später, wusste er selbst nicht – zog er sich über den Rand des Abgrunds und ließ sich keuchend fallen. Er war über alle Maßen erschöpft. Zu seinem Glück verbarg ihn ein Schutthaufen vor neugierigen Blicken aus Idilliam. Dahinter breitete sich das verlassene Schlachtfeld bis zur Stadtmauer in der Ferne aus. Der Himmel hatte sich inzwischen blassviolett gefärbt. Noch war er nicht in der Lage, sich zu rühren, alles schmerzte, und er blieb einfach liegen.

Ganz allmählich kehrte das Leben in seine Arme und Beine, Hände und Füße zurück, und der Schmerz ließ nach. Nur im Finger, wo er sich den Nagel ausgerissen hatte, pochte es noch heftig, er verband die Stelle mit einem Stofffetzen von seinem Hemd.

Er dachte daran, wie es wäre, wieder hinunterzuklettern, und lenkte seine Gedanken schnell in eine andere Richtung. Schon die bloße Vorstellung war völlig abwegig.

Früher oder später wirst du es tun müssen. Wahrscheinlich früher – wenn du zu lange hierbleibst, werden sie dich erwischen.

Langsam rappelte er sich auf.

Eins nach dem anderen, Gulph. Jetzt hast du erst einmal etwas zu erledigen.

Er rückte das Bündel mit dem Feuerwerk auf seinem Rücken zurecht und huschte über das Ödland außerhalb der Stadtmauer von Idilliam. Die Gegend schien verlassen, aber er sammelte seine Kräfte und machte sich unsichtbar, um nicht die Aufmerksamkeit der Untoten zu erregen.

Schaudernd lief er unter den auf den Stangen verwesenden Köpfen von Nynus und Magritt hindurch, als er das Stadttor passierte. Sofort kamen Untote in Sicht: keine Massen von wandernden Leichnamen, aber genügend, um sich Sorgen zu machen.

Sie können mich nicht sehen, sagte er sich. *Ich bin in Sicherheit.*

Aber er fühlte sich überhaupt nicht sicher.

Er ging zum nächsten Gebäude – einem halb eingefallenen Holzhaus – und versteckte sich hinter den geborstenen Wänden.

In einem noch benutzbaren Zimmer war eine Gruppe von untoten Kriegern damit beschäftigt, einen Haufen von Schwertern und Speeren zu sortieren.

Sie machen die Waffen bereit!, dachte Gulph grimmig. *Für den Einmarsch in Celestis!*

Er schnürte sein Bündel auf und nahm einen der Feuerwerkskörper heraus, die Noddy mit dem Pulver aus Kalias Vorräten hergestellt hatte. Die erste stramm umwickelte Röhre klemmte er in einen Spalt zwischen zwei Balken, schlug einen Funken aus seiner Zunderdose und steckte die Zündschnur an.

Er war gerade auf der anderen Straßenseite in Deckung gegangen, als die Ladung mit einem Regen gelber Funken und Flammen explodierte. Es krachte mehrmals laut, als ob jemand Maiskörner auf dem Herd erhitzte. Wenige Augenblicke später stand das ganze Haus in Flammen.

Durchs Fenster konnte Gulph sehen, wie die Untoten die Waffen wegwarfen und sich blind zu den Ausgängen tasteten, aber das Gebäude war nun ein wahrer Glutofen geworden. Befriedigt beobachtete er, wie sich ihre vermoderten Körper weiß färbten und zu Asche verbrannten.

Genau wie der Legionssoldat im Thronsaal. Danke, dass du mich auf die Idee gebracht hast, Pip. Wahrscheinlich werde ich den ganzen Tag und die ganze Nacht brauchen, um Idilliam niederzubrennen, aber ich glaube, es könnte gelingen!

Die Flammen griffen rasch auf die Nachbarhäuser über. Es sah tatsächlich so aus, als würde das Ganze nicht so lange dauern wie befürchtet. Gulph eilte bis zur nächsten Kreuzung und steckte mit dem nächsten Brandsatz dort ein großes Lagerhaus voller Untoter in Brand. Er vermutete, dass sich das Feuer schneller und weiter ausbreitete, wenn er die Brände an Straßenkreuzungen legte.

Bald gelangte er auf eine Freifläche, die von einem hohen und ihm bestens vertrauten Gebäude überragt wurde. Es sah aus wie ein riesiges, unförmiges Vogelnest auf gewaltigen Stelzen.

Die Himmelsgruft!

Ihn schauderte bei dem Gedanken an die entsetzlichen Tage, die er in diesem grauenvollen Gefängnis verbracht hatte. Vermutlich stand es jetzt leer, weil Nynus alle Gefangenen für die Zerstörung der Brücke abgezogen hatte.

Ach, ich kann einfach nicht widerstehen!

Er stellte eine der großen Raketen auf den Boden, richtete sie auf die Unterseite der Gruft und setzte die Zündschnur in Brand. Die Rakete zischte los und landete mit einer gewaltigen Explosion zwischen den eisernen Streben des Gefängnisses.

Die Himmelsgruft begann zu brennen.

Sein nächstes Ziel war Schloss Berg. Hinter ihm brannten nun alle Straßen; ein Gebäude nach dem anderen war in Flammen aufgegangen; und er begriff, dass der Brand ihm den Weg zurück zum Stadttor bereits versperrte.

Mach dir keine Gedanken. Es gibt bestimmt hundert verschiedene Wege aus dieser Stadt heraus.

Als er beim Schloss ankam, war er nur noch zeitweise unsichtbar. Er versuchte, die Kontrolle darüber zu behalten, musste aber seiner Müdigkeit Tribut zollen. So blieb ihm nur zu hoffen, dass er unter den Untoten so viel Panik ausgelöst hatte, dass sie ihn gar nicht beachteten.

Er warf einen Brandsatz in einen Heuwagen, der dicht an der Schlossmauer stand, und rannte weiter zum Turm am Haupttor. Die Flammen verfolgten ihn; als er unter dem Fallgitter hindurchlief, sah er, dass das mit Spitzen bewehrte Holztor schon in Flammen stand. Der Brand hatte das Schloss schneller als erwartet erreicht und den Feuerring hinter ihm geschlossen.

Es ist außer Kontrolle, dachte er zufrieden und ängstlich zugleich.

Der äußere Schlosshof war verlassen. Dahinter erhob sich

die Mauer des Bergfrieds. Schon zog Rauch aus den Fenstern, und es waren Schreie zu hören.

Gulph war auf halbem Weg zum Eingang, als eine Gestalt auf den Balkon über dem Hof heraustrat. Es war eine gewaltige, monströse Kreatur, halb Mensch, halb Skelett. Von den eingefallenen Schultern hingen Fetzen von Samt. Die Feuer in seinen Augenhöhlen brannten noch heller als das Feuer, das Schloss Berg vernichtete.

Brutan!

Gulph nahm seinen ganzen Willen zusammen und konzentrierte sich auf das seltsame Gefühl, mit dem er seine Unsichtbarkeit heraufbeschwören konnte.

Sand! Hitze! Wüstenmagie!

Glücklicherweise zog Brutans Blick über ihn hinweg, ohne ihn zu entdecken. Aber dann stieg der untote König unbeholfen übers Balkongeländer, ließ sich bis zu einem nicht weit entfernten Treppenaufgang auf der Außenseite herunterfallen und kam die Treppe herunter.

Der Grund dafür wurde deutlich, als ein Feuerstrahl über dem Balkon hervorschoss, dieser in Stücke brach und mit großem Getöse in den Hof herunterstürzte. Der untote König verschwand in einer Wolke von Staub und Rauch, und für einen Augenblick schöpfte Gulph Hoffnung.

Er ist zerquetscht! Er ist tot!

Doch dann wankte Brutan aus dem Schutt hervor. Er schüttelte sich, rannte über den Hof nach links und stolperte auf die nächste steinerne Treppe zu. Die Skeletthände hielt er dabei fest auf die Brust gepresst, um die Wunde zu bedecken, die ihm Gulph mit Kalias Kristallschwert beigebracht hatte.

Also hat es ihn doch *verletzt*, dachte Gulph. *Aber wo geht er hin?*

Wieder krachte es hinter ihm, und das Torhaus stürzte zu einem brennenden Haufen zerbrochener Steinblöcke und zersplitterter Balken zusammen. Eine Welle feuriger Hitze brandete heran, und Gulph musste in Richtung des Bergfrieds zurückweichen. Mit wachsendem Entsetzen beobachtete er, wie sich die Flammen eines der hölzernen Außengebäude an der Hofmauer nach dem anderen einverleibten.

Brutan sucht nach einem Fluchtweg, begriff er. *Er weiß, dass er in der Falle sitzt. Und ich sitze mit ihm fest! Wäre ich doch nur früher zurück zum Abgrund gegangen!*

Aber er wusste, dass das nicht gegangen wäre.

Erst musste er wissen, dass Brutan tot war.

Er nahm all die Stärke zusammen, die ihn aus der Tiefe des Abgrunds bis hierher geführt hatte, denn dies war höchstwahrscheinlich seine einzige Chance, die Sache ein für alle Mal zu erledigen. Also machte er sich an die Verfolgung der Kreatur, die einst sein Vater gewesen war.

Die Treppe war steil und führte in einem Bogen an der Außenseite des größten Wachturms des Schlosses hinauf. Gulph hielt genügend Abstand und blieb unsichtbar. Er wollte auf keinen Fall blindlings in eine Falle tappen.

Beim Anstieg ertappte er sich dabei, wie sein Blick weit über Idilliam schweifte. Im Osten ging die Sonne auf und tauchte den Himmel in blasses Gold. Ihre Strahlen erreichten die Stadt und streiften auch die Wipfel der Bäume auf der anderen Seite des Abgrunds in Isurien. Die friedliche Schönheit des Waldes ließ ihm das Herz schwer werden.

Dies könnte mein Königreich sein, dachte er und trieb seine schmerzenden Glieder unter heftigem Keuchen weiter hinauf. *Wenn Brutan fort ist …*

Über Idilliam wiegten sich keine Baumkronen im Wind. Hier loderten rote Feuerfontänen. Gulph war erstaunt über das Ausmaß an Zerstörung, das er über die Stadt gebracht hatte, und fragte sich, ob der Brand wohl jemals erlöschen würde.

Je höher er kam, desto schmaler wurde der Wachturm. Gulph ging nur noch langsam und blickte nach unten. Der Turm war mit der Außenecke des Bergfrieds verbunden, welcher direkt über dem Abgrund stand, der Idilliam umschloss. Wenn er auf diesen Stufen ausglitt, würde er nicht nur bis zum Boden fallen.

Er würde in den Abgrund stürzen.

Nur noch eine Treppenflucht um den Turm herum, dann war er an der Spitze des Wachturms. Brutan musste irgendwo vor ihm sein.

Hinter Gulph brausten Flammen auf.

Er blieb erschrocken stehen.

Die Treppe, die er gerade heraufgestiegen war, brannte. Flammen kamen immer näher, und er hob die Arme, um sein Gesicht zu schützen. Die Hitze versengte seine unsichtbare Haut, Panik ergriff ihn.

Brutan vor mir, das Feuer hinter mir. Ich sitze in der Falle, und das ist meine eigene Schuld.

Er hastete weiter hinauf, denn das Feuer ließ ihm keine Wahl.

Wie dumm von mir, einfach zu denken, dass schon alles gut werden wird, dachte er bitter. *Ich als Herrscher von Toronia, zusammen mit meinen Geschwistern? Wie konnte ich das nur glauben?*

Als er nicht mehr weiterlaufen konnte, sank Gulph auf die Knie. Über ihm zeichnete sich das Feuer hell am Abendhimmel ab. Kalt und geduldig blickten die Sterne der Prophezeiung herunter.

Vorbei. Meinetwegen ist die Prophezeiung verloren.

Dichte Rauchschwaden zogen über den Abgrund. Irgendwo tief dort unten wartete Ossilius auf seine Rückkehr. Und Pip – die arme, sanftmütige Pip. Und irgendwo, weiter entfernt in Toronia, waren sein Bruder und seine Schwester, die er nie kennengelernt hatte.

Und das werde ich jetzt auch nicht mehr.

Er konnte nichts daran ändern. Aber eines konnte er noch tun.

Ich kann dafür sorgen, dass Brutan wirklich vernichtet ist. Wenigstens das. Vor dem Ende …

Er wischte sich die Augen. »Auf, Gulph«, sagte er sich. »Einen letzten Trick noch.«

Er stand auf und kramte in seinem Bündel. Er spürte etwas Hartes: die Krone von Toronia. Er beachtete sie nicht. Die Krone half ihm jetzt auch nicht weiter. Stattdessen forschte er mit den Händen im Beutel, bis er fand, was er suchte: eine fest umwickelte, mit Sprengstoff gefüllte Röhre.

Ein Feuerwerkskörper.

Für das letzte Feuerwerk.

Schon leckten unter ihm die Flammen um die Ecke. Er ignorierte sie und nahm die letzten Turmstufen in Angriff.

Die Treppe endete am Rand einer breiten Beobachtungsplattform an der Spitze des Turms. Der böige Wind drohte Gulph von den Stufen und in den Abgrund zu wehen. Er widerstand dem Drang hinunterzusehen, duckte sich tief und machte die letzten Schritte zum höchsten Punkt von Idilliam.

Brutan stand in der Mitte der Plattform und kehrte Gulph den Rücken zu. Seine Schultern waren gebeugt, und mit den Händen hielt er die Brust umklammert. Die Reste seines Königsmantels flatterten im Sturm.

Gefangen!, dachte Gulph mit einer merkwürdigen Mischung aus Befriedigung und Verzweiflung. *Genau wie ich.*

Er hielt den Feuerwerkskörper hinter dem Rücken verborgen und ging drei Schritte auf den untoten König zu. Hinter ihm verschlang das Feuer die Stufen, die er wenige Augenblicke zuvor erstiegen hatte. Schon leckten die ersten Flammen über den Rand der Plattform.

Er zitterte am ganzen Körper und fragte sich, ob er immer noch unsichtbar war, erkannte dann aber voller Schrecken, dass das nicht möglich war.

Denn sein Vater sprach zu ihm.

»Ich kann dich sehen«, knurrte der untote König, und

seine blanken Kieferknochen öffneten sich zu einem hässlichen Grinsen. »Selbst als ich dich nicht sehen konnte, wusste ich, dass du mir folgst. Ich konnte dein Blut riechen.«

Wieder brauste der Wind auf. Um nicht das Gleichgewicht zu verlieren, sank Gulph auf die Knie. Seine Finger und Zehen waren taub. Der lange Anstieg aus dem Abgrund und die vielen Stufen auf den brennenden Turm hinauf hatten ihn all seine Kräfte gekostet.

»Willst du jetzt um dein Leben flehen, Junge?«, donnerte Brutan. Die Hitze und der heulende Wind schienen ihm nichts anzuhaben. »Das würde dir nichts nützen!«

Sand!, dachte Gulph voller Verzweiflung. *Hitze!*

Aber da war nichts als die Hitze des Feuers.

Brutan machte einen Satz in seine Richtung.

»Was ist also dein Plan, Junge?«, brüllte er. »Es geht tief hinunter. Ich werde den Sturz wahrscheinlich überleben. Gilt das auch für dich?«

Zitternd rappelte sich Gulph hoch. Mit der freien Hand angelte er die Zunderbüchse aus dem Bündel, während der Wind ihn beutelte. Irgendwie fand er die Kraft, ihm zu widerstehen.

»Vielleicht werde ich abstürzen«, sagte er langsam und deutlich. »Aber du nicht. Dafür werde ich sorgen.«

Aus Brutans Brust drang ein Geräusch wie von brechendem Holz. Voller Ekel begriff Gulph, dass der untote König lachte.

»Und wie genau willst du mich aufhalten?«

»Hiermit!«

Mit einer einzigen, flüssigen Bewegung holte er den Feuerwerkskörper hinter dem Rücken hervor und ließ die Zunderbüchse aufschnappen. Das Feuer in Brutans Augenhöhlen flackerte überrascht auf.

Gulph zog den Feuerstein über den Metalldeckel der Büchse und betete, dass der Wind die Funken nicht sofort ausblasen würde. Es blitzte, und die Zündschnur fing sofort Feuer. Gulph sah, dass sie sehr kurz war.

Er stemmte die Füße in den Boden und holte aus.

»Das ist für die Prophezeiung!«, schrie er. »Und für Toronia! Es ist für Kalia, meine Mutter! Und für meine Geschwister, die ich nie kennengelernt habe. Aber am allermeisten ist es für mich!«

Mit diesen Worten schleuderte er den brennenden, knisternden Feuerwerkskörper dem untoten König mitten ins Gesicht. Aber Brutan wich schneller aus, als es Gulph erwartet hatte, bückte sich tief und wand sich seitwärts. Entsetzt musste Gulph mit ansehen, wie die Ladung an Brutans Schulter vorbeiflog.

Mit einem vielfarbigen Blitz – in Rot, Grün und Gold – explodierte sie hinter ihm und tauchte ihn in eine Wolke sprühender Funken und zischender Glutstücke. Ein ungeheurer Knall ließ die Plattform erzittern, und Gulph schlug schwarzer Rauch ins Gesicht, der in den Augen brannte.

Schnell vertrieb der Wind den Rauch, nur der Geruch von verbranntem Pulver lag noch in der Luft.

Brutan stand noch immer aufrecht. Die Fetzen an seinem

Leib schwelten, aber sonst schien er nicht beeinträchtigt zu sein.

Die Flammen schlugen nun über den Rand der Plattform. Überall war Feuer. Gulph spürte, dass ihm Haut und Haare versengt wurden. Er blickte verzweifelt um sich. Es gab keinen Ausweg.

Brutans Augen glühten rot vor Bosheit. Seine Finger schnappten zu wie knöcherne Bärenfallen. Die Plattform bebte, als er mit ausgestreckten Armen auf Gulph zukam.

»Genug der Spielerei! Jetzt werde ich stürzen!«, donnerte der untote König. »Und dich werde ich mitnehmen. Du wirst mir in den Reihen der Untoten dienen!«

Gulph wich zurück, bis er am Rand der Plattform stand. Die Flammen leckten an seinem Rücken. Brutan stürzte sich auf ihn, und seine Finger fuhren direkt vor seinem Gesicht pfeifend durch die Luft. Gulph duckte sich, lief seitlich am Rand der brennenden Plattform entlang, stolperte und fiel auf die Knie.

Eine einzige Berührung, mehr nicht! Er wird mich packen – und dann wird er springen. Und wenn wir unten auftreffen, werde ich sein wie er.

Gulph stand auf. Nun war außer der Feuerwand, die die Plattform umgab, nichts mehr zu sehen. Er war in einem Kessel aus Feuer gefangen. Idilliam existierte nicht mehr. Toronia existierte nicht mehr. Es gab nur noch ihn und das Ungeheuer, das einst sein Vater gewesen war.

Jetzt wusste er, was er tun musste. Seltsamerweise war er völlig ruhig.

»Komm zu mir, Junge!«, brüllte der untote König. »Komm zu mir, für immer!«

»Nein«, antwortete Gulph. »Ich habe dich schon vor langer Zeit verloren, Vater. Und jetzt hast du mich verloren.«

Er ging in die Knie und sprang mit einem perfekten Rückwärtssalto durch die Flammen.

So endet es also, dachte er und stürzte in den Abgrund.

Der Himmel hellte sich auf und umrahmte mit einem rosafarbenen und violetten Schimmer die Bäume. Kleine Federwölkchen, die wie Schneeflocken über den Himmel sausten. Ein Schwarm von Vögeln, so hoch, dass sie wie Staubkörner wirkten.

Tarlan sah all das in allen Einzelheiten und wusste, es würde das Letzte sein, das er sah.

Tyro stand drohend über ihm, verdeckte den Himmel. Das Schwert des Bärtigen hing hoch in der Luft, bereit zuzustoßen.

Dann erstarrte er. Langsam öffnete sich sein Mund, und es sickerte Blut heraus, dann spritzte es in vollem Strahl. Sein Körper erzitterte.

Tyro stürzte neben Tarlan auf den Boden. Aus seinem Mund löste sich ein langer Seufzer. Seine Augen rollten nach oben, bis nur noch das Weiße zu sehen war. Noch einmal hob sich seine Brust, dann rührte er sich nicht mehr.

An Tyros Stelle stand nun eine große, zottelige Gestalt. Von den riesigen Klauen des Bären lief Tyros Blut herunter. »Brock!«, ächzte Tarlan und stemmte sich hoch.

»Du hast mich gerettet«, sagte Brock. »Jetzt rette ich dich.«

Tarlan wankte auf den Bären zu und schlang ihm die Arme um den Hals.

In einem Wirbel goldener Federn landete Theeta neben ihnen. Ihre Augen leuchteten, und sie legte Tarlan sanft ihren Schnabel auf die Schulter. »Lebendig«, krähte sie leise. »Tarlan lebendig.«

Tarlan strich ihr über den Schnabel. »Das bin ich, Theeta. Aber wir haben noch immer eine Schlacht zu schlagen!«

Er blickte sich nach seinem Schwert um. Es war nirgends zu sehen, aber neben Tyros Leichnam lag dessen gebogene Klinge. Tarlan hob sie auf und schwang sich auf Theetas Rücken. Mit einem kräftigen Flügelschlag stiegen sie wieder über dem Schlachtfeld auf.

Theeta beschleunigte in Richtung der mit Pfählen gespickten Verteidigungswälle, wo Filos und zwei Wildkatzen in Bedrängnis waren.

Sie wehrten sich verzweifelt gegen einen Haufen Schwertkämpfer, die sie gegen die Spieße drängten. Von der brennenden Stadt zogen dichte Rauchschwaden herüber. Filos stürzte unglücklich auf den Rücken, und aus einer Wunde an ihrem Hals sickerte Blut. Hinter den Fußsoldaten machte eine kleine Gruppe von Feinden gerade eine Feuermaschine bereit, wie Tarlan sie auch schon im Fischerdorf gesehen hatte.

»Schneller, Theeta!«

Theeta hielt direkt auf den Karren mit der Maschine zu, streckte im letzten Augenblick die Klauen aus und riss die Bedienungsmannschaft von ihrem Posten. Der Wagen stürzte um, das Fass mit Brennstoff lief aus und zerquetschte einen der Soldaten unter sich. Die Schwertkämpfer hatten inzwischen eine Wildkatze niedergemetzelt und rückten nun auf die gestürzte Filos und ihre Kameradin vor.

»Theeta – wenden!«

Aber Tarlan sah, dass sie zu spät kamen.

Aus dem Rauch tauchte ein galoppierendes Pferd auf, mit einem wild kreischenden Jungen auf seinem Rücken: Kassan. Er tauchte sein Schwert in einen Fußsoldaten, riss sein Reittier herum und pfiff.

Die Galadronier wandten die Köpfe.

Zwei Dutzend Wildpferde preschten heran. Sie rannten die Feinde nieder und trampelten sie in den Boden. Die Pferde bäumten sich auf und wieherten im Triumph. Kassan warf Tarlan ein wildes Lächeln zu und führte die Pferde wieder zurück ins Gefecht.

Filos kam unsicher auf die Beine. Ihre Kameradin rieb besorgt die Schnauze an ihr.

»Ist alles in Ordnung?«, rief Tarlan.

»Es schmerzt«, antwortete Filos, »aber ich werd's überstehen. Da sind noch so viele Feinde, gegen die wir kämpfen müssen.«

Das Tigronweibchen hatte recht. Als Tarlan sich auf dem Schlachtfeld einen Überblick verschaffte, war er der Verzweiflung nahe. Überall lagen Gefallene. Die bunten Waffenröcke der getöteten Galadronier flatterten in der Morgenbrise, aber es hatte den Anschein, als stammte der größere Teil der Toten aus seinem Rudel.

Sie töten uns! Wir sterben hier nach und nach.

Im Umkreis der Stadt sah es nicht besser aus. Die meisten

Isurier hatten sich zwar hinter die Mauern zurückziehen können, aber die Tore standen noch immer offen. Als Tarlan näher heranflog, konnte er auch sehen, warum: Die Reste der Torflügel hingen geborsten in ihren gewaltigen Angeln und ließen sich nicht mehr schließen.

Der Hammer hatte sich nahe beim Eingang aufgestellt. Bei ihm war eine kleine Gruppe gefährlich aussehender Männer. Sie allein mussten dem Ansturm der Eindringlinge standhalten. Tarlan war froh, dass er Graudorn und eine Abteilung Wölfe an ihrer Seite kämpfen sah.

Aber wir werden nicht mehr lange durchhalten, dachte er verzweifelt. *Es sind einfach zu viele.*

»Thorrods kommen!« Theetas Schrei durchschnitt die Luft und schallte übers Schlachtfeld. Die Tiere aus Tarlans schwindendem Rudel blickten vom Boden hinauf. Auch die Galadronier blickten auf. Selbst der Hammer riss seine gewaltige Waffe mitten im Schwung zurück und hob den Kopf über das Kampfgeschehen.

Weit im Westen waren zwei dunkle Punkte am Himmel zu sehen.

»Kitheen! Nasheen!«, schrie er und riss jubelnd die Hände in die Höhe. »Melchior!«

Die beiden zurückkehrenden Thorrods kamen näher und wurden immer größer. Sie flogen der aufgehenden Sonne entgegen, die die goldenen Federn an ihren Flügelspitzen in flüssiges Feuer tauchte. Beide hatten die Schnäbel geöffnet; beide stießen hohe Rufe in einer Sprache aus, die Tarlan die Tiefsprache der Thorrods nannte und die so seltsam und urtümlich klang, dass sie kein Mensch jemals ergründen konnte.

Was immer der Ruf bedeutete, er verwandelte Tarlans Blut in Eis und seine Knochen in Pulver.

Wie er auf die Galadronier wirkte, konnte er nur vermuten.

Melchior stand aufrecht auf Nasheens Rücken und scherte sich weder um die Schwerkraft noch um die kraftvollen Bewegungen seines geflügelten Reittieres. Sein weißes Haar leuchtete. Sein Stab war hoch erhoben. Seine Augen blitzten.

»Tarlan!«, rief Melchior, kaum dass er in Hörweite war. »Wie viele Beine haben sie?«

Tarlan kniff die Augen zusammen. Er hatte erwartet, dass aus Melchiors Stab Feuer sprühen würde oder dass magische Blitze vom Himmel herabfuhren. Er tadelte sich, denn eigentlich wusste er, dass Melchior anders vorging.

»Wie meinst du das?«, rief er zurück.

»Deine Tiere. Dein Rudel. Wie viele Beine haben sie?«

Tarlan starrte Filos und die Katzen an. »Vier?«, schrie er unsicher zurück. Was hatte der Zauberer nur vor?

»Vier!«, donnerte der Zauberer. »Ganz wie ich gedacht habe! Ruf dein Rudel zusammen, Tarlan. Hole sie her. Hole sie alle her. Sie sollen laufen! Sie sollen laufen, so schnell sie können!«

Tarlan ließ sich durch seine Verwirrung nicht beirren, hob die Stimme und rief sein Rudel. Gleichzeitig ließ er seine Gedanken wie einen Wüstensturm weit übers Schlachtfeld ausstrahlen.

»Kommt mit zu mir!«, donnerte er. »Kommt zu mir!«

Und:

Kommt zu mir, ihr alle! Zu mir! Zu mir! Kommt her! Kommt sofort!

Und Tarlans Rudel kam. Über die Kuppe kamen Grauwölfe heran. Pferde wendeten auf der Hinterhand und galoppierten auf die Stadt zu. Kriechtiere schlängelten sich. Bären kamen herangelaufen, wahre Berge aus Muskeln und Pelz. Adler zogen über den Himmel heran. Die Tiere schwärmten zusammen.

Die Galadronier wandten die Köpfe und sahen die heranrollende Welle. Der mit spitzen Pfählen bewehrte Wall in ihrem Rücken verhinderte ihren Rückzug. Doch noch immer wirkte Tarlans Rudel im Vergleich zu ihnen jämmerlich klein.

Wie eine Welle, die an den Felsen zerschellen wird.

Tarlan kam das Fischerdorf in den Sinn.

Wie eine Welle!

Auf Melchiors Stab begann Licht zu flackern. Es sank in die Runen und erlosch. Der Zauberer bewegte die Lippen. Nasheens Flügel schlugen immer langsamer und langsamer … und blieben schließlich stehen. In der stillen Luft um den reglosen Thorrod lag ein leises Pulsieren.

»Was kommt?«, fragte Theeta.

»Zauberei«, antwortete Tarlan.

Die erste Welle der Tiere bestand hauptsächlich aus Bären. Brock stürmte ihnen voran. Er stürzte sich auf den ersten galadronischen Soldaten, holte mit der mächtigen

Tatze aus, und als er zuschlug, pfiffen seine Klauen durch die Luft.

Seine Klauen!

Tarlan musste die Augen zusammenkneifen, denn er traute ihnen nicht. Brock hatte zu viele Klauen.

Nein, es ist mehr als das.

Brocks Hieb streckte die Soldaten nieder. Die drei Soldaten, die neben ihm standen, fielen ebenfalls. Brock drehte sich um, brüllte und schlug wieder zu. Seine Gliedmaßen verschwammen, und selbst aus großer Entfernung erkannte Tarlan, dass es schlicht zu viele waren.

Brock hat an jedem Arm vier Pfoten! Er hat acht Beine! Einen ganzen Wald von Klauen!

Der Anblick war so seltsam, so unnatürlich, dass Tarlan einfach nicht fassen konnte, was er sah. Und doch war es so.

Hinter Brock kamen die anderen Bären heran. Jeder von ihnen war nur ein Tier, aber er war gleichzeitig deren vier. Wo immer sich ein galadronischer Hals zeigte, bissen vier paar Kiefer hinein. Wo immer sich der Feind zusammendrängte, bohrten sich ihm vier Reihen von Klauen ins Fleisch. Die Bären waren mehr, als sie je gewesen waren. Sie waren zu viele, als dass ihre Gegner mit ihnen fertig werden konnten.

Es ist wie auf der Insel der Sterne, dachte Tarlan und erinnerte sich daran, wie Melchiors Magie Hunderte von Galadroniern in einem einzigen Körper vereint hatte. Hier geschah dasselbe, nur umgekehrt: Statt die Zahl der Feinde zu verringern, hatte Melchior die Macht von Tarlans Rudel vervielfacht.

Auf die Bären folgten Wölfe, die mit vielen Schnauzen zuschnappten. Mit jedem Biss rissen sie vier Wunden. Bei Filos und ihren Katzen war es genauso.

Dann preschten Pferde heran, nicht auf vier Beinen, jedes hatte nun sechzehn. Sie liefen schneller als alles, was Tarlan je am Boden hatte laufen sehen. Die Herde schlug wie ein Rammbock in der Flanke der galadronischen Armee ein; Soldaten, die am Rand standen, wurden sofort getötet – die anderen fielen um wie Puppen.

Melchior stand noch immer auf dem Rücken von Nasheen. Er stand nun vornübergebeugt wie ein sehr alter Mann. Den Stab reckte er nicht mehr in die Luft, sondern stützte sich darauf. Er sah hager und ausgezehrt aus.

Kein Wunder. Irgendwoher muss diese ganze Kraft ja kommen.

Hinter Tarlan erhob sich lautes Geschrei. Er drehte sich um und sah, dass die Isurier unter Führung des Hammers aus den Befestigungsanlagen von Tiefenthal hervorstürmten. Unter Triumphgeheul fielen sie über die Invasionsarmee her, die sich vor ihren Augen zerstreute.

Tarlan stellte fest, dass inzwischen nur noch wenige Galadronier aufrecht standen. Durch Melchiors Eingreifen hatte sich das Blatt so grundlegend gewendet, dass Tarlans Rudel die Schlacht mit einem einzigen Schlag entschieden hatte. Die noch lebenden Soldaten hatten keinen Kampfwillen mehr und versuchten, in den Wald zu flüchten. Die Tiere jagten ihnen nach, nun nicht mehr auf vervielfältigten Beinen, sondern wieder auf allen vieren. Die Magie war vorüber; und Tarlan vermutete, dass selbst ein mächtiger

Zauberer wie Melchior einen derartigen Bann nicht lange aufrechterhalten konnte.

Melchior war inzwischen auf Nasheens Rücken zusammengesunken. Die Flügel des Thorrods bewegten sich wieder und trugen sie rasch an den Stadtrand hinunter. Kitheen kreiste zum Schutz um die beiden herum, ihre Schwanzfedern zuckten dabei vor Sorge.

Noch bei der Verfolgung der flüchtenden Armee rief Tarlan von Theetas Rücken aus seinem Rudel zu: »Kommt zurück! Lasst sie laufen! Die Schlacht ist vorüber! Wir haben gewonnen!«

Die Tiere gehorchten sofort, machten kehrt und gingen zurück in Richtung Tiefenthal. Theeta landete neben ihren gefiederten Gefährten. Die drei gewaltigen Vögel rieben die Schnäbel aneinander und krähten leise. Selbst der wortkarge Kitheen schien von den Ereignissen des Morgens bewegt zu sein.

»Gut gemacht«, sagte Tarlan, als Filos, Graudorn und Brock angelaufen kamen. Alle drei waren mit Blut bespritzt, aber soweit er sehen konnte, war nur das Tigronweibchen verletzt. Dann kam auch Kassan angeritten. »Du auch, Kassan. Ihr alle – ihr seid besser als alle Generäle, die je ein Kommandant befehligt hat.«

Sie waren zu erschöpft, um zu antworten, aber bei ihren Blicken – einer Mischung aus Stolz auf die eigenen Taten und Bewunderung für ihren Anführer – bekam Tarlan einen Kloß im Hals.

Er ging zu Melchior hinüber, der mühsam von Nasheens

Rücken heruntersteig. Als seine Füße den Boden berührten, stolperte er. Tarlan wollte nach ihm greifen, aber Melchior winkte ab.

»Nein, nein, mein Junge, ich bin gar nicht so klapprig, wie ich aussehe. Die richtige Zahl war schwer zu finden, das ist alles. Es geht mir schon wieder besser, wie du siehst.«

Zum Beweis balancierte er seinen Stab senkrecht auf der Fingerspitze, warf ihn hoch in die Luft und fing ihn geschickt wieder auf.

»Der Sieg ist unser!« Der Boden zitterte, als der Hammer herangestapft kam. »Du hast seltsame Soldaten, Kumpel, das muss ich schon sagen! Aber sie haben gekämpft wie …« Er musste lachen, als er begriff, was er da sagen wollte: »Wie die Tiere!«

Seine gute Laune war ansteckend, und selbst Tarlan musste mit diesem Riesen von einem Mann mitlachen.

Noch immer kichernd schlug der Hammer Tarlan auf den Rücken. Es war, als hätte ihn ein Fuhrwerk angefahren, aber dann machte der große Krieger ein ernstes Gesicht.

»Du hast Tiefenthal gerettet, Junge. Ich stehe tief in deiner Schuld.«

»Du schuldest mir überhaupt nichts.«

»Da bin ich anderer Meinung. Wenn ich jemals etwas für dich tun kann – ganz egal, was –, dann sag es.«

Tarlan grinste. »Das werde ich mir merken.«

Der Hammer nickte. »Bis dahin stehen meine Männer und ihre Waffen unter deinem Befehl. Die Schlacht ist gewonnen. Aber der Krieg ist noch nicht vorbei.«

»Krieg? Welcher Krieg?«

Der Hammer drehte Tarlan herum und zeigte mit der Hand nach Osten.

»Offensichtlich haben die Galadronier auch tiefer im Land zugeschlagen. Siehst du? Sogar Idilliam brennt.«

Tarlan riss den Mund auf. Dort stand tatsächlich eine gewaltige Rauchsäule über den Bäumen. Sie war ungleich größer und dunkler als der Rauch, der von den brennenden Häusern von Tiefenthal aufstieg.

»Es sind aber keine Galadronier mehr da«, stammelte er. »Wir haben sie alle besiegt.«

»Aber was ist dann dort in Idilliam los?«

Tarlan starrte die Rauchsäule an. Plötzlich wurde ihm heiß und kalt zugleich.

Gulph!

»Theeta!«, schrie er und rannte zu den Thorrods hinüber. »Kannst du fliegen?«

»Thorrods müde«, antwortete Theeta mit traurigen, dunklen Augen.

»Ich weiß, meine Freundin, ich weiß. Aber ich brauche dich. Mein Bruder braucht mich. Kannst du fliegen? Wirst du es tun?«

»Langsam fliegen.«

»Nein. Nicht langsam. Schnell. Schneller, als du je geflogen bist!«

Theeta blickte auf den Rauch, der im fernen Idilliam aufstieg.

»Bruder tot«, krähte sie leise.

»Hoffentlich nicht. O Theeta, hoffentlich nicht!«

Tarlan saß schon auf Theetas Rücken, als Melchior die Hand um sein Fußgelenk schloss.

»Du brauchst nicht dorthin zu gehen, Tarlan«, sagte der Zauberer. »Was immer für ein Schicksal Idilliam befallen hat, du wirst es nicht ändern.«

»Aber ich kann es versuchen!« Tarlan riss sich los. »Und jetzt flieg, Theeta! Flieg!«

Theeta schlug mühsam mit den Flügeln und hob sich langsam in den Himmel. Während sie stiegen, blickte Tarlan noch einmal aufs Schlachtfeld zurück.

Überall lagen Leichen, sowohl Tiere als auch Menschen. Der Boden war dunkel vom Blut der Gefallenen. Er sah Filos, Graudorn und Brock inmitten der Tiere des Waldes, wie sie die Nachricht verbreiteten, dass ihre Aufgabe erfüllt war … fürs Erste. Er sah auch Kassan, der die Pferde zusammenrief. Er sah den Hammer, der die Leute von Tiefenthal in Gruppen einteilte, damit sie die Verwundeten versorgten, die Toten begruben, die Verteidigungsanlagen instand setzten und die Feuer löschten. Nur Melchior stand still dort unten und blickte zu ihm hinauf.

Theeta flog weiter, und Tiefenthal schwand rasch zu einem in Rauch gehüllten Fleck zwischen den Bäumen. Dann wurde es ganz vom Wald verschluckt, als hätte es nie eine Schlacht gegeben, als hätten der Ort und die beteiligten Menschen niemals existiert.

Dafür wurde Idilliam größer und größer; und bald konnte Tarlan das Ausmaß des Brandes ermessen, dem die Stadt zum Opfer gefallen war. Was Tarlan zunächst für eine einzige Rauchwolke gehalten hatte, waren in Wirklichkeit tausend einzelne Rauchsäulen, die alle von glühenden Feuerbällen aufstiegen, von einem Ende der Stadt bis zum anderen.

Was ist hier geschehen? Wer hat Idilliam in Brand gesteckt?

Aber eine andere Frage beschäftigte ihn noch mehr:

Wo ist mein Bruder?

Je näher sie kamen, desto nervöser wurde Theeta. Es war sengend heiß, überall waren prasselnde Funken und Rauch, der in Augen und Lungen brannte.

»Feuer schlimm«, bemerkte Theeta.

»Ich weiß. Aber wir müssen weiter!«

Sie zogen in geringer Höhe eine Schleife über die Stadtmauer. Die Straßen waren erfüllt von Rauch und zur Hälfte durch eingestürzte Gebäude verschüttet. Außer den Flammen regte sich nichts – auch von der Armee der Untoten, die hier gewütet hatte, war nichts zu sehen.

Sie sind alle verbrannt. Alles ist verbrannt.

»Gulph!«, rief er. »Gulph! Wo bist du?«

Theeta zog weiter in Richtung Schloss Berg. Hier war die Luft etwas klarer, obwohl orangefarbene Flammen den Bergfried und die meisten seiner Nebentürme fast gänzlich zerstört hatten.

Hier hat niemand überlebt. Alles Gefühl war Tarlan abhandengekommen – außer einer gewaltigen Wut. *Ich komme zu spät.*

»Warum?«, schrie er, während Theeta um die geschweiften Türme des Schlosses kreiste. Alles war umsonst gewesen:

Gulph war tot, und Elodie war eine Verräterin. Seine Reise mit Melchior zur Insel der Sterne war umsonst gewesen. Toronia war verloren. Er war verloren. Die Prophezeiung hatte ihre Bedeutung verloren.

Toronia bedeutet nichts! Prophezeiungen bedeuten nichts! Nur meine Freunde bedeuten etwas.

Aber so viele seiner Freunde waren tot. Seethan, der alte weiße Thorrod, den die Helkrags geschlachtet und verbrannt hatten. All die treuen Tiere, die in der Schlacht von Tiefenthal für ihn gekämpft hatten und nun gefallen waren.

Und Mirith. Mirith fehlte ihm von allen am meisten.

Es ist vorbei. Ich wünschte, es hätte niemals begonnen.

»Nicht Mensch«, krähte Theeta.

»Was hast du gesagt?« Tarlan wischte sich wütend die Tränen aus den Augen.

»Hoher Turm. Nicht Mensch.«

Sie waren nun hoch über dem Schloss und auf einer Höhe mit dem höchsten Turm. Diese schlanke Steinnadel war von Feuer umgeben. Die Flammen schossen an den Stufen empor, die sich spiralförmig außen herumwanden.

An der Spitze des Turms bewegte sich eine Gestalt.

»Flieg näher heran, Theeta!«

Theeta gehorchte. Die Gestalt entpuppte sich als ein Mann … oder etwas, das ein Mann gewesen war.

Brutan!

Tarlan hatte dieses Ungeheuer schon einmal gesehen, aus der Luft, im Getümmel der Schlacht um die Brücke. In diesem schicksalhaften Augenblick hatte er seinen Vater zum ersten Mal gesehen. Und seinen Bruder.

Sein Bruder war jetzt bestimmt tot.

Aber ich kann ihn rächen!

Er wurde von neuer Wut ergriffen. Sie pochte schmerzhaft in seinem Kopf. Seine Finger krallten sich fester in Theetas Federkragen; seine Fersen pressten sich gegen ihre bebenden Flanken.

»Schnell, Theeta! So schnell du kannst!«

Thorrods flogen lautlos, das wusste Tarlan. Doch während sie zu Brutan niedersausten, drehte er sich um. Aus der Nähe sah er noch entsetzlicher aus, als Tarlan es sich ausgemalt hatte – ein verstümmelter Berg von einem Mann mit einem Gesicht, das kaum mehr war als ein mit Fleischfetzen behängter Totenschädel, und Armen, die wie Streifen von rohem Fleisch von blutbeschmierten Knochen hingen. In seiner Brust klaffte eine offene Stichwunde, aus der grüner Eiter hervorquoll.

Und in den leeren Augen des untoten Königs loderten Feuer – vor Wut.

»Du hast kein Recht, wütend zu sein!«, schrie Tarlan. Der Wind trieb ihm heiße Funken ins Gesicht, die er nicht beachtete. »Mir steht die Wut zu. Hörst du? Nur mir!«

Der untote König reckte die Brust heraus. Der Eiter spritzte wie Sirup aus der Wunde.

»Wer bist du, dass du dich mir widersetzt?«, donnerte Brutan und hob die Arme über den Kopf, als wollte er den heranbrausenden Thorrod vom Himmel holen.

»Ich bin dein Sohn, der gekommen ist, um dich auf immer von dieser Erde zu tilgen!«, brüllte Tarlan zurück. »Ich bin Tarlan, einer der Drei! Und das ist für meinen Bruder!«

Theeta legte die Flügel an und wurde noch schneller. Rauch jagte an ihnen vorbei. Der Turm jagte heran. Brutan reckte sein Schwert.

Theetas gekrümmter Schnabel schlug mitten in Brutans Brust ein. Ihr Schwung trug sie weiter, und für einen Moment blickte Tarlan dem untoten König direkt in die lodernden Augen.

Die Augen dessen, der einst sein Vater gewesen war.

»Das ist das Ende!«, schrie Tarlan. »Das Ende von allem! *Dein* Ende!«

Brutans Arme flogen zur Seite. Theeta warf fast beiläufig den Kopf zur Seite und schleuderte ihn über den Rand der Plattform, als wäre er ein Stückchen Fleischabfall. Brutan überschlug sich einmal und noch einmal und stürzte in einem weiten Bogen immer weiter weg vom Turm.

In die Flammen.

Theeta folgte Brutan im Flug. Tarlan beobachtete, wie die Flammen an seinem übel zugerichteten Körper nagten. Zuerst fraßen sie die Überreste seiner Kleider; dann fing das Feuer, was von seinem Fleisch noch übrig war. Aus seinem Mund quoll Rauch. Zuletzt ging sein Gerippe in Flammen auf. Tief in seiner Brust glühte etwas weiß – heller als die Mittagssonne.

Und dann wurde Brutans Körper mit einer gewaltigen, lautlosen Erschütterung zerrissen. Wo der untote König gewesen war, sah man nur noch eine helle, sich rasch ausbreitende Wolke aus Funken und Asche.

Brutan war vernichtet.

Mit lautem Krachen explodierte die Basis des Turms. Das Bauwerk kippte, das Mauerwerk löste sich auf und stürzte in einer Wolke aus grauem Staub zusammen, die sich weit über die brennende Stadt ausbreitete. Theeta ritt auf der Druckwelle, die den Einsturz des Turms begleitete, und segelte über den Abgrund hinaus, fort von Idilliam und allem, was dort geschehen war.

Fort.

In einem einzigen Atemzug war Tarlans Wut verflogen. Alles war verflogen. Er fühlte sich leer – und auf seltsame Weise erneuert. Einst war sein Leben sehr einfach gewesen. Jetzt war sein Herz zwar von Trauer erfüllt, aber er wusste, dass sein Leben wieder einfach sein könnte.

»Es ist vorbei.« Erschöpft sank er an Theetas Hals. »Alles. Was geschehen ist, war alles umsonst. Und jetzt ist es Zeit, all das hinter uns zu lassen.«

»Krone verloren.«

»Ja, Theeta. Für mich, zumindest. Wenn Elodie die Krone haben will, nur zu. Was mich betrifft … ich bin fertig mit Toronia.«

»Thorrods finden.«

Tarlan musste lächeln und tätschelte ihr den Rücken.

»Ja. Gehen wir sie suchen. Auch die anderen. Wichtig ist nur, dass wir zusammen sind.«

»Schnell fliegen.«

»Nein, wir müssen nicht schnell fliegen. Nur weit. Fliege weit, Theeta. Weit weg von hier.«

»Fliegen wohin?«

Tarlan lächelte. Eigentlich stellten Thorrods so gut wie nie Fragen. Aber wenn es geschah, konnte man sicher sein, dass gerade ein wichtiger Augenblick war.

Ein Wendepunkt.

»Es spielt keine Rolle, wohin, Theeta. Solange es nur weit fort ist.«

Hinter ihnen schien die Morgensonne durch den Rauch. Idilliam brannte noch immer. Vor ihnen schienen ihre Strahlen auf den Wald, in dem Tarlans Rudel wartete. Sie würden sich versammeln und dann gemeinsam auf eine neue Reise gehen, die nichts mit Prophezeiungen und Kronen, sondern nur mit ihnen selbst zu tun hatte.

Die Schlacht war vorüber. Es war Zeit zu gehen.

Fort von Toronia. Fort von allem.

Die Nacht hüllte sich in Wolken. Es schienen kein Mond und keine Sterne. Der Komet, der die vorigen Nächte beherrscht hatte, war verschwunden. Selbst die drei Sterne der Prophezeiung – diese hellen Schicksalspunkte, um die sich das Leben mancher gedreht hatte – waren nicht zu sehen.

Elodie stand am Fenster ihrer Zelle an der Spitze des weißen Turms. Nun war sie wirklich eine Gefangene. Zwischen den Eisenstäben blickte sie ins Dunkel hinaus.

Es ist, als würde man in einen Abgrund starren.

Sie musste unwillkürlich an Idilliam denken, an die Schlacht um die Brücke und ihren Sturz in den Abgrund, der die Stadt umgab.

Ihr Bruder hatte sie gerettet.

O Tarlan, wo bist du jetzt nur?

War er nach seiner Reise zur Insel der Sterne wieder nach Isurien zurückgekehrt? War ihre Mission, Melchior wieder zu seiner alten Kraft zu verhelfen, erfolgreich gewesen? Sie wusste es nicht. Aber sie hegte eine entsetzliche Befürchtung.

Wenn er auf irgendjemanden vom Dreizack trifft, dann wird der ihm sagen, dass ich eine Verräterin bin. Sie wissen ja nicht, dass ich versuchte, sie zu retten. Sie werden sagen, ich hätte mich gegen sie gewandt – gegen ihn.

Und was Gulph anging … wer wusste, was aus ihm geworden war?

Sie fasste sich an die leere Stelle an ihrem Hals, wo früher ihr grünes Juwel gewesen war. Dass Lord Vicerin es ihr in dem Moment entrissen hatte, als man sie in die Zelle warf, war der letzte Schlag gewesen, den sie am schmerzlichsten Tag ihres ganzen Lebens hatte einstecken müssen.

Mit einem tiefen Seufzer wandte sie sich vom Fenster ab. Sie konnte die Nacht in ihrem Rücken spüren. Sie war beinahe greifbar, lebendig.

»Seid ihr bereit?«, fragte sie.

Sylva und Cedric, die am Boden knieten, blickten zu ihr auf. Das Licht einiger weniger Kerzen flackerte im Halbdunkel auf ihren Gesichtern.

»Du musst sehr schnell sein«, sagte Sylva. »Die Wachen werden bald zurückkehren.«

»Ich warte nur noch auf Samial«, antwortete Elodie. »Sobald er hier ist –«

Als hätte er ihre Worte gehört, erschien Samial am Fenster. »Ich habe mitgebracht, worum du mich gebeten hast.«

Er saß auf dem Fenstersims vor dem Zellenfenster und reichte ihr einen kleinen Leinenbeutel durch die Stäbe. Elodie nahm ihn und spähte nach draußen.

»Ich habe Frieda deine Nachricht gegeben«, sagte er. »Sie hat alles besorgt, was du wolltest.«

»Gut gemacht.«

Elodie ging zu Cedric und Sylva und legte den Inhalt des Beutels auf dem Steinboden aus. Einen Augenblick später stand Samial neben ihr; er war durch die Wand gegangen, als wäre das feste Mauerwerk nicht mehr als ein Gedanke.

»Zu viele Tote«, sagte Cedric und ging den kleinen Haufen von Gegenständen mit seiner verbliebenen Hand durch.

Elodie hob sie nacheinander hoch. Eine goldene Halskette. Eine Münze. Ein angekohltes Stückchen Seide. Ein silberner Glücksbringer. Jedes Ding gehörte dem Kopf einer Adelsfamilie aus Ritherlee und war in seinem Besitz gewesen, als er von Lord Vicerin ermordet wurde. Alles war mit Ruß überzogen.

»Er hat alle Leichen verbrennen lassen«, erklärte Samial. »Sogar die, die schon verbrannt waren.«

»Er will alle Erinnerungen an sie zerstören«, sagte Elodie. »Nun, das wird ihm nicht gelingen.«

Sie nahm den letzten Gegenstand in die Hand: einen silbernen Siegelring mit einem prächtigen Wappen. Diesen hatte sie zuletzt an der Hand einer Frau gesehen, die sie bewundert hatte – einer Frau, von der sie gehofft hatte, dass sie sich gegen Lord Vicerin behauptete.

Lady Darrand.

»Also gut.« Sie legte den Ring zurück auf den Haufen. »Ich bin bereit.«

»Glaubst du wirklich, dass es gelingen wird?«, fragte Sylva.

»Es muss. Es ist unsere einzige Möglichkeit zu fliehen. Und unsere einzige Chance, ihn zu vernichten.«

»Unseren Vater«, sagte Cedric leise.

»Ja. Euren Vater.«

Meinen Ehemann, dachte sie schaudernd.

Cedric blickte sie an. »Worauf warten wir dann?«

Elodie schloss die Augen.

Zuerst sah sie nichts, fühlte nichts. Sie versuchte, sich zu konzentrieren, aber immer wieder entglitten ihr ihre Gedanken.

Konzentrier dich, Elodie!

Aber wie? Woher sollte sie wissen, was sie tun sollte?

Sie holte langsam und tief Luft, ließ den Atem in ihre Lungen ein- und wieder ausströmen.

Sie tat es noch einmal, und diesmal bewegte sich etwas im Dunkeln hinter ihren Augen. Ganz am Rand ihres Bewusstseins blitzten winzige Lichter auf, wie Funken, wie Glühwürmchen, wie …

Wie Sandkörner, die im Wüstenwind tanzen.

Der Sand wirbelte herum, wurde dichter, nahm Formen an. Und sie sah diese Formen nicht nur, sie *fühlte* sie. Sie erfüllten sie, rieben sich an ihr, die entleerten Hüllen von Menschen, die durch nagenden Sand und Sonne heiß und trocken und leblos geworden waren.

Nein. Sie sind nicht ohne Leben. Sie sind jenseits *des Lebens.*

In ihr wurde der Druck stärker. Der Wind heulte.

Hitze!, dachte sie voller Hochgefühl. *Und Sand! Das ist es! Von dort kommt meine Kraft. Ich verstehe es nicht. Aber ich weiß es. Und ich kann sie benutzen.*

Der Wind wurde zum Sturm. Der Sturm wollte die Enge ihres Körpers verlassen. Sie war sein Gefängnis, und sie hatte die Macht, ihn zu befreien.

Flucht! Freiheit! Wenn ich euch das gebe, könnt ihr es mir auch geben?

Die Formen in ihrem Innern wirbelten im Kreis. Ein Tornado. Die Hitze war unerträglich. Sie musste alles geben, um im Dunkeln nicht den Halt zu verlieren; sie öffnete den Mund und erwartete, dass der Sturm aus ihr hervorbrach.

Aber was herauskam, waren Worte.

»Kommt jetzt!«, schrie sie. »Kommt jetzt, ihr alle! Ich bin hier! Seid hier bei mir! Kommt jetzt!«

Sie öffnete die Augen. Die Kerzen flackerten. Sie hatte erwartet, dass der Raum auf dem Kopf stand und vom Sturm verwüstet war, den sie entfesselt hatte.

Aber der Sturm war die ganze Zeit in ihrem Innern gewesen.

»Hat es funktioniert?«, fragte Sylva und blickte sie ängstlich an. »Sind sie hier?«

Elodie blickte an ihrer Schwester vorbei zum Fenster und traute ihren Augen nicht. Waren das Gestalten, die sie dort sah, oder nur Rauchfäden? Für einen Augenblick wirbelten sie herum, eine Reihe treibender Säulen, die auf seltsame Weise dunkel und hell zugleich waren. Doch dann verfestigten sie sich eine nach der anderen zu Menschengestalten.

Die Edlen von Ritherlee. Ihr seid hier. Ach, ihr seid wirklich hier.

Und so war es.

Sie hatte sie heraufbeschworen.

Je länger sie die Geister anstarrte, desto wirklicher wurden sie. Hier stand, stolz aufgerichtet, ein alter Mann; dort eine kräftige junge Frau, die müde und gefährlich zugleich wirkte. Ihre Form war leicht verschwommen, und Elodie konnte durch sie hindurch die Zellenwände sehen, aber mit jedem ihrer Atemzüge wurde sie fester.

Wirklicher.

»Elodie?«, sagte Sylva mit bebender Stimme. Sie hatte sich zum Fenster umgedreht und die Augen vor Schreck weit aufgerissen. »Ich kann sie sehen!«

Elodie sah sie groß an. »Ist das wahr?«

»Ich auch«, sagte Cedric leise und verwundert. »Du wirst offenbar immer stärker, Elodie.«

Die Umrisse der Geister waren inzwischen beinahe ganz fest geworden. Eine Frau trat vor. Sie trug ein gelbes Gewand über einer glänzenden Rüstung. Ihr Gesicht war blass und wirkte entschlossen. Elodie erkannte sie sofort.

»Lady Darrand«, sagte sie und erhob sich.

Die Frau betrachtete sie und führte dann die Hand zur Hüfte. Langsam und mit unendlicher Sorgfalt zog sie ihr Geisterschwert. Dann ließ sie sich auf ein Knie herunter und beugte den Kopf.

Die übrigen Adligen von Ritherlee, die hinter ihr standen, taten dasselbe.

Der Geist von Lady Darrand hob den Kopf wieder und blickte Elodie in die Augen. Draußen vor dem Fenster schien die Schwärze der Nacht zu erzittern, als hätte sich etwas Unsichtbares plötzlich verändert.

Elodie standen die Nackenhaare zu Berge.

»Wir folgen Eurem Ruf, Euer Hoheit«, sagte Lady Darrand. »Was ist Euer Befehl?«